无间侦缉

WUJIANZHENJI

长篇小说

李超◎著

群众出版社
·北京·

图书在版编目（CIP）数据

无间侦缉／李超著．—北京：群众出版社，2010.9

ISBN 978－7－5014－4748－0

Ⅰ．①无…　Ⅱ．①李…　Ⅲ．①长篇小说—中国—当代　Ⅳ．①I247.5

中国版本图书馆 CIP 数据核字（2010）第 168653 号

无间侦缉

WUJIANZHENJI

李超　著

出版发行：群众出版社

地　　址：北京市西城区木樨地南里

邮政编码：100038

经　　销：新华书店

印　　刷：北京市泰锐印刷厂

版　　次：2010 年 9 月第 1 版

印　　次：2010 年 9 月第 1 次

印　　张：18.5

开　　本：787 毫米×1092 毫米　1/16

字　　数：300 千字

书　　号：ISBN 978－7－5014－4748－0/I·1937

定　　价：30.00 元

网　　址：www.qzcbs.com

电子邮箱：qzs@qzcbs.com

营销中心电话（批销）：（010）83903254

警官读者俱乐部电话（邮购）：（010）83903253

读者服务部电话（门市）：（010）83903257

公安文艺分社电话：（010）83903973

杂志分社电话：（010）83903239

电子音像分社电话：（010）83905727

无间侦缉

WUJIAN ZHENJI

第一章　人生何处不相逢

初春的早晨，天气阴冷，白日如同一只通透的银色圆盘，快速地在乌云中穿行。此值S城交通高峰期，车辆爬行如蜗牛，感觉就像锈透的轴承，让人有种无处发泄的郁闷。身材魁梧的成子对旁边的阿宽歪头笑笑：“后面那女人开车可真猛！”

后排坐的乔亚非闻言回头，只见一辆蓝色本田，灵巧地超过后面的悍马，车头拧了几拧，便重新调整了排位。接着，车里的女人兴奋地打了个响指，然后哈欠连连，不时揉揉发涩的眼。阿宽皱眉：“小心点，今天可是乔哥初始上任！”说话间，前面黄灯闪过，红灯出现，成子缓缓刹车，乔亚非习惯性地后靠。

嘭——骤然间，他身体一震，随即感应了阿宽的话，眉头不由锁紧。还好成子反应机灵，踩了死脚，才没有与前面的车发生连环相撞。

众人长吁口气。

此时，肇事者兰天依才从混沌状态中清醒过来，向前一看，登时惊住。昨天周末，她和出国归来的甘朵学姐聚会，凌晨三点才回家。早上睡过了头，为了赶时间，她在公路上左冲右突，见缝插针，本来挺顺利，不曾想，一时大意，竟然在以龟路著称的建国大道上追了尾！

今天是鸿升实业发展有限公司的执行董事长乔亚非先生初始上任，作为行政经理的她，有责任有义务参加这次欢迎仪式！她打电话把所有事情都交办给保险公司，匆匆向路边跑。正巧路东有辆出租车经过，她顶着一头新做的被风吹乱的蓬蓬卷发，边招手边迅速地从一名穿蓝灰西装的男人面前灵巧穿过，钻进车内，催促：“到鸿升实业，您快点，我要迟到了！”

那男人被迫顿住脚步，脸色铁青，拧着眉望向她的背影，对跟在后面的阿宽切齿道：“她的赔偿一个子儿也不能少！”

公司路口，刚好八点五十五分，兰天依松口气，这时，她的手机突然响起来。她一看，原来是在美国留学的男友董文龙打来的，于是放慢急匆匆的脚步，接通手机。然而，手机内传来的却是一个女人娇柔的声音：“是兰天依兰小姐么？”

她愣住，心瞬间沉了下去：“是，你是哪位?”

“我是文龙的女朋友，我们，已经在一起了!”那女人道明事实，话语充满‘小三’的味道。

“哦，知道了!”良好的修养，使她强忍着内心的巨大波澜，正要挥挥手，不带走一朵云彩地挂掉手机，那女人又急切地问：“文龙欠了你家多少钱?”

她一听，气得浑身哆嗦，怒极反笑：“哈，来买鸭子哈！60万，老娘就把他卖给你了!”说完，啪地挂线，正待进公司的门，手机铃又响了起来。她挂掉，那人就反复地拨打，她只好接通：“你们积点德，在你们休息的时间里不要打扰别人的工作!”

这次是董文龙的声音：“辰辰，对不起!”

劈腿就是劈腿，一声对不起如何能挽回逝去的年华！兰天依有时觉得自己很傻，她自己也想不明白，为什么四年来都会死守着一份随时可以更改的承诺！她冷笑：“不必那么客套，记得把钱还回来!”

董文龙被她的态度激怒：“兰天依，想想你也挺可怜，白等了慕容远这么多年，慕容远还是不爱你!”

兰天依脑袋嗡的一声，顿时气血翻涌。慕容远是国内百强企业之一——久远集团董事长的大公子，高她三届，是当时有名的校草，帅得不像话！那时她不过犯花痴，嘴巴欠，才和董文龙开玩笑说最喜欢慕容远！可这么多年来，她根本没见过慕容远的面，更别说有男女勾当。董文龙为给自己劈腿找理由，这种子虚乌有的事他也有脸扯出来！此时，眼前经过一群西装革履的人，兰天依虽然看到，思维却没有回归，她依旧沉浸在自己火山般爆发的情绪里。只听她激动地骂道：“放你妈的狗屁!”

领头的高个男子微微回头凌厉地扫了她一眼，然后带众人继续前行，已经有保安人员为其恭敬地旋开玻璃门。紧接着，怒极的兰天依把手机狠狠摔了出去，混混沌沌地跟着前面那批人进入公司。很不幸，她打卡时间超过九点，已算迟到。刚到办公室就被顶头上司训了一顿，无精打采地带人去大厅，进一步完善欢迎新任执行董事长的准备工作。对于新任执行董事长，兰天依听公司的人私下议论过：他是鸿升实业发展有限公司董事长乔知之的长子，高中毕业参了军，因打架斗殴被开除了军籍，在社会中又犯了案，被关进局子，后来他老子好不容易保他出来，送到国外，混了个二流商业学校的文凭，回国摇身一变，成为鸿升公司的接班人。企业交由这种人来管理，还能有什么发展！如果不是为了替兰爸的小公司固定住这个销售客户，她才不会呆在这种家族企业里。

10点整，乔亚非准时入场。

这位年轻的执行董事长现年32岁，身高一米八五，体格强壮，肤色微黑，面部线条简单刚毅，尤其那双黑潭似的眼睛，散发着鹰隼一样的敏锐光芒，令人望而生畏。大厅内的员工悄无一声，静听他讲话，唯有兰天依疲累交加，靠墙闭目胡思乱想……不知过了多久，她被众人的掌声惊醒，方知公司老大退了朝，一看时间已是中午，就到公司对面的商场买了部新手机，给兰爸打电话，并告诉他新号码。

兰爸说："怪不得打不通你电话，你下午快去你们公司的供应部通融一下，看能不能把预付金提高到60%，现在钢材价格涨得太快，你老爸的流动资金快要周转不开了！"

终于可以赚回上午车祸的损失，她问："提成多少？"

"百分之一！"兰爸咬牙。

"太少！我干不来，我也需要打通关节的！"有求于人，还敢讨价还价！

兰爸再咬牙："百分之一点一！"

"百分之二，"她不想再啰嗦，否则老爸绝对会一厘厘地浪费她的时间。

这就是从小对女儿训练的结果，种瓜得瓜，种豆得豆，兰爸后悔不迭，脸色铁青："算你狠！"

有钱赚，兰天依的心情才略略好了些。返回办公室，从包里掏出镜子，努力对自己笑了几次，然后涂了层唇膏，苍白的脸这才生动了些。她悄悄找到供应部部长——乔亚非的堂兄乔亚军，密语一番，然后两人相视一笑，散去。不过，还没容她高兴太久，行政总监就突然出现在她办公室，直接拿出一盘录像带，宣布："明天你不用来上班了！"

这盘录像带清楚地记录着下午她和供应部部长的那笔交易！

靠，谁这么阴哪！兰天依没想到鸿升公司会来这么一手，为不给兰爸的生意造成麻烦，她连解雇补偿费都没敢要，乖乖办了手续走人。

连受打击，她打算外出散散心，彻底调整好自己的状态，再做进一步谋划。她拨通甘朵的手机："朵朵，我们去旅游吧！"

"你现在是要休假么？"甘朵很奇怪。

"我辞职了！"她嘿嘿笑。

"why？"这消息太突然了，甘朵有些不相信。

"做累了，想先休息一段时间！"

鬼才信你！甘朵并不揭穿她："我正打算去鸿升公司应聘，实在没时间，你自己去吧！"

兰天依本着对老同学负责的态度，调侃："听说鸿升公司执行董事长有涉黑经历、著名采花大盗，你那么漂亮，要小心点哦！"

"你少跟着胡扯！"甘朵很不满："乔亚非我早认识，这么优秀的有为青年，让你们这群八婆诋毁成恐怖分子了！”

她恍悟，想起前几天在某酒吧内，大家都很奇怪甘朵为什么突然放弃学业归国？甘朵爽朗地说她喜欢上一个男人才回来的！当时大家都很好奇，究竟是什么人居然能引起一向眼高过顶、才貌双全的甘大美女青睐？而此美女只抿抿丰满的嘴唇，调皮地笑：“以后你们自然会知道，现在先保密！”

不会冤家路窄吧？她小心地问：“你从 L 国回来就是为了乔亚非？”

甘朵冷哼一声，啪地挂了手机。

这世界真是太小了！兰天依发誓以后绝不背后轻言人之是非，可她还是把疾恶如仇的甘朵得罪了，甘朵认为她太三八，竟不再与她来往！

想到近几天来一连串失财失业失友的倒霉事，再看看令人肉痛的旅费，兰天依最终放弃外出，决定今天消遣一番，然后就去求职。在 S 城步行街，她一身青墨牛仔休闲装，肩挎假 LV 包，正漫无目的地闲逛时，突然耳边传来一个女人尖厉的叫喊：“抢劫啦！有人抢劫啦！”她循声望去，只见一男子手拎一女包，正极快地向北奔跑。她想都没想，立即追上去。她长胳膊长腿，在学校里是业余长跑冠军，何况当初为了接近校草慕容远，她还偷偷跟其练过半年的跆拳道。

劫贼对地形非常熟悉，东拐西拐，就进了菜市场。菜市场人多嘈杂，容易脱身！兰天依盯住目标，开足马力，紧追不舍。失主落后她几十米的距离，气喘吁吁，冲着她的方向一路狂喊：“抓小偷啦——”这情形，如果让不明真相的人看到，很容易误会兰天依才是劫贼！

果不其然，有人从一辆奔驰车里跳下来，仿若离弦之箭，向她扑去。

而真正的劫贼见被人跟得紧，不时故意撞翻货摊，导致本来就人来人往的市场更加混乱。兰天依眼中渐渐失去了目标，好容易发现那劫贼向东胡同而去，突然后肩被人猛力拽了一把，她差点跌倒，本能地从眼前的人借了把力，才稳住身形，然后如鱼一样滑过人与人之间的空隙，迅速冲到东胡同。仅仅慢了几分钟，小偷早已无影无踪，望着无边的灰白长巷，她懊恼地坐在地上，累得大口喘气，骂道：“TNND！”

抓住她的竟然是乔亚非！乔亚非也一眼认出，面前这位毫无形象、瘫坐在地上的女人，就是刚被鸿升公司辞退的行政经理。先入为主的坏印象导致定向思维，他想都没想，上前抓住她的胳膊，厉声喝道：“走，去派出所！”

在兰天依脑海中，没留下过乔亚非太多的相貌资料。此时她大脑严重缺氧，思维比较迟钝，断断续续地问：“你……干……干什么你？”

放着光明正大的职业不干，专走歪门邪道！乔亚非不客气地教训：“你还知不知道什么叫丢人！”

她终于明白了他的意思，却又没力气甩开他，便就着他的力道软塌塌斜吊着身子，翻着白眼："放屁，你奶奶的才丢人呢！"

乔亚非眉毛一拧，手上加了力道，向外拽她。她被他攥得手腕生痛，挣扎着怒骂："放开我，你个白痴，我不是小偷！"

小偷有承认自己是小偷的么！乔亚非不容她辩解，麻利地把她双手反剪到背后，并灵巧地躲开她的反击，顺手从她上衣口袋里掏出一包纸巾，一股脑塞到她嘴里。然后铁臂一伸，从她腰部打横，直接把她从地上悬空夹起来。兰天依用尽所有的力气仍无法摆脱他，只好耷拉着胳膊和腿，翻着眼白大口喘气。

没走几步，失主追上来，见到这种情形，愣在一边说不出话来。乔亚非从兰天依肩上扯下 LV 假包，扔给失主："看看少什么没？"

失主没接："这个不是我的包！"

"不是你的？"乔亚非惊讶。

兰天依的口腔此时正处于严重的缺水状态，洇化的纸屑糊了她满嘴。她忍着恶心，努力吐着纸片，有气无力地骂："白痴，混蛋大白痴！"

"这位小姐是在帮我抓劫贼！"失主证明了她的清白，然后道完谢，告辞离开。乔亚非略显尴尬，立即松开胳膊。谁知兰天依猛然间被他放下，头晕脑涨，一时站不住，扑通坐在地上。这个过程，让乔亚非觉得非常好笑，而且还忍不住就扑哧笑出声来。接着，他边说对不起边伸手去扶她。

她对他实在无语，虽然嘴唇上沾满的白纸屑令她说话很困难，但她仍忍不住怒骂："滚，大混蛋！大白痴！"

兰天依敏捷高超的奔跑速度，对于福窝里长大的现代女性来讲，确实有点超常了！何况见义勇为这么高尚的行为，怎么看怎么和她这种口吐脏话的"白骨精"不搭调。但，这是事实！乔亚非放弃原来的成见，关切地说："你一个女孩子这么拼命追抢匪，多危险啊？"

兰天依懒得理他，继续喘粗气，吐纸屑。夕阳的余晖静静洒在她美丽的脸庞，形成一层朦胧的淡红色光晕，长长的睫毛上，似有金色的光芒在闪耀。乔亚非胸口莫名一紧，又去扶她："兰小姐，今天实在抱歉！"

她听后，惊讶地抬头，美丽清澈的兰花眼迷茫地望向他："你认识我？"

乔亚非窘住，她居然不认识原来的顶头上司，神经真够大条的！"走吧，我送你回家！"他不容分说，用力拉起她。兰天依还没休息够，胳膊又被他扯痛，忍不住又开始发飙："你这人怎么这么自以为是！"她怒冲冲推开愕然怔住的乔亚非，扶着仍发晕的额头，摇晃着向前走。

他跟在后面赔笑："兰小姐，还生气？"

她从路边货摊买了瓶矿泉水，漱清嘴里的纸屑，又狂饮数口，这才斜眼看向他，把他的形象放到脑海中倒带一番，确定并无匹配对象，探究地问："你是我的校友？"

乔亚非笑："不是！"

"客户？"她再次打量他。他五官只能称得上刚毅，但眼睛很亮，很黑，里面像是隐藏着许多不为人知的秘密！

在她审视的目光下，乔亚非嘴角不自觉地扬起："嘿嘿！"他骗她："刚才怕你跑掉，看了你身份证！"

怪不得不记得他！对于和自己不相干的人，兰天依向来懒于应酬。她秀眉蹙起，恶狠狠斜瞪着他："幸亏不认识你！"说完，自顾自穿过人群，走出菜市场，扬手招出租。

乔亚非追上来："我送你？"

"少来！"她戒备地瞪着他，突然冒出一句："大色狼！"然后急急坐上车，绝尘而去。

头一次被人这样莫名其妙地骂为大色狼！乔亚非哭笑不得，望着出租车渐渐远去，方回过神来，返回车中，发动引擎。这时，他的手机响起，他挂上耳麦："您好，我是乔亚非，您哪位？"

"亚非哥，是我呀！"耳边传来一个女子娇巧的声音。

"呵呵，甘朵啊！"甘朵于L国国立大学就读经济专业，既有能力人又泼辣。她回国后，乔亚非就打算把她拉进鸿升公司。他把车溶入暮色的车流中："有什么事吗？"

"亚非哥，你现在在哪？"甘朵答非所问。

"南四环！"

"亚非哥，新亚餐厅又推出新的招牌菜，地道的托斯卡那羊排，我们一起去尝尝鲜怎么样？"甘朵兴奋地问。

"好，我这就过去！"在进入新亚餐厅前，乔亚非换了正装，才乘电梯来到指定位置。甘朵提前到达，一袭印花长裙，身材妙曼多姿，笑容明媚亮丽。乔亚非拉开椅子道："抱歉，我迟了一步。"

"我们之间哪用这么客套！"她眼眸如水似波地望着他。

自从在L国他为被流氓团伙调戏的甘朵出了次援手，这小女孩就对自己一见钟情，甚至放弃学业，抛弃多年的理想，追回国内。他有些感动，对着她笑起来。一朵红霞，悄然飞到甘朵白皙的脸上，她轻声问："亚非哥，你还需要别的吗？"

"不用了！"他露出一口整齐洁白的牙齿。

这时，服务生又往临桌引来一名细高女子，那女子见到甘朵，兴奋地说："朵朵，今天真是好巧啊！"

甘朵收回目光，转过头，冷淡地说：“天依，你也来了！”

“朵朵，别生气了！上次诽谤乔亚非的事，我向你道歉！”甘朵是个爽直的人，兰天依可不想因为一句话失去好朋友。

难道她不认识乔亚非？甘朵心下怔了怔，羞涩地瞄了眼乔亚非，大度地说：“都过去了！”

真是人生何处不相逢！乔亚非面带微笑，优雅地靠在椅背上，悄悄打量她。这次，她给自己的印象与以往不同，她很漂亮，兰花眼水汪汪的，笑起来右颊有个浅浅的酒窝。她身穿蕾丝边天蓝色针织衫，及膝的格子裙，米黄色的头发利落地盘起来，粉黛薄施，容颜俏丽，可爱的像个公主。“兰小姐，你也认识乔亚非？”他笑问，同时，对甘朵眨了一下眼。甘朵会意，惊讶地看向她。

见甘朵不再生气，兰天依松口气，正准备告辞，听有人问她，这才注意到与甘朵吃饭的人，就是今天错把自己当小偷的那白痴。想起胳膊上还有他掐青的淤痕，忍不住就损道：“哈，你怎么总问白痴问题？”

乔亚非不怒反笑：“呵呵，我也是乔亚非的朋友，所以才问你！如果你认识他，我们也算朋友了！”

我可没兴趣做混蛋加白痴的朋友！她撇撇嘴，转身坐到临座。

“兰小姐果然很没礼貌，我的问题你还没回答！”乔亚非见她生气，心情莫名兴奋，就越想捉弄她。

她不敢再得罪甘朵，脸一阵红一阵白：“我认得他他不认得我！”

“兰小姐，如果不介意，过来一起吃个便饭如何？权当今天向你赔罪！”乔亚非忍着笑。

甘朵不由问：“赔什么罪？”

乔亚非解释：“今天兰小姐见义勇为，可被我当成小偷了！”

然而，兰天依已然警觉，她疑惑的目光在甘朵和乔亚非之间逡巡，秀丽的眉头皱起来，有些不相信自己的感觉。她听说过乔亚非是一个很霸气的人，但面前这位，貌似太平凡，平凡得让人容易忽略。“您，贵姓？”她恢复礼貌，想进一步证实自己的感觉。

“免贵姓夭名二三！”乔亚非煞有介事地说。

“一二三？”兰天依一听，扑哧乐了。

看着她忍俊不禁的脸，乔亚非兴致空前高涨，有点迫不及待地邀请：“兰小姐，过来坐吧！”

甘朵怔了怔，才说：“是啊天依，过来吧，顺便说说下午你们究竟发生了什么可笑的事！”

既然今天有人诚心招待，自己不用出血，一向有“守财奴”之称的兰天依很不客气地坐过来，把事情经过简单一说，然后自顾笑：“一二三，嘿嘿，真直接，好名字！”

乔亚非唇角微翘，目光温润：“兰小姐，今天跑这么多路，很辛苦吧？多吃些，羊排凉了就不好吃了！”

她点点头，抱怨：“就这句还顺耳，今天我被你掐的胳膊都青了！”

“很痛吗？”他关切地问。

她瞪眼吓唬：“要不我掐你试试？”

他又开心地笑起来。

女人的直觉，令甘朵心里很不是滋味，因又挑不出什么毛病，便一直垂头吃饭。这时，兰天依侧头悄声问：“你和乔亚非现在发展得怎么样了？”

甘朵心头一梗，迅速瞟了眼坐在她对面埋头专心进餐的男人，有些懊恼，一语带过：“正准备去那儿工作！”然后她岔开话题，提高声音：“董文龙还没回国吗？这都四年多了，女人有几个四年的青春可以用来浪费！你可真够痴情的！”

乔亚非惊讶地抬头，敏锐地发现，兰天依握在手中的餐叉突然抖了一下，同时，她的笑容僵住，朱红色的樱唇紧紧抿到一起，眼神瞬间一片迷茫。

她失恋了！乔亚非肯定。

“朵朵，你也知道，我爸的工厂，没我根本发展不了，我怎么能放心出国呢！”

“既然这样，你为什么还要从鸿升公司辞职？那可是你老爸的销售链啊！”聪明的甘朵早猜出其中的问题，却仍故意问。

她脸红红的：“我想换个工作环境！”

乔亚非突然抢先问：“你原来所在的公司问题很大吗？”

她看了甘朵一眼，摇摇头。灵慧的甘朵笑着白她一眼：“你快谈谈真实想法，我正要研究鸿升公司内部运行的弊病，以便将来更好地发展呢！”

兰天依仍犹豫着，在甘朵地一再催促下，才说：“你也知道，鸿升公司是家族企业，公司上层管理臃肿，严重妨碍着公司的发展。当然，”她时刻不忘拍甘朵的马屁：“新上任的乔董事长肯定会革除这些弊病！”然后，她又站在朋友的立场上，真诚地劝告：“朵朵，你工作时稍稍注意一下公司里的人际关系。”

乔亚非认真听完，发觉在这女人身上，他又犯了一次主观性错误。他很懊恼，蓦地抬眼，发现甘朵看向兰天依的视线有丝敌意，于是站起来，借口去洗手间，以避免自己夹在中间，造成这对好朋友的反目。待他走后，兰天依又悄悄对甘朵说：“朵朵，我爸和鸿升公司之间的合同，以后就靠你了，我们绝对保质保量，价格低廉，还有少许提成哦！”

甘朵勾着嘴角哼哼了两声：“提成就不必了！”

她嘿嘿笑：“那就价格再低些，怎么样？”

“兰天依，你知道刚才那人是谁吗？”甘朵不想再和她纠缠。

“那个！一二三吗？”她听出了话外音，表情有点呆了。

“哼，其实他就是乔亚非，乔三是他绰号而已！”

兰天依故作镇定：“朵朵，我还有事，先走啦！”说完，逃也似的奔出餐厅。

乔亚非从餐厅结账出来，突然不见兰天依，心中莫名失落，故意问：“兰小姐呢？”

“她有急事，先走了！”甘朵轻松地回答。

可他却觉得甘朵必定向她说了什么，她才这么短时间内离开。他依旧绅士地替甘朵打开车门，笑容纯净，像一个老朋友：“甘小姐，请！”

甘朵随乔亚非上车，一路很兴奋，到自己家门口时，她如水的双眸脉脉凝视着他：“亚非，时间还早，上来坐一会儿吧？”乔亚非很清楚甘朵让他“上来”的含义！可他清楚自己并不爱她，他只把她当作自己的小妹妹，一个在事业上可以扶携举步的红颜伙伴，正要拒绝，手机铃声突然响了起来，他打开一看，是后母杨虹的电话，于是趁机向她告辞。他钻进车内，接通杨虹手机：“阿姨，是我，爸爸有什么事吗？”原来，乔知之突然间得了脑中风，瘫痪在床，生活已经不能自理，这也是乔亚非闪电般继承鸿升公司的缘由。

“你爸爸见不到你不肯吃药，也不肯睡觉，我管不了了！”杨虹没好气地说。

“好，我半个小时后到！”乔亚非迅速调转车头，向家里奔去。

乔知之年近花甲，当初，鸿升有限责任公司本为他和前妻共创，然后从亲戚中广募资金，经过几十年发展，形成现有规模。乔知之因为外遇，其前妻去世前，用法律文书的形式，把自己名下资产全部划归于乔亚非。所以乔知之再婚后，杨虹除了生活优裕外，在公司资产上，并没分得分毫，这使得杨虹既气恼又无奈，常与乔知之发生争执，夫妻感情极糟。而乔亚非在生母去世时，正处于青春叛逆期，失去了原本温馨和睦的家庭，更不满父亲另结新欢，脾气变得越发火爆，最终与乔知之闹得水火不容！望着父亲日渐苍老的脸，轻轻抚摸着那长满老年斑的手，乔亚非胸中一时五味杂陈。父亲现在还不足六十岁，对他来讲，人生仍在辉煌之时，却因为一场突发重症，连多年的记忆都抹杀了。乔亚非眼圈渐渐发红，微俯身：“爸爸，您把药吃了么？”

乔知之见到儿子，浑浊的双目立即绽放出喜悦的光彩，他小孩子似地说："你不回来我就不吃药！"

乔亚非眼中晶芒闪动，躬身倒水，喂乔知之吃下药，然后抽出纸巾，轻轻擦去他嘴角的涎水："爸爸，我有时工作忙，太晚了您以后就不要等我了，这样对您身体不好！"

乔知之虽然糊涂了，但多年工作习惯还是对其头脑有一定的影响，他理解地答应着："你要好好工作，不要再去外面乱跑了！"

"爸爸放心，以后我都听您的！"

父子俩默默相视而笑！看到这一幕，杨虹就来气，乔知之又不只乔亚非一个孩子，可他却从不提及她的女儿乔夕。她不耐烦地说："好了好了，已经太晚了，知之早该睡了！亚非，你也忙了一天，去休息吧，只要你不怕我虐待你老爸就成！"

乔亚非望着杨虹已经不再年轻漂亮的脸，客气道："您说哪儿的话，我谢谢您还来不及呢！"

"不用那么客套，乔夕脾气古怪，可毕竟是你妹妹，你以后多费点心！"杨虹很无奈地面对现实，女儿太不争气，目前她们母女俩的生活，还得靠乔亚非。

很快，甘朵通过鸿升公司的考核，成为销售经理，并依靠自己的人脉，源源不断地为公司拉来业务，这使乔亚非有了更多的精力进行公司的改革和发展。这天，他应汇通能源公司董事长程克兴之邀，与目前在社会中比较有影响力的同学聚餐。程克兴大学毕业后就开始接手家族产业，在这五位同学中最具实力。他身材中等，额头上的头发已呈荒漠化趋势，一双细长的小眼，圆圆的下巴，笑起来一副敦实憨厚的模样。他关切地问："三儿，新接手公司有许多困难吧？"

"是啊！"乔亚非边感叹边抱拳："在这里就全仰仗各位帮忙啦！"

"好说好说，三儿你就放心，这几天，我带你结识几位社会名流和业界大亨，绝对对你的企业发展有帮助！"程克兴拍胸脯打保证。

乔亚非端着酒杯站起来："那就先谢谢哥哥啦，小弟我先干为敬！"

"哈哈，我们都是兄弟，不要这么客气！"程克兴一仰头，把杯前酒一口闷进。

众人齐声叫好："痛快！"

饮至半酣，自仪集团销售总监大卫去洗手间时，意外看到本公司新聘职员兰天依正站在对面一间贵宾室外连连吐长气。他走过去："天依，有什么棘手的事吗？用我帮忙吗？"

耳目一向聪敏的乔亚非蓦地听到"天依"两个字，不由望向门口。门外站着一位身穿水绿长裙的女子，长发优雅地垂在肩头，虽然只是个遥远的侧面，但他还是一眼认出了她。只听兰天依说："大卫，这是我的私人生意，怎么好意思让你来谈！”

大卫拥过她的肩，随手关上房门：“没关系，你需要的时候我永远在你身边！”

同学老五已经忍不住笑起来：“哈哈，情场王子的名号果然不是吹出来的！”

乔亚非有些不是滋味，默默灌酒。程克兴问：“三儿，还没结婚哪？”他摇摇头。众人都叹气。

“都过去十几年了，你怎么还这么固执，你成心气死你们家老爷子是不是？”

乔亚非笑了：“你们别胡猜，没有的事！”其实并非他不想谈女友，实在是他的工作性质，难以觅到倾心对象。

“哈哈，没结婚也并不代表没女人，男人那东西就跟洪水似的，不定期发泄还不成灾！老二你就别跟着瞎操心啦！”老六嘿嘿怪笑。

乔亚非嗤了一声，没理他们。

不久，大卫返回，老五又拿他开涮：“大卫，你不会是家中红旗不倒，外面彩旗飘飘吧？那小女孩，果然气质难得啊！”大家都是同学，知根知底，所以开起玩笑来也无所顾忌。

大卫一本正经地辩解：“老五你少胡扯，她是我手下刚上任的销售员，谈生意时被签单老板骚扰，我看不过才替她出面摆平。”

不知为何，乔亚非想起刚才大卫与她亲热的样子，就有一种无明之火在体内乱窜！他不咸不淡地讽刺：“我说老五，大卫怎么会是那种无耻的人呢！”紧接着，他发现，大卫握杯子的手僵了一下。不过，大卫的失态只是瞬间，很快，他换了副玩世不恭的面孔，白了乔亚非一眼：“三儿，你少来，在这方面，你才是我们的旗手，各位兄弟，你们说是不是？”

虽然当年乔亚非与曾经的语文老师关系极为密切，但几个知底的人都相信他们是清白的，是乔知之冤枉了那位女老师。大家都低头吃菜，没人回应。乔亚非损道：“老大，你别给自己脸上镀金，剥了皮还不是黑呼呼的废铜烂铁，本人现在可是货真价实的单身，真金白银！”

他这话一点没错！老六又拿大卫开涮：“大卫，那女人到手了么？滋味怎么样？”

突然，“砰”的一声，乔亚非把酒杯狠狠蹾在桌子上，众人全都愣住，齐齐惊讶地看向他。乔亚非不带感情的双目挨个扫过他们，浓眉渐渐展开，端起酒杯，呵呵一笑：“你们这帮大老爷们儿，真是越活越没出息，女人不都那么回事么！揭过揭过，赶紧喝酒！”众人这才回过神来，且早知道乔亚非的品性，也没有人多疑计较，一时房间里又热闹起来……

饭后，程克兴故意落在乔亚非后面，低声说："后天榕山庄园俱乐部有个派对，你也来，怎么样?"

乔亚非点点头："没问题!"

榕山庄园是自仪集团二代掌门人——林枫林总经理的私人会所，位于S城某郊区一处僻静的山脚下。这里，人工种植了大量的小叶榕，初春时节，漫山遍野，一片片赏心悦目的浓浓青绿。此时，一辆黑色华贵的林肯房车正在其间穿行。

"好漂亮的地方!"乔亚非打开车窗，呼吸着清新的空气，由衷赞叹。

"当然，小太子的会所，可不是普通人能进来的!"程克兴既用此证明了自己的身份，又达到了向乔亚非表功的目的。

"我可是沾二哥的光啊!"

"我们谁和谁啊，不都自家兄弟嘛!"程克兴客气!

"那是，二哥，你可要想办法替我拉几个大客户啊!"

"今天找你来不就是为了这个，"程克兴手握方向盘，自信地说："等一会儿到了，你就知道二哥我所言非虚啦!"

来到一个黑色铜制大铁门前，高耸的门上，左右各装有监视器。程克兴摇下车窗，向一旁的监视录像器点点头，然后拿出一张会员卡，在刷卡机上一穿，一会儿，铜门缓缓打开。

放眼看去，里面简直就是一座皇宫：茂密的树木，充满诗意的小桥流水和造型各异的艺术石雕，白色碎石道一路曲折延伸。微风吹过，耳边传来沙沙的叶子声，让人有种重归自然的淡然恬静。

在一栋欧式巴洛克风格的别墅前，房车停下。程克兴带着他，踏上长阶，穿过玻璃长廊，来到一间有壁炉的会客室。会客室中央，摆着一架白色钢琴，后面有一个酒吧台，台上摆着各式的洋酒。不时，有穿着清凉的美丽女子，也有西装革履道貌岸然的绅士，在包房间穿梭、谈笑。程克兴带他认识了几位政府官员、房地产界大佬、某电子科技上市公司老董……然后又建议："三儿，走，我带你去见见这里的主人——自仪集团太子林枫。"穿过刚才的会客厅向左拐，在一间装修奢华的房门前停下，一位服务员帮他们打开门。这间包厢，竟然和外面的会客厅一样大，它的中央，摆放着一个可以坐20人的大圆桌，旁边是L形蓝红色沙发，沙发前有一个电视墙，可以唱歌放碟。

林枫正与几位男女朋友交谈，见到程克兴，微笑着走过来："兴哥，前一段时间你跑哪儿去啦?"他浅浅的双眼皮，皮肤微白，看上去很清朗。

程克光说："去澳门玩了几天!"

"手气如何啊?"

“唉，别提了，屡战屡败!”他笑起来。

“哈哈，你是屡败屡战，还是那不服输的性格!”林枫说完，这才望向乔亚非：“这位是?”

“我同学，鸿升公司新任董事长，以后还请林兄弟多多关照!”

“哈哈，原来是乔董事长!”林枫伸出手：“你好，我是林枫，欢迎光临寒舍!”

“谢谢!我很荣幸!”

“甘朵总是在我面前提起你!”林枫意味深长地说。

“你们也认识吗?”

“当然，我和甘朵有同窗之谊，你在L国的英雄事迹我早就如雷贯耳啦!”

“嘿嘿!别提了，丢人的事!”乔亚非笑着摆摆手。

“把洋鬼子打得抱头鼠窜，你是为国人争了光!”林枫接过服务生送来的酒，对乔亚非客气地伸了下手。

“惭愧!”他端过酒杯，对服务生点点头，道了声谢谢。

能引起林枫如此重视的女人绝对不是一般女人，程克兴好奇地问：“甘朵?怎么听着这么耳熟呢!”

林枫望向他：“兴哥，我敢保证，甘朵这名字你肯定从来没听过!”

程克兴嘿嘿笑了。

“不过，她父亲的名字你一定知道。”

“谁啊?”

“他曾担任过驻美国大使馆参赞和联合国大使专员，卸任后被聘为知名国际品牌亚太地区总裁，是APEC工商咨询理事会中国代表……”还不待林枫说完，程克兴激动地说：“甘广平!”

“没错!”林枫呷了一小口酒。

“亚非，这么露脸的事，你也不向哥哥我汇报!”

“都是上不得台面的事!”乔亚非突然敏感地注意到，程克兴嘴上虽然恭维，眼神却黯淡下来。

林枫又问：“乔董什么时候有时间?我们可以就甘经理的销售提议进行商谈!”

“这不是强迫你做生意嘛!”乔亚非调侃：“不过，我们公司产品倒绝对物美价廉，不会让你失望。”

林枫哈哈大笑：“昨天我看过你公司产品的资料，如果确实合乎我们公司要求，肥水当然不流外人田!”

不久之后，林枫认真考察过鸿升公司的生产工艺和流程后，带走部分样品进行测试。乔亚非和甘朵以朋友之谊对他进行专门宴请，饭毕，众人又到酒吧娱乐。不巧的是，林枫半路有事先离开，于是乔亚非和甘朵两人出了包厢，正打算各自回家休息，突然有人后面喊：“天啊，甘朵姐姐，你什么时候回国的？”

乔亚非回头，只见一位长相甜美的卷发女子正兴奋地望着他们。甘朵迟疑了一下，那女子又说：“我是黄简啊！”

“哎呀，小简啊，我刚回国不久，没来得及通知大家，我给你们赔罪啦！”甘朵终于想起来。

“其实大家都忙，想聚到一起也不容易！”小简说话的同时，打量了乔亚非几眼，笑着问：“这位是？”然后贼兮兮地向甘朵挤眼。

她面色微微一红：“我老板，鸿升公司的乔亚非乔董事长！”

小简立即送上马屁：“哎呀，学姐好有眼光啊！”她满面笑容地对乔亚非伸出手：“久仰大名，我叫黄简，很高兴在这里能认识乔董事长！”

乔亚非点点头，礼貌地回握一下。

甘朵问：“小简，是来谈生意吗？”

小简摇头：“是兰天依正处在生理低谷期，拉我们散心来了。不过，今天倒真是巧，相约不如偶遇，你们如果生意谈完了，也一起来玩吧！”

这时，包厢里传来兰天依高亢的感慨：“今朝有酒今朝醉，明日愁来明日忧！”

甘朵听后，扑哧乐了：“兰天依是不是失恋啦？”

“我看是比失恋还棘手的事，很可能又被老板骚扰了！”小简坏笑。

不用想，这个老板自然是他那好色的同学——大卫！乔亚非此时竟然很想见到她：“甘经理，时间还早，那我们就一起去瞧瞧？”

甘朵神色一黯，不情愿地点点头。

包间的门打开，乔亚非一眼就看到正在灌酒的兰天依。她身穿红色V领高腰荷叶衣，紧腿牛仔裤，浓妆艳抹，一反平日大气严肃的职业着装，显得野性而又妖娆。听到门响，她扭过头，对走在前面的小简嚷：“这么快就回来了？不是尿裤子了吧！”紧接着，下面的话她自动打住，看着随后而来的甘朵和乔亚非，嘴巴张了半晌才闭上，脸不由变得通红。

乔亚非痞痞地勾起嘴角。

众人哄笑声中，兰天依尴尬地打招呼：“朵朵，乔董事长！你们好！”

“兰天依，你越来越疯了，以后看你怎么笼董文龙的心！”甘朵坐到沙发上，打开一听啤酒，放到乔亚非面前。

乔亚非听了甘朵的话，抬头，紧盯着兰天依的变化。只见她的眼仁呆滞刹那，小脸渐渐苍白，突然，桃瓣一样的红唇大幅度地撇起：“你们别胡扯了，那小子早让我当鸭子卖了！”众人全都愣住，同时充满好奇地望向她。她扫过一张张猎奇的脸，表情有些僵硬，狂灌了一大口酒，借着酒劲，强笑：“完了，我们早完了，他早有别的女人了！”

她虽然一副不屑的样子，可乔亚非看得出，她美丽的眼底堆满哀伤无奈。都曾有过的经历，使他更能理解兰天依此时的心情，那曾经年少纯真的感情驿动，无论最后是伤害还是快乐，都已深深刻在记忆的年轮中，永远无法忘怀！

“靠，这个忘恩负义的王八蛋！”小简大骂：“如果没有你，他能出国镀金！”

甘朵也很吃惊：“天依，这是什么时候的事？”

“人都是会变的，没谁的是是非非！”兰天依甩甩头，貌似解脱地笑：“就是在——”她盯住乔亚非：“就是被鸿升公司辞退的那一天！”乔亚非羞愧地垂下头，原来解雇她那日，正是她被深爱的男友抛弃的日子。可是，她确实在当时起到了杀鸡儆猴的作用，使自己得以名正言顺地对公司进行大力改革。

“解雇？”包间内另一女孩和小简一同惊讶地看向乔亚非，齐声问：“为什么？名牌大学生，多好的人才！”

“这是需要！”乔亚非不看众人，抬眼定定地望向兰天依，很诚恳地说。

兰天依也清楚鸿升公司属家族产业，内部管理弊病重重，当初乔知之就是因为乔亚军擅自挪用公司销售资金，震怒之下而发病。而自己，不过是乔家内斗中不小心撞在枪口上的小卒。她满不在乎地说：“你们懂什么？我是块不错的踮脚石！谁让我是草根呢？草根就得有草根的活法！”

乔亚非心头一梗，垂眉不语。

气氛有些尴尬，兰天依穿上米黄色风衣，摇摇晃晃地拎包站起来，嘿嘿笑道：“各位，我去洗手间，你们聊。”

乔亚非用眼角的余光目送她出了房门，突然意识到，她不会回来了。他站起来：“甘朵，时间不早了，你们玩，我还有事，先走一步。”

甘朵急忙说：“我们一起走吧？”

乔亚非拒绝：“你们聚到一起不容易，不要因为我坏了兴致！”说完不理会甘朵失望的表情，告辞而去。

兰天依步出酒吧，将身体溶入浓浓淡淡的夜色。昏黄的路灯，拉长了她黯淡的身影，时有车水流光瞬间闪过，映衬出她凄恻的脸。此时的她，在乔亚非眼里，仿若水墨蕴染的雨后青竹，萧瑟静深，透着浓浓的忧伤。他默默跟在她身后，一直送到她居住的小区，才放心离开。

第二章　复杂身份

这天中午，乔亚非接了个神秘电话，匆匆赶往某酒店。酒店包厢里的菜已上齐，里面坐着一个人，身穿极普通的夹克，神色漠然地静静等待。当他看到乔亚非，立即站起来，摘下墨镜，露出一张绝世面孔。男人的美有很多种，阳刚的、阴柔的，英俊的、冷酷的，而面前这个男人，似乎包容了男人所有的美。他五官英俊，面部线条柔和，神情却无比刚毅，精湛锐利的眼神使得他周身散发着凛然寒气，让人轻易无法接近！他伸出手："乔哥！"

乔亚非急忙走过去："阿斌，我迟到了，抱歉！"

"见外了不是！"他调侃："乔哥现在正创业期，生活充实，难得有机会来会老友！"

"你就得瑟吧，谁还有你忙！"乔亚非咧开嘴讽刺。

周斌大笑，闲聊数语，直接步入正题："你公司要想上市，至少需要五年以上的经营实绩，在交易所的审批手续繁琐，也得花费相当多的人力、财力和时间。所以，你最好借壳上市！"

乔亚非边听边点头。

"你可以通过收购一些小型上市公司，达到自己上市的目的，因为收购这种资产和营业额比较少的企业，无须你动用大额资金就能办到。"

乔亚非为他续满酒："哈哈，你也知道，我是半吊子起家，等鸿升公司上市后，就让市场管理去！"

周斌点头："也真是难为你了！"

"咱哥儿们别来虚的！你就直接送佛送到西吧！"乔亚非端起酒杯，两人非常默契地互碰了一下，仰头各饮掉小半杯。

周斌道了声爽快，然后说："已经为你准备好，久远集团曾并购过一家小型上市公司，你可以采用收购的方式把它作为上市跳板！"

"多少钱？透个底！"在他面前，乔亚非向来沉不住气。

周斌忍不住又呵呵笑起来："这可是商场，一个子儿都不能少！"

"当然！老弟，你就别卖关子了！"

“25 个亿！”周斌郑重地说。

乔亚非听后，皱眉发愣。

周斌也不多言，默默等待。

其实这在上市并购中，算是很少的了，可是，自己还真有难处！半晌，乔亚非苦笑：“我目前没那么多资金，你也入股吧！”

“久远集团出资 20%，如何？”

乔亚非高兴地咧开嘴：“足够了！”

周斌嘱咐：“不过，你持股最低比例要保证在总股份的 35%，免得影响你目前在公司的绝对权力！”

“哈哈，还是你想得周全！”他笑完，从西装上衣掏出一个信封：“替我去调查一下这个人！”

周斌接过来，放到贴身处，突然板起脸：“给你出这么大力，这顿你得请我！”

两人对眼互看，扑哧都乐了！

乔亚非愉悦地下楼结账，突觉心脏“咚”地跳了一下，不由扭过头。此时，兰天依面带微笑，身着粉色小西装，正从楼上走下来。一个相貌猥琐的男人，边和她谈话，边不时用手拍拍她的肩膀。

这该死的女人，怎么这么不自爱！乔亚非莫名腾起一股火，转身对着楼梯口，冷冷瞪着她。兰天依忽觉周身一寒，顺着内心强烈的感应望去，就见乔亚非正拧着眉头，深仇大恨般地看着自己。她不明所以，下楼走神，错迈了个台阶，眼看就要跌倒，同行的客户一把扶住她。乔亚非快步走到他们面前，一把打开那客户的脏手，拉着她的胳膊，不顾众人的惊讶，大步出了酒店的门。

兰天依挣扎：“乔董事长，你要干什么？放开我！再拉我告你非礼啦！”

他面色铁青，到酒店外才松开她，恼怒地问：“有你这么谈生意的吗？那男人一看就不是好东西！”

她只觉脑袋轰的一声，刹那空白，随之，她面孔由红变白，激动不已：“你算老几！凭什么这么说我？”说着，扬起巴掌就扇过去。

乔亚非抓住她的手，紧紧握住。她皮肤的柔滑细腻透过掌心，丝丝缕缕缠绕上心头。他脸部线条渐渐变得柔和，嘴上却满以为很有道理地训斥：“生意谈不成就不谈，非要用这种手段？”

这是一种对人格的污辱，兰天依眼仁血红地瞪着他，却对这个污辱她的人毫无办法。她努力去挣自己被攥得发青的手，眨动的睫毛下，大颗大颗的泪珠流下来。他怔怔地望着她无助的眼泪，胸腔蓦地收紧，堵得人发慌。此时，他很想把这女人轻轻抱在怀里说声对不起。就在他犹豫的时候，她摆脱他的束缚，逃命般跑到路边拦出租。

直到她浅粉色的背影很快消失在五颜六色的车流中，乔亚非这才意识到，刚才自己说了多么可恶的话！为什么会这样冲动呢？他茫然站了半晌，才到地下车库取车。一路上，脑中塞满那美丽的倩影和兰花眼里不断流淌的泪水。那些泪水，无声无息地滑入他的胸膛，使他的心也变得苦涩不已！地下车库相对较暗，乔亚非郁闷地打开车门，在坐进驾驶室的一刹那，他猛然回头，然后迅速关上车门，同时转回脸，边发动车边面无表情地说："有事？"

周斌嘿嘿笑："大哥，就你这方式，情路坎坷啊！"

自己刚才荒唐的举动，一定是被他看到了！乔亚非的脸噌地红了："阿斌，别胡扯，只是一个朋友！"

周斌拍拍他的肩："赶紧去道歉！"然后不待乔亚非说话，人已经从他的车里消失了。乔亚非隔着玻璃窗，望着周斌的身影眨眼间闪没在车丛中，脸突然绷得紧紧的。他接受周斌的建议，来到自仪集团销售处楼下，正犹豫着怎么向兰天依解释，这时，手机铃声响起，他看了看号码，接通："阿宽，什么事？"

"阿金暴露了，线索断了，怎么办？"阿宽急切悲愤的声音传来。

阿金是他从武警学院亲自挑选出来的优秀警员，跟了他半年有余，一直便衣在星浩娱乐城做夜场保镖，暗中调查星浩娱乐城老板郑浩的涉黑罪证。"我知道了，你在哪里？"乔亚非停顿片刻，点点头："好，我这就过去！"说完，嘎地调转车头。他迅速穿过嘈杂的市场、街道，边观察着车上的反追踪仪，确定安全后，拐进九弯胡同。胡同尽头是一栋安静的有些冷幽的大院，院外一棵老洋槐寂寞地摇动枝叶。乔亚非按动遥控器，院左的车库门随之自动打开。他猛一打方向盘，车准确地滑入院中。

阿宽已经在那里等候："乔哥，阿金——"

"我们进来说！"

房间内还有三人，一律高大强壮，他们见到乔亚非，一齐站起来："乔哥！"

他点点头，示意大家都坐，由于过于激动，他眼丝血红，脸颊肌肉微微颤抖："究竟怎么回事？"

阿宽拿出一台播放机，打开。这是7月19日凌晨1时53分阿金的电话录音，这也是他留在这个世界上最后的声音。

一个女人带着哭腔的声音："阿金，我被人打了！"

阿金口气很急切："谁打的？"

“是两个专门抢包的男人，天太黑，我没看清脸！”

“你在哪儿？”

“在赶场的路上，长途汽车站旁边。”

“好，你等我，我这就过去！”

从这以后，阿金就失去了消息。究竟那个时候发生了什么事？为什么来不及报警？乔亚非把这个电话录音听了一遍又一遍，每一次都无法抑制地流泪。阿金才刚满22岁，正是美好人生的开始，甚至还没来得及谈一场恋爱，就过早地离开了人世！

“那女人是谁？”他问。

“是个地下模特，据我调查，她曾经被郑浩包养过，后来喜欢上了阿金，我只知道这些！”阿宽回答。

乔亚非压下心头不断翻涌的悲伤，向阿宽勾了勾手，阿宽立即掏出烟盒递上来。他似乎精神不太集中，手抖了半天才摸索出一支，然后叼起烟卷，又打了两次火才点燃。他狠狠吸了几口烟丝，然后又把它狠狠捻灭在地上，扫了众人一眼，声音嘶哑而怪异：“这事与我有很大的责任，我们计划要改变，你们先尽快找回阿金的尸体！阿宽，想办法让我和莫五搭上线，我要亲自和他谈生意。”

“乔哥？”众人齐声望向他。

“你们放心，这次只有我出马才合情合理，不能再出第二个阿金，我要保证你们的人身安全。”

众人见此，知道事情已经决定，商量片刻，便各自领命散去。

乔亚非刚刚回到车上，鸿升公司总经理就打来电话，询问召开股东大会事宜。这是针对鸿升公司变更股份制结构的重要会议，绝对不能出现疏忽，乔亚非吩咐：“我半个小时到，你在办公室等我！”然后，奔驰车从另一条胡同穿到主干公路，眨眼溶入车流。

经过多方运作，鸿升公司终于通过了有关股改的股东大会。这时，阿宽也与莫五接上了头，约乔亚非到淮海路的一家夜总会内会面。

包厢内灯光暧昧，乐声靡靡，分外妖娆美丽的小姐们环绕在男人中间，或莺语低谈，或娇声巧笑，更有甚者，偎在男人胸前挑逗，以赚取更多的青睐与金钱。莫五被人带到，乔亚非一挥手，手下便识趣地拉着那群女人们离开。房间里只剩下乔亚非和莫五二人，两人各怀心思，互相感知揣摩，一时空气寂静得有些诡异。乔亚非嘴角斜叼着烟卷，眼前云雾缭绕，在橘黄色的灯光下，使得他的脸有些模糊、神秘！“莫老板，您可是大人物，不容易请啊！”他嘲讽。

“嘿嘿，乔老板，您太瞧得起我了，我这也是收人钱粮为人办事，身不由己啊！”莫五感觉有刀锋般锐利的目光向自己扫来，他小心抬头。作为经常在生死线上奔跑的桥人，莫五的相貌太过于温良了，笑起来皱纹堆满眼角，所有的情绪，都被那可亲的褶皱掩盖。不过，乔亚非相当清楚，这人实在不简单，而莫五也相当了解乔亚非的底细。乔亚非曾经在京城的‘臭龙’手下干过，‘臭龙’被政府一窝端后，他蹲了几个月的局子，后来被他老子花了大价钱保出来送往L国。据说在L国也恶习难改，纠结一批留学生做地下生意，搞得L国情报机关曾多次暗中追查他，却苦于找不到任何证据，对他头痛不已。今天乔亚非找他做生意莫五并不觉得意外，只是以前没有合作过，他需要谨慎！他接过乔亚非递过来的烟，用已经发黄的食指夹住，又见乔亚非为他打燃火机，忙把脸凑过去，连声说谢谢，然后坐回沙发：“乔老板有什么事只管吩咐，兄弟我只要能办得到，自当赴汤蹈火！”

乔亚非把一只脚松散地搭在面前的小几上，身体后靠，眼微眯，周身凛凛然散发着狠绝与霸气。

“莫老板这话言重了，小弟只是想在这条道上走动走动，希望莫老板以后多加指点！”

莫五讨好地说：“乔老板，你是做正经大生意的，你也知道，我们这行虽然来钱，可是风险太大，不值得你冒这个险。”

“正经生意赚钱太慢！”乔亚非接过莫五续点过来的烟，坐直身体，貌似烦恼地吸了一口。

看来他是有难处！莫五不语，默默等待。乔亚非皱着眉头看了他一眼：“莫老板，咱明人不说暗话，我也不瞒你，你别看我公司即将上市，可我接手时，已经亏空不小！何况这些日子为了上市，给交易所的那帮大爷们花的钱跟流水似的，现在急需补窟窿！莫老板现在如果手头有好货，不要客气，有多少我要多少！”

和乔亚非这样有明显社会地位的人做毒品军火生意，比其他新上道的小团伙更保险些，所以莫五更愿意和这种人打交道：“乔老板果然是做大生意的人，痛快！”他不动声色地提醒：“就算在S市，您说一句话，浩哥也得给面子不是！”

浩子是S市最大的涉黑团伙，为人狠辣，在全国建立有一支强大的毒品销售网，阿金就死在他手下。而莫五现在是提醒他，这事浩子也插手了！乔亚非轻蔑地哈哈大笑：“老子在L国都没让谁给过面子，浩子算个什么东西！”笑完，他突然从怀里掏出一把锃亮的乌枪，黑洞洞的枪口对准莫五脑门，缓缓拉动扳机。

莫五吓得一动不敢动，在他的慢镜头动作里，脸越变越白，冷汗直淌："别，别，乔老板，你别急，我这里是有一批货！"虽然清楚乔亚非有吓唬成分，但他性格暴躁，枪子又不长眼，不小心惹怒了他，一激动，走了火就成干菜了！

乔亚非目中的杀气这才敛去："以后你记住，浩子不是个东西！"他收回枪，对着枪口熟练地吹了吹，痞痞地笑了。

"您说得对，说得对，浩子不是东西！"莫五抹把冷汗，心道：他这话说的，怎么都把浩子给骂了。乔亚非再也不看莫五，手中把玩着手枪，拉拴，扣扳机，再拉拴，搞得莫五很怀疑，那枪里究竟有没有子弹！这时，乔亚非嘴角又勾起邪恶的笑，不发一语，眼睛暴戾地紧紧盯住他。莫五立即放弃观察："乔老板，我现在手里有一批'金新月'的货，目前云南边防太紧，需要等些日子！"

现今世界上有三大毒品源，著名的金新月，是其中最大的毒品生产基地，横跨巴基斯坦、阿富汗和伊朗，位于亚、欧、非三大洲的边缘地带。"金新月"生产的海洛因，其纯度非常高，是货真价实的名牌。

"这我清楚，不过，做生意要讲诚信互往，莫老板如果胆敢耍什么手段，到时可别怪我乔某不讲情面！"乔亚非挑起一只眉毛，举起手枪，对准头顶一盏花枝水晶吊灯，扣动扳机，只听"啪"的一声，灯泡应声而碎，房间内的光线瞬间暗淡下来。

这是支有子弹的真手枪，还是无声的。莫五眼瞪得跟铜铃似的，后背直冒白毛汗。只听乔亚非又哈哈笑问："莫老板，可看清了？"

是个狠主！幸亏刚才没激怒他！莫五连连机械地点点头："有乔老板这般利害人物，我还有什么不放心的！"

交易谈妥，乔亚非率众人离开。黑色奔驰在柔和的街灯下穿行，抛下长长的如水流光。奔波多日没有休息，乔亚非现在觉得很累，他疲惫地靠在座位上，闭上眼睛。脑海中出现一个女人皎丽的面容，她时而泼辣可爱，时而妩媚俊逸，就好像是奇秀山川中的一株九华兰，万紫千红中的一朵百枝莲，她的美，需要你用心去追寻，慢慢去发现。他的嘴角不知不觉扬起，温馨快乐荡漾在脸上……记忆翻到最后一幕，那委屈愤怒的眼神，长长睫毛下无声滑落的泪水，蓦地触动了他的神经，他的心莫名被揪痛，并开始焦躁不安地跳动。他了无睡意，鬼使神差地看向车外。越过公路两边的绿色植物，兰天依身穿夹克休闲装，长发飞扬，正快步向前走着。就算这么远的距离，这么模糊的影子，他也总能第一个感知她的存在，这是为什么？

眨眼间，她被车速抛下，消失在视线中，他的心又突地一跳。

"停车！"他突然命令。

奔驰车拐到路口，乔亚非吩咐手下人先离开，然后长吸口气，压下心头无来由的激动，又拍了拍身上的烟气，整理了一下西装，悄悄躲在一棵橡树后，想和她开个玩笑。她越走越近，他的心情也越来越兴奋，想象着她被吓到瞪大眼睛的情形，他嘴角不觉勾起一丝调皮的笑。

今天是周六，自仪集团销售总监大卫另行高就，公司举行欢送派对。饱受他骚扰的兰天依高兴不已，谁知，他竟然当众示爱，弄得她很下不来台。派对一结束，她就先跑出来，正前行间，突然前面树影里鬼魅般闪出一人，龇着白森森的牙问："兰小姐，这么晚了还要到哪儿去？"

她顿觉脑袋一麻，大叫一声，转身撒丫子就跑。

用得着这么害怕么？乔亚非莫名其妙，同时，兰天依充满恐惧的脸在脑海里定格。是的，她的表情是恐惧，为什么恐惧呢？其实自己不过是想道歉而已！他不解地望向她快要消失的背影，觉得好容易见面，机会难得，话还没说就分手，这可不是他的性格，于是立即追了上去。兰天依回头看他越来越近，吓得不轻，急忙跑到马路上，跳上一辆出租车："快，快走！"

司机问："小姐，您要去哪儿？"

"到e家旅店，快！"

"e家不就在这里嘛！"司机好笑地提醒。

"开车啊，到远处的旅馆，越远越好！"兰天依急催："您快点，快点啊！"

乔亚非追之不及，正懊恼间，突然看到老同学大卫从自仪集团的大楼内奔出，很没形象地乱喊："兰天依？兰天依？"这么晚了，难道她竟是要和有妇之夫幽会？一想到这个，他就气血翻涌，决心坚决彻底地拆散这对'野鸳鸯'。他悄悄追上大卫的座驾，展开跟踪。

某小区内，大卫乘电梯上楼，咚咚地擂门并焦急地呼唤兰天依的名字，很久，也没有得到回应。躲在楼梯下的乔亚非很奇怪：这房间便是她的住处吗？她为什么不给他开门？他看看表，已经夜半了，是不是她没有回家呢？

这时，对面的房主开门训斥大卫："这位先生，不要这么大声好不好，我们还要休息！"

大卫急忙道歉，又等了一会儿，才气呼呼地离开。乔亚非终于想明白，一定是今天兰天依拒绝了大卫，怕他来骚扰，故意没回来。他的心情顿时愉悦起来，转身下楼，将到楼梯口时，他突然停下，从上衣兜里拿出副眼镜戴上，然后半开楼门，遮住身体，向外张望。果不出所料，大卫的阿斯顿·马丁正停在兰天依门口对面，还在等待伊人归来。他忽生一计，重新乘电梯上楼，来到她房门前，掏出一种锡纸包裹的半流状物，一点点挤进门锁内，然后留下个两指节长的把手。半分钟后，液体凝固，他轻轻转动把手，随之，门无声打开。他大大方方地进了兰天依的家，先拉上窗帘，再啪地开了灯，然后迅速脱光衣服进入浴室，开始哗哗地洗澡。

果然，没出五分钟，门铃声响起。乔亚非得意地一笑，拿下浴巾。浴巾很短，只能把腰部以下围上，露出他精壮结实的肌肉。在经过卧室时，他想了想，又把卧室的门开了条缝，稍稍泄露点旖旎的灯光，以扩大人的想象力。门开后，大卫不由愣住。此时，他最想不到的人站在面前：那人几乎全身赤裸，短短的头发根根竖起，上面挂满水珠，时有水珠汇集到一起，挟裹着暧昧的灯光，滑落到光亮紧绷的皮肤上，性感而野性，让人浮想联翩。他不可置信地问："乔三？你，你怎么会在这儿？"

乔亚非浓眉一拧，目光凌厉，反问："大卫，这么晚了，你来干什么？"

大卫彻底糊涂了，他刚刚离开这里不过短短十几分钟，乔亚非怎么突然这样子出现了呢？那兰天依呢？既然房间里早有人，为什么他开始敲门时没人答应？他又看了看卧室中泄露的灯光，脸色愈白："乔三，你，你和天依？"

乔亚非不客气地向外猛推了他一把，虽然脸上仍在笑着，眼底却是寒冰一片："大卫，朋友妻不可欺，你是不是太过分了！"

他深知乔亚非复杂的涉黑背景，心里一沉，踉跄数步才站稳，忙解释："我，我不知道，误会！误会！"说完，逃也似的离开。

苍蝇赶走，乔亚非收拾完兰天依的浴室，一看时间，已经很晚了。他一直都很忙，虽然都在同一个城市，与她见面并不容易，不如今天就住在这里，等明天她回来趁机道歉，并向她表达自己的感情。想到这儿，他躺在兰天依的床上，盖着那充满她体香的蚕丝被，美美睡去。

却说兰天依跑到城西，随便找了个旅店住下，辗转难眠。以她上司的个性，绝对还会来纠缠，如今又多了个阴魂不散的乔亚非，真是头疼啊！好不容易挨到早上，天还没完全亮，她就匆匆赶回家。乔亚非听到门响，吓了一跳，心说，究竟是我醒迟了还是她回来得太早了！闪念之间，他迅速抱过挂在衣架上的衣服。这时，脚步声越来越近，他想都没想，嗖地跃进床与墙的夹缝中。床东西向摆放，靠南面的窗户，中间仅放床头柜，乔亚非身材高大，一下塞满了整个空间。

门打开，兰天依走进来，看了看凌乱的床铺，很纳闷，不记得自己把床搞过这么乱啊？她不解地爬上来要从床头柜里取内衣洗澡。突然，她怔住，转而恐惧地尖叫。乔亚非情知被她发现，红着脸“嘿嘿”着从地上爬起来，见回过神来的兰天依想要爬下床向外跑，急忙抓住她的一个脚腕。兰天依吓蒙了，疯了般对他连踢带踹。乔亚非被她一脚蹬在鼻子上，血顿时涌了出来。他皱皱眉，一把抓住她双脚，双手用力，兰天依整个人就被他拖了过来，然后铁臂把她固定：“是我，我是乔亚非，不要怕！”

是你我才怕的！兰天依挣不脱他，吓得脸色惨白，战战兢兢地问：“你……你想干什么？”

乔亚非人挤在床缝中，实在难受，想要站起来，谁知用力过猛，腰不小心撞到突出的窗台上，他闷哼一声，整个人扑在她身上。兰天依被他一压，胸腔中的空气登时全挤了出去，连话都说不出了。乔亚非浑身的肌肉自卫性紧绷，他使劲抱住兰天依，用以缓解身体的剧痛。脊柱的重要性不言而喻，如果再向下两个骨节，乔亚非有可能终身瘫痪。但兰天依不清楚发生了什么，她以为乔亚非要非礼她，因手脚被压动弹不得，张嘴对他胳膊就是一口。乔亚非经过多年训练，肌肉如铁，尤其在紧绷之时，兰天依偷袭不成，自己反咯了牙，痛得眼泪都流出来了。乔亚非的痛劲很快过去，抬头，望着她鲜血与眼泪齐淌的脸，抹了把鼻子，嘿嘿笑：“你还真咬啊！”

兰天依脸色青白，大口喘气：“我肋骨要被你压折了，你快起来！”

乔亚非这才感觉身下软软的，脸腾地红了，急忙坐起来，背过她边迅速穿衣服，边问：“你怎么这么早回来？”

这是我家你还管我什么时候回来？对这种思维不正常的人，兰天依觉得有必要把幼儿工作做全面：“乔董事长，这是我家！”

“嗯！”乔亚非对她的回答并不意外。

这时，从他衣兜里滑出个黑色的物体。就在要落地的一瞬间，他闪电般收了回去，但兰天依已经看清楚，那是一支枪。

我的妈呀！私藏枪支，我一定要向政府告发！可是，目前以自己的能力，立即把他绳之以法比较不切实际，而一旦他离开这里，自己又没有他私藏枪支的证据，怎么办？兰天依冷汗直冒，正纠结中，突然发现他抬眼望向自己。幸亏职场生涯练就了关键时刻不动声色的功夫，她急忙打了个哈欠：“困，困死了！”

乔亚非看看腕表，皱皱眉：“当然困，这才几点！害得我以为自己睡多了呢！”

兰天依对这种幼儿对话实在无语，转而问高难度问题：“你怎么进我房间的？”

乔亚非得意地笑看着她：“就不告诉你！”

这叫撒娇还是调情？兰天依简直要吐血，还好没发现他有什么其他动机，她小心地问：“你来这儿想干什么？”

“道歉！”

有这么道歉的？兰天依又愣。

乔亚非鼻子下两道血沟，仔细看了看她红红白白的花脸，扑哧笑了：“快去洗脸，丑死了！”

这还成他家了！不过，黑社会大佬咱惹不起！兰天依起身乖乖地来到洗手间。乔亚非也跟进来，轻声说：“你不要把我想象成坏人！”

前提是你也得是好人啊！她小抖一下，怕他发觉自己发现了他的秘密，故意吃惊地说：“坏人？我没有啊！否则我会让你在我房子里呆着吗？”

望着她纯洁似水的眼神，乔亚非心头一热，兴奋地挤进窄小的洗手间，与她并排，对着镜子洗鼻子。她被他挤到一边，自知惹不起，走开。

乔亚非回头问：“你去干什么？”

她脑中灵光一闪，急中生智：“你还没吃饭吧？我去给你买饭！”嘿嘿，只要放她出了这个门，她就可以报警抓住他！

“不用了，我一会儿就走！”

她空欢喜一场，郁闷地想：难道他是喜欢我吗？她微皱眉，看向他。

乔亚非正好洗完脸，见兰天依站在门口对着自己发呆，心呼然一动，脸上的红晕渐渐延向耳后。他兴奋地从后面揽住她的肩进了客厅，和她坐在沙发上，目光炯炯地望着她：“兰天依，上次我说的话很过分，你接受我的道歉吗？”

就您老人家的身份，我敢不接受么！兰天依眨眨无辜而水汪汪的大眼睛，点点头。受她眼神蛊惑，他嘴角渐渐勾起：“天依，我现在很喜欢你，你喜欢我吗？”

有这么直接向人求爱的吗？兰天依被他搞得目瞪口呆。

“你说啊？”他嗓音有点哑，紧张地盯着她！

这个时候不答应也得答应啊！乔亚非脾气暴躁，心狠手辣，惹急了动刀动枪怎么办？她半垂着头，模棱两可地低低“嗯”了声。

没想到追女人这么容易！乔亚非异常兴奋：“天依，鸿升公司管理已经步入正轨，你还是回来吧！”毕竟他和林枫有商业往来，兰天依作为自己女友，最好还是避嫌。

你当这是小孩子过家家，想和谁玩和谁玩啊！兰天依吓了一大跳：

“我已经和自仪集团签了合约，不能随便违反的！”

“哦，那以后再说吧！”他略有失望，看看时间，想起早上还有一个重要约会，站起来要走，又有些恋恋不舍：“天依，公司还有许多事儿，等处理完了我再来看你！”

她早想快点送走这个瘟神，忙堆起笑脸敷衍：“好，好，工作重要！”

乔亚非开心地瞧了她一会儿：“以后安心在家里睡觉，大卫不会再来骚扰你！”

她怔愣，黑白分明的大眼睛惊讶地望着他。

乔亚非坏笑：“昨晚我已经替你搞定！”转身出门前，觉得自己还有许多话没说完，可又不知怎么说起，于是他又关切地看看兰天依憔悴的脸：“你再去睡一会儿吧？小脸都白着呢！”嘱咐完，这才匆匆下楼，赶往约会地点。

第三章　黑鹰出猎

九弯胡同位于S城城西，而兰天依所在的小区在城东，乔亚非穿越了大半个城市，浪费了一个多小时，才准时赶到。房间内，还是那张帅得不像话的脸正对他灿烂地笑。

“不愧是SPC侦察队长出身，就连时间也永远赶在别人前面！”他一进门就调侃。

“哈哈！”周斌大笑：“准时的总也不及你及时的厉害！”

“又和我谦虚！”乔亚非坐下，问：“那人调查得怎么样了？”

他拿出一页资料：“就这么多，这点你也应该清楚，汇通公司是家族企业，从老一辈开始，一点点做大做强，目前自仪集团是它的第二大股东，占总股份的31%。从税务机关所列税单上，查不出任何漏洞。而澳门赌场对客户资料是绝对保密的，我们只从侧面打听到程克兴去年11月份曾去过澳门，在那里住了半个月，输掉30万元就回国了。”

“程克兴是去年11月份去的澳门，而三个月前，也就是6月份，林枫为什么会说很长时间没见过他？而程克兴为什么要撒谎？”乔亚非有点钻牛角尖。

“你认为他和‘121’特大贩毒案有关吗？”周斌问。

乔亚非摇摇头：“我只是怀疑一切可怀疑之人！”

“121”贩毒案发生于去年12月1日，海关人员在检查一批从非洲喀麦隆进口的原木时，发现里面夹带着高纯度海洛因500公斤，这是新中国成立以来首次在木材运输中发现的数量最大的毒品。然而，当时除了抓到一名不知情的伊拉克人，所有其他涉案人员全部无声无息地消失。乔亚非仍记得那天，安全部副部长李万国坐在他对面：“‘121’贩毒案至今没有突破性线索，只抓捕了一个伊拉克人，但他并不知内幕。可能眼线早在海关发现毒品时，就已经给货主通风报信了……”

听到这儿，他浑身的细胞都激动地跳跃起来，那坚毅锐利的漆黑双目，充满挑战前的兴奋。

李万国瞟了他一眼，笑：“怎么！已经急不可耐啦？”

“嘿嘿！”

“这一次，你的任务尤为艰巨！”

他“啪”地立正，自豪地表白心迹：“这是我们军人的神圣职责和最高荣誉！”

李万国慈爱地望了他一会儿，才继续道：“我们查过毒贩留给海关的提货单，它是某省一家注册资金仅仅 10 万元的物资公司。你也知道，这种物资公司在工商部门很容易花钱领到经营许可证，大多属于人头公司，根本无从查起。不过，我们还是怀疑这起贩毒案与 S 城星浩娱乐城的老板郑浩有关联！”他递给乔亚非一份有关郑浩的资料，乔亚非看后，疑惑地问：“仅靠郑浩一人之力，怎么吞得下这么大的货？”

李万国赞许地点头：“所以我们怀疑郑浩有同党，更或者，郑浩上面还有更大的黑手，但我们现在只是怀疑，没有关键证据，拿他亦无可奈何！”

“我们没有查出与郑浩有商业往来的相关企业吗？”

“可我们也不能全部怀疑，只有具有同等真实身份的人才能接近他们，你符合一切要件！”

李万国说得再明白不过，自己在社会中有“案底”，更容易接近某些犯罪集团。

“我明白了！”

“目前，这个犯罪团伙为了躲避风头可能会暂时停止非法活动，一个月后，我将向社会报道毒贩已经落网，稳住罪犯的心。借这个机会，你尽快接管公司，我会让周斌暗中协助你。”李万国手握成拳，狠狠强调：“一定要稳扎稳打，取得确凿证据，将犯罪集团一网打尽！”

“是！”

“这次行动名称为‘黑鹰出猎’，你的代号‘黑鹰’！”

他庄重敬礼：“是，保证完成任务！”

周斌见他出神，问：“乔哥，是因为程克兴涉赌吗？”

他收回神游：“只是一方面，去年，也就是‘121’案发生之前，程克兴曾经消失过。今年 6 月份我们在榕山庄园见面时，林枫又说很长时间没见过他，而这次消失又是‘121’案发生之后，我怀疑他避风头去了！”多年职业生涯告诉他，越是某个不起眼的疑点，揭开来越可能隐藏着腐臭的巨大暗疮。

周斌笑了：“这种私人会所，老板们偶尔消失几个月很常见，林枫的话只能当作一个证据。我现在继续派人追查程克兴所有账户，不过，经济调查取证最困难，需要一定的时间！”

他说："我明白！"

这时，周斌又关切地责备："乔哥，郑浩这种小人物怎能劳你亲自出马？不是给自己以后找麻烦么！"

乔亚非一听，眼圈就红了："阿金出事了，我怎么办？我能眼睁睁看着吗？"

还那个脾气！周斌长叹口气："你也不可能干一辈子特警，你退役后还要继承公司，到时可能会对你企业有影响！"

"公司快要上市了，到时请个内行的管理就行啦！"他并不在乎。

"不过，老爷子可说了，你年经也不小了，抓紧娶个女人回来才是正事。"

乔亚非心头一热，豪气万丈地说："没问题！你们就等着喝喜酒吧！"

周斌瞠目："这么快？"

"哈哈，没你想得那么复杂！"

"真的？是上次的那个女孩？"周斌仍有些不相信。

"那是自然！"乔亚非得意地笑起来。

送走周斌，外面已经下起了零星细雨，乔亚非站到院中。秋雨如丝如烟，飘洒而至，世间万物如同淡淡的水墨写意画，朦胧清雅。这可能是今年最后一场秋雨啦！他难掩思念，拨通兰天依手机，温柔地说："天依，外面下雨了，你在做什么呢？"

天啊，他怎么知道我的手机号码！正冒雨搬家的兰天依脑袋一麻，手上的包裹差点掉下来。她勉强应付："那个，乔董事长，我正在工作，我们以后聊！"

乔董事长？乔亚非心猛地一抽，浓眉一拧，声音就变了："不要叫我董事长，叫我亚非！"

兰天依暗暗撇嘴，却顺着他的意说："是，是，亚——非！"

这调调怎么听都像下属对上司的恭敬，乔亚非提高声音："再叫！"

你不肉麻我还嫌肉麻呢！她决定委婉地提醒他："乔董事长，我和甘朵姐姐是好朋友！"说完，急忙挂了电话。

满腔的激情，突然就被她这一句话浇了个透心凉！乔亚非怔住。也许甘朵曾向她传递了某些信息，才让她误解了自己与甘朵之间的友情，只是今天早上她为什么不说？却还要那么温情脉脉地望着自己！女人真是不可理喻，爱就是爱，不爱就是不爱，弄那么多细枝末节，烦不烦！不过，在他向她解释前，有必要先向众人公开兰天依已经是自己女朋友的事实，免得以后造成类似的误会。可公司正在改革期，甘朵的重要性不言而喻，以甘朵的脾气，一怒之下，保不准会撂挑子走人。

乔亚非头痛地摸摸脑袋。

其实，现在的兰天依比他还头痛，如果为了躲避乔亚非舍弃S城的人脉跑到外地重新发展，代价太大！她思前想后，决定冷处理，令他主动退出，还免得伤了与甘朵的和气。她搬完家，重新更换手机卡，却没有取消原有的通话号码，反而给它续了二百大元的费用，然后把它扔进垃圾桶。第二天到公司，她只把新号码通知给行政处，以便和公司主要领导联系，其余人员，一律忽略。刚在办公室坐定，总经理漂亮的女秘书就走进来，脸沉得几乎可以滴出水来："兰助理，林总经理有请！"

这实在太意外了，兰天依在公司只能算中层以下干部，能得到皇太子的亲自召见，简直出乎想象。她抬起头，小心翼翼地求证："是总经理找我？"

女秘书斜着眼："你去不去？"

当然得去！兰天依赶紧乖乖跟在她左右扭动的屁股后，努力分析可能面临的情况。这么大公司，人际关系非常复杂，搞不好，自己就会被列入跳槽的大卫派而受到打击！

总经理办公室是开放式结构，出了电梯，大约五步，隔着整块的玻璃墙，就可以看到正认真工作的林总经理。他的办公桌前空旷地带摆着一丛水生绿色植物，与办公区域相对的是小型会客室，也适当地点缀了令人舒畅的看青。此时，明媚的阳光透过薄薄的乳白色纱帘，为这个男人蒙上了一层柔和的光芒。兰天依迅速扫了眼周围环境，忐忑地问："林总经理，您找我？"

林枫这才抬起头，眼仁晶亮："兰助理，请坐！"

她半垂着头，略有拘谨地坐在沙发上。

林枫目光柔和地伫留在她身上，轻声问："兰助理，你对公司现有管理有什么看法？"

这是她应当涉及的么？毕竟，总经理才是负责整个公司日常行政权的最高领导！她惊讶地抬头，睁大眼睛，看向林枫清澈、鼓励的目光，突然意识到，自己可能要升职了。不过，他的问题真是有难度，既不能随便回答，也不能只当一个应声虫，去一味地附和。兰天依经历了行政经理、销售助理等比较全面系统的助手工作，处理过复杂的人际关系，根据目前企业状况，深思熟虑后，她才针对自己平时对公司管理的体会，合理地表达了自己的观点。

林枫听后，开心地笑了。

下午，兰天依即在众人不可置信的目光中，一跃成为自仪集团的总经理助理，而林枫在给销售处开会时强调，兰助理是从销售处离职。离职这词用得非常高妙，大多数人听后，基本就与辞职等同了，但对自仪集团来讲，兰天依不过是换了个职位。她的办公室在总经理室旁边，与林枫的会客厅仅有一张毛玻璃板相隔，但他们却各有各的门。与上任助理交接后，她整理完工作环境，靠在软软的椅子上，有种坐飞机的感觉。总经理助理即古代之幕僚，当今则称之为智囊，一方面要为公司发展运筹策划，另一方面更要分担繁重的行政事务，让总经理集中精力思考事关全局的、具有战略意义的大事。因而与各部门负责人处于同等位置。行政权力大幅度提高不说，公司每年还会发给她大笔车补、房补，工资也翻了一番，加上年底奖金，这钱就海了！想到这，兰天依高兴地嘿嘿笑出声来。

林枫走过来，看她满脸喜悦的模样，心情也格外舒畅："兰助理，已经到下班时间，该回家了！"

兰天依清楚林枫在工作上是温和派人物，不想其他，规矩地起身："是，谢谢林经理提醒！"

林枫继续向前走，突然又想起什么，停下脚步，回头说："对了，兰助理，你目前的车补标准为5万元，

"现在就可以用吗？"她早就想换车了。

"当然！"林总笑着点点头，直接从她办公室穿出。

兰天依待他离开，背着包随后也出了办公室。然而，在通往公司大门这短短的几分钟路程，她莫名受到无数鄙夷眼神的洗礼和一连串的冷嘲热讽，所有的喜悦与兴奋，眨眼间被这可怕的嫉妒淹没。虽然她当上公司总经理助理之前绝对与林枫没发生过一点私人关系，但别的女人却不这样看，灰姑娘是因为穿上水晶鞋，才受到王子的青睐！这正是兰天依最为苦恼的！

就好像天上掉馅饼，正巧砸到你头上，你得到的同时怎么也得痛一下不是！秉着凡事有利必有弊、有得必有失的古训，她现在必须努力工作，以纠正这些世俗之人的龌龊思想。

一连数日，兰天依的手机都处于关机状态，搞的乔亚非郁闷无比，他打电话到自仪集团销售处办公室，公司职员告诉他："兰天依离职了！"

为什么会辞职呢？是不是遇到什么棘手的事？可就算遇到了麻烦，为什么不能和他说呢？他可以帮她解决啊！不过，现在鸿升公司即将在交易所挂牌上市，关键时期，他只能暂时放下寻找她的想法。

晚上，他疲惫地回家，拿出相关文件，递给杨虹："阿姨，这是公司股份的划分，您看还满意吗？"

杨虹有些迟疑，又有些激动，因为害怕某种结局，竟然不敢去接。

乔亚非明了地笑笑："我母亲留给我的公司资产约占此次总股份的三分之一，爸爸约占40%，其余为各个大小股东的。"

杨虹这才放心，拿过文件，细细看起来。虽然文件上没有她和女儿乔夕的股份，但是，乔知之占有绝对的控股权，按照继承法，乔知之死后，她可以分得20%的遗产股份，而乔亚非只能分得其中的10%，相对她们母女而言，乔亚非在控股权上并没什么大的优势，因而表情轻松下来。

乔亚非适时地说："阿姨，您为这个家操劳了这么多年，真是谢谢您！"

杨虹虚伪地笑："亚非，我们是一家人嘛！"

家庭和睦才有利于父亲的康复，乔亚非见杨虹高兴，自己也很激动，此时，他的快乐，只想与爱人分享。他回到自己房间，翻出兰天依的号码，拨通。耳边又传来联通小姐温柔清爽的声音："你好，您拨打的用户已关机，请稍后再拨！"他心情开始低落，到底是什么原因？使她不辞而别！明天，他一定去寻找她，一定要问个明白！

这时，手机铃滴滴响起来，他按下接听键："阿宽，什么事？"

"乔哥，莫五被人打了，浩子已经发话，谁敢和你做生意，就灭了谁！"

从这点分析，足见莫五在这条道上的分量，而莫五与浩子的合作时间也不是一朝一夕的，否则浩子决不会让三心二意的莫五还有活路！但，莫五当时为什么这么痛快地答应与自己合作？是不是，他们之间出现了什么裂痕？更或者，浩子可能只不过是个傀儡？

"莫五现在什么态度？"乔亚非谨慎地问。

"两可之间，毕竟，惹急了浩子也是下得了黑手的人！"阿宽又说："乔哥，大元回来了！"

"我这就过去！"乔亚非悄悄溜出家门，赶到九弯胡同的四合院。这里，是他手下几个特警的临时居住点。北房内坐着五人，依次是阿宽、大元、成子、保罗和九阳。他们看到乔亚非，都站起来："乔哥！"

他示意大家都坐，看向大元："调查有结果了吗？"

与其他人相比，大元更像一介书生。他说："郑浩有名手下叫大良，据说此人阴险毒辣，连郑浩都让他三分，阿金就是遭他设计！"他陈述阿金遇害经过："小达是郑浩的前女友，可能知道浩子一些违法内幕，当阿金和小达走到一起时，引发了郑浩的杀机。7月19日2时许，大良先派人袭击小达，小达立即向阿金求助，阿金赶到，把她送回出租屋。这时，大良已经在房间内洒下迷药氯仿，使阿金失去反抗能力……”

“大良？”阿宽道：“我还真没发现过这个人！”

大元说：“他行踪不定，只有郑浩才找得到他，至今我也没查到他的来历！”

这些狡猾凶狠的豺狼，都具有极强的反侦察能力，能使他们上钩的，唯有巨大的利益！“这笔账先给他记下，以后找他算。我们先安排下一步计划！”乔亚非打断众人猜测：“阿宽，莫五是否提及有其他人对付他？”

阿宽摇头：“没有，很可能一直是浩子与莫五直接交易，至于幕后会有什么人，现在连范围都没办法圈定！”

乔亚非摸了摸左脸颊：“那目前只能把所有责任揽到我头上，直接和浩子对着干，莫五才能对我们有信心！”他看了看周围，见大家对此都没有异议，吩咐：“成子，你去安排一下，明晚我们就去星浩闹场！”

“是！”成子回答。

“保罗，你负责外面警戒，时间一到立即通知我们的人撤退！”

“是！”

大家不再单独行动，在小院中熬到第二天的夜半，在乔亚非带领下，威风凛凛地踏入星浩娱乐城。星浩娱乐城四层包厢内，灯光温馨暧昧，音乐浅靡。乔亚非身着黑色立领休闲装，鼻梁上挂着副小框墨镜，四肢舒展地靠着沙发。

成子瞪着一对金鱼眼，对服务生瓮声喝道：“去，把阿芊找来，我们老板想见她！”

阿芊是新来的苗族姑娘，美丽温柔，前两天刚被浩子收了，因而服务生解释：“对不起，阿芊小姐已经不在这里了，请换个女孩吧！”

“放你妈的狗屁！”成子大怒，站起来，搡了服务生一把：“前两天老子还看到，他妈的老子来了你就说没有了！”

服务生收不住脚，扑通坐在地上，吓得脸煞白：“大……大哥，她真的不在，她跟浩哥走了！”

成子一脚踢在他屁股上，大吼：“滚，告诉浩子那王八蛋，赶紧给老子送回来！”

服务生急忙连滚带爬地逃出房间，去向经理汇报。不一会儿，星浩娱乐城的经理——浩子的得力手下大雄带人过来，和颜悦色地劝道：“各位老板，不好意思，阿芊小姐确实已经离开了。我们这里还有比阿芊更出色的姑娘，各位先看看怎么样？”

见众人不说话，他一偏头，打了个响指。一会儿，房间内就多了几个打扮得花枝招展的漂亮女孩。他笑眯眯地望着乔亚非，问：“老板，您还满意吗?”

乔亚非不耐烦地站起来，看都没看，直接向门口走去。

成子立马急了：“妈的，这种货色也拿来蒙我们!”

大雄眼神一冷，侍乔亚非从他身边经过，伸胳膊拦住：“兄弟，是不是成心找茬的?”

乔亚非浓眉拧紧，冷不防一拳打在他脸上，骂道：“你他妈的什么东西，敢在老子面前撒野!”

大雄的鼻子登时血流如注，还没来地及回过神，又被乔亚非一脚踢飞，哗啦啦撞翻了旁边的案几，案几上的酒水杯子，滚落一地。乔亚非手一挥，大吼一声：“给我砸!”接着，他推开拥挤在门口吓傻了的女人们，凶神恶煞地出了包厢。就在这时，一个熟悉的面孔突然出现在视线中，他不由一怔。

今天，兰天依陪林枫和客户到星浩城娱乐，见大家都玩得差不多了，便出来结账，谁知刚出门口，就看到乔亚非那张凶神恶煞的脸，登时吓得呆立当场。

没想到与她会在这种地方碰面！乔亚非见到她，脸上的煞气顿时减了几分。因怕她受到伤害，忙收回手中的折叠铁棍，顺着慌乱的人流揽着她的腰，边送她出门边低声斥责：“谁让你来这种地方的?”兰天依早懵了，呆呆地随着他出了酒吧的门。乔亚非推她：“赶紧回家!”见她仍惨白着脸望着自己发怔。他心头一热：“我没事，你快回去!”

谁担心你了！兰天依顾不得等林枫一行人，急忙溜之大吉。

乔亚非折身返回大厅，好巧不巧，又与下楼的林枫打了个照面。乔亚非扶了扶墨镜，装作不认识，快步从他身边经过。但林枫已然认出了他，疑惑地盯着他的背影，直到他消失在楼梯拐角处，才走出星浩娱乐城装修奢华的大门，坐进车里，拨通程克兴的电话：“喂，兴哥，做什么呢?”

“阿枫，这么晚了，还没睡啊?”程克兴倦倦的声音传来。

“这对你来说不正是生理最佳时期嘛!”林枫调侃。

“呵呵，说吧，什么事?”

“我刚才见到鸿升公司董事长乔亚非了!”

程克兴对此并不感兴趣：“这有什么奇怪的!”

“他正在砸星浩娱乐城的场子!”林枫强调。

电话里一时没了声音。

林枫又问：“他和星浩有什么过节吗?”

程克兴含糊地说：“这事我怎么会知道!”

“你们可是同学啊?”

“高中毕业后我们就各忙各的了，我也是在他接任鸿升公司董事长后才与他有来往!”

林枫皱眉想：自仪集团正要和鸿升公司做一笔大业务，如果乔亚非属非法商人，那还是少招惹为妙！正犹豫着，程克兴问：“你和鸿升公司的生意谈成了?”

“还没签单!”

程克兴明白了林枫的担忧，想了想说：“乔三从小就爱打群架，但人挺义气的，这样吧，我把事情经过打听清楚后再告诉你!”

“好!”林枫最不理解的是，一个堂堂董事长，居然瘪三似的带人打群架！而郑浩从事的是娱乐业，乔亚非刚从国外回来不久，从事制造业，两者可以说是毫无交集可言，他们是因为什么发生了纠纷呢？作为商人，经济利益高于一切，他必须要全面了解乔亚非的为人，才能决定是否与鸿升公司合作。

这时，乔亚非已经带着人从星浩城里跑了出来。他们刚走不久，星浩娱乐城前就警灯闪闪、警铃大作。紧接着，星浩娱乐城因聚众斗殴被警方查封，浩子深夜得知这个消息，推开偎在身边光滔滔的美女，一脚踹飞床前的移动水晶架，大骂：“乔亚非你个王八蛋，欺人太甚，老子和你没完!”

水晶板和上面的酒瓶杯盏齐齐落地，摔得四分五裂，噼里啪啦一阵脆响。女人吓得浑身筛糠，缩在床上，美丽的大眼睛恐惧而无助望着他。浩子额上青筋暴露，怒吼：“妈的，看什么看，给老子滚出去!”女人一声不敢吭，裹着床单一溜烟地跑了。

浩子赤身下床，边穿衣服边走出卧室：“二毛，把大雄那个王八蛋给老子找来!”

二毛应了一声，正要跨出门时，浩子又喊：“把人都他妈给我叫来!”

“是，是！浩哥!”二毛连连点头，急忙去通知相关人员。

浩子脸色铁青，坐在宽大的沙发里，点了支雪茄，气咻咻地喷烟吐雾。他入这行快十年了，有过无数次的生死经历。凭着其狼一样凶残的手段，把一群亡命之徒收归麾下；靠着狐狸一样狡猾的本性，多次逃过缉毒大队的追捕。目前，正处于人生最辉煌的时刻，在这些地下犯罪小帮派里呼风唤雨，不可一世。虽然人的跋扈总是随着成功与日俱增，但浩子此时遇到劲敌，也不由不谨慎起来！四周寂然无声，他这样坐在沙发上已好多时了，一直一动不动地想事情，那充血的双目阴沉寒郁。

半个小时后，楼下传来杂沓的脚步声，已经有先进来的人在大声嚷嚷："浩哥，乔三那王八蛋居然跑到我们头上来拉屎，这也欺人太甚了！"

"是啊，浩哥，怎么办？"

"找人先灭了他！"

众人乱哄哄地边说边围着浩子坐下来，浩子看了看人头，见少了大雄，情知被局子带走了，于是眉头一拧："都他妈的给我住嘴，乔三是那么容易对付的吗！"

"浩哥，那也不能眼睁睁看着他往我们头上拉屎不是！实在不行就绑架他老婆孩！"其中一个面相凶恶的男子自以为高明地说。

"你个呆子，乔三的孩子还不知在哪个娘儿们肚子里呢！"有人忍不住大笑。

那人眼珠一瞪："靠，没老婆孩，总有老子娘吧？"

浩子一脚踹过去："你他妈就一呆猪，给老子滚远点！"

众人又哄笑。

浩子吓唬完手下，想了想，对坐在角落里一个鹰眼男人道："大良，你来和大伙说说乔三的事！"

众人立即停止嘲笑，变得一脸庄重，齐齐看向大良。他的脸半垂，隐在烟雾与灯光的暗影中，有些模糊，听到浩子问他，才抬起眼，众人只觉一片寒光扫过。大良声音略低："乔三虽然看似外貌平凡，脾气暴戾，其实，此人有勇有谋……"话还没说完，那被踹到一边的呆子又不满了："良哥，你不要长他人志气，灭自己人威风！"

气得浩子"嘭"地甩过一个烟灰缸："你他妈再多嘴我先灭了你！"

呆子立即红着脸"嘿嘿"两声："是，浩哥，您别生气，我再也不敢了！"

只听大良继续道："乔三不仅身家雄厚，而且出道较早，在部队里受过特训，听说在L国时常和一群流氓鬼混，连警方也拿他无可奈何！"

意识到问题的严重性，有人忐忑地问："那怎么办？"

大良看向浩子。

浩子点头："说吧！"

"我认为，与其两败俱伤搞对立，不如先联合！"他抬起脸："浩老板，您看呢？"

浩子拧眉不语。

确实，乔亚非这两次做得比较过火，不仅上门抢生意，还砸了星浩娱乐城的场子，如果不了了之，自己还怎么在这条道上混？这时，放在茶几上的手机屏幕金钻闪烁，浩子拿起手机，踱出门外，声音压得低低地交谈了一会儿。等他返回来时，脸色已经变得平和，缓缓坐在大良身边：“你去安排一下，给乔三找点事干！”

此时，乔亚非已经带众人回到居所，问大家：“有没有人受伤？”

“成子蹭破了点皮，其他人没事！”阿宽回答。

保罗拎着两个大食品袋走进来，把袋里面的啤酒、饭菜一一摆上，招呼大家：“都过来先吃东西！”

众人围坐在一起，边吃边聊。

阿宽说：“乔哥，这次和浩子直接翻脸，我怕他会报复你的家人，这段时间你小心些！”

乔亚非笑着摇摇头：“放心，他不会！”

成子瞪着眼：“我说乔哥，你别不当回事，那伙人什么都干得出来！”

“你们要站在他们的立场考虑问题，你们想想，对于这些罪犯，他们把什么看得比自己命还重要？”

成子说：“当然是钱啦！”

“既然他们把我当作他们的一路人，他们就绝对不会对付我病重的父亲，而是要点我的死肋……”

“死肋？”成子不解。

阿宽先明白过来：“嗯，很可能他们要给鸿升公司制造公众麻烦。”

乔亚非勾起唇角：“那我们就将计就计，显示一下我们的实力！”

阿宽笑起来：“对，逼迫他和我们搞联合！”

吃过夜宵，乔亚非回房间休息，呆呆地望着黑乎乎的房顶：今天的事，不知道她会怎么想自己！最为难的是，他还不能够去解释！

远远街头上的霓虹灯，努力穿透重重夜雾，把微弱的光洒在他那紧锁的眉头与高俊的鼻梁上。

一声轻微的叹息揉入光线中，又被黑洞洞的暗夜吞噬……

第四章　自作多情

一大早，林枫就接到程克兴电话：“我打听清楚了，乔亚非是因为和浩子争女人才打起来的。唉，这要是让甘广平的女儿知道，还得了？这小子太不谨慎了！”

被他一提醒，林枫突然想起乔亚非大闹星浩娱乐城时，兰天依曾经被乔亚非送出了大门，那么，她和乔亚非是什么关系？他的心蓦地一紧。两个月前，在为公司销售总监大卫饯行的公司派对上，他亲眼目睹兰天依拒绝大卫的求爱后，就对这个美丽聪明的女孩产生了兴趣。也许，兰天依那变色龙似的虚伪处世方式让人很难产生好感，可作为草根阶层出身的职场女性，从业过程中，会遇到许多不为人知的辛酸经历和难为人道的感情痛苦。从遇到她的那一刻，林枫就透过她的外表，清楚地看到她那颗纯洁善良的本心。然而，这个女孩并不爱他，她一直不动声色地躲避他、拒绝他，难道自己显赫的家世、英俊的外表、过人的才能还不足以令她心动吗？还是……她心中另有其人？林枫眼前浮现乔亚非那刚毅的面孔，皱眉思索：他究竟是什么样的人呢？

“喂，”程克兴问：“阿枫，怎么不说话了？”

林枫这才想起程克兴刚才的话：“哈哈，男人不坏女人不爱，我那甘朵小师妹可是为了他连学业都舍弃了！”

“乔三这人啊，怎么说呢，本性如此吧！”

“哦？说说看？”林枫第一次对别人的隐私产生强烈的好奇。

“乔三很早就会玩女人，十八岁时就把我们的漂亮语文老师给搞到了手，后来他爸爸动用了许多关系，才将两人拆散，把我们那女老师弄得下场无比凄惨。”

“这样啊！”林枫微微皱眉。这个程克兴，他对乔亚非的感情究竟出于什么目的呢？如果确实拿乔亚非当朋友，刚才这话不是朋友应该说的！如果和乔亚非关系不是过硬，有必要把他带到自己的榕山庄园替他兜揽生意吗？

“唉，有其子必有其父，乔母还不是因为乔知之外面有了小三才气死的！”程克兴继续说。

林枫愣了愣，故意笑道：“这女人真傻，为这样的男人死真不值得！”然后他按了下手机上的一个按钮：“我来电话了，先挂了，咱们有空到榕山庄园再聊！”

看来，他还得派信得过的人去调查乔亚非！林枫合上手机，望向对面房间，看着兰天依忙碌的背影，心想，自己是不是应该加快向她表明心意了？他端着茶走进去：“兰助理，昨天怎么没打招呼就走了？”

兰天依眨眨眼：“不好意思，有点事，没来得及！”

“那也应该打个电话，大家都很担心你！”其实是他很担心。

“嘿嘿，实在对不起！”她抬眉，瞄了他一眼：“当时手机没电了！”

“昨天你没看到夜总会里打群架？”林枫觉得很好玩，继续追问。

“哦，看到了！”她神色有点不自然。

“因为这个你才跑了吧？”林枫凑过来。

他温热的呼吸几乎喷到了她脸上，兰天依向后靠了靠，耳根渐渐红透，急忙转移话题：“林总，这是您的消费卡，还没来得及划！”

“哈哈！”林枫终于忍不住大笑：“那我们就赚了，我还真得感谢你，替我省了这么多钱！”

她不解：“啊？为什么？”

“星浩娱乐城昨晚让警察封了！”

“真的啊！”她兴奋起来，眼珠光彩顿现：“闹事的都被抓了吗？”

“只听说经理抓了起来！”林枫细心观察她。

“就只抓了经理？”她瞪大眼睛，不相信地问。

“是啊，你还希望抓谁？”林枫眼眸清透，望着她。

虽然警察办事不力，使乔亚非成了漏网之鱼，令兰天依很失望，可她也不希望别人知道她与黑势力纠缠不清！“嘿嘿，我觉得只要闹事的，都应该抓起来才对，你说呢？”她露出单纯地笑。

“谁会傻到等着被警察抓！”林枫扫了她一眼，站起来，摇摇头走了。

兰天依开始陷入深思。

如今，亲眼所见乔亚非就是涉黑头目，以后出行一定要谨慎，免得再撞到这个人。为此，她专门买了本专业侦探书籍《跟踪与反跟踪》进行研究，并重新报了跆拳道训练班，从头到脚开始全面武装。可是，乔亚非并没有如她想象般地来骚扰她。很快年底，公司放假，她照例到商场买衣物作为新年礼物送给兰妈。流连于琳琅满目的服装精品世界，在

Prada 专卖前，兰天依终于忍不住停下脚步。模特身上的新款春季装吸引了她的目光，那是件烟红色的缎面晚礼服，一侧长长的裙裾曳地，一侧仅及膝部，线条优雅流畅，美艳大方。她梦寐多年，一直想得到这样一条裙子，然后在与董文龙的婚礼上，公主挽着王子，艳惊四座……

她忆起往事，双眸怅惘，定定地看着衣服出神。

导购小姐走过来，甜甜地恭维："这位小姐，您真是有眼光，您的气质与这件衣服真是太匹配了！"

镜中月水中花般的旧梦，都已在黎明之后了然消散，何必还要一再缅怀！她犹豫着。

导购小姐又热情地说："这是本季度最新款式，总共才两件，您可以试穿一下！否则，不知要等多少年，这种款式才流行回来，您可千万不要错过机会！"

是啊，圆了此梦，就当作一个粉红色的回忆，然后，将过去彻底斩断！她轻松甩了甩头，笑起来："好啊！"缎料妥帖地抚过皮肤，那种轻柔温滑的感觉，如花轻绽，如水流过。烟红沉静的色彩，更加衬得她肤如脂，颜如玉。兰天依站在试衣镜前，也被自己的美丽迷惑，不由一阵恍惚。

导购小姐忍不住赞美："好漂亮啊！"

此时，乔亚非带着名女孩匆匆从 Prada 专卖前经过，抬眉一扫，愕然顿住脚步。他思念多日的女人，如今又这么修长玉立、妩媚动人地出现在眼前。胸口立即被相见的喜悦充满，他把双臂交叠放在胸前，勾起唇角，静静看着她。

兰天依听到导购小姐的赞美，眼中波光荡漾，回眸而笑。突然，她的笑容僵住，红润的脸色也渐渐发白。紧接着，她又把惊愕加惊恐的目光移向他身边那长相娇美的女孩。靠！这么点孩子也泡！真是太过分了！她怒了，把目光又回到乔亚非身上。此时他一脸奸笑，正色迷迷地打量她，她瞬间清醒过来。算了，事不关己，高高挂起，目前还是自保比较重要！她急忙转过头，就当他不存在，然后极迅速地闪进更衣室。乔亚非皱皱眉，心想，她对自己误会越来越深了，今天有必要好好谈一谈。他回头，看了眼身边的女孩。女孩神色漠然，一声不响地半垂着头，好似周围所有的一切都与她无关。

"乔夕，你先回家！"

"嗯！"女孩什么也不问，立即消失。

兰天依仍在更衣室内纠结，有些相信自己刚才自欺欺人的感觉，当时说不定真是看走眼了，何况他身边那女孩和甘朵，是自己最有利的挡箭牌。是啊，既然躲不掉，就要勇敢地面对。她打开门，小心地向外张望。

乔亚非拧着眉，已经忍不住出声了："兰天依，你怎么这么慢，快点出来!"

原来没看走眼，她嘿嘿笑着："哦，乔董事长，您好!"

这次，乔亚非没有计较她的称呼，而是紧紧看着她："天依，刚才的衣服很漂亮!"

"是么，我怎么不觉得!"她故意唱反调，试探他的底线。

乔亚非勾勾唇角："不喜欢就算了，时间还来得及，我有话和你讲!"

她四处看了看："咦，你女朋友呢?"

"女朋友?"乔亚非恍悟过来，气得拍了下她的脑袋："你有病啊！那是我妹妹，乔夕!"

囧！就算说错，也用不着这么大力气啊！她苦着脸，摸着脑袋，一计不成，又生一计："哎呀，今天我要赶飞机，时间太紧了，还没给家里买东西呢!"

乔亚非拿出手机查了下飞机时刻表，眉立即皱起来："不是下午的么?"

"嘿嘿，是啊，是啊，我做事向来提前，免得到时候忙中出错。"

"只占你半个小时!"说完，拉着兰天依的手就走。

兰天依后面不停地挣扎："哎，哎，我的包，我的包!"

乔亚非停下脚步，脸上显出不耐烦："你们女人怎么这么啰嗦!"

嫌老娘啰嗦你就躲老娘远点！她在他背后举拳头偷偷示威。

他突然回头，痞痞地嘲笑："小儿科!"

楼顶一间清静的咖啡屋内，临窗的蓝玻璃桌上，摆着两个浅蓝色骨质瓷杯。两人对面而坐，兰天依垂着头，玉葱样的手指，握着匙钓轻轻搅动咖啡，浓密的长发几乎遮住了她所有表情。乔亚非整张脸沐浴在阳光中，纤毫毕现，睫毛上有金色的光点在跃动，他很认真地说："天依，我和甘朵只是好朋友，你误会了!"

"乔董事长，我最讨厌吃着碗里还看着锅里的男人!"她可不信乔亚非会因为自己而放弃甘朵这枚金光闪闪的大克拉钻石，在她看来，乔亚非不过是想占自己点便宜的无耻小开!

乔亚非一听，情知她误会太深了，于是把他和甘朵如何相遇，甘朵如何到公司的事详细地向她讲了一遍，然后说："我从没向甘朵承诺过什么，和她也没发生过任何关系，我会向家人公布咱们俩的关系，你放心好了！”他说完看看手表，眉头一紧，站起来。

这人是不是太自以为是了！“乔，乔董事长，”兰天依有些磕巴：“您是不是误会了？我……”

不待她说完，乔亚非眉头已然紧皱起来，打断她：“我都解释了你还想怎么样？”

兰天依被他的表情吓了一跳：“我……我的意思是，您拿命换来的女人，您会不喜欢？”

乔亚非无比惋惜：“就你这大脑褶皱，怎么总比正常人少！”感慨完，又看了看时间，道：“天依，我还有事，今天实在不能送你了，你还有什么疑问年后再说，我得先走了！”

究竟是谁大脑褶皱少啊！她好笑地望向窗外，不屑再看他一眼。

“对了，”那可恶的声音又一次在耳边响起：“你手机号现在是多少？”

她怔然扭过头，正对上乔亚非焦急的脸，迟钝地张嘴“啊”了一声。

乔亚非已经急不可耐，他巧妙地从天依包中取出手机，拨出自己的号码，临走前对她又回眸一笑，然后才匆匆离去。兰天依被他的媚眼搞得浑身巨寒，无语凝噎目送他。

乔亚非赶到大元租住的小区，阿宽等人已经在等待。

“浩子那边有什么动静？”乔亚非点了支烟。

“他按兵不动，可能在酝酿什么阴谋，我们目前要加倍小心！”阿宽说。

乔亚非点点头，扫视了众人一番：“大家有什么想法、意见，都提出来，然后我们综合出下一步行动！”

众人围在一起，各抒己见，嗡嗡嗡争论了大约两个小时，乔亚非做最后结论：“既然大家都认为这时没什么可担心的，大元和成子你们秘密跟踪浩子，要远一点，千万不要让他发现。阿宽、成子、保罗随我到公司，我们分散行动！”

“是！”众人领命，迅速散去。

乔亚非难得早回家一天，刚跨进房间，楼上又传来杨虹尖厉的声音：“那个穷光蛋，他也配？你好好的大小姐不当，勾搭这样的人，你让我的脸往哪搁？你个不争气的！”然后呯呯呯一阵乱响。

乔亚非皱眉上楼。

乔夕捂着脑袋，坐在客厅门口，眼睛哭得通红：“我就是喜欢，要不你打死我，有本事你打死我！”

杨虹气得脸煞白，号啕大哭，她抓着乔夕，巴掌劈头盖脸地落下来：“你个混蛋，你是成心要气死我！”

乔亚非拉开俩母女，训斥乔夕：“说什么胡话，快向你妈道歉！”

乔夕不语，垂着眉啪嗒啪嗒掉眼泪。

“快点！”乔亚非厉声喝道。

乔夕身体一抖，咬咬牙：“妈，对不起！”然后委屈地撇撇嘴，哭着跑回自己的房间。

杨虹坐在沙发上，抹着眼泪，又开始不着边际地抱怨女儿不孝，不争气，自己命苦：“亚非，你可是她亲哥哥，她的事你要好好替我管管，不要让她再和那家伙来往了？”

想起早上和杨虹的小表妹会面时，她哭得伤心欲绝，诉说乔夕充当第三者，撬走她的男友许坷，并强调许坷对乔夕目的不纯。而向来很怕自己的乔夕得知消息，一脸决绝地追过来为许坷辩解，然后，就遇到了兰天依。他脸上不由露出一丝浅笑。如今看来，许坷与乔夕的恋情应该是两厢情愿，没杨虹说得那么复杂龌龊。乔亚非劝道：“乔夕也到恋爱的年龄了，您该撒手就撒手吧！”

杨虹皱眉：“听说对方的家里很穷，乔夕从小娇生惯养，怎么能受这个苦！”

“呵呵，阿姨，您真是多虑了，许坷是外企技术工程师，能穷到哪去，您放心吧！”

杨虹一听急了：“亚非，乔夕的事不用你插手，我就不相信我管不了她！”在她内心深处，以乔夕的出身，一个小小技术工程师怎么配得上！何况，她还想找个有势力的大靠山，夺过乔亚非在鸿升公司的绝对控股权。的确，正常情况下，乔知之死后，股份拆分，乔亚非只能分得其中10%，加上原有的31%、只能占总股份的41%，而杨虹与乔夕母女二人合起来，就占了总股份的30%，那仅有的11%的差距，很容易被填平。

她们母女之间的事，他也不好多掺和什么！乔亚非安慰两句，转身下楼。乔知之仍在睡，他坐在床边，给兰天依发了数条短信，却久久不见回音，他有些气恼，直接按动快捷键，拨通。

还好，手机没关机！

兰天依听到铃声，看了看手机屏，撇撇嘴，骂了句神经病，把它设为震动，然后扔在床上，去了洗手间。兰妈正巧进房间，看到手机屏总是一闪一闪的，好奇心顿起。女儿年龄也不算小了，自从与董文龙分手后，一直拒绝她给安排的相亲，难道……

兰妈脑中灵光一闪，随即按下接听键。

“兰天依，怎么才接电话?”乔亚非连续拨了几次才打通，情绪不免有些焦躁。

果然女儿又谈恋爱了！兰妈心想，这次，她一定要替女儿把好关，不能再被人骗了。她咳了一声，严肃地问：“你是谁?”

乔亚非一听声音不对，电光火石间反应过来，可能遇到未来的丈母娘了。他立即正襟危坐，清朗利落地回答：“您好，我是乔亚非，天依的朋友，您是?”

“我是天依的妈妈，你是哪里人啊?”

“是伯母啊，我是S城人!”

兰妈又连续问：“你多大了？身高多少？做什么工作的?”

乔亚非一一作了回答。

这么年轻就当大老板！兰妈更高兴，老土地问：“你是哪家学校毕业的?”

乔亚非忍着笑：“L国某三流学校毕业，不值得一提。”

只要和董文龙一样，是留学生就好，兰妈可不管是什么水平的：“你家里都有什么人?”

话音刚落，就听一声狮吼：“老妈，你在干什么?”兰天依青着脸进来，去抢电话。

“你这孩子，没大没小，跟谁吼呢你?”当着姑爷这么不给面子，兰妈生气了。

乔亚非从电话里听到，咧嘴偷偷乐。

“老妈!”兰天依气势登时弱了下去，抱怨：“您怎么能不经我同意随便接我电话?”

“我是你妈，怎么就不能接你电话?”兰妈想起电话那边还有一个人，立即拉同盟军：“亚非，你说，我是她妈，接她电话难道还有错?”

这时候的站位非常关键，乔亚非正色道：“没错，天依她还小，您别和她计较!”

听到亚非两字，更证实了兰天依的判断，她只觉脑袋嗡嗡乱响，急切地说：“老妈，快，你快把手机给我，我和他讲!”

“你急什么，我还没问完呢!”兰妈把手机藏到背后，兰天依追到后面，她又拿到前面。乔亚非一手拄下颌，一手把手机固定在耳朵边，脸上带得意味深长的笑，静静听母女二人争吵、捉迷藏。最终，兰妈以胜利而告终，问完所有问题，兴奋地说：“亚非啊，有时间家里来玩!”

乔亚非正求之不得呢："好，我年后就去家里拜访！"

兰天依这才拿到电话，她深吸口气，冷静了下头脑："乔亚非……"

还没说完，乔亚非就打断她，首先质问："我发了那么多短信给你，你怎么不回？"

兰天依忍着火："我拉屎行不？"

"粗鲁的女人！"乔亚非嘲讽。

兰天依不由气血冲脑："乔亚非，你个自以为是的白痴，我讨厌死你了！"

乔亚非怔了怔："真生气啦？我不是开玩笑么！"

"乔亚非，我想你一定误解了什么，其实我真得很讨厌你，在你解雇我的那一天，在你把我当小偷的那一天，在你解除我家的合同那一天，在你……"她顿了一下，发现他私藏枪支的事不能说，这个揭过。

乔亚非扑哧笑了："你刚发泄出来啊！"

其实，兰天依只是想用诸多事件来证明她对他的痛恨程度，但乔亚非这样回答，让她有种把拳头打在棉花上的感觉，只听乔亚非又说："我爸爸醒了，我挂了，新年快乐！"

以后，兰天依可不想再和他有什么瓜葛了，于是急着要把话讲完："乔亚非，实话和你说，我根本就没喜欢过你，听到没，从来没有！"电话那边传来嘟嘟的声音，她皱眉想，他应当听到了吧？

乔知之醒来，把儿子的话听得一清二楚。他望着儿子幸福的脸，露出痴痴的笑："亚非，是女朋友吗？"

乔亚非点头："是啊，爸爸！"

杨虹从楼上下来，正好听到这句："你和甘朵交往挺长时间了吧？"

乔亚非笑容敛去："阿姨，我和甘朵只是普通朋友！"

杨虹怔住："为什么？"

怪不得兰天依对两人之间的关系总是犹豫，如今实在有必要更正了。乔亚非很严肃地说："阿姨，您误会了，我的女朋友是兰天依，自仪集团的员工。"

放着甘朵那个财貌双全的大美女不要，非要找野草，真是有毛病！杨虹一听兰天依的工作，忍不住脸上现出鄙夷的神色。

"亚非，什么时候带你女朋友来家里啊？"乔知之急切地问。

"年后我就去把她接来！"

"好，好啊！"乔知之早盼望这天了。他的病情时好时坏，自知已到天命之年，而乔亚非从小失去母亲，他又因工作疏忽了对儿子的管教，一直心存愧疚。如今，鸿升公司比他在位时发展得更健康，他也就放心了。而他目前最牵挂的，就是儿子的终身大事，否则，到天国怎么和他的母亲交待？在父亲的催促下，初三这日，乔亚非早早起床，把胡子刮得乌青，找了套不太张扬的铅灰色暗纹的西装，开车直奔兰家所住的小区。

两天前，乔亚非就不停地拨兰天依的手机，却总是无人接听。今天冒昧赶来，又联系不到她，只好向小区保安打听她的住址。保安指着不远处的一个老年男子说："那边穿黑色羽绒服的是兰妈的牌友，你去问问他！"

还好，那人把他直接带到兰家，兰妈打开门，惊讶地打量他。

乔亚非微鞠一躬："伯母您好，我是乔亚非！"

兰妈不可置信地张大嘴巴，然后上上下下仔仔细细地又品评了一番。眼前这年轻人与自己想象得差不多：身材魁梧高大，浓眉虎目，相貌堂堂！

满意至极！

她顾不得招待客人，啪嗒啪嗒拖拉着拖鞋，跑到卧室门口，激动地喊："辰辰，辰辰，你看谁来啦？"

兰天依此时正穿着睡衣在床上躺着，听外面兰妈大惊小怪地叫，迷惑地走出房门。随即，她倒抽口凉气，吃惊地指着他："你，你怎么找来的？"

"辰辰，怎么说话呢你！"兰妈怒瞪她一眼，转而热情地招呼乔亚非："亚非，来，过来坐，她睡迷瞪了，别理她！"

乔亚非解释："天依，我昨天给你发了短信，打电话又没打通，就直接来了，有些冒昧，还请伯父、伯母见谅！"

"亚非，年前你不是说要来家里嘛，都是辰辰糊涂！"兰妈笑得合不拢嘴，在乔亚非面前摆满了水陆干鲜："亚非，快吃，甭客气，当自己家一样！"

兰爸坐在沙发上，慢条斯理地喝口茶，问："你是鸿升公司的董事长？"

乔亚非脸腾地红了，语气却很坚定："是的，伯父！"

兰爸难得地笑了："还挺理直气壮！"

乔亚非嘿嘿两声，看向兰天依，见她还傻子似的杵在客厅门口，自嘲："这件事她现在还耿耿于怀呢！"

兰爸瞟了她一眼，摇摇头："女人都小心眼，甭理她！"

兰天依气得直翻白眼，心道：如果你们知道面前坐的是位江湖大佬，吓不死你们！总之，事情发展完全超出想象，而她却对此无能为力，既怕把话说绝了遭乔亚非打击报复，又怕说浅了起不到效果，要怎么办呢？

兰妈从兰爸和乔亚非的对话中听出些端倪：“亚非，什么事让辰辰耿耿于怀了？”

乔亚非直言不讳：“当初，是我把她从鸿升公司解聘并解除了蓝天厂的合同！”

这足以证明面前这男人是真心爱自己女儿的！兰妈怔了怔，总结出一句让兰天依吐血的话：“真是个实在小伙！”

兰爸许多经营理念和乔亚非相近，两人聊得热络，乔亚非趁机说：“伯父伯母，我父亲一直很想见见天依，我今天可以带她回去吗？”

兰天依一口气差点没顺开，呛得面红耳赤。

兰妈哪知道前面是火坑，立即高兴地说：“好，去吧，你们年龄都不小了，这当长辈的心情，等你们老了就明白了！”

兰爸了然问：“乔先生病情怎么样了？”

“目前还比较稳定！”

兰爸听后，也配合兰妈：“辰辰早该去瞧瞧，真是不懂事！”

兰天依咳得泪汪汪的，好容易喘口气，听父母都这样一说，死的心都有了。“今天？太，太晚了吧？”

乔亚非不解地看着她：“这才刚刚午饭时间！”

“我，晚上我怎么回来啊？”兰天依凡事想得长远，如果给乔亚非机会强暴了自己，那可是叫天天不灵叫地地不应啊！

“家里有房间！”乔亚非解释。

那更不行啦！兰天依咬着下唇不说话。乔亚非知道她想歪了，扑哧笑了：“和我妹妹一个房间，总行了吧！”

如果是在后母与妹妹眼皮下，他应当不敢为所欲为，兰天依这才不情愿地点点头。

乔知之第一次见乔亚非带女朋友回家，高兴得眼角都湿了，亲热地嘘寒问暖，并拿出准备多年的卡地亚钻石配饰，要送给兰天依。这些昂贵的首饰具有极重要的象征意义，她急忙递回去：“它太贵重了！”

“这是爸爸的心意，拿着！”

“我……”她犹豫。

乔知之面露失望。

乔亚非的脸立即变了色，怒瞪着她：“兰天依，赶紧给我收下！”

她不由打了个哆嗦，勉强笑："我，我就是觉得太贵重了！"

"你怎么那么啰嗦！"乔亚非语气强硬，"快谢谢爸爸！"

"是，谢谢爸爸！"兰天依被他吓唬得脑袋发懵，顺口应道。

乔知之激动得眼泪差点流出来："好，好，我的好孩子！"

杨虹把这一幕看得清清楚楚，心想，这女孩明明是被他吓得才和他交往的！这时，门铃响起，她透过可视屏一瞧，竟然是甘朵来了，这下有好戏看了！她不由暗喜。

甘朵身穿长款提花风衣，足蹬紫色长筒靴，脸上浓妆淡抹，张扬着自信。进门就对杨虹道："阿姨新年好！"

"亚非，甘小姐来了！"杨虹故意高声喊。

兰天依一听，心咚地一跳，忐忑不安地站起来。

乔亚非先走出去："甘朵啊，你爸妈都好吧？"

"都好！谢谢你！"甘朵多情的双眸看向他："亚非哥，没想到过了一个年，你更帅了！"

这话乔亚非今天听起来格外高兴，居然心安理得地呵呵受之。

"我去看看伯父！"甘朵说着，就向房间内拐，突然，她身体一僵，然后不可置信地定住。

兰天依咬咬唇，羞愧地冲她笑笑："朵朵，你来啦！"

"你……你怎么会在这儿？"甘朵回过神来，气愤地问。

"我……"兰天依瞄了眼跟进来的乔亚非，嗫嚅："那个……"

乔亚非皱眉："辰辰是我女朋友，当然会在这里！"

甘朵愣瞪着乔亚非，眼中随即浮起一层水雾，转而看向兰天依，泪水刷地流下来："兰天依，你……你太过分了！"

"啊？我……"兰天依有苦说不出，默默垂下头。

乔亚非有些不高兴："甘朵，你说这话什么意思？"

人最不能容忍的就是看见一个傻瓜在自己曾经失败的领域取得成功！"我——"甘朵转头看向他，委屈万分："为，为什么是她？为什么？"

"甘朵，我爸爸在生病，你不要吵，先出来！"乔亚非见兰天依仍低着头站着，他走过去，要揽她肩膀。兰天依左右一扭，挣开。她的表现令乔亚非很生气，他拽着她的胳膊，把她拉出来，然后关上卧室的门。

"甘朵，你坐！"乔亚非把兰天依也按在沙发上，坐在她旁边，眉头紧皱，表情严肃："甘朵，为什么我不能和兰天依谈恋爱？"

甘朵抬起哭花的泪脸，怔住："我——"

这人说话真直接啊！果然土匪出身！兰天依悄悄挪了挪身子，离他稍远些。这时，只听乔亚非郑重地说：“甘朵，我一直当你是事业上最得力的助手，生活中的小妹妹，而在L国为你出头打架，是我本性如此。我喜欢辰辰，是我先主动追求的，你不要对她发脾气！”

兰天依虽然讨厌他，但听他这样直接的表白，心口还是莫名动了下。

甘朵眼丝通红，怒不可遏地站起来：“好，乔亚非，你个大混蛋，你会后悔的！”说完摔门而去。

杨虹望着她背影，摇摇头：“啧啧，这主儿的脾气，够大的！”

乔亚非扫了她一眼，去拉兰天依。兰天依挣开，他又拉，嗓音有点嘶哑：“你怎么了？”

兰天依斜着眼怒望着他：“既然不喜欢她为什么还拼命救她，是不是你们之间有什么？”

“我顶天立地的男子汉，骗你干什么！”

兰天依假戏真唱，仰脖子冷哼：“没什么她会这么质问你？”

“你——”乔亚非答不出来，怔住，兰天依趁机提起包跑到外面。

乔亚非一肚子的火无从发泄，对正看热闹的杨虹说：“阿姨，您先照顾爸爸，我一会儿回来！”说完，追了出去。

杨虹脸上露出丝嘲讽，自语：“这主儿还真会演戏！”

兰天依跑到公路边，站在昏黄的路灯下等出租车。乔家别墅建在山脚下，很少有出租车经过，此时寒风呼啸着划过树梢，冷飕飕地刮来，冻的她不停地跺脚哈气。

乔亚非赶过来，又气又痛，把外衣披到她身上：“跟我回去！”

“我不！”她扔掉他的衣服。

“回不回去？”他眼中喷火。

“就不！”她不敢看他可怕的眼神，低下头。忽觉身体一飘，就看见自己脚离了地，她一惊：“你，你干什么？”

“回家！”乔亚非铁青着脸，抱她返回院中才放下她：“进去！”

“我不！”兰天依继续顶牛。

乔亚非真心痛她，口气软了软：“听话，你手都凉着呢，快进去！”

“我愿意！”她抬起含水的大眼睛，斜瞪着他。

院中的灯光清如月辉，映在兰天依挑衅的脸上，似玉般静美朦胧，触人心弦。乔亚非突然一把把她揽在怀里，狠狠地吻上去。他托着她的后脑，气息急促，在她唇上动情地辗转。坚硬的胡茬在她柔嫩的脸上摩擦，强烈的阳刚之气被她呼入肺腑，席卷全身，她感觉得到他的心脏在她胸前咚咚跳动。他是真心喜欢我吧？她眨巴眨巴眼，不合时宜地想。

乔亚非的舌已经霸道地欺了进来，与她唇齿纠缠。兰天依又想，把他舌头咬下来他会不会杀了我？他的怀抱很温暖，冰凉的鼻尖，触在她脸上，能感受到他内在无穷的张力……

许久，他才抬起脸，轻轻抚摸着她的面颊，双眸柔情似水，静静凝视她。

其实，他也蛮帅的！兰天依迷惑地望着他，思维仍在无穷延展中。乔亚非深情回视，声音格外温润："外面冷，我们进去吧！"见她还赌气，故意逗她："辰辰，还想吻啊？"说着，脸又凑过来。吓的她急忙窜进房间。

第五章　美女爱英雄

兰天依陪乔知之用过饭，上楼。乔夕的房间很大，米黄色的浅蓝风景图案窗帘，有效地配合了淡蓝的墙壁以及黄色的床具，格调温馨而雅致。兰天依打量了一番，笑着对乔夕说，“你房间好漂亮啊！”

乔夕眼皮都没撩一下，静静地躺在窗户下斜纹卧榻上，眯着眼，陶醉地喷云吐雾。浅蓝色的纱帘轻轻拂动她玉笋般白皙的小脚，沉沦而又华美。

纯粹的小太妹形象！兰天依看了她片刻，印象实在不佳，便也不再理她，转身洗漱完毕，侧身躺在大床上。正朦胧中，只听乔夕清凉的声音传来，“这位姐姐，你是不是被迫和我哥谈恋爱？”

“啊？什么？”兰天依懵了一会儿才反应过来：“你瞎说什么呢！”她们毕竟是一家人，可不能乱说话。

“你这人真假！”乔夕撇撇嘴。

“……”兰天依翻了个白眼，心道，难道你不知道你哥是土匪！

“得，我那胡缠的妈和霸道的哥，以后有好日子让你受了，你比我还可怜！”

她的话引起了兰天依强烈的内心共鸣，却只能无奈地沉默。

“唉，都自求多福吧！”乔夕轻轻叹口气，熄灯睡觉。

房间里瞬间暗淡下来，黑雾浓稠，均匀地散落在四周，兰天依心绪烦乱，辗转难眠。乔夕不耐烦地斥责，“你不要动了，搞得我睡不着，又不是没客房，非要和我挤！”

兰天依坐起来：“我去睡榻！”

“你这人真烦，还是我去睡吧，免得我哥知道！”她气鼓鼓地抱着被和枕头下了床。

兰天依懒得和她计较，几乎一夜无眠，谋划自己的心事。早上，乔亚非关切地问，“脸色怎么这么不好？”

“有点择席！”她小心地看着乔亚非，见他心情蛮愉快的，于是说：“我今天该回家了！”

“昨天我已经给伯父伯母打了电话，他们让你多呆两天，后天我送你回去！”

真是无良父母啊！兰天依悲壮地垂下头。

“爸爸挺喜欢你，你多陪陪他，以后住惯了就不择席了！”乔亚非说完，看看表，“你先再去睡一会儿，我有事还要出去！”

对于鸿升公司前董事长，兰天依一直心存敬意，既然一时没办法摆脱乔亚非，只能先顺其自然。她照顾乔知之用过早餐，便陪他聊天：“……虽然我不在鸿升做了，但那时您说的一句话到现在我都记忆犹新。”

乔知之苦笑：“我这一病，许多事都不记得了！”

“我记得啊！”她右颊出现一个深深的酒窝：“您在公司大会上说，我们在碰到任何不利的情况，都不要悲观沮丧、一蹶不振，只要我们努力地去想、去做，坏事也可变成好事！”

“是啊，那些年来，都是朝披晨星晚戴月，个中酸涩，无以言表啊！”忆起曾经辉煌的往事，乔知之神情怅惘：“还好亚非没让我失望！”

“嗯，这场改革肯定不容易！”从这点上，兰天依不否认乔亚非的工作魄力和能力。

“我已经没用了，却占那么多股份，明儿找律师，给你们都平分喽！”

“其实，家族只占公司51%的股份就足够了，剩余的卖给内部员工，更能增加公司的凝聚力！”

他们的对话，被杨虹在门外听得一清二楚，气得她咬牙切齿，开始处处与兰天依作对。但，这正是兰天依所希望的，杨虹是乔知之合法妻子，如果她极力阻止乔亚非与自己交往，自己也正好多了个同盟军！

乔亚非见杨虹处处难为兰天依，有些过意不去，所以她再提出回家时，他没有拦阻。一大早就载着她向高速路口行驶，兰天依故作愁眉苦脸状，对正专心开车的乔亚非不停叹气。

果然，乔亚非关切地问：“辰辰，怎么了？”

“算了，不说了！”她故作不耐烦地把头扭向窗外。

乔亚非意识到兰天依对杨虹的不满，劝她：“辰辰，阿姨就那个脾气，你是小辈，忍忍就过去了！”

这种时机她怎么能错过！

“我不想忍！”她怒瞪着他。

乔亚非立马头痛，抿着薄薄的唇，半天没说话。这时，他的电话响了起来。他把车拐到路边，下了车，从外面接通手机。

搞什么弄得这么神秘兮兮的？兰天依隔窗看他表情渐渐凝重，正胡猜中，乔亚非返回，打开车门：“辰辰，你自己开车回家吧，我有急事，路上小心。”说完，也不待兰天依回答，他已经呼地关了车门，跑到路边拦出租车，直奔鸿升公司。

此时，在鸿升公司正发生一起比较严重的农民工讨薪事件。

在公司办公楼顶层，一名穿着草绿色棉大衣的中年男子，身上背着炸药包，声泪俱下地向路人揭发鸿升公司拖欠其工资达二年之久的可恶行径，导致本来就非常困难的家境更加雪上加霜，妻子无法忍受生活的重负，抛下生了重病的孩子离家出走。如今，他已走投无路，决定以鲜血唤醒无良老板的良知！当乔亚非赶到时，人群已经开始三三两两地在公司外圈驻留围观。

阿宽迅速穿过人群，跃过栏杆，从农民工视线看不到的左侧下水管道，猴子般嗖嗖嗖向上攀爬。众人连声叫好，正从此处经过的小简惊讶地跳下车，大声建议大家不要乱吵，免得被农民工发现，同时，密切关注阿宽的动作，暗暗为他捏了一把汗。距离楼顶大约一米处，阿宽抛出五爪索，悄悄探出半个头，小心观察一番，然后利落地飞身跃上，猫着腰，慢慢接近那个农民工。农民工毫无觉察，继续哭诉自己的血泪史。阿宽猛地扑上去，连续两记流星拳砸在他头上，敲晕了他，然后去解他身上的炸药包。农民工突然动了下胳膊，竟然拉燃了导火索，蓝烟从弹体尾部冒出。阿宽心头一麻，飞出一脚，又踢晕那人，然后迅速抱起炸药包。

乔亚非刚好赶到，见此顿时大惊失色！

楼下站满黑压压的人群，后面是库存区，里面有部分化学品，无论从哪个方向扔，都可能出现不可预料的后果。似乎没有一个万全之策，下面的人也焦急万分，不知道阿宽怎么处理。

炸药包还有一两秒就爆炸了，可它还在阿宽手里，小简吓得大叫起来。就在这时，阿宽侧身蓄力，突然爆发出一个令人惊叹的动作——他把炸药包向天上扔去。真是力大无穷，一声巨响，炸药包在距离楼面大约30米的空中爆炸，耀眼的火光闪过，弹片横飞。幸亏是土制炸药，威力不算大，阿宽仅仅胳膊处见了红，他不待楼下的众人反应过来，麻利地捆了那农民工，翻身从原处下楼。

乔亚非全身的肌肉这才放松下来，抹抹额头，满手的汗。

等警车赶到，阿宽已经跑向厂区后院。

因为与甘朵的关系，小简很清楚鸿升公司后面是一堵临街的墙，她把暖靴一脱，只穿着袜子，飞也似的追了过去。阿宽跳出墙外，正要前行，忽听一个女子焦急地高喊：“等等我——”他扭头，见北面跑来个举着靴子的漂亮女孩，他好奇地向下看去：大冬的，她居然光着脚跑路！

他不解地四下望望，没别人啊！那她喊谁呢？

目标即在眼前，小简体内突然涌出无穷爆发力，她三步两步冲到阿宽面前，双手吊在阿宽脖子上，大口喘气：“天哪，可追上你了！”

阿宽面红耳赤，粗暴地去推她：“干什么你！”

“我叫黄简，黄世仁的黄，简单的简！”小简忽略他的无理，被阿宽拉开一只手，另一只又藤蔓般缠上去，然后紧紧抱住他没受伤的胳膊：“你叫什么？”

阿宽甩不开她，又羞又恼，大力去抽她怀里的胳膊，蓦地碰到肉肉的鼓鼓的两个凸起，耳根登时红透，再不敢随意挣扎，垂下染红的眼睑，急切地说：“我不认识你，你快放手！”

“我叫黄简，这不就认识了！”小简依旧紧拉着他不放。

“你这人怎么这样？”

“我就这样！”小简仰起脸，理直气壮。

阿宽不由抬眼：她穿得单薄，脸冻得发青，早春清冷的晨日洒在她阳光倔强的脸上，让人从心底生出几许怜惜。只听她继续道：“你胳膊受伤了，我们先去医院。”

阿宽瞬间明白她一定看到自己刚才所为，急于脱身：“好，你松开我！”

“你骗人？”小简一眼识破他的诡计。

“没有！”

“你瞒不了我！”

“你这人，你究竟想干什么？”

“我们交个朋友好不好？”小简声音柔和，双眸中涌动着某种动人的情绪，火热地望着他。

“不想交！”阿宽避开她的目光。

“那我就拽着你！”她抿着唇，与他对峙。

眼尾扫到一辆出租车开过来，阿宽催促：“我这边的胳膊受了伤，你不松手，那你去叫出租车！”

小简狡黠地看了他一眼，突然把手插进他的裤腰带里，紧紧攥住，才腾出手挥动。

这成什么事啊！阿宽被她这种大胆举动搞得简直要吐血，边掰她水葱似的手指边说：“你，你，你松开！”

小简双手用力，扯着他上了车，直到车启动，才哎呀哎呀地抱起自己的脚哀嚎。

司机哈哈笑：“头一次见这么吵架的？”

她翻了个白眼，脱下袜子，露出冻得通红的双脚。她痛得眼圈都红了，忍不住轻轻蹬了他一脚：“都是因为你！”

阿宽脸上红云密布，捂着嘴尴尬地咳了一下，扭头看向窗外。忽然感觉有爪子往自己胸口摸去，他低头，只见一双细白的小手正伸进他衣服口袋里。他窘迫不堪，一把握住：“你，你又干什么?”

“找你身份证!”

“没有!”

“你快告诉我你叫什么?”小简急得眼都红了。

头一次让女人缠得这么狼狈，阿宽抓耳挠腮，不知怎么应付才好。乔亚非很担心他，趁与警方接触的空隙，给他打了个电话。听到手机铃声响起来，阿宽想去拿，小简捂着他口袋：“拿你身份证换!”

女人耍起无赖，还真让人没办法！阿宽只好妥协。小简拿过身份证，仔细瞧过，鬼精的大眼睛看着他，扑哧乐了：“原来你是黄飞鸿的乖徒弟，怪不得呢!”

阿宽直接挂掉手机，听小简如此说，连说三声你，然后自己也忍不住笑起来。

医院门口，阿宽见小简脚受了伤，行动不便，抱她出来。小简不放心：“快放下我，我自己走，你有伤。”

阿宽心头一热，豪气地说：“没事!”

等小简包扎好伤口，再找阿宽，人早没了影踪，气得她大骂：“梁宽你个大混蛋，你等着，找到你有你好看!”

这次农民工自杀事件，影响极其广泛，对鸿升公司的信誉，亦是个不小的打击。警方经过调查取证分析，此次事件有明显三个漏洞：其一，鸿升公司保安管理比较到位，那么，此人通过什么方式，爬到十几层的楼顶？其二，据专家鉴定，炸药包内并不是炸弹，其成分只是火药，这就是说，此人自杀是假。其三，鸿升公司财务部与工程部过去都不曾有此人讨过薪水的记录，那么，既然拖欠两年的工资，为什么现在才来讨要?

乔亚非当然清楚是浩子做的手脚，趁这个机会，正是反击的时候！谁知，就在他准备寻机报复之际，却收到浩子的求和信息。乔亚非才不想那么快上钩，不容置疑地要求浩子即刻消除农民工对鸿升公司的影响，并赔偿相应损失。紧接着，农民工主动向警方招认自己讨薪是想诈骗鸿升公司钱财，锒铛入狱。待媒体澄清了此事后，乔亚非才在浩子三番五次地邀请下，谈合作事项。

帝豪夜总会“金尊”超豪华包厢内，浅玫瑰紫的暗淡光线多情而暖味，宽大的玻璃几案下，茶色的灯光透着奢靡，映得摆放在上面的酒杯，红红黄黄，非常漂亮。房间右侧是齐顶的蓝色方格背景墙，前面是一溜的波浪纹沙发，围着两个长型茶几。乔亚非和浩子各据一个茶几，对面而坐，手下的人分立沙发两侧。

浩子脸上挂着讨好的笑，屁股一点点挪向乔亚非。乔亚非不动声色，在迷离的灯光中，半低着头，听浩子扯东扯西。浩子终于移到乔亚非身边，两人头碰着头，低声说起悄悄话来，并不时哈哈大笑，亲密地好像相识多年的老朋友。谈到兴浓处，浩子双掌一击，房间内应声进来一位身穿白色吊带裙的女人。她身材修长，带着羞涩地笑走到乔亚非面前，低低道："乔哥好，我是阿灵！"

乔亚非嘴角咬着烟卷，抬起眼，一眨不眨地紧紧盯住她。

女孩紧张地垂下头。

"阿灵，来，陪乔哥喝一杯！"浩子笑着，然后又对乔亚非解释："乔哥，阿灵可是我派人把S城翻了个底掉找来的美人，还是个刚出道的雏儿，有不周到的地方，你别和她一般见识！"

乔亚非呵呵一笑："哪里！不错的姑娘！"说着，他狼一样的目光在她身上流连，使得正倒酒水的阿灵手不停地发抖。

浩子催促："阿灵，你先干一杯，向乔哥表示诚意！"

阿灵颤巍巍端起酒杯："乔，乔哥，我先干为敬！"说罢，仰头闷进，然后辣得小脸曲成一团，煞是可爱。

乔亚非食指挑起她的脸蛋，低低笑问："多大了？"

"二……二十！"

乔亚非摇摇头，语气不容置疑："说实话！"

"是，是十八！"阿灵紧张地垂下眼睫，细细的声音，生涩退缩的表情，令人心生爱怜。

"哈哈！"乔亚非笑得开心，站起来："谢谢浩老板如此款待，我就恭敬不如从命！"笑完，揽着阿灵的肩就向外走。

浩子后面热情地说："乔哥，小弟已经为您安排了住处，绝对总统级别服务。"

"老弟，我还是住自己的地方踏实，咱后会有期！"说完，他出了包房下楼。

帝豪夜总会从二楼后面有一个出口，乔亚非嘴角叼着烟，正不可一世地向左拐，兰天依垂着头，好巧不巧地上楼来。两人对面相逢，乔亚非的心咚地一沉，放在阿灵肩膀上的五指随即张开，即尴尬又紧张地望向她。兰天依见前面有一堆人站住，不明所以地抬起头，顿时，水汪汪的兰花眼定格在乔亚非身上。在他复杂的注视下，她面色惨白，贴着墙根，一步步蹭过去，然后头也不回地跑进前面的包厢。

“这妞才漂亮！”阿宽对保罗挤挤眼，悄声说：“瞧，老板眼直了。”

保罗追望着兰天依的背影，不住点头：“太有气质了！”

乔亚非把阿灵推到一边，吐出烟头：“给老子打听打听，这女孩什么来历？”紧接着，也快步追了过去。

靠，有这样见一个爱一个的吗？浩子愣住，看向阿宽。阿宽龇牙一乐：“浩哥，不好意思，您先行一步吧，我们老板看上那个妞了！”

浩子赔笑：“好说，好说，那阿灵——”

“浩哥，送出去的东西没听说还要回去的吧？”阿宽拧起眉毛。

阿宽徒手爬楼，勇扔炸药包的事还历历在目，浩子自然不敢小瞧，他哈哈一笑：“阿宽，你多虑了，如此，我就不打扰乔哥的好事了，告辞！”手一挥，识趣地带人先行离开。

兰天依跑进包厢，看到前来集会的同学已经到齐，平静了一下心情，才道：“抱歉，我迟到了！”

小简鄙夷地瞥她一眼，扭过头，别有用意地对周围人高声说：“现在怎么那么多人喜欢当小三呢，就为了几个臭钱，抛弃青梅竹马的恋人，勾搭好朋友的男人，真是少廉寡耻！”

兰天依不由怔了怔。

这时，一位眼若桃花的俊朗男子从门口对面的沙发上站起来，脸上带着丝愧疚，又有一丝急切，招呼她：“辰辰！”

兰天依淡淡地对他点点头，然后走到小简旁边，正要坐下，小简皱眉，指着桃花眼男人道：“别坐我这儿，你该坐董文龙那儿！”

兰天依脸上的笑容渐渐消失：“什么意思你？”

“什么意思？你还真会演戏！”小简冷笑。

“小简，你有话直说，我怎么会演戏了？”兰天依脸色由白变青。

“既然你这么虚伪，就让大家看看你的真面目，世上好男人多的是，你为什么偏偏抢甘朵姐姐的男朋友？”

“我没有！”她气得浑身发抖。

“甘朵姐姐可什么都告诉我了，你装什么装！”小简仰着漂亮的脸蛋，轻蔑地说：“还欺骗我们说董文龙先抛弃了你，如果董文龙真那么做了，他今天敢来这里吗？”

“董文龙，是男人的你把当时的事向她解释清楚？”兰天依红着眼瞪向桃花眼男人。

那男人急切地说：“辰辰，去年的事你有误会，那女人只是我一个普通朋友!”

“朋友?”兰天依狠狠甩开他伸过来的手，冷笑:“如果不是与那女人有瓜葛，她怎么知道我的号码?为什么会用你的手机给我打电话?又怎么会知道你欠我的钱?”

“是她纠缠我的，我从没背叛你!”他直视着她的眼睛。

“无耻!”她抓起包。

董文龙拦住她:“辰辰，你不要走，你听我解释!”

她不想听，更不想重新翻动纠缠的记忆。时间的巨轮早已经将彼此的轨迹改变得面目全非!她冷静地告诉他:“我们已经回不到过去了!”

“你心里真的有过我吗?”董文龙眼中冒火:“你把乔亚非还给甘朵，我也有能力为你赚很多钱!”

“哼，大家看到了吧，不是董文龙抛弃了她，是她抢走了甘朵的男朋友——”小简突然停住，大张着嘴巴望向门口，惊讶不已:“乔，乔董事长!”

乔亚非在玄关内把他们的对话听得一清二楚，早就恼了，忽见董文龙又来纠缠，不由气血冲脑，快步走过去，一把推开他:“你个无耻的东西!”然后揽过兰天依:“我们走!”

“妈的，你谁呀?”董文龙嚷道，因为激动，他面部充血，英俊的脸格外扭曲。

小简低声提醒:“他就是甘朵的前男友!”

情敌相见，分外眼红，董文龙被乔亚非一推，更是愤怒:“你才是无耻的流氓!”说着，上去就是一拳。

乔亚非侧身闪过，巨掌猛地往董文龙脸上一划，他蹬蹬蹬后退三步，撞倒在茶几上，整个人栽了过去。兰天依吓得惊叫一声，急忙拉住乔亚非的胳膊:“乔亚非，不要打了，我们走，我们走啦!”

房间内所有的人都站起来，有的去扶鼻子里流出血来的董文龙，有的劝:“大家都消消气，别动手!”

阿宽听到房间内有打斗的声音，急忙冲进来，看后才放心:“老板，没事吧?”

“没事!”乔亚非搂过兰天依的腰:“我们走!”

“梁宽!”突然，一声巨吼，惊天动地。

世界登时静了下来，大家齐齐看向声音的来源地。

小简眼中惊喜交加，嗖地跃过宽大的茶几，向门口飞去。

有人不由惊呼:“靠!好个黄飞鸿!”

没想到在这儿遇到她!阿宽一怔，而后急转身，撒腿就跑。

小简甩掉高跟鞋，狂喊着追出去。众人皆不知所以地大眼瞪小眼。

兰天依被乔亚非宽阔的肩膀挡住，还没看个究竟，梁宽和小简早就没了影。她从乔亚非怀中挣扎出来，红着眼嚷道："你少碰我！"

众人惊讶的目光又一起转向她。

此处不是久留之地！乔亚非浓眉紧锁，铁臂一伸，把兰天依就抱了起来，正要出门。董文龙抹了把鼻血，又冲上去，揪住乔亚非衣领："你放开她！"

乔亚非一脚踹得他捂着肚子倒在地上。

兰天依见乔亚非额上青筋直冒，知道他动了真气，再不敢固执，忙搂着他的脖子，声音温和而急促："亚非，我们走，我们走啦！"

此时，乔亚非为了抢女人在夜总会大打出手，迅速被人添油加醋地传到浩子耳中。他仰头一口闷掉一杯酒："妈的，吃着碗里还看着锅里的，真是便宜了那个土匪！"

兰天依在乔亚非的"保护"下，灰头土脸地回了租房，疲惫地靠在沙发上。她的头发被风吹得凌乱，灯光下脸色青白。乔亚非垂着头静静陪坐在她身边。过了片刻，她茫然的大眼睛看向他："你……回去吧！我……很累！"

"辰辰，"乔亚非这才抬眼，目中有隐忍的痛苦："今天的事，很对不起！"

兰天依冷漠地说："没什么，我不会计较！"

乔亚非听后，胸中更加苦涩："不管你信不信，我没做对不起你的事。"

"既然没对不起我，为什么道歉？前后矛盾，你真是太好笑了！"她眉头紧皱："我要休息了，你还不走？"

自己真得没那么无私，可以把工作和感情分得那么清！乔亚非看了看空空如也的手，声音惆怅："给我一段时间，辰辰？"

兰天依不解其意，但却听出他话中的漏洞，于是立即补了句很有哲理的话："没有人会在原地等你！"

乔亚非沉默，很长时间，才抬头："我知道了！"说完，他站起来，双眸漆黑，情绪涌动，却只深深地望了她一眼，然后再不带一丝留恋地转身。

就这么莫名其妙地结束了两人莫名其妙的关系，兰天依还真有点适应不过来。其实，他并不像自己想象得那么坏！不过，这已经不再重要，终于可以摆脱他，她的心彻底放松下来。听到手机铃在响，她看看号码，皱眉："小简，我和乔……"还没说完，小简带着哭腔的声音传来："兰天依，你快来接我，我不想活了！”

她愣住：“怎么啦？”

“兰天依，你快来救我，呜呜——”电话那边已经哭开了。

电光火石间，兰天依反应过来，一定是乔亚非那混蛋听小简污辱自己，对她下手了！于是急忙问：“简简，别急，你在哪儿？我就去。”边说她边开门下楼。

南京路一个幽暗的路灯下，小简光着脚，萧瑟地抱着肩哭泣。兰天依跑过去，扶着她上车，边打引擎边问：“是不是乔亚非派人欺负你了？”

“不，是梁宽！”

“梁宽？”包厢内的记忆还犹新，兰天依忍着笑：“男朋友？”

小简委屈地撇撇嘴角：“他不理我。”

原来是要强扭瓜！兰天依没接话茬，沉默。

“依依，今天……我说的话你不会生气吧？”小简泪汪汪地瞧她的脸色。

“当然生气，因为我和乔亚非不是你们想的那样子！”

“我错了，你原谅我好不好？”小简拽着她的胳膊。

“我知道你是误解了！”

小简顾不得擦脸上的泪珠：“依依，你真好，你给乔亚非打个电话好不好？让梁宽见我一面行吗？”

别人躲还来不及呢，她还往上贴！兰天依慎重地说：“乔亚非的手下都不是好人，你别犯傻！”

“你胡扯，明明是大英雄，我亲眼看到的！”

“我还能骗你？”

“我在职场混这么多年，早就火眼金睛了，他是人是妖，我一眼就准！”小简一脸肯定。

她一向自负，兰天依懒得和她争论，扶她上楼。

“反正这事我赖定你了。”小简狠狠自语：“妈的，跑，跑到天南海北我也要找到你。”

兰天依看看她红肿的脚：“唉！何苦呢？”

小简一听，泪又落下来：“上次也这样，这个大坏蛋！”她抱着脚，心痛地说：“我这脚算完了！”

看她涕泪交加的样子，兰天依又心痛又好笑：“谁让你光脚跑啊？”

“我就是光脚还跑不过他呢，那混蛋，转眼就不见了！”

看她三句话不离梁宽，兰天依坐下来：“说说你们怎么回事吧？”

小简一提梁宽，两眼就不自觉熠熠发光，把两人相识过程原原本本向她道来，最后说："依依，这事就拜托你了？"

兰天依好不容易和乔亚非了断，如果主动找他，让他产生误会，再想抽身撤步，可就没现在这么容易了！何况，梁宽的英雄行为，还不是为了取悦自己的老板？绝对不能因此害了小简一生！

拖了几天，她骗小简："梁宽已经表态，即不想谈恋爱，也不想结婚！"

小简对自己有绝对自信："你先想办法让他见我一面，我会改变他的想法！"

"您老人家别说梦话了，你们见过的面应该不止一次吧？他可是见了你就跑！"兰天依下决心要棒打鸳鸯。

"他肯定有不得已的原因！"

"也不看你修行够不够五百年？大脑真是锈了你！"

小简恳求："依依，就这一次，如果他当面和我这么说，我就放弃！"

"人家连面都不想见，我也没办法！"

"既然这样，兰天依你让乔亚非来见我。"小简气鼓鼓地嚷道。

"你自己到公司找他啊？你又不是不认识！"

"他不见我！"想到这个，小简气就不打一处来："小心眼的男人，肯定因为上次我说你是小三，他才把我拒之门外！"

"那是你自作的孽，我也没办法！"兰天依彻底撂挑子。

小简对话筒中吼道："明明你一个电话就可以解决，兰天依，你太过分了！"高分贝声波直冲耳膜，震得兰天依对着话筒直眨眼。

林枫走过来，使劲咳嗽了一下，大声说："兰助理，这是工作时间，你已经聊了五分钟零二十三秒！"

兰天依赶紧就坡下驴："简简，挂了，先挂了！"

"靠，他妈的这是什么领导！"小简在电话另一边把林枫的话听得一清二楚，不由大骂。

"她骂我！"林枫已然听到，对兰天依瞪着眼，用手指指指自己。

兰天依急忙关掉手机："嘿嘿，林总，实在对不起！"

小简也是气糊涂才出口骂人，通话结束一查时间，果然用了六分钟。她是职场白领，接触过各式各样的客户和领导，对林枫这种斤斤计较的老板，并不觉得意外，反而认为自己给兰天依找了麻烦。何况，她还盼着兰天依牵线搭桥见梁宽，自然不敢把交情掰了，于是连忙发条短信以示抱歉。兰天依倒没介意，适当安慰了她一句。这时林枫问："是什么样的男人既不想谈恋爱又不想结婚？"

兰天依冏住："林总，你都听到啦！"

“听到几句！感觉挺强悍的！”他直言不讳。

兰天依尴尬地嘿嘿笑。

见她并不想解释，林枫坐在窗下，背对着阳光，声音仿若春风拂过：“都说婚姻是爱情的坟墓，可我现在却很向往婚姻！”他的笑容清新而又温柔，一如初晨的朝阳。

“想收心啦？”林枫是一个非常随和的领导，她偶尔会开玩笑调节枯燥的工作气氛。

“胡扯！”他皱下眉，轻声斥责。

“开玩笑嘛！”

“也怪不得你有这想法，如果我对哪个女人多说一句话，多笑一笑，没三天，就有谣传出来！”林枫苦恼地摇摇头。

“那是你魅力无穷啊！”她时刻不忘拍马屁。

他脸上笑意加深，又长叹一声：“唉，学校的时候，爱情都纯得跟水似的，可人一旦进入社会，不知不觉中，拿感情也开始掂斤掂两地算计，难得能遇到知心人了！”

“都想结婚了，还说没遇到知心人？”兰天依咯咯笑起来。

她究竟有没有明白呢？林枫探究地打量她。白日下的双眉微微收紧，双眸中涌动着令人心悸的光芒，兰天依被他瞧得有些心慌，急忙垂下头，避开他火热的注视。

“是啊，遇到了我所知心的人，可不知道那知心人心中有没有我？”他策略地问，并坦然：“我已经而立之年，对于爱情，已经不需要绚丽多彩，平实就足够了！”

兰天依蓦地受到触动：是啊，平平淡淡才是真，这也正是她所追求的爱情，不需要荣华点缀、不需要名利衬托，只与心爱的人平凡到老！她抬起脸，默默看向他。林枫眼中的光芒愈盛，笑意浓浓地回视她，缤纷得耀眼。她的双眸此时也仿佛沾染了阳光的色彩，金灿灿地夺目。

脉脉相视，仿佛千年烟云从眼底飘过！他，会是那个生生世世与自己携手的人吗？她有些感动，可多年的职场生涯，又使她无法不多疑，林枫作为总资产数百亿的自仪集团二号人物，身边美女如云，随便捡个都比自己有家世背景。何况，这位林公子见一个爱一个，花心是出了名的，她怎么会特殊呢？

林枫面色微红，聪明地探问：“也许，在女人眼中，我不过是一块待价而沽的大元宝！”

她一听，扑哧乐了：“婚姻的本质不就是贫乏和优裕互补的结果嘛！”

“错！”他站起来，走到她身边，与她的呼吸掺杂：“婚姻是无欲平等互助互爱!”

“还少了一项!”兰天依抬脸，一本正经。

他一怔，眨眨眼:“还有什么?”

“大元宝，传宗接代啊!”她再也忍不住，狂笑。

林枫皱眉:“你真粗鲁，明知道也不能说啊!”他直起腰，声音幽幽:“有人惧怕婚姻，可我却很渴望，你说，怎么样才能结束我的单身生活?”

兰天依嘿嘿笑:“那么多人等待竞标大元宝，选个价格最高的!”

“严肃点!”

兰天依咳了一声，绷紧表情:“这样?”

“过分!”他看了她片刻，又问:“你喜欢元宝吗?”

“啊?”

“金元宝的意思!”他狡黠地笑。

“当然啊，谁不喜欢啊!”

“白送你你要吗?”

“这——”她眨眨眼:“天上掉馅饼，不是阴谋，就是陷阱!”

“胆小，掉个树叶都怕把头砸个碗大的疤！你怎么熬到助理的位置的?”

“这个，好像和领导的眼光与智慧息息相关!”

“贫!”林枫轻弹了下她光洁的额头，哈哈笑起来，笑够，又说:“兰——助理，”他略略迟疑:“你给我的感觉，即不是初恋的冲动，也不是一时的激情，而是踏踏实实，可以共担风雨的人生伴侣！我……”

兰天依心突然咚咚跳起来，侧头望向他。林枫定定回视着日光下她水汪汪的眼睛:“我很清楚，我喜欢……不，我是爱上了你!”他双眸如漆，灼然发亮，却不待兰天依有什么反应，转身:“开工啦，今天又没办法安心工作了!”然后，施施然地走了。

兰天依目送他的背影，他突然回头，笑着挤挤眼。

第六章　圣母情结

如乔亚非所言，他再没来打扰过兰天依。倒是小简，天天电话骚扰。周五下午，她去自仪集团建在郊区的工厂考察生产情况，接到林枫的电话，心情格外惬意：“你好，元宝先生，我大约六点左右到市区。”

“好的，我等你！”即将获得美人芳心，林枫心情极爽。

蓝色骊威在公路上飞驰，夕阳如火，映透车窗，洒在兰天依洁白如玉的面颊。她唇角勾起，思绪飘飞。几日来，林枫的追求已经逐步明朗化，和他的人一样，温柔细腻见于毫微，虽然她现在还不是很确定自己的感情，但林枫眼里流露出来的爱意，是真诚的。

不远处有一座小石桥，桥下流水潺潺，两边是熬过冬日的墨绿青草。这时，手机铃声响起，兰天依又忍不住头痛，叹口气接通。

“兰天依，你为什么阻止我和梁宽在一起，是不是打击报复？”话筒中传来小简醉醺醺的声音。

“我说你至于么，只见过两次面的人，就这么念念难忘？去耍酒疯？”

“你，混蛋你！”

“你有点出息好不好！”小简哭得兰天依阵阵心烦，快刀斩乱麻：“我在开车，等你酒醒了再找我，现在先回家睡觉去！”前面来了两个骑自行车的小男孩，边说边笑，临时起意想要拐过石桥。兰天依惊觉，急踩刹车，只听嘎的一声，汽车停在岸边！仅与那两个孩子相差五公分。她吓出一身冷汗，任小简地哭闹在耳边缭绕，呆呆愣着。两个小孩才十三四岁，还不太会处理突发事件，心中一慌，车子就撞到一起，其中一个，骨碌碌顺着斜石坡滚到河里。那男孩拼命喊救命，在河里挣扎。另一个吓得在岸上哆嗦，不知要怎么办好。兰天依回过神，迅速跑下河岸，大喊：“快，快拉我的手！”石坡的坡度虽然不算陡峭，但落水的人，一旦抓住救命的稻草，就会死命地抱住，她没有经验，一时没稳住身体，扑通，也被拽了下去。河水才齐腰深，但兰天依不会游泳，挣扎着想要站起来，可那小孩子力气很大，把她按在水底，咕噜噜喝了不少水，加上慌张恐惧，渐渐支撑不住了，胸口闷得要死，像是被什么压着喘不过气来，然后感觉水面离自己越来越远。就在要失去神志的时候，忽然身体一飘，有清新的空气涌入肺腑，她大口喘息。

身体被人揽入一个温暖的怀抱。

“辰辰？辰辰？”有人在耳边焦急地呼唤。

兰天依情知遇到了谁，却无力睁开眼睛，伴随着身体强烈的反应，她不停地呕吐。乔亚非急忙拉她到就近的医院。大夫仔细检查身体后，认为并无大碍，只是惊吓过度，于是给她打了一剂镇静剂，嘱咐要预防感冒。乔亚非抱着开始沉睡的她回到车里，打开暖风，脱下她湿漉漉的毛衫。里面，兰天依只穿件白色紧身衣，在水的浸泡下，几近透明。乔亚非胸口顿时一窒，呼吸立即急促起来，他慌里慌张脱了自己的衬衫，手哆哆嗦嗦，足足用了五分钟，才替她套上衣服，紧张地出了一身的汗。

刚坐回驾驶座，保罗打来电话：“乔哥，莫五约你见面！”

“好，我马上到！”乔亚非看看表，迅速把车开出医院，向不远处的小区驶去。大约十分钟，来到某楼门口处，乔亚非从车厢后找出一条薄毯，把兰天依裹得严严实实，抱到楼中楼的二层他常住的房间内，然后匆匆下楼，赶往约定地点。

这次是和莫五敲定订货合同。如果订购金额太少，人家不和你做，而且容易暴露自己的目的；如果数量太大，国家损失又大！为了这个，乔亚非颇费了番脑筋，在与浩子谈判时，故意让出浩子的销售地盘。浩子小算盘打得挺精，你乔亚非可以和我分享毒品来源，但你得在我地盘以外打江山。殊不知，这正合乔亚非之意，可以不费一兵一物，圈定浩子的毒品销售网点。与莫五会面后，他策略地问：“莫老板，最近白粉还有没有上涨空间？”

莫五自然明白乔亚非担心他单方面提价，不由笑起来：“乔老板尽可放心，我所得利润，只从缅方抽取。”

“这次粉涨价与缅方没关系吗？”

莫五摇摇头：“一年多前，浩子栽了批重货，暂时性引起价格上涨，我们不会提价，还是老规矩！”

重货？乔亚非眨眨眼：“我怎么没听说过？”

他凑近乔亚非的耳朵：“不瞒乔老板，去年底，海关人员从一批非洲喀麦隆进口的原木里缴获高纯度海洛因500公斤！”

乔亚非不大相信瞪大眼：“500公斤？他一个人能吞那么大量的货？”

“当然不是一个人的，他只负责联系，具体我也不清楚！”莫五离开他的耳朵。

乔亚非明白事情只能追问到此，他定下货单，与莫五告辞，回到住处。这时，大元戴着墨镜，也风尘仆仆地进了房间，从贴身衣兜里掏出一把枪，有些激动：“乔哥，你看，这是什么？”

“哪来的枪？”乔亚非细瞧枪身，发现这支枪的最大特点是，枪筒之上标有四个中文大字——四五手枪。

大元解释：“我看它是土货，模仿了 M92F 贝雷塔手枪。”

搂草打到兔子！乔亚非兴奋地拿过来，一个零件一个零件地卸掉，仔细验看一番：“没错！你是什么想法？”

“我怀疑我们国家现在建有地下军工厂，因此我和枪贩接上了头！”

乔亚非思索片刻：“既然这样，大元，你就专门负责这个案子，打我的旗号，先预订三十把枪。至于是否存在军工厂，就交由周队长来侦察，你适当配合！”

“是！”大元兴奋地回答。

不久，成子、九阳和保罗陆续进入房间，各从怀里取出几个纸包，分别介绍：这部分是“邮票”、这是冰毒，这是白色魔鬼……

“啊——啊嚏！”突然，众人头顶响起一声巨大的喷嚏，紧接着，兰天依身穿深蓝衬衫，光着脚，坐滑梯似的出溜到二楼楼梯的转角平台上。楼梯口正对着餐厅的桌子，众人一惊，一齐转过头。只见兰天依靠着墙，浑身哆嗦，脸色煞白，瞪着恐惧的大眼睛，从一张张凶神恶煞的脸上扫过，最后，她把目光定格在乔亚非身上，苍白的嘴唇不停颤抖着：“亚，亚非，我……”刚才，她把那些毒品名称听得一清二楚，就因为没忍住这喷嚏，就因为手机被水泡了打不出报警电话，否则，她怎么会落得如此下场！

她居然这个时候就醒了！真是太大意了！出现这样的重大失误，令乔亚非感到非常气恼，脸色铁青。可一见兰天依瑟缩的样子，又从心底无端生出许多怜惜之情！他习惯性地皱着眉，紧紧抿着唇，登上楼梯。可是，他的表情被兰天依看在眼里，却变成了杀气腾腾。急中生智，她想起一句话——如果发现了坏人的秘密，要么同流合污、要么身首异处！如今，为了保命，她只能拿乔亚非对自己的感情赌一赌。

“亚，亚非，我……”眼见乔亚非越来越近，她急忙大喊：“亚非，我爱你！”

乔亚非脑中刹那空白。

世界此时亦一片寂静。所有严肃无比的脸，犹如突然间遭遇了十二级强台风，他们齐齐倒吸口气，张大嘴巴，不可置信地瞪圆了眼看向她。她哆嗦着灰白的嘴唇，紧张而渴望地又喊了一遍：“亚非，我爱你！”

胸腔里登时被巨大的喜悦填满，乔亚非呆望着她，落在台阶上的前脚在茫然中踩空，他身体一滑，膝盖先着了地。随即，他站起来，黑眸中暗潮涌动，嘴角轻轻扬起。兰天依见他眼中光芒愈盛，邪佞一笑，一步步走向她，她更加胆战心惊，直瞪瞪地看着他颤抖的手伸向自己的脖颈处。天哪！他要掐死我？她瞬间反应过来，毛发皆竖，急忙拦握住伸过来的大手，抱到胸前，急切地表白："亚非，我爱你，真的很爱你，这么多日日夜夜，我一直很想你，不要离开我好吗？"水汪汪的大眼睛，带着忧伤、渴望，一波一波漾向他，眨动的睫毛下，流下成串的珍珠，乔亚非的心被她氤氲得几乎要滴出水来。紧接着，她手如柔弱的藤，缠绕在他的脖子上，边哭泣，边吻他的脸："亚非，不要离开我，好不好？好不好？"她的鼻息很烫，嘴唇上裂开一道口子，吻冰凉而热烈。

乔亚非仿佛被她灼伤，嗓音喑哑："嗯，我知道！"说着，抱起她上楼，把她小心放在床上，裹上被："你先睡，听话！"

她仍然不敢相信，抓着他的衣袖不放，眨着泪眼，可怜巴巴地问："亚非，你不会离开我，是不是？"

他轻笑一声，眼仁明亮："嗯！快睡吧！"他粗糙的大手颤抖地抹了下她脸上的泪，然后替她熄了灯，轻轻关上门。

小命终于保住了！兰天依虚脱地长吐口气。

乔亚非下楼，成子忍不住扑哧乐了："乔哥，好感人的激情表白啊！"

阿宽瞥了他一眼，眼神闪烁，一旁皱眉不语。乔亚非激动之情溢于言表，闻言，他羞涩地嘿嘿两声，下巴一扬："大元，你上楼！"

既然负责了枪支贩卖案，就只能错过这次毒品案，大元明白乔亚非的意思，守到楼梯口。兰天依在黑暗中躺了很久，慢慢记起自己落水后，眼前晃动的一直是乔亚非模糊焦急的脸。终究是他救了自己，何况，他也动了真情。既然上天注定两个人的人生一定要交叉，那就顺乎天意吧，免得招来无妄之灾！感觉下腹发胀，她打开门，小心地伸出脖子，向外张望。二楼整个空间是封闭的，想要出逃，就得打开窗户，从十几层的高处爬下去。兰天依可没那么不理智，拿自己生命下赌注，何况，就算跑出去报了警，没有证据，也拿乔亚非无可奈何，只怕自己先被黑社会追杀，这在电视中太常见啦！她目光转向楼梯口，那里，一名身材修长的男子正靠在墙边闭目养神。突然听到动静，他蓦地睁大眼，眼中顿时精光暴涨，吓得她心惊肉跳，急忙讨好地问："我，我上厕所，可以吗？"

"可以！"大元皱眉，略有惊讶地抿抿嘴角，眼中满是疑虑。是不是该提醒一下乔亚非呢？犹豫中，他走下几个台阶，就听乔亚非说："明天另找个地方，把这儿的房子退了。"

知道事情已经商量完，大元走下来。阿宽已经先他说道："乔哥，她可能听到了不该听到的，你嘱咐下，别坏了事！”

乔亚非脸一红：“这事怪我，我会处理的！”

“赶紧娶到家就安心了！”阿宽调侃。

“阿宽，黄飞鸿可是总到我公司打听你，小心我给你曝光！”乔亚非嘿嘿笑。

阿宽脸上立即红云密布：“散了，散了，我找旅店去啦！”说完，自己先溜掉。

乔亚非上楼，见兰天依躺在床上闭着眼一动不动，便极小心地用薄被裹起她。

他不会偷偷杀了我吧？兰天依又开始极尽她的想象力，再不敢装睡，颤抖地问：“亚非，我们……我们要去哪儿？”

“我以为你睡了呢！”他笑：“我送你回家！”

悬在心里的石头终于落了地，她长松口气。

两人来到兰天依的租屋时已经凌晨，这时，兰天依的肚子适时“咕噜”叫了一声。乔亚非这才想起来，他们一直都没有吃晚饭。他不好意思地说：“饿了吧，我去给你熬点粥来。”

他这种人也会做饭吗？兰天依惊讶地望向他。他笑笑：“等十分钟！”然后快步走向厨房。她随之也站起来，来到餐厅内，透过与厨房相连的玻璃门，看到乔亚非宽大的后背几乎挡住整个灶台，正低头忙碌。他感觉到她的注视，回头：“快回床上休息去！”

“哦！”她点头，转身去淋浴。

乔亚非做好饭，发现兰天依这个时候居然去洗澡，禁不住担心她。忽见她惨白着脸，摇摇晃晃走出浴室的门，忍不住横着眉责备：“干净有这么重要吗？”接着，温暖干燥的大手已经抱起她，把她放在床上，用被裹起来。然后又说：“我熬了稀粥，去给你盛来！”说完，快步走了出去。

兰天依望着他的后背，默默地想，如果他能听自己的劝说脱离过去的生活，不再危害社会，她情愿放弃自己的爱情。转眼，他返回，手里托着碗热气腾腾的米粥。她有一丝感动：“你……也吃一点吧！”

“我不急，你先吃，吹风机在哪儿？你头发还滴水呢，感冒了怎么办！”

虽然话说得直接，但他发自内心深处的关怀和体贴，不时温暖着兰天依冰凉的心，如果不曾亲眼看到，亲耳听到，她此时实在不相信这么温柔的他是一个心狠手辣的大毒枭。

耳边响起吹风机呼呼的风声。

可能他第一次为女人吹头发，手在些抖，头皮不时被他揪痛。兰天依抬眼看向他认真的样子。灯光璀璨，覆盖在他刚毅的脸上。他的睫毛不是很长，却又浓又密，他的眼睛不是很大，眼仁却漆亮如珠，精湛清透。蓦地平空生出一种奇妙的感觉，他仿佛就是铁血战士，潜伏在世界各个角落，管尽人间不平事！

在她的注视下，乔亚非脸上红霞灿烂，温润满足的声音又一次在她耳边响起："辰辰，快吃饭啊？饭要凉了！"

是啊，浪子回头金不换！无论多么困难，她一定要用真情感化他！

很快，天光大亮，乔亚非见兰天依已经沉睡，便把乔夕找来照顾她。自己则与阿宽等人重新找房子，商量与浩子最后的合作细节。忙完这一切，已经傍晚，他惦记着兰天依的情况，匆匆赶到她的出租屋。乔夕听到门铃声，从厨房里跑出来，对恹恹无神斜在沙发上的兰天依摆摆手："姐姐，你别动，我来！"她从猫眼处向外张望，并不开门，转身先对兰天依合掌拜了两拜，小声说："姐姐，拜托啦！"

兰天依紧张地点点头。

这次，她要完成乔亚非接受许坷成为其妹夫的重要任务，虽然她心里也没谱，但既然决定要嫁给乔亚非，自然要处理好与他家人的关系，把他们拉为自己的同盟军，才有利于对乔亚非的改造。

"怎么这么慢！"一进门，乔亚非就训斥。

乔夕一语不敢发，给他让出过路的道，低着头，站在门厅处。许坷从厨房走出来，对他微弯了下腰："大哥，你好，我是许坷！"他清瘦文雅，笑容里自带一股知识分子的清高与倔强。

"你好！"乔亚非习惯性地眉头一拧，兰天依已经适时跑过来，面带谄笑："嘿嘿，亚非，你可回来了！"她拽着他的胳膊："许坷做的饭真好吃，下午我就让乔夕把他找来了，你……不会介意吧？"

"嗯，来就来了！"，然后，他身不由己地被她拉进客厅。

"哥，姐姐早饿了，我们先做饭去啦！"见乔亚非没什么反应，乔夕高兴地拽许坷重新进了厨房。

乔亚非有些疲惫，脸上好似蒙着层灰尘。他关切地摸了摸兰天依的额头："好些了吗？"

"嗯，好多了！亚非，"她大眼睛眨巴眨巴："是我让许坷来的，你不会生气吧？"

他笑笑："不会！"

饭很快做好了。乔夕走出厨房，低低地问："哥，饭好了，我们吃饭吗？"

"嗯！"乔亚非站起来，轻车熟路地拐进洗手间，哗哗地洗完头脸，才来到餐厅。餐厅很小，四人对面而坐。兰天依和乔夕都不说话，默默吃饭，只偶尔两个男人碰碰酒杯，因工作性质与生活环境不同，他们很难找到共同话题，闲聊数语，就不再交谈，各自闷头就餐。许坷细心地替乔夕夹菜，然后深情款款，不时与她对视而笑。乔亚非偷眼看了几次，羡慕不已，频频侧目兰天依，也想享受一下这种心心相印的幸福感觉。兰天依一直垂着头，几乎把脸埋到饭碗里，对外界的情况没有反映，这令他非常失望。待许坷和乔夕走后，兰天依吃下感冒药，正要去睡觉，乔亚非突然问："昨天你听到了什么？"

难道他看出什么来了？兰天依登时吓得脸煞白，小心地问："我，亚非，你又怎么了？"

"你回答我！"乔亚非皱起眉头，目光清冷。

她身体止不住哆嗦起来，抓住他的胳膊，急切表白："亚非，我曾经也挣扎过，可是，我无法放弃我内心的感觉！"她双眸中水波荡漾，蛊惑人心："无论你做过什么，我都喜欢你，我管不了我自己的心！你说，我怎么办？你要我怎么办？"她主动伏到他肩侧，小拳头轻轻敲击他的胸膛，低低饮泣。

"你，说的是真的？"嗓音渐渐嘶哑，带着一丝不可置信。

她泪水涟涟，灯光下尤显得楚楚可怜："亚非，我要怎么做你才相信我呢？"

他忍住想拥她入怀的强烈冲动，强调："你没有证据，所以就当什么都没发生过，听到没有？"

"我知道，我知道！不管你做什么，我都爱你！"兰天依终于清楚此事真正告一段落，放心地扑在他怀里，低声啜泣。

沉默半晌，乔亚非轻轻揽着她，声音暗哑："你还哭什么？"

"我激动嘛！"她偎依在他胸前，展开笑靥，犹如带露的清荷。某种激情在心口勃然涌动，喷薄欲出，乔亚非再也忍不住，他俯下头，轻轻吻去她脸上咸咸的泪水，含住她冰凉湿润的红唇，与她气息交融，久久地纠缠。她闭着眼，适当地回应他，只觉他干燥温暖的大手轻轻抚过后背，摸擦脖颈，她紧张得要命，生怕他还有下一步行动。这时，身体忽然一飘，她的心彻底冰凉。

怎么办？拒绝，可能会引起他对自己的怀疑！

"亚非，我——"兰天依瞬间灵光一闪，睁开潋滟双眸。

乔亚非"嗯"了一声："辰辰，什么？"

她怯怯地问："你，你不要管乔夕和许坷之间的事，行吗？"

乔亚非眉头一收："她是我妹妹，我为什么不管？"

“可，可是，我觉得许坷人很好！”

“我说过他不好吗？”他顿在卧房的门口，有点不耐烦：“你想说什么就说，别跟我拐弯抹角！”

“乔，乔夕说你要找人修理许坷，你不要这样做好不好？”

乔亚非恼了：“我什么时候说过？”

她睁大眼，忍不住问：“真没有吗？”

乔亚非脸彻底拉下来：“兰天依——”

她头皮一麻，急忙勾住他的脖颈解释：“亚非，我不是不相信你，我只是觉得我们不能因贫富差距而拆散两个真心相爱的人，是不是？”

乔亚非的唇角这才勾起，目光重新温润：“傻瓜！”

他究竟是什么意思？兰天依忽闪着大眼睛，不解地望着他。

“那好，乔夕我就交给你了，出了问题拿你是问！”他轻笑一声，向床边走去。

完了！该来的总归要来！她身体抖得厉害，紧闭的双睫在灯光下颤动。乔亚非把她放在床上，拉上被，有那么一分钟的停顿。她迟疑地睁开眼，见他正动情地凝望着自己，脸上挂着满足的笑。随之，他站起来，关上灯，在门口处，又回头：“快睡吧！”他声音温柔，黑黑的眼珠在黑夜中熠熠发光。然后，他走了出去，轻轻关上房门。

他究竟是什么样的人呢？定势思维中与想象相差如此巨大，兰天依有点转不过弯来。一夜辗转，晨曦微明，她悄悄起床，看了看门厅处，发现乔亚非的皮鞋还在。她看向客厅，见那男人正在沙发上熟睡，淡墨色的光线里，他身体上散发出来的无穷张力，阳刚、坚韧！她发了会儿呆，正要转身，乔亚非已然听到动静，坐起来，下颌一圈胡茬，在晨光中笑得灿烂：“辰辰！”他眨眨光芒飞溅的双眸：“早啊！”

她问：“你，不冷么？”初春时节，气温依旧很低，乔亚非身上什么也没盖，熬了一夜，他还真能睡得着！

“习惯了！”他走过来，摸了摸天依的额头，开心地说：“嗯，已经没事了！”他为她熬上粥，歉意地说：“天还早，饭后你再睡一会儿，我先走了！”

这时，门铃声骤然响起！是谁这么早呢？两人互看一眼，乔亚非去开门。

“乔，乔董事长，你，你也在这儿啊？呵呵！”来人谄笑。

兰天依一瞧，顿时一个头，两个大。

“我怎么就不能在？”乔亚非声调很高，也很不满。

“嘿嘿，真巧啊，我正要找您呢！”小简讨好地说。

“找我干什么？”

小简点头哈腰：“乔董事长，对不起，实在对不起，过去是我听别人乱说，为难了依依，您大人不计小人过，别和我这个女人一般见识是不是？我在这里正式向您道歉！”

乔亚非抿抿嘴，一时没话说，让开路。

兰天依愁眉苦脸：“简简！怎么这么早啊？”

“依依！我不是想你了嘛！”她肉麻兮兮地凑过来：“哎呀，依依，你脸色怎么这么不好，怎么啦？”

兰天依这才想起使自己沦落到这种悲剧境地的罪魁祸首：“黄简，你个大混蛋，还不是因为你！”

她骤然发飙，弄得小简很无辜：“依依，我可是刚来啊，关我什么事啊？”

“怎么不关你事，如果不是昨天你没完没了地聊电话，我怎么会发生车祸，差点死掉！”

“可、可是，你哪有伤啊？”小简有些尴尬，瞄了眼正黑着脸冷冷地瞪着她的乔亚非，小声附在天依耳边问：“你们这么快住一起了？那个，是不是他欺负你了？”

兰天依一听，立马急了：“黄简，非要我裹成木乃伊你才高兴是不是！”她眼通红，边向外猛推小简边嚷：“你还有脸来，为了一个男人，人格都不要了，赶紧给老娘滚蛋！”

见她真急了，小简紧紧扒住墙：“依依，我错了，我胡说的，别生气！”

“道歉管用的话，要警察干嘛！”

话还没说完，只听一声怒斥：“兰天依，不许骂人！”

她吓得一个愣怔，惊恐地看向他，顿觉胸口万般委屈无从发泄，呜呜哭起来。乔亚非此时基本明白了她落水原因，感觉刚才过于严厉了，他把她送进卧室，安慰：“还哭什么！不是没什么事么！”然后他坐正，对站在门口的小简冷冷地道：“既然已经道歉了，你回去吧！”

小简一听，也就势坐在地上，哇哇大哭。

乔亚非立即头大：“你哭什么？”

“我对不起依依，我难受！呜呜……”

还有谁比我的处境更难受的！兰天依又忍不住开始啜泣。

嘤嘤不休的声音穿透耳膜，搅得乔亚非心烦意乱，眼见时间不早，他怒吼一声：“都给我住口！”

两个女人戛然止住，同时惊愕地望向他。乔亚非先对小简喝道：

“你，客厅去！”

小简眨眨眼：嗖地站起来，听话地从门口消失。他又转头看向兰天依惊恐的脸，皱眉笑了：“吓着了？”

兰天依实在无语，垂下头。他抚过她遮住了脸的长发：“都多大了，还哭，你们女人，真是——”他把“烦”字咽下，又看了看腕表：“辰辰，饭好了，我得走了！”说完站起来，走到门厅，打开门，刚迈出半脚，小简追过来：“乔董事长，我——”

不待她把话说出来，乔亚非黑着脸，呯地把门关上。小简怔了怔，迅速冲出门口，见电梯已经启动，急忙从楼梯直接跑下去。

火红的晨阳跃出地平线，穿过新着绿装的柳梢。小区内开始热闹，人群三三两两，或遛狗、或谈笑，悠闲自在。小简堵在小区出口处，等了大约半小时，不见乔亚非踪影，心知又一次错过了机会。小简恨恨地跺跺脚，返回楼上，把兰天依的门擂得山响：“兰天依，快开门！”

“你还有什么事？”好久，兰天依才隔着门问。

小简放下身段哀求：“依依，我错了，求你开门啦！”

“梁宽的事我真管不了！你不要找我！”

“我知道，朋友来串个门总行吧！开门哪？”

如果不是小简无理纠缠，自己的命运又是另一番天地，以后的人生，兰天依想都不敢想！她叹口气，继续坐饭桌上吃饭。

门又不屈不挠地响起来，震透耳膜，兰天依焦躁地怒叱：“黄世仁，我没欠过你的债！”

“天依，你先开门啊，有话咱们好好说，如果我今天再向你面前提一句梁宽，我就不是人！”小简好话说了一箩筐，兰天依才打开门，冷冷地说：“就没见过你这么有病的，我说你烦不烦啊？”

小简笑嘻嘻着挤进来，径直坐在餐桌上：“我才知道，乔亚非这人脾气太坏了，简直是头暴驴！”

兰天依拉着脸，没理她，坐在她对面埋头吃饭。

“你怎么那么怕他？”小简好奇。

“你不是也怕么！”她翻了个白眼。

“我是有求于他，”小简想了想：“是不是他强迫你的？”随后又喃喃自语：“这也不合理啊，就你这脾气、智商，不至于被他牵着鼻子走啊！”

“我图钱，总行了吧！”

“嘿嘿，都过去这么多天了，还计较！”虽然污蔑草根天依是“小三”确实是为了讨好实力强大的甘朵，但小简却没半点愧疚之心，她边喝粥边说：“这是乔亚非为你做的？”

“嗯!”

“其实，他对你也不错！就是性格扭曲了些!”

“所以说，乔亚非手下没一个好东西!”兰天依适时发表观点。

小简瞪圆了眼：“靠，那你还和他搅在一起?”

兰天依见状急忙解释：“男人不坏，女人不爱，我是欠抽型的!”

小简扑哧乐了：“你是我唯一的救命稻草，我要以实际行动感化乔亚非这顽固分子!”

“这关乔亚非什么事?”兰天依抬眼。

“他或许可以为我向梁宽说句话。”

她撂下筷子，揶揄：“你不是说再提梁宽就不是人嘛?”

“我不是人，我是神!”小简一脸无赖。

“你……值得吗?”

小简目光坚毅：“我觉得值得就值得!”

“爱情又不是生活的全部!”

“我不想对人生留有遗憾，除非我努力了仍然无法做到!”小简一脸的苦涩无奈，晨光下，尤其显得疲惫。

第七章 女人心如海深

兰天依无法说服小简，决定进行冷处理，午后先到电信部换了新手机，复制了原手机号码，刚开机，电话就一个接一个地打进来。她一条条翻动，都是一个人的！她惆怅地叹口气，接通，疏离地说："林总，你好！"

"天依，你在哪儿？"电话里传来林枫焦急的声音："你在哪儿？快告诉我，你这个坏蛋，你知不知道我找了你两天！"

她更加难过："我——对不起，林总，我前天失约了，我——"

"兰天依，都是我的错，才害你发生事故，你有没有受伤？"林枫又急又愧。前天，他一直等不到兰天依，猜测兰天依肯定是出了事故，因而派人出去寻找。后来听目击者说她被两个男人救走，就再无消息。这两天来，他几乎无眠，一直在公安局打探消息。

兰天依淡淡地说："谢谢你了，我没事！和你也没关系！"

林枫听后，心莫名一沉，急切地问："兰天依，你在哪儿？我去找你！"

"林总，不用了，我真的没事！"当断不断，必受其乱，既然两个人的关系已经没有前途，就不能再有任何瓜葛！她果断地关了手机，仰头望向天空。挂在楼群之上白花花的日光，刺得她两眼发痛！

第二日，她刚坐到办公桌前，只听"咣当"一声，办公室的门被人猛地推开。林枫一脸憔悴地站在门口，双眸定定地看着她，有焦急气恼，更多的是无法掩盖的相思。

她站在桌边，垂着头，疏离地说："林总早！"

林枫走过来，神色黯然："天依，那天我不该催你，都是我不好！"

"林总，那场车祸真和你没有关系！"

林枫又细细打量她一番，确认没受伤，松口气："昨天为什么不理我？"

"我——"这是没办法说的。

"发生那么大事不给我打电话，你知不知道我担心死了！"林枫把发怔的她轻轻揽在怀里："依依，我一直在找你，可是，我找不到你！"清爽的绿茶味道在鼻端缭绕，她身体止不住地颤抖，想推开他，他抱得更紧:“我整整两夜没合眼，你个狠心的坏东西!”

胸口如同被利箭击穿，翻江倒海般的痛，她眼泪不由成串地滴落。林枫难掩内心激动，吻动情地落下来，在她颊边轻轻呓语：“依依，依依!”他吻过她咸咸的泪水，追索她的唇。舌尖滑进口腔，兰天依瞬间清醒过来，她挣扎:“林总，你不要这样，林总!”

哗啦——

门口响起器物落地清脆的声音，两人同时扭头。总经理漂亮的女秘书睁大眼，惊愕加不甘地望着他们。林枫松开兰天依，脸上出现少有的严厉:“你进来不知道敲门吗?”

女秘书头一次见林枫发怒，急忙解释：“我，我来给您送茶!”

林枫喊道:“赶紧给我收拾出去!”

兰天依趁机摆脱他，坐在椅子上，低头说：“林总，我要工作了!”

林枫眼中闪过一丝不可置信，怔望着她，半晌才嗫嚅：“好，好，你先工作!”他怅惘地返回办公室，隔着玻璃墙，默默看她忙碌的背影，陷入深思。

兰天依排除杂念，重新整理了各类文案。林枫不知什么时候失踪了，连招呼都没打，整整一天，兰天依再没见到他。下班时间，她回头望眼林枫的办公室，叹口气，步出公司大门。

夕阳如火，银色的兰博基尼跑车仿佛被镀上一层金边，华美贵重。林枫倚在车旁，沐浴在满天霞光之下，紧张地盯着公司大厅里陆续出来的人群，心不在焉地应付他们的问候。这时，兰天依长发飘飘，快步走出大门，林枫嘴角不由自主地扬起，迎上去。

兰天依瞟了他一眼，客气地说：“林总，明天见!”

林枫笑望着她没说话。兰天依转身，就要向自己的停车位走。林枫紧追一步，抓住她的手，语气略带恳求：“兰天依，晚上我们一起吃饭行吗?”

她把手挣脱出来，冷静地说：“林总，抱歉，我晚上没有时间!”

“你先不要拒绝我，我有话要和你讲!”林枫恳切地望着她。

“林总，有什么话你就在这里说吧!”她并不想给他机会。

林枫苦笑:“一定要在这里?”

她斩钉截铁:“是!”

“你，看着我!”林枫轻轻说。

她疑惑地抬头。他郑重地直视她，目光清透：“兰天依，我爱你!”

周围经过的所有员工，几乎同时停下脚步，惊愕地望着怔怔对视的二人。林枫毫不在意，他揽住为此发愣的兰天依，温柔地说：“其实，我还有比这更重要的事情要和你好好谈一谈!”

难道还有比“我爱你”这句话更重要的事吗？众目睽睽之下，兰天依的脸不觉如桃花般红透："林……林总，什么事啊？"

"这里不适合谈！"林枫笑着，拉开车门："兰天依，先上车！"说着，强势把她放在副驾驶座上，弯腰细心地替她系安全带。她还要再拒绝，却见他的鼻尖上沁出细密的汗珠，手微微颤抖，所有想说的话都魇在胸口。

他替她关上车门，绕到另一端，迅速发动车子，眨眼消失在众人视线中。

君悦酒店坐落于邻江大道，可以俯瞰整个S城夜景，林枫与兰天依凭窗而坐。他细心地观察她严肃的脸，小心地说："天依，我饿了！"

她被他可怜的表情逗笑："那就快点菜啊！"

"你想吃什么？"林枫问。

"我随便什么都好！"她扭过头看向窗外，以避开他灼热的目光。

林枫沉默，一直到饭菜上齐，才勉强笑说了句："天依，开动啦，饿死我了！"

和他在一起，总令人发自内心的愉悦，可是，她已经不能接受他了，她的一生，只能毁在那土匪手中！兰天依怔怔地垂着头，无滋无味地咀嚼着面前的美食。

"你，是不是有心事？"林枫敏感地觉察到她的异样，迟疑地问。

"没！"她抬起脸，勾了勾唇角："快吃饭吧！你不是说还有重要的事要说吗？"

他开心笑起来："是啊！"

服务生撤下残羹端上甜点，待房门被轻轻关上后，林枫身体稍稍向后舒展，声音悠悠，仿佛蒙上了一层薄纱轻雾："你一定听说过我的过去，你会不会认为我是纨绔子弟？"

她摇摇头："谁也没有资格对别人的生活说三道四。"

他苦涩地笑了："可我现在很在意你的想法！"

她无法回应这个问题，垂下眼帘，轻轻搅动咖啡。

"我已经厌倦了以前的单身生活，现在，我幸运地找到了能与我手牵手慢慢变老的爱人。"林枫轻轻握住兰天依放在桌子上的手："天依——"

她似被烫到，惊恐地要抽回手，林枫执著地握住它，声音嘶哑："天依，也许我现在说什么你都不会相信！"

不是不相信你，可是，我却不能应允你什么！兰天依最怕因为自己招惹了林枫，从而导致乔亚非的报复，她决定让林枫死了心，打断他："林总，你不是说有重要的事说吗，究竟是什么事？"

林枫从上西装里郑重掏出一个红色丝绒的心形盒子："我知道你不需要浪漫，所以我只能表示我的真诚。"他极小心地取出一枚钻戒，双目灼灼地看向她："也许它不是最贵重的，但在我心目中，却珍贵到任何事物都无法取代！”他微微颤抖着手，要为她戴上。

她阻拦：“林总，抱歉，我不能接受！”

“为，为什么？”林枫愕然。

兰天依眼丝略红，语气却平和地说：“林总，我已经有男朋友了！”

林枫愣着，好一刻才问：“为什么拒绝？”

“我真的有男朋友了！”

“是谁？”他表情渐渐凝重。

“你并不认识！”

林枫仍试图挽救：“天依，我从没听说过你有男友，如果这次你觉得冒昧，我会等！”

“我没骗你！如果你没别的事，我回去了！”说完，她站起来。

林枫拦住她，双眸乌黑：“你，结婚了吗？”

兰天依本能地摇摇头。

林枫脸上勉强露出一丝笑意：“没有结婚，我就有权利追求你！”

她不觉愣住。这时，小简的电话追了过来：“兰天依，你在哪儿？”

“哦，和朋友在外面！”兰天依回过神来。

“兰天依，你快回来，我要疯了！”

“你又怎么了？”

“我饿死了！”

“你不会吃啊？”她没好气地说。

“我不会做饭！”

“你有脚有腿，小区外多的是小店，足够填满你肚皮！”

“我现在这形象，没法出去！”

“饿死你活该！”兰天依“啪”地挂了手机。

林枫正待说话，电话铃声又没完没了地响起来，兰天依烦躁地问：“黄世仁，我是不是上辈子欠你的？”

“这辈子你就欠了我的，”小简嘿嘿笑：“挺简单的事，是你要搞得这么复杂！”

“你永远不会达到目的！”她咬牙切齿。

“那我就跟你耗！”小简丝毫不理会兰天依即将暴发情绪，又慢条斯理地加一句：“回来替我带点饭！”

她扶着自己的额头，无力地坐在椅子上。林枫看了她半晌，抿抿嘴角，慎重地问：“天依，有什么为难的事，能不能让我为你分担？”

她脸色苍白，灯光下惨淡地笑了：“没事，没事！”她看看时间，站起来：“林总，太晚了，我先走了！”

林枫没说话，双目复杂地望着她。

乔亚非脾气暴躁，心狠手辣，决不能把林枫牵扯进来，自己处理就足够了！兰天依果决地走向门口。

林枫迟疑片刻，追上来："我送你！"

她拒绝："谢谢，我希望你让我自己回家！"

林枫咬咬下唇："好，可你要记得，我不会放弃，我相信你现在有难言之隐，我会等到你对我说的那一天！"

她顿觉五内翻腾，匆匆跳上出租车，却不觉，泪水早已满面！

从这以后，林枫再没有来打扰她，只是远远地看着她。她则拼命工作，以期忘却感情上的困扰。这天早上，她刚到公司坐定，林枫走过来："兰助理，一会儿有个商业会谈，你和我一起去！"

"会谈？是哪个公司的？"知彼知己，方能在谈判中掌握更多的胜算。

林枫不动声色地看着她："是鸿升实业！"

兰天依倒吸口凉气："为什么要我去？"她有些慌张不安。

林枫轻笑："你曾经在鸿升公司工作过，我觉得很适合！"他仔细看了看她的表情，关切地问："脸色怎么这么不好，是不是生病了？"

感觉自己失了态，兰天依急忙说："没有！"

"那为什么不想去？"林枫好闻的绿茶味又从鼻端缭绕而来。

兰天依面红耳赤："呵呵，不是不想去，只是觉得有点意外！"

"意外？"林枫笑了："什么意外？"

"那个，我以前不是在鸿升公司做过行政经理嘛，没想到又要和原老板见面，所以觉得世界挺小的，嘿嘿！"她极力掩饰。

林枫不再追问，深深看了她一眼："这是对方的资料，会谈十点钟开始！"

兰天依仿佛没听到，手拄着下颌，陷在椅子里深思。作为自仪集团的员工，她有责任有义务在商业会谈中为公司争取更大的利益，可是，她这次的谈判对象是乔亚非。早听过乔亚非心如铁石六亲不认，如果惹怒了他，只怕自己吃不了兜着走。要怎么办呢？

兰天依正苦恼地纠结着，林枫打来电话："兰助理，收拾一下，我们十分钟后出发。"

时间过得真快啊！她看看表，打定主意，不论如何也不能得罪乔亚非。她把资料装到文件包中，努力使自己轻松，同林枫提前一刻钟来到会面的酒店。乔亚非还没有来，在这段空档里，兰天依不停地喝水，以排泄内心的紧张。林枫看上去脸色也比较郑重，并不时用余光打量她。差三分十点，门被服务生打开："乔董事长，请！"

兰天依心扑通沉下，慌张地看向门口。

房间内进来一名身材魁梧的男子，他几乎遮住涌进门内所有的光线，以至于显得他如此高大、威武，仿佛游荡于天地之间的暗夜幽灵。她赶紧站进来，讨好地点头微笑。乔亚非看到她，明显怔了一下，然后走过来，和林枫热情地握手寒暄。

林枫介绍："这是我们公司的兰天依兰助理！"

"我们认识！"乔亚非笑着坐下。

兰天依仍看着乔亚非发怔，林枫亲昵地揽了下她的肩膀："天依，坐啊！"

乔亚非不由皱了下眉！兰天依已然看在眼里，赶紧悄悄向旁边挪了挪，尽量离林枫远一点。林枫眼角已经扫到她的小动作，心中更加肯定，边和乔亚非谈，边温柔地用手把她垂下来的头发掖向耳后。她躲避已经来不及了，惊恐地望向乔亚非。乔亚非面沉似水，嘴角紧抿，冷冷地对林枫道："林经理，你是来谈生意还是来调情的？"

林枫轻轻勾起唇角，眼底却冰凉一片："乔董事长，你是不是管太宽了？"目前，实力雄厚的自仪集团很可能成为鸿升公司最大的客户源，他相信，在巨大的经济利益和有利于公司发展面前，乔亚非不敢和自己做对！

"兰天依，你先出去！"乔亚非眉尖一挑，声音凛冽。

兰天依打了个哆嗦，就要站起来。

林枫一把按住她，挑衅："她是我的职工，凭什么听你的？"

没想到这次谈判竟是场争夺女人的阴谋，乔亚非气血冲脑，重重地把拳头击在桌子上，双目喷火："兰天依，给我滚出去！"兰天依脑袋一麻，使劲推开林枫，撒腿就往外跑，因一时慌乱，撞在门框上，扑通跌倒在地。

"天依——"林枫惊叫一声，急忙站起来。还没等他走过去扶，她已经迅速爬起来，眨眼间消失。

乔亚非见兰天依跌倒，心痛难掩，他狠狠地把资料摔在桌子上，眼珠血红："林枫，你他妈在耍什么手段？"

林枫怔了片刻，坐下来，向后靠了靠，声音冰凉："手段？你什么意思？"

乔亚非冷笑："为了一个女人，你这阵势搞得是不是大了点？你还是不是个爷们？"说完，起身欲走。

"难道你看不出吗？兰天依并不爱你，你放过她！"

乔亚非顿住，掏出烟来，点燃一支，然后阴狠地望着他："原来跟踪我的那些人是你派去的，你都调查了多少？"

"呵呵，恐怕这些私家侦探再练十年，也赶不上你的道行，可是，我曾亲眼看到你在星浩娱乐城大打出手，把兰天依吓跑，而前一个月从河里救走兰天依的两个男子，其中一个就有你！"

"哈哈，你小子是不是活腻了？"乔亚非面目突然变得狰狞。

林枫面露讽刺："我看你还没这个胆！"

“哦，这么自信？”

“是啊，我手里又没你的真正罪证，你当然也不会冒大风险敢和实力强大的自仪集团法定继承人过不去！”

被他说中，乔亚非脸色铁青，冷哼一声：“无耻的东西！”然后，向门口走去。

“生意不谈了？”林枫清冷地问。

“如果你想用这单生意来要挟我，你失算了！”乔亚非转头，揶揄：“做点男人做的事！”

“乔董事长，如果你放弃这单生意，不怕业界人士对你的言而无信失望？”

室内光线模糊，衬着乔亚非讽刺的脸：“林总经理，这笔不公平的谈判有必要进行下去吗？”

“不公平？”林枫哈哈笑起来：“我林枫在业内也算响当当的人物，一向本着互利互惠的方式进行商业合作！乔董事长一叶障目，实在冲动！难道你真的要主动放弃这次机会？”

就算有再大的经济利益，他也决不会拿兰天依的感情做筹码！乔亚非冷冷地说：“你行为在先，凭什么让我相信你？”

“只有试过，才知道结果，乔董事长，难道你做生意一向这么沉不住气吗？”

乔亚非哽住。

毕竟开始是自己做得不地道，林枫稍做退步：“我们公司把你们产品已经作了评估，质量与同类产品相比，略占上筹，只是价格需要进一步协商。如果你不想谈，或者没有降价的意向，那此次会谈失败！”

乔亚非定在门口，想了想，重新返回谈判桌。因为自仪集团是大单生意，本着薄利多销的原则，鸿升公司可以适当调价。经过短暂地拉锯商谈，两人暂时放弃前嫌，签下合约。握手告别前，林枫问：“乔董事长，一起吃顿饭？”

林枫的花花肠子太多，对付这种人，用直接的方式最好。乔亚非把合同小心地放入公文包，告辞：“林总经理，不用客套，我还有事，先走一步！”

“乔董事长，你先等等！”林枫拦住他。

“林经理，还有什么事？”乔亚非不情愿地停下脚步。

“你应该看出来了，我很爱兰天依，也可以给她富足平安的生活，所以，我希望我们在公平的基础上展开竞争。”林枫急切地说。

乔亚非复杂地看了他一眼：“它的决策权不在我手里！”

“是你强迫她，她并不爱你！”

乔亚非眉一拧：“你哪只眼看到我强迫她了？”

“可是，难道你看不出，她很怕你？”

乔亚非抿紧嘴角，半晌无语。

林枫强调：“爱不是单纯的占有，希望我们都给她足够的选择空间，乔董事长，你说呢？”

爱本来就是自私的，何况，以自己的精力和禀性，如果没有特殊机会，很难获得兰天依的倾心，所以，林枫所提条件本身就具有极不公平性。乔亚非突然痞痞地笑了：“怕，难道不是爱吗？”

林枫目瞪口呆。

却说兰天依跑出酒店，没敢去公司，直接回到自己的小家，辗转反侧。这场谈判，明显是林枫提前预谋的，结局必定无果！那么，上当受骗的乔亚非怎么会善罢甘休呢？如果他认为自己也参与其中，又将如何对待自己？她很生气，又很无奈，虽然林枫做出此事的确用心良苦，可是，事情哪像他想得那般简单！

时间滴滴答答一刻不停地向前转动，兰天依在惊恐与忧惧中煎熬着，忽听门铃叮叮当当响起来，她的心也随之咚咚乱跳，却不得不一步步蹭向门口。门开处，乔亚非表情严肃，嘴角紧紧地抿着。

她紧张地解释：“亚非，今天的事我真不知道，你不要误会！”

“你说你不知道今天自仪集团与我公司谈合同的事？”乔亚非一步迈进来，拧眉盯着兰天依的脸。

在他锐利目光地审视下，她心惊肉跳：“亚非，我早上才知道的，当时只以为是供销谈判，我并不清楚林枫的目的！”

乔亚非没有回应兰天依的话，他心情沉郁，走进客厅，疲惫地靠在沙发上，闭着眼，好一会儿才沙哑地问：“兰天依，你实话实说，你是不是喜欢林枫？”

“没有，从来没有过！”兰天依急切地表白：“我已经对他说过我有男朋友了，我从没答应过他什么，不信，亚非你可以去调查！”

乔亚非心情蓦地一松，“嗯”了一声。

事情并没有想象得那般糟！兰天依稍稍放心下来，小心翼翼地问：“亚非，已经中午了，你饿不饿？”

“嗯！”

“你想吃什么？”

“就在家里吃吧，有什么吃什么！”

兰天依赶紧说：“好，好，我这就去做。”这时，她的手机铃声悠扬地响起，她一看屏幕上的数字，立即果断地关掉，然后慌慌张张地跑进厨房。乔亚非跟过去，倚在门边默默看了她一会儿，轻声问：“今天，摔得很痛吧？”

她回头，略有丝委屈：“是我走路不小心！”

“我有时候说话直接，你不要放在心上！”

没想到他会向自己道歉，她的心情稍稍好起来：“我不会，你也不要因为订单的事生气，好不好？”

“我没有！”乔亚非嘴角渐渐扬起。

很快，她做好四菜一汤，与他对面而坐，边吃边谈。这时，他低头从衣兜里掏出手机，看了看屏幕，接通：“你好，林总经理！”

兰天依一听，心莫名抖了一下。

“乔董事长，打扰了！”林枫焦急的声音传来：“我有个不情之请，希望乔董事长能答应！”

“先说什么事？”

“兰天依是不是在您身边？”

“没错！”

“她为什么关机？为什么不到公司来上班？”

乔亚非看看表，果然已是工作时间，于是把手机递向她，微有醋意地说：“你们林总经理的电话！”

兰天依哪敢去接，为了表明今天的事确实与自己毫无关系，也为了林枫的安全，她果断地说：“亚非，我不接，你告诉他，我决定辞职了！”

“嗯？”乔亚非惊讶地望向她。

林枫在听筒内已然听到，不由悔怒交加。实没想到，自己精心策划的一切，居然是这种结局！他气愤地吼道：“兰天依，你给我接电话！”

这时候他还敢这么张狂的说话，果然是不知天高地厚的贵族子弟！兰天依抢过乔亚非的手机，“啪”地挂掉，讨好地说：“我早打算辞职呢！”

“嗯？”乔亚非不太相信，眉头收紧。

兰天依嘿嘿笑：“你不是早想让我回鸿升公司嘛！难道你反悔啦？”既然想做圣母，以后再不能冷淡对待他。

“没有，我以为你不愿意呢！”乔亚非当然高兴，可又一想，自己作为男朋友多少有点不合格，于是问：“辰辰，晚上我们一起外面吃吧？”

此时的兰天依哪有不应之理：“好啊，我想吃麻辣小龙虾啦！”

傍晚，她主动挽着乔亚非的胳膊，去荣腾渔乡品海鲜。小龙虾红得耀眼，辣得爽口，兰天依仔细地为乔亚非剔肉，不时问他：“亚非，怎么样？好吃吗？”

乔亚非心情愉快，尽情享受她的照顾。突然，感受到周围有种潜在的威胁，那是雄性动物面对凶险时的本能，他警惕地抬头。

今天能在这种小地方遇到乔亚非，令浩子很意外，他带着两个手下——呆子和二毛，很威风地走过来，双掌轻击：“哎哟，是乔哥啊，幸会幸会！”

兰天依扭头，看到一个高大的男人带着两个保镖站在桌边，浑身充满戾气，目光扫过她，带着丝邪魅的笑。

乔亚非松垮地向后一靠："原来是浩老弟啊，你小子眼还真贼！"

浩子哈哈一笑，然后别有深意地望向兰天依："这位是？"

乔亚非支在桌子上的手指对兰天依向浩子方向动了两下："宝贝，去，见过浩老弟！"

兰天依面红耳赤，却不敢违逆他的命令，站起身，点点头："你好！"

"果然是乔哥看上的人，嫂夫人比花都漂亮！"浩子虚伪地赞美。

乔亚非一副玩世不恭的模样，对兰天依皱了下眉："你过来坐，给浩兄弟让个地儿！"

这些人一定都是他们道上的，咱惹不起！兰天依温顺地坐在乔亚非身边，感觉他的手搭在肩膀上，并且不规矩地乱动，心里不禁产生了一丝疑惑：虽然和乔亚非确立了恋爱关系，但他的行为从不逾越，可现在他的表现，怎么看怎么像风流无赖。

浩子不易觉察地扫过兰天依有些发白的脸，嘴角勾起一丝浅笑："乔哥光临本小店，小弟实在不知，自罚三杯，以示怠慢之过！"他的意思很明确：虽然你乔亚非厉害，但在这儿，你是客，我还是主！

没想到荣腾渔乡居然是他的地盘！乔亚非痞痞地笑着："老弟说话总那么文绉绉得顺耳，老子听着就是舒坦！"

浩子被他不客气地闷回，尴尬地咧开嘴："嘿嘿，乔哥您太瞧得起我了！"接着，他连干三杯。

乔亚非叫了声好："哈哈，果然是条汉子！"

浩子亲自为他满上酒，双手递到他面前，调侃："不过，哥哥这次来，小弟虽有失聪之过，哥哥也有重色轻友之嫌，如果不是今天偶然遇到，那可就是我真的怠慢了哥哥！"

让你知道我的行踪，我乔三岂不是白混了这么多年！乔亚非心中冷笑，表面却不动声色："你老弟保镖不离身，私生活可全毁了，那如我来去自由又自在！"

这话说得话里有话，即嘲笑浩子胆小，又在告诉他，我乔亚非可不是你能暗下黑手觊觎的！浩子看着他的痞态，决定还是退一步："哈哈，哥哥威名，小弟早就如雷贯耳，明天还请哥哥和嫂夫人赏个脸，让兄弟我好好做个陪，如何？"

乔亚非呵呵一笑："她上不去那台面！"

靠，好歹本姑娘也是白领一族，良家女子，哪里丢你们这群犯罪分子的脸了！兰天依愤恨地斜了乔亚非一眼。乔亚非只做不知，对浩子道："我明天准时到，今天的酒就喝到适可而止吧！"

"好！好！良宵美人，那小弟就不打扰了！"浩子知趣地说。

乔亚非搂着兰天依，出了饭店的门，二毛跑过去替他打开车门。他把兰天依先推上车，然后对送出门口的浩子说："回吧，我们明儿见!"

"好，乔哥慢走!"浩子双手合十，举到脸部，前后轻摇两次，以示恭敬。

黑色的越野车很快消失在车水流光中，浩子眯着眼，阴沉的面容在橙色的灯光下，散发着隐隐寒气。一直不敢做声的呆子见老板这副表情，自作聪明地说："浩哥，他今晚肯定在他马子那儿睡，我找人做了他?"他恶狠狠地在脖子前比划了一下。

"你妈个猪!"浩子上去踹了他一脚："你他妈再给老子嚷嚷?"

呆子闷头上车，坐到副驾驶座上，一脸不解。二毛边发动引擎边对呆子说："乔亚非本领高强，来无影去无踪，万事都要从长计议，何况，条子和咱们底下有多少人都在盯着浩哥呢，浩哥看你忠诚，才把你留在身边，以后不要再给浩哥添烦!"这话，正点在浩子心坎上，他点燃雪茄，斜靠在车座上，疲惫地望着一圈圈缓缓升腾又渐渐消散的轻烟薄雾。

乔亚非把车开得飞快，如鱼一样在车流中穿行。兰天依看他上车后一直打开某种仪器，不时仔细观察，好奇地问："亚非，这是什么啊?"

乔亚非眉头紧皱，瓮声道："不懂就不要问!"

兰天依抽抽嘴角，任他开车在大街小巷绕，心情越发沉重。很明显，今天所遇之人一定和乔亚非是一路货色。他们这些人，可以为了利益，杀人不眨眼，跟这种人在一起，随时命悬一线！要怎么办呢？终于回到家，她面色灰败，无精打采地去洗手间。乔亚非看在眼里，满怀焦虑，站在门口，一直等到她出来，他也没有说话，幽深的黑眸，就那么静静地注视着她。她对上他复杂难言的双目，心蓦然一动。其实，今天在浩子面前，他那么对自己，应该是在演戏，他还是很尊重自己的！可是，常在河边走，哪有不湿的鞋!

两人怔然互望，各想自己的心事。

乔亚非率先打破沉默："我们……谈谈?"

"嗯!"她随他坐在沙发上，半垂着头，先听他怎么说。

"今天我所说的和所做的，都很伤你自尊，我向你道歉!"他紧张地盯着她的脸。

她想了想："亚非，说实话，我有点害怕!"

"怕什么?"

"我说了你不要生气行吗?"

乔亚非有些烦恼地点燃烟，看到茶几上并没有烟灰缸，又直接用手掐灭。兰天依看出他不想听自己的话，想到他这么做也是在照顾自己的感受，心中不免也有些感动。她把垃圾筒提到他面前："想抽就抽吧，我不讨厌!"

乔亚非温润地瞟了她一眼，把烟扔到垃圾筒内。她换了种方式表达："亚非，其实我觉得你人特别好！"

乔亚非稍愣，而后羞涩地扬起唇角。

"可是，浩子肯定不是好人！"她话题一转。

"呵呵！"乔亚非不置可否。

"亚非，你不要和这种人来往了，好吗？"

乔亚非避开她期待的目光，抿着嘴角，看向别处。

"亚非？"从内心深处，兰天依认为他是比较 Man 的男人，因而拉了拉他的胳膊，乔亚非仍不看她，有些烦恼地用手摸了把自己的脸。

"亚非？"兰天依又叫。

他这才转过头，换了一副不容置疑的表情："我的事你不要管，我自己知道该怎么做！"

兰天依眼丝微红："亚非，不要和这种人来往了，你手里有鸿升公司，只要我们共同努力，它一定会越来越壮大！你说呢？"她小心翼翼地看着他。

"我说过我的事不用你管，听到没有？"乔亚非语气强硬起来。

"我……我还不是为你好，也是为了我们的将来！"她委屈地落下泪来："天网恢恢疏而不漏，亚非，我……我是害怕啊！"

乔亚非抿抿嘴角，望向她梨花带雨的脸，胸口顿时充满怜惜之情："好了，我知道，你的建议我会考虑！"

"真的？"她抬起朦胧泪眼。

"嗯！"他不想在这个问题上纠缠，站起来："爸爸很想你，你什么时候办好辞职手续？"浩子已经看到了兰天依，他不想以后她受到什么伤害。

她却有另外的想法，甘朵从鸿升公司辞职后，乔亚非肯定会力不从心，如此，凭自己与他的关系先入主公司，掌握公司经营大权，到时，绝对不再任由他乱来。她想罢，痛快答应："明天我就去办！"

清晨，下起零星小雨，天空如淡墨染过，灰蒙蒙一片。林枫几乎一夜未眠，下眼皮发黑，坐在办公室内，等待兰天依。他相信，她今天会来，也会给两人的关系一个结果。兰天依早上把辞职信写好，就到公司做交接手续。林枫隔着玻璃墙默默地看着她模糊的身影，一会儿，那身影转向他的办公室的门，越来越清晰。他莫名紧张，眼珠一霎不霎地盯着她。她的头发被雨水打潮，湿漉漉地贴着头皮，显得脸色更加苍白。他的心口仿佛被细线系紧，痛地缩成一团。

"对不起，林总！"她残忍地把辞职信放在他面前。

林枫看都没看，拿起来三下两下撕成碎片："回你办公室，去好好工作！"

“林总，你还是找人来接交一下，我今天晚上就离开这里，以后恐怕没时间了。”

林枫深悔自己太过急躁，过早的把事情摆上台面，不仅没有替她摆脱乔亚非，反而把她越推越远。他抬起血红的眼：“兰天依，你有什么事就不能和我说吗？我可以帮你，也有能力帮你，为什么你不相信我？”

她早听说过，梁宽可以徒手爬楼，乔亚非能飞弹伤人，文质彬彬的林枫岂是他们的对手！兰天依冷静地说：“林总，我真没什么事！”

“乔亚非曾经涉过黑坐过牢，难道你不知道吗？”

她强辩：“他对我还是真心的！”

“真心？”林枫嗤笑：“他们这种人眼中只有利益，哪有什么真心？”

“没办法，我就是喜欢他，林总，你不要再为我做什么了！”

“你不要拿自己的人生开玩笑？”林枫气得脸铁青。

她嘴角露出一丝无奈的笑：“我自己的事情我自己会处理，你不要再为我做什么了！”

“兰天依，你究竟在想什么？难道我一点都不值得你信任吗？”林枫怒极。

她安慰他：“林总，谢谢你的关心，我的人生真没你想得那么糟！”

林枫听后，愣了半晌，而后苦笑：“是啊，我曾经想用巨大的经济利益诱惑他放手，可是他没有那么做！也许，你说得没错，他是真心爱你的！”

兰天依听他如此说，更加信心满满：“所以，你就放心吧！”

但愿，但愿！林枫眼眸渐渐发凉。挽留已经没有任何意义，既然每个女人都有圣母情节，都天真地以为男人会为她们无偿付出感动而改变！那么，也许只有经历后，她们才会对男人少一丝幻想。他放高姿态：“天依，两年，两年内你如果过得不好，就回来吧？”

既然选择了，就没有如果！兰天依忍着泪，把所有交接手续办完。

林枫默默送她到公司门口。

雨仍下个不停，他望着那辆蓝色鹂威渐渐消失在蒙蒙雾气中，感觉眼角和雨滴一样的潮湿。

兰天依心情压抑，回到自己租住的小区，进楼门口时，与一个戴着墨镜的男子错身而过。突然，她站住，疑惑地回头。那男子脚步悠然，对她恨不得揭人一层皮的目光毫无感觉。可她已然认出，这男人，就是当初自己意外发现乔亚非贩毒阴谋时，堵在二楼楼梯口的那个走狗爪牙。

靠，把贼窝都搬家来了，看来，改造计划任重而道远！此时，她非但没了恐惧失望，反而胸中充满斗志。她打开房门，乔亚非迎过来：“工作交接顺利吗？”

“嗯！”她到客厅倒了杯白水，牛饮一番。

乔亚非开心地笑看了她一会儿："辰辰，快点收拾一下，跟我回家吧！"

她惊讶："这么急啊？"

兰天依的租房乔亚非打算暂时让大元和成子居住，因而催促："我已经告诉爸爸我们回家吃晚饭！"

她故意拐着弯揶揄："你是乖孩子吗？"

乔亚非咬咬下唇，皱眉："少贫，快去收拾！"

保罗及时赶来替兰天依拉行李箱，他笑嘻嘻地对她叫了声嫂子。兰天依的脸登时红透，看向他。他高高的个子，有一张清瘦但非常阳光的脸，特别是那双女孩子才会有的大眼睛，比漆黑天宇上的星星还要明亮。这时，他把堆在门厅处的两个皮箱轻松拎起，先出了门。

这么年轻帅气的小伙，为啥非要走上犯罪的道路？兰天依跟在他们身后，突然很想研究一下犯罪心理学。

保罗到乔家居住的小区就离开了，乔亚非憋了一路，终于忍不住说："辰辰，杨阿姨脾气不太好，你不要和她计较好吗？"

其实，上次是自己故意气杨虹的，不过，要给自己加点筹码！她狡黠地转了下眼珠："亚非，可你得先答应我一个条件！"

"什么条件？"乔亚非不由皱眉。

"现在不能说！"

"不说不答应！"

"我肯定不违背礼义道德！"

乔亚非开始不耐烦："你怎么这么啰嗦！"

眼见事情要泡汤，兰天依急忙说："是有关咱们俩将来的，现在还没想周全，等想好了再和你说，行吗？"她拽拽乔亚非，扑闪着长长的睫毛，双眸纯洁得似乎要滴出水来。

糖衣炮弹果然奏效，乔亚非脸微红，咳了一下："行！行！"

目的达到，兰天依开心不已，并对冷鼻子冷脸的杨虹规矩地弯弯腰："杨阿姨好！"

杨虹哼了一声，没理她，直接进了乔知之的房间。乔知之病情虽然没有恶化，但老态毕现，比原来更加消瘦。

"伯父好！"兰天依甜甜地说。

他混浊的双目瞬间点亮："辰辰来啦，快来坐！"

"谢谢您！"

接着乔知之又一连串关切地问："辰辰，最近工作忙吗？累不累啊？你长时间没来家里玩啦！"

她一一作答，然后呵呵笑："我已经辞了工作，以后可以天天陪您！"

"那好啊，鸿升公司可就缺少你这样的人才呢！"乔知之的话音刚落，就听门外咣当一声巨响，乔亚非赶紧出去一看，见门口一只瓷盆摔得四分五裂，油花花的菜洒了一地，菲佣急忙跑过来收拾。乔亚非抬眼，看到杨虹背影很快消失在楼梯拐角。他不由皱眉，以后，父亲还是由兰天依照顾他才放心，可一想到这些，他又有点头痛，她会愿意吗？

兰天依的房间被安排在二楼，与乔亚非隔壁，主格调以清爽的白色为主。东面墙上挂着一幅浅黄色的风景图案，床尾正好对着有小花园的阳台，阳台上摆着藤椅，很适合休闲静坐。她把衣服展开，一件件挂进壁橱。乔亚非洗完澡后，穿着紧身背心走进来。他张扬的头发上还挂有浴室里带出来的水珠，不时滴落在他坚硬的肩膀上，那种晶莹美丽的视觉冲击，说不出的性感野性。

这男人的身材太有料了，不知衣服下面又是什么样子！兰天依色色地打量他，浮想联翩。

乔亚非取下她手中的衣物："你不累啊，明天再整理吧？"

"不行，明天会出褶子！"

"麻烦！"他虽然口出抱怨，还是和她一起把衣服挂完，然后亲了亲她的额头："早点睡吧！"

他的皮肤为时下很流行的麦色，如巧克力般丝滑光亮，兰天依在他亲自己时，趁机摸了一把他肩窝下的皮肤，感觉手下硬硬的，不由捏了捏，居然没捏动。乔亚非倒抽了口气，胸口仿若一湖寂寞的春水，被一颗石子投入，瞬间激起层层欲望的涟漪。他紧紧回抱她，眼神炽烈而狂野，灼热的呼吸喷到她脸上，与她气息混合。她有点发蒙了，感觉他的舌尖不停地在她口腔纠缠，吻缠绵霸道，有力的大手在她身上游移。她这才发觉自己犯了大错，向后努力挣扎。乔亚非正激情勃发之时，冷不防没掌握住平衡，抱着她跌落到床上。

"哎呀！"兰天依叫出声来，痛呼："疼死我了！"

乔亚非清醒过来，急忙抬起身体，关切地问："辰辰，压在哪儿了？很痛吗？"

其实不算疼，但兰天依可不想和他继续暧昧下去，她龇着牙，捂着肚子，逼真地说："哎哟，我要去厕所！"

乔亚非扑哧乐了，轻轻拍了拍她的头："快去吧！"

靠，差点让他占了便宜！她坐在马桶上，长长松口气。

第八章　谁在改造谁

周斌一身普通灰色便装，骑着半旧的自行车，风尘仆仆来到九弯胡同的四合院内。他推开如意门，迎面是绘有“喜鹊登梅”的照壁，绕过照壁，便是大约30平方米的小院，院中以砖铺地，青石为阶，两边建有花池。暖春时节，花池里杂草丛生，一看便知无人管理。他熟悉地走进北房，穿过堂屋。这时，乔亚非的声音传来：“阿斌，我这院子怎么样?”

周斌呵呵一笑，挑帘推门进了东耳房：“破败不堪，挺好的古董，给你们住真是糟蹋了!”

房间内陈设简单，北面仅摆着一个大显示器，屏幕上显示的是整个院子及院外周围十米的情况。保罗、阿宽和乔亚非三人围桌而坐，见周斌进了屋，都笑着站起来。阿宽先忍不住调侃他：“周队，你好歹也是身家过亿的大老板，怎么寒酸到骑自行车的地步！是不是又犯了我们大姐的家规!”

周斌摘下墨镜：“我这么帅，她舍得吗?”

“这种解释太合理了，”保罗立即反驳他的自大：“你不就是靠美色才勾引了我们大姐！大家说是不是?”

众人哄堂大笑。

“混蛋小子，你也跟我耍贫!”周斌美目一瞪，随他们坐下来，从怀中掏出一支手枪，放在桌子上：“这是大元从枪贩手中购来的那支，他说得没错，它是土货，并非真正的贝雷塔，你们看看，是不是?”

成子皱眉：“那为什么它把枪身上四五二字用汉字刻得这么醒目?”

“国人都知道四五手枪的，有谁知道贝雷塔?”周斌解释：“经过分析，我们肯定大元的想法，怀疑我国存在地下兵工厂，他们通过走私武器，窃取了某项制枪技术，然后建立秘密生产基地。而这些枪支最大的客户群，应当是掌握着贩毒、赌博业的涉黑团伙。乔哥你既然让大元以你的名义订枪，那你们都要做好配合，我另派一名特警协助大元。”

乔亚非嗤了一声：“老奸巨猾，把卧底派我家门口来了!”

周斌扑哧乐了：“还不是将来为大元开脱，让你们彻底黑到家!”

众人大笑。

周斌站起来："那你们布置兵力吧，我得去江浙一带了！"

乔亚非忙着分兵布阵，深夜十点，才匆匆赶回家。一进门，看到兰天依在杨虹的指派下，正跪在地上，伸着细嫩的胳膊努力用抹布一点一点擦拭地面。她头发散乱地挽起，露出苍白的脸。乔亚非皱眉问："谁让你干这些的，家里不是有保姆和小时工吗?"

杨虹在乔知之房间内听得分明，走出来："乔亚非，你什么意思？难道这些活都是应该我做的吗?"

乔亚非一怔："阿姨，您多心了，我不是这意思！"

"多心?"杨虹冷笑："我做这些活的时候为什么你们都看不到！谁和我说过这样的话？这么多年来，我对乔家没功劳还有苦功，可你们拿我当什么？一个个防我们娘俩跟防贼似的，我早受够了！"说到动情处，她涕泪横流："我就算把心把肺全掏出来，也全都喂了狗！"她抹了把眼泪，蹬蹬蹬上楼。

虽然乔知之和杨虹感情一直很糟，但这么多年来，她从没这样说过话，今天发如此脾气，是为什么呢？乔亚非疑惑地看向兰天依："你们怎么了?"

乔知之的房门一直敞开着，他把杨虹的话听得一清二楚，早气得浑身发抖，他用尽力气喊："亚非，进来！"

乔亚非抿了抿嘴角，快步走进卧室："爸爸?"

乔知之脸色非常不好，呼吸有些急促："你不要为难人家姑娘，关辰辰什么事！"

"爸爸，"乔亚非见乔知之脸发青，急忙轻轻抚他的胸口："爸爸，别生气，是我错了！

兰天依紧跟着跑进来，轻声对乔亚非说："你现在不要说话！"她稍稍抬高了病床，以便使乔知之的呼吸更顺畅些，然后迅速打上氧气。过了半晌，乔知之才缓过一口气，他双目潮湿，看向兰天依："今天委屈你了，孩子！"

兰天依笑了："伯父，我没觉得受什么委屈，您也不要生杨阿姨的气，杨阿姨没有经过商，可能有些想不通，以后她会理解您良苦用心的！"

乔知之眼中凄凉无比，哆嗦着手从枕头下取出一份文件，对乔亚非说："你拿去。"

乔亚非接过来，细细一看，原来是份经过法律程序的遗嘱。其内容就是拆分乔知之在鸿升公司的股份，他把其中10%的股份让利给企业内部员工，余下的分成三块，乔亚非及其未来的妻子共占 20%，而杨虹和乔夕母女俩却只占总股份 10%。乔知之这么偏心，让杨虹如何受得了！乔亚非明白后，笑着说：“难怪阿姨生气，就把我的 10% 让给阿姨吧！”

兰天依惊愕地望向他。作为企业的最高领导，要有绝对控股权，否则很容易被人恶意收购，或者由此造成个别股东权力过大，影响企业最终决策权，妨碍公司正常发展。而把股份相对分散出去，凝聚更多人的智慧和力量，才能引领企业走向管理的科学化。

乔知之益发生气，骂了句：“糊涂！”仿佛累极，他疲惫地闭上眼。

乔亚非不知所措，看向兰天依。

所有涉黑人员，一向经济利益高于一切，乔亚非为什么会放弃上亿的资产给杨虹？兰天依又看了看他的脸，觉得他的表情不像是装的，她带着越来越多的疑惑，替乔知之回答：“如果一个企业决策者太多，会影响企业的发展，伯父是站在鸿升公司大局上来考虑这次股份划分！”

“爸爸，我明白了！”乔亚非知错就改。

乔知之并不睁眼，只点点头：“你们去睡吧，太晚了！”

乔亚非笑着：“这才十点！”

“是啊，正是夜生活开始的时候，”兰天依站起来：“你们先聊，我去给你们做水果夜宵来。”

“辰辰，爸爸不能吃太甜的！”

杨虹为了减少病人上厕所的麻烦，平日里给乔知之的饮食非常单调，兰天依一直敬重乔知之，觉得这样很不益于病人身体健康，所以自作主张稍稍给他加点餐。“水果对健康很有益处！容易消化，不加糖也特别好吃。”她说完，轻快地走了出去。

乔知之这才睁开眼，微微转过头，目光定在门口：“亚非，她将来会比你做得更好！”

乔亚非笑了：“她父亲比她更出色！”

乔知之摇摇头：“亚非，做企业的关键不是做大，而是要如何做强！”

乔亚非沉默。

“这几天，她谈起过她父亲的经商理念，我觉得，她稳中求进的方式会使企业更健康，发展更长足。”

“可是这样缺乏创新能力，会错失很多良机！”乔亚非更喜欢冒险。

“对不熟悉的行业、领域，不是我们单靠信心和勇气就能创造奇迹！”乔知之反驳：“亚非，辰辰足以当得起总经理的位置，这是我最后一次行使公司权力。”

现任总经理是周斌撬过来的，对他忠心耿耿，能力非凡，乔知之的要求暂时行不通。何况，杨虹对父亲越来越失去耐性，乔亚非虽然很清楚兰天依的能力，可是，父亲的健康更重要！乔亚非心想，这件事一定要和辰辰好好谈谈。“好吧，但目前现任总经理做得也非常出色，辰辰还是先照顾您，我以后慢慢安排！”他敷衍。

兰天依把绿豆莲子煮熟后，稍稍使之降温，然后把洗净的新鲜草莓放入，用圆形玻璃盏端入乔知之的房间，笑着说：“降脂水果清凉汤来啦！”

乔亚非仔细一瞧，玻璃盏里杂有绿豆、莲子、草莓，红红绿绿，看上去很开胃。兰天依把床摇高些，盛出一碗水果汤，小心地喂给乔知之，边问：“好吃吗？”

乔知之高兴地连连点头。乔亚非也凑过去尝了尝，觉得味道没看上去好，但见父亲感动的样子，违心说：“不错！真不错！”

等乔知之睡下。乔亚非随兰天依轻轻上楼，并跟进她的房间：“辰辰，谢谢你！”

兰天依又累又困，连打了几个哈欠：“没什么，我应该做的。”

他看着她，灯光下灿烂地笑起来：“还记得我们第一次见面吗？”

她含糊着：“嗯！”

“你还记得你发生车祸时，撞的谁的车吗？”

都过去一年多了，她早没什么印象：“想不起来了！”

乔亚非扑哧乐了：“那是我的车！”

“啊？什么？”兰天依不由睁大眼，果然冤家路窄，怪不得自己当时成为他率先整顿的对象！

他忆起往事，突然自己笑起来。“你还记得当初自己的形象吗？”他坐在床头的小柜上，满脸陶醉：“你顶着狮子头从我面前跑过，那形象，简直无法用语言描述！”

兰天依撇撇嘴。

“想想一晃都这么长时间了！”他叹口气，书归正传：“辰辰，这段时间，你先不要出去工作行吗？”

他不说她也明白他的意思。杨虹对乔知之一直心存怨恨，如今乔知之这么做，她很可能虐待他！

“好的！”

乔亚非很受感动，拉着她的手：“辰辰，以后，我会好好待你！”

“好好待我？怎么待？”兰天依引君入瓮，狡黠地望着他。

“对你一生忠诚，永不背弃！”他目光黝黑，声音坚定。

“一生？”她凉凉地笑了：“亚非，其实我要求并不高，只希望我以后的生活平安平淡，你能做到吗？”

乔亚非反问：“为什么不能？”

“亚非！”兰天依细细看了看他的表情，见没有生气迹象，小心地说：“我们不要做违法的事好吗？”

乔亚非的眉当即竖起来。

兰天依并不放弃：“天网恢恢，疏而不漏，难道，你要让我日日生活在忧惧担心中吗？我们不要做了，好不好？我们的日子不是挺好吗！为什么要违法呢？”

“你知道什么，以后不要管我的事！”乔亚非甩开兰天依伸过来的手，站起来。

“亚非，”她落下眼泪：“我还不是为你好，难道我会害你吗？”

乔亚非看她委屈的模样，实在拉不下脸来扔下她就走：“好了辰辰，你放心，我知道该怎么做！”

兰天依现在对他的过去稍有了解，据说他12岁因为杨虹这“小三”失去母亲，心里出现问题，才走上反社会的道路。最近，她一直抓时间研究各类犯罪的特点，觉得乔亚非还是容易改造的。见到眼泪攻势又奏奇效，她及时抱住他的胳膊，可怜巴巴地扬起梨花带雨的脸：“亚非，因为爱你，所以我不想你出什么事，你答应我好不好？好不好？”

乔亚非抿着嘴角望着她，脸上居然有丝笑意。

她心中暗喜：“亚非，你的手下如何安置我也想好了，大家不都是缺钱花才走上这条路的嘛，我们好好经营公司，将来分给他们小部分股权，给他们都成个家，你说，放着安定日子不过，谁喜欢终日打打杀杀的生活是不是？”

乔亚非实在忍不住，呵呵笑起来。

“还有啊，我同学小简，可是万里挑一的人物，才貌双全，久远集团的销售经理，名牌大学毕业，对你手下梁宽是死心塌地喜欢。这几天她天天打电话催我要见梁宽，你快和他谈谈，大男人嘛，怎么能不成家呢！”既然小简痴心不改，兰天依也就决定把她拉下水，双管齐下，把乔黑帮中二号人物也搞定！

乔亚非停住笑，心想，兰天依后面的话说得倒不错，梁宽早到了成家年龄，因为工作缘故，一直单身，难觅中意对象。他也见过黄简，也确实如兰天依所言，最难得是她能这么痴情！可真要做媒婆，他可是大姑娘上轿——头一遭。踌躇半日，他才拨通阿宽电话：“阿宽，在哪儿呢？”

阿宽打了个哈欠：“睡觉！”

“嗯！”他没词了。

“你有事？”阿宽疑惑地问。

怎么说呢？乔亚非从没这么别扭过：“你那边进展得怎么样？”

他们昨天不刚见的面吗！阿宽揶揄：“乔哥，得健忘症啦！”

“嘿嘿！阿宽啊，有点小事，”乔亚非想了想，觉得婚姻怎么能说小事呢，又转口：“其实，事也不小！”

“究竟什么事？你怎么突然婆婆妈妈的了！”

这本来就是婆婆妈妈们干的事！在阿宽的催促下，乔亚非才吞吞吐吐地说：“阿宽，黄飞鸿，哈哈，是黄简，她喜欢你，明天在西城区阜外的‘十二点咖啡’屋见面！”说完，自己先红着脸把电话挂了。阿宽听后，呆呆怔住，保持手机贴着耳朵足足一分钟。还没等他拿下来，电话铃又响了起来，还是乔亚非的：“哈哈，忘了告诉你时间，明天下午3点，要准时到。”然后，耳边又传来滴滴声。他再也睡不着，紧张地直咽唾沫，在地上绕圈儿。

一直装睡的九阳突然睁开一只眼：“宽哥，啥事把你搞得这么魂不守舍的？”

“啊？”阿宽思绪飘飞中，被九阳一问，脸先红了：“没事，没事！睡觉！”

这边，乔亚非也在纠结，如果阿宽不去约会，放了黄简的鸽子怎么办？以他的禀性，实在很有可能。既然事情开了头，总得有个尾，他又拿起手机：“阿宽，你一定要去，听到没有？”

“老大，你今天怎么这么啰嗦！不去！”阿宽直截了当地拒绝。

果然不出自己所料！乔亚非把兰天依昨天的话原原本本重复一遍：“这么好的机会，你自己把握，难道你打算这辈子真不找老婆？”

阿宽一时没话说。

乔亚非又道：“我已经派保罗给你买衣服去了，明天穿得精神点，不要丢我们军人的脸！”

第二天，天气阴沉沉的，中午，突然下起了蒙蒙春雨。阿宽只挑了件极普通的灰色衬衫，磨青牛仔裤，就赶往约会地点。小简早已经在咖啡店等候，并刻意打扮过，浅金色眼影，嫩粉红水晶光眩唇彩，一丝不乱的“水样年华”发型，顺滑的刘海用水晶扣固定，配上英伦风味的格子短上衣和黑色的裙子，平添几分妩媚，几分闲情。透过落地玻璃窗，她一眼看到阿宽从停车处抄近冒雨走来，很快，那高大魁梧的男人进了咖啡屋，乌黑的头发上沾满水珠，看上去有些落魄，有些沧桑。他四周一扫，就朝小简方向走来，并露出很干净的牙齿，浑厚如钟的嗓音带着磁性，一下下撞击着小简的心。

“你好！我们又见面了！”

“见你很不容易！”小简直言不讳。

阿宽坐下来，低头呵呵干笑两声。

“你，喝什么?”

“随便！”

“随便吗?”小简故意调侃：“好像没有‘随便’这个牌子的咖啡啊?”

阿宽忍不住乐了：“摩卡吧！”

小简招了下手，吩咐店员送来两杯摩卡。

阿宽心不在焉地一口口品着咖啡。眼见他的杯子要见底，小简叹口气。一直默不作声的阿宽不由抬眼。

“我刚丢了工作，再不找，恐怕我要喝西北风去了！”她希望他能回应自己的话。

阿宽只想快快结束此次约会，把头扭向窗外。

小简略有怅惘：“今天你请我吧，行吗?”

阿宽笑：“行！”

“还有啊，想向你打听点商业秘密?”

“问我?”阿宽很惊讶：“我又不懂！”

“你跟乔董已经一年多了，鸿升公司正在招收销售总监，你说我可以试试么?”

自从甘朵一怒离开鸿升公司，乔亚非就少了个左膀右臂，如果小简能帮他一把，自然不错！阿宽回答：“可以！”

小简兴奋地说：“好，我就听你的！”

阿宽皱眉：“那也要看你能不能竞聘?”

“你先不要泼冷水，总得给别人点信心嘛！”

阿宽不觉又笑起来，笑完，一低头，发现杯子内的咖啡没了，心想，该回去了。这时，小简对着窗外说：“雨已经停了，你快看，居然有彩虹啊！”

阿宽随她望去，天空已经透亮，西北方向一道七彩虹清丽地架于楼顶之上。

“我们去瞧瞧！”小简建议。

阿宽看了看时间，正要拒绝，却听她低低道：“我都不要自尊了，你还要怎么样呢！”她的眼中有晶芒闪耀，泪水被生生忍在眼眶中打转。

沉默了半晌，小简悄悄把泪水抹去："你把账算了！"

阿宽轻嗯了一声，随她出了咖啡店。"我送你？"他问。

"好！"小简毫不客气地答应。

阿宽取车回来，远远地看到小简低着头，落寞地靠着路边的橡树，胸口莫名其妙地胀痛。他打开车门，尽量不去用目光碰触她浑身迷漫的悲伤："走吧！"

小简不语，上了车，从皮包里掏出一个巴掌大的记事本，刷地撕下一张纸，写下自己的电话号码："给你！"

阿宽看了看，略迟疑后接过来，装进衣兜。

"来而不往非礼也，你的呢？"

阿宽抿抿嘴角："我们之间差距太大！"

"所有差距都是人为造成的，我不想听这样的话！"小简望向窗外，眼前的景物迅速地后退，远远的，可以看到繁华的隆福寺小吃街。她说："我要到对面的街上买些东西。"

阿宽只好把车拐向旁边的停车场等待，谁知先下车的小简回过头："我没带钱，你陪我去！"

把钱赤裸裸地送给她是很不礼貌的行为，阿宽老实地跟在她后面。小简尽量把脚步放慢，边走边问："你来过这里吗？"

"嗯！"

"真的，你也会来啊？"她挺好奇的表情。

阿宽一笑："嗯！"

"那你最喜欢这里的哪种小吃？"

"不知道！"

两人又回归沉默。

在一个烤肉摊前，小简停下脚步，回头对阿宽说："我想吃羊肉串！"

"嗯！"仍是一个最简单的回答。

"老板，来十串！"

等待的时候，她偷眼看了看阿宽，见他并没有不耐烦的表情，略放了心："你喜欢辣的吗？"她笑着，夕阳之下，她清瘦的脸颊上染着一层淡淡的红晕，眨动的睫毛上，点点金光闪耀。阿宽怔望了她一会儿，不由自主地点点头，然后又把脸扭向别处。小简拿着根羊肉串，先尝了一口，小脸立时曲成一团，大口大口地倒吸凉气。

阿宽很想笑："你要那么多辣椒干嘛？"

"你不是说你喜欢嘛！"小简把羊肉串举到他嘴边："你尝尝，真的很辣唉！"

阿宽脸噌地红了："我不吃！"

"可你说喜欢辣的嘛！"小简眉头微皱："不过，真的很好吃，就尝一口，只一口！"她恳求。

阿宽看了看路人来来往往，并没有人多注意两人的存在。他拗不过小简，勉强咬了一口。

小简终于开心地笑起来，送走阿宽，她兴奋地拨通兰天依电话："依依，谢谢你啦！"

"不用谢，记得把他好好管教就是了！"

"放心吧，只要给我时间，我会让他爱上我的！"她不是一般的自信，兰天依揶揄："上帝保佑你吧！"她一会儿还要听杨虹吩咐去做饭，于是结束谈话："我要干活了，有时间再聊！"

忙忙碌碌中，不觉夜已深，乔亚非还没有回家。兰天依待乔知之睡后，正准备去洗澡，忽听手机铃响了起来。她接通，乔亚非的声音传来："辰辰，爸爸睡了吗？"

"刚睡着！"这段时间，有兰天依陪在身边，乔知之很少念叨儿子了。

"辛苦你了！"乔亚非满怀感激。

她打了个哈欠，不知不觉中用上了家庭主妇惯常的口吻："你什么时候回来？"

"我要出差，已经在机场了，过几天回来！"

"出差？"兰天依警觉："出什么差？"

"问那么多干嘛，挂了！"

兰天依不甘心拨了回去："亚非，你究竟出什么差？你告诉我！"

乔亚非语气有点不耐烦："工作，不要再打了，我上飞机了！"

耳边传来滴滴声，兰天依神色凝重。以他今天的表现，肯定又去做违法的事了！她焦躁地在地上转了几圈，嘴角渐渐坚定地抿起。是啊，总装可怜也不是长久之计，此事必须开诚布公和他谈，向他表明自己的立场和观点。

几乎一夜无眠，早上天还没亮杨虹就开始敲她的门："都几点了？还不起床！"

"就来了！"兰天依慌忙爬起来，看看床头的闹表。靠，还没六点呢！她迅速穿好衣服，做饭打扫房间卫生。好不容易等杨虹出了门，她才得空瘫在沙发上，不一会儿就昏昏睡去。不知过了多久，菲佣把手机从楼上拿下来，轻轻叫醒她："兰小姐，你的电话，响了好长时间了！"

她接通，懒洋洋地问："简简，有事吗？"

“你怎么才接电话?”话筒内传来小简不客气地质问。

“实话对你说，现在我根本不想接你电话，挂了!”她打个哈欠，真的要挂机。

“哎，依依，呵呵，我来看你，小区保安不让我进来!”小简立即见风使舵。

“你来这儿干什么?”她拧起眉头。

“找老同学还问为什么，快点啦，我给你们买了很多菜，快累死了!”

“菜?”兰天依突然想起杨虹出门前吩咐她去买菜，自己因为睡觉竟然给忘了!她给小区保安打过电话后，小简才气喘吁吁地进了乔家，她不解地问:“来了就来了，买这么多菜干嘛?”

“我帮你做菜来了!”小简笑嘻嘻地说。

既然多一个人给自己帮忙，又何乐而不为呢!兰天依把她让进厨房:“你择菜吧!”说着就向外拐。

“那你去干什么?”

“我去带伯父外面走走!”

“我也想去陪你们!”小简跟进乔知之的房间，恭敬地说:“乔董事长，您好!我是黄简!”

乔知之打量她一下，问兰天依:“她是谁啊?”

“我同学，今天来看我!”

“欢迎啊，以后不要叫我董事长，和辰辰一样，叫我伯父就好!”然后乔知之笑着:“辰辰，快让你同学外面坐，我这房间里味道不太好!”

“伯父，今天外面天气可好了，我们一起出去走走吧?”小简笑容明丽，声音清脆。

“不用了!”乔知之还要拒绝，兰天依已经把轮椅推了过来，上面铺上一层厚厚的羊绒毡，然后示意小简抬他脚下的被单。乔知之虽然身型高大，但经过这么多年病痛的折磨，早就骨瘦如柴。两人合力把他轻放在轮椅上，出了院门。

橙橘色的太阳，温柔地挂在蓝天白云之间，和风拂来，空气中处处迷漫着醉人的幽香。三人寻香觅花，来到别墅的小花园中。假山上的藤萝，一片淡紫色，像一条瀑布从中垂下，深深浅浅的紫，仿佛在流动，泛着点点银光，如迸溅的水花。兰天依仔细看时，才发现那是每一朵紫花中最浅淡的部分，在和阳光互相挑逗。

“真漂亮啊!”她看向远处漫山青翠的黄栌树:“伯父，秋天我们一起登山吧?那时一定更美!”

“呵呵，好啊!秋天我们一起去!”乔知之对着太阳笑起来。

“那从现在开始，我们就要天天锻炼身体，伯父，要加油啊！”她伸出拳头，用力上下握了握。

乔知之眼角的年轮线越发深刻，双目中有水一样的光芒在跳动：“加油！”

小简坐在椅子的另一侧，歪着头，眨着清澈的大眼睛：“伯父，我正要去你们公司应聘呢！”

“好啊！”乔知之笑着：“有人才我们一个也不放过！”

兰天依瞪着她：“为什么辞了久远集团的职务要来鸿升公司？”

乔知之也不解地看向她。

小简嘿嘿笑：“我觉得鸿升公司更好啊，我都把简历投上去了！”

“我告诉你啊，别指望从这里走后门！”

“放——”小简及时把“屁”字闷回：“依依，你什么意思你，我好歹也在久远公司做过销售经理，就这点经历，在你们鸿升公司怎么也应当坐个销售总监吧？”

“人别总那么自信，以为除了天是老大，自己就是老二！”兰天依揶揄。

乔知之呵呵笑起来：“你们这俩孩子，真是有意思！”这时，他的目光突然定住，迷茫地望向突然出现在自己视觉范围内的女人。

“兰天依，菜买好了没有？”杨虹站在他们后面，声音尖利，吓了兰天依一跳。她急忙站起来，换上恭顺的笑：“阿姨，已经买好了！”

小简也跟着站起来：“伯母好！我叫黄简，天依的同学！”

杨虹没理她，吩咐兰天依：“你看都几点了！还不快回去做饭？”

兰天依急忙向家里走，小简追上她，低声说：“你这后婆婆太厉害了！可有你受的！”

她笑笑：“这不算什么！”

“怎么啦？是不是乔亚非外面又有女人啦！”小简自作聪明地问。

“胡扯什么！还不回你的家，我这不管饭！”兰天依进厨房择菜。

“哎，我负责给你们买菜还不要钱，难道管一顿饭也不成？”

“少在我面前玩花样，还不是想向我家菲佣偷艺！”兰天依一语点破她：“算了！难得有个男人能改变你这好吃懒做的习惯！”

“呸，兰天依你就不能说句人话！”气得小简抹了她一脸的菜汁。

第九章　虎胆英雄

几日来，杨虹一直在耐心做乔知之的工作，并以乔知之病重为主由，催促女儿乔夕回家，希望她能够说服父亲，和乔亚非平摊鸿升公司股份。乔夕赶回，发觉上当受骗，第二天就消失得无影无踪，再不接杨虹电话。女大不由娘，杨虹没办法，只好继续找乔知之游说。本来通过精心治疗，好不容易才恢复记忆力的乔知之，此时满腹的烦恼又说不出来，人也变得越发焦躁，病情时好时坏，总不停地问兰天依："亚非呢？亚非呢？"

兰天依骗他："他去谈一笔大生意，要晚两天才能回来！"

这是乔知之自病后，乔亚非第一次这么长时间没有给家里打电话。"他为什么不打电话呢？"他不太相信兰天依所说，很担心。

乔亚非的手机一直处于关机状态，兰天依打过多次都没有打通，也很生气！可此时她只能安慰老人："他白天要谈判，晚上太晚的话又怕吵到您，所以把电话打给我，嘱咐我要带您多多锻炼身体！"

两人正说着，小简又来拜访："伯父，我来啦！"一进门，她亮丽的声音就为这个沉闷的家庭带来一丝清爽。

为了能加大和阿宽接触的机会，她常打着看老同学的幌子，三天两头往乔家跑。乔知之只当她是兰天依的闺密，自然也喜欢："小简啊，快来坐！"他热情地招呼。

"伯父，我今天又来给您做好吃的来了，归参鳝鱼，补气补血，相当有营养哦！"

"好！好！"乔知之高兴地说。

于是两人说笑着到厨房准备午餐，不知过了多久，突然，杨虹惊恐的声音传来："知之？知之？你怎么啦？"

兰天依脑袋一麻，急忙奔进乔知之的房间。此时，乔知之脸色发青，嘴巴半张，眼白上翻，急促地喘息。兰天依猛地推开挡在路中的杨虹，迅速打开氧气瓶，然后轻轻抬高乔知之的上半身，并吩咐小简："快，快打120！"

杨虹也很害怕，她解释："辰辰，刚才还好好的，我只和他说了一会儿话，他就这样子了。”

如果不是她天天在乔知之床前纠缠，如果乔知之不是气极，怎么会发生这样的事！兰天依红着眼，冷冷地瞪了她一会儿，直看的她心惊肉跳。杨虹再白痴，也清楚乔知之突然去世对自己没有半点好处，可她争了一辈子，却依然是这个结果让她很不甘心。她脸色惨白，坐在乔知之床侧，轻抚着他的胸口：“知之，知之，你快醒醒，你不要吓我啊！”

120很快带乔知之奔向医院。路上，兰天依不停地拨打乔亚非的电话，可话筒内依然是网通小姐那空灵的声音：“您拨打的用户已关机，请您稍后再拨！”而在这关键时刻，最令人郁闷地是，乔夕手机也关机，人不知去向！

却说乔亚非关闭与家人日常联系的电话，与浩子、莫五会面。莫五狡猾得像只狐狸，他只负责毒品买卖双方间牵线搭桥，从中抽取极小部分的佣金，并不参与毒品的制造和贩卖，故而在多次严打中，他都能安然无恙。根据警方掌握的资料，他有一家小小的经过注册的物资公司，公司唯一的员工和老板都是他。他常年奔波在外，来无影去无踪，只有在年底交纳税款的时候，才可以找到他。因此，在缺少罪证的情况下，警察也拿他毫无办法。

在某个不显眼的酒吧内，莫五展开他看似良善的笑容：“乔老板郑老板，桑路先生非常欢迎二位去南城欣赏那里的热带雨林风光！”

乔亚非沉默不答，浩子明白他心存戒心。但浩子和莫五曾经有过多次交易，情知莫五做大生意向来稳妥，于是率先发问：“定在什么时间？”

“明天晚上九点银井寨莫里酒楼会面。”莫五掏出两张纸片，分别送给二人：“这是你们各自的联系方式，你们所要求的量、质、价我都写在上面，如果不合适，此交易作废，我再为你们联系下一家。”纸条上的货物没有名称，无法作为犯罪证据，乔亚非看后，与浩子对视一眼，一起点点头。莫五见此，笑道：“那我的任务完成了，祝二位旅途愉快！”

送走莫五，乔亚非把烟按在烟灰缸内，说：“这批货你出70%，目前我手头紧，没那么多资金，我们三七开！”

这太不公平了吧！浩子瞪大眼。

乔亚非痞痞一笑：“我三你七！”

浩子急忙掩饰：“乔哥，你还真能开小弟玩笑，多出个亿八的，你还能眨下眼？”

“那你意思是让我去抢啊？”

真是土匪，怎么不讲理怎么说！浩子被他闷得倒憋气：“乔哥，可以贷款嘛！”

“老子可是合法商人，不能明里和政府做对吧！”乔亚非斜着眼看他：“咱明告诉你老弟，对于合法公民，老子可能没什么好办法，但对你，用抢最合适！”见浩子的脸又开始发白，他忍不住大笑：“哈哈，老弟，开玩笑，开玩笑，别当真，你看，我们不是一直合作得很愉快嘛！”

难道你没来抢嘛！浩子懒得再和他多说：“那我们就明晚见！”

“好，告辞！”

乔亚非在瑞丽市下了飞机，购买了一套相当土气的当地服装。这样，他走到大街上，隐在人群中，已经变得极其平凡，普通到让人无视。晚上，他赶到银井寨。银井寨是边境小镇，最大的特点是，此镇属于一寨两国，在缅国，它叫芒秀。寨中的国境线以竹棚、村道和土埂为界，两国老百姓语言相通、习俗相近，同走一条路、共饮一井水、同赶一场集，每月数十次穿越国境线而浑然不觉。在乔亚非来缅国之前，已经对边境状况通过卫星地图进行了细化了解，脑海中能详细地反映出每一个村镇、山头的位置和名字。他把镇子绕了个遍，也没发现那个叫莫里的酒楼，拨打莫五留下的联系电话，也无人接听。他心下疑惑，仔细把事情反思了片刻。边境缅国的老百姓都说中国话，如果单纯地用缅语，在这个地区，也并非安全的举措，那么，它究竟代表什么呢？正想着，忽然敏锐地感觉到有人正在跟踪，他脑袋一麻，急忙关闭手机，迅速向山里奔去。

边防缉毒大队当天得到有人越境贩毒的线报，早把人派过来，等乔亚非发现时，他已经被人盯上了。他在热带丛林边缘小心地穿行，在某隐蔽处，脱下自己外层衣衫和皮鞋，快速地用石块伪装成人的模样，用藤萝杂草掩上，然后就藏在附近的百年榕树上。训练有素的缉毒队员发现伪装的现场后，迅速判断此人已经下了山，立即无线电联系其他人员，在山下堵截。乔亚非这才得已越过边境线，潜入缅国。他从丛林中熬到天亮，重新买了件衣服和鞋，住进一间破旧的小旅馆，等待回国时机。缅国至今还存在中央和地方两股武装力量，象中缅边境有许多的缅国特区及其相应的政权机构——军政委员会，基本属于半独立的政权，在自己管辖的地界内独立行使军政民政。因此，乔亚非目前很安全。

阿宽的电话很快打来，此时他正在床上给自己被棘刺扎伤的脚上药。

“我找到莫五了！”阿宽阴沉的声音传来，带着一丝死亡的气息：“把他拖过来……妈的，给我老实向老大交待！”

浑身是伤的莫五哀求着：“乔哥，我真没骗您！”

只听一个清脆的耳光，莫五大号一声：“大哥，大哥，就是给我十条命，我也不敢骗乔老板啊！”

乔亚非把脚晾到有阳光的地方，悠然张开尊口：“说，怎么回事？”

“银井莫里酒楼，不在银井而在莫里，莫里是傣族说法，汉语译作“美丽的大瀑布”，你们约定地点在莫里瀑布，缅国的人要在那里以酒招待乔哥，当地人就称这是酒楼。”

原来是露天“酒楼”！乔亚非暗骂自己愚鲁。又听阿宽凛冽地问：“如果老大没有按时到达，会怎么样？”

“那么乔哥是主动退出此次交易！”

联想到一到银井就被缉毒大队盯住，难道这是浩子通风报信？“莫五，你他妈个王八蛋就活得结实地等老子回去！”乔亚非骂完，就挂了手机。

不一会儿，电话又打过来。阿宽说：“莫五说重新给您联系桑路！”

既然准备了这么长时间，有希望就得试一试，乔亚非想了想：“让莫五接电话！”

莫五不等乔亚非问他，已经自己交待：“乔，乔老板，这次交易是掸东军参谋长雾亦出面关照，货量充足，我保证这次交易成功！”

“嗯？”乔亚非从鼻孔里冷冷地哼出这个疑问。

“掸东军靠毒品、赌场为生，你这样大主顾，他们不会放弃！”莫五急忙解释。

“去你妈的，老子的人身安全已经受到严重威胁！”

莫五额上冷汗直冒：“这和我没关系，那是浩子搞的手脚，您放心，我会和雾亦联系，保证您的安全。”

“你算个什么东西，敢夸这样的海口！”阿宽踢了他一脚。

莫五哭丧着脸：“那边我认识好几个委员会的高官，和他们做生意都二十年了，年年给他们带去巨额利润，他们不就靠这个生存嘛！”

阿宽阴恻恻地笑起来：“我说莫五，海口可不来这么夸的！如果你有这通天本事，为什么不自己干这买卖！”

莫五打了个冷战：“我真没骗你！”

阿宽一脚踩在他腰侧，莫五杀猪般叫起来，“我说，我说！”他脸色苍白，头发湿漉漉地贴在脑门上，委琐而又可怜：“我只是桥人，从不接触毒品走私买卖，所以我才能在这条道上走这么久！”

“哈哈，”阿宽大笑：“那上回你送我们的东西是什么？”

莫五几乎哭出来：“因为是乔老板，我才从浩子手中买些样品，我对乔老板可是忠心耿耿啊！”

乔亚非沉吟半晌：“阿宽，让他联系，如果不是如他所说，就把他给我铸水泥里当建筑材料。”

耳边又传来莫五撕心裂肺般地表白：“乔老板，乔老板，我不会骗你

——”他并不待莫五说下去，“啪”地挂了手机，望着窗外凤尾竹和董棕在微风中摇摆，面色凝重。浩子这次单独行动，他很难探知他们的交易时间与地点，所以，就算浩子出卖了自己，他也只能装作不知。

夜半，乔亚非接到阿宽电话。阿宽轻声说：“老大，接上头了！”

“嗯！你觉得可信度有多少？”

“百分之五十！”

“好，那我就去试试！”

阿宽并不拦阻：“我和成子现在就动身！”

两日后，乔亚非的旅店外来了两个黑瘦矮小的青年人，他们敲开他的门，上下打量了他一番，脸上不觉露出一丝不屑。他面颊微黑，耷拉着上眼皮，不停地打哈欠。尤其那件集市上买来的最为廉价的衬衫，皱巴巴地套在他高大的身躯上，衣服的一半系在裤子里，一半丢在外面，整个人看上去即土气又委琐。其中一个年轻人捅捅同伙，同伙忍下疑惑，笑着问：“你就是乔亚非？”

“你们是谁？”乔亚非从衣袋内掏出烟和打火机，慢条斯理地点燃。

来人发现他的烟是极普通的品种，再也沉不住气：“妈的，老子在问你话！”话音刚落，他只觉膝盖一阵钻心的剧痛，竟然站立不住，扑通跪倒在地。

乔亚非邪佞地冷笑道：“不用行这么大礼！”

另一个人愣了愣，铁拳迅猛地迎面砸来。乔亚非巨掌一伸，生生把他的力道卸下，然后反力一推，他踉跄几步，撞在对面的墙上。浩子冷眼旁观多时，感觉时机成熟，才走过来：“大家不要打了，不要打了，一家人，都是一家人！”然后，对冷冷瞪着他的乔亚非假惺惺地说：“乔哥，你真让我们好找啊，来，我们进来说话！”

同浩子进入房间的还有一个中年男子，他中等个头，皮肤黝黑，国字脸，身材板正，一看就是当兵出身。

乔亚非吐出咬在嘴里的烟：“妈的你小子逍遥自在，扔下我差点喂了边犬！”

“乔哥，缉毒大队居然敢和你过不去，究竟怎么回事？”浩子故作惊讶。

乔亚非冷笑：“他妈的不知哪个王八蛋告了密，要不我怎么一入边境，就被盯上了！”

一旁一直未曾开口的中年男人回答道：“你是外地人，却在银井大街小巷转悠，难免不引起边防军的注意！”

他的话很有道理！乔亚非望向这男子：“这位是？”

浩子这才做恍悟状，“只顾着关心乔哥，竟忘了介绍二位，失礼！失礼！”他手掌向那男子一伸，“这位是桑路先生！”然后又对桑路说：“这位是S城鸿升集团的董事长乔亚非先生！”

乔亚非先伸出大手，咧开嘴：“哈哈，幸会！幸会！”

“彼此！彼此！”桑路握住他的手，冷不防用力，紧接着，他眼中闪过一丝讶异，又渐渐转化成笑容，抽出手：“雾亦参谋长已经等候您多时了，请！”

三人带着先前被乔亚非戏弄的两个年轻人，向山里走去。他们在不见天日的雨林中穿行，山涧在陡峭的深菁中如蛟龙翻腾，又像一群野兽在峥嵘的怪石间乱窜，河道迂回曲折，河水清澈湍急，涌起一朵朵浪花、一堆堆白云，时而平静，时而喧哗。走了大约四公里，隐约听到不远处传来“轰轰”的跌水声，循声至峡谷尽头，眼界豁然开阔，巨壁齐天，对峙的双峰间，一条巨幅瀑布从70多米高的绝壁上倾泻而下，响声震天，潭底乱堆如雪。这时，每隔五十米，就有一个绿色的塔亭出现，如果有极强的侦察力，就可以凭感觉望向某处，那里，身穿绿色军装的缅军武装人员正在树林里潜伏。再向下行，便是一个山谷，谷中十几幢楼房掩映在绿水青山中。乔亚非仔细记下路线，抬头时，又敏锐地发现隐蔽在丛林中的高炮。难道这是他们的总部？他略有些疑惑。

接着，两人被引入一栋六层的别墅大厅里。

“两位请在这里稍等！”桑路说完，自己先行离开。

大厅陈设古朴简单，一溜黑皮沙发，黑桃木酒柜，50英寸等离子彩电，如此而已。乔亚非没发现什么机关，把头扭向巨大的落地玻璃窗。窗外古榕郁郁葱葱，流水小桥，百花争放。如果不是一队队巡逻的卫兵不时走过，真的是一派世外桃源景象。

不久，桑路带着一位身穿缅军军装的男子走来。

浩子轻声说：“那位就是雾亦参谋长！”

两人同时站起来，迎到门口。雾亦身材瘦高，同当地人一样，面色黝黑，笑起来露出黄黄的牙齿，“欢迎光临！”他热情地拥抱了一下浩子，然后走到乔亚非面前：“久仰乔董事长威名，今日一见，果然是英雄人物。”

“参谋长过奖了！”乔亚非抱拳：“我一直非常仰慕参谋长这种精彩人生，早就想拜访参谋长，只是家父病重，与参谋长失之交臂三年，真是惭愧！”

的确，乔亚非在L国时，差一点就和掸东军接上头，只因乔知之突然病倒，才不得已回国。雾亦略记得当初的情形，于是亲热地拉他上楼：

"哈哈，乔董事长，你是做正经大生意的，我们怎么能和你比呢！"

三楼是个封闭包厢，雾亦屏退随从，引二人坐在谈判桌边，就货物价格、转运方式进行具体磋商。需要交待的是，缅国存在许多这样的地方武装势力，他们为了生存，靠开赌场、种罂粟来谋取暴利。在与中国几千公里边境线上，赌场林立，甚至有的仅仅距离中国边境线8米。它们都是为吸收中国资金而设立，并由当地武装势力管理、保护。平均一年内，就有数十亿人民币不知通过何种渠道流进了这些赌场和毒贩手中，中国社会治安受到极大威胁。这种有去无来的境外交易，乔亚非可不想多购货物，毕竟，订得货物越多，国家损失也就越大。

雾亦的脸色渐渐阴沉，残暴的双目上渐渐结起一层寒霜，他冷冷地盯着乔亚非："乔董事长，你可别开玩笑，你的公司市值目前已经达到了60个亿，区区二三个亿的零头你还放在眼里？"

乔亚非苦笑："参谋长，我只占股市市值的30%，而且还是不能抛售的！何况我也是有案底的人，在S城，行动受警方掣肘，这么大的货量，实在是积压资金，你这不是逼我和浩兄弟抢地盘嘛！"

浩子脸上一阵青一阵白，跟着拱火："乔哥，你就别谦虚了，中国地大了，难道就我地盘上能独销这些货？"

"那倒不是！只是目前我的销售网还没完全建起来，需要时间！"乔亚非快速分析了一下眼前局势，点燃一支烟："雾亦参谋长，我们已经有言在先，以后合作的机会还有很多，何必急于一时呢！"

"哈哈！"雾亦狞笑："乔三，这可是在缅国，你还真是做正经商人做惯了，忘了行业规矩！"说完，双手一拍，门应声被撞开，涌进数名手持冲锋枪的士兵，对准乔亚非。

浩子嘴角轻轻扬起。

乔亚非并不意外，他神色凉凉地向椅子上一靠："参谋长，你这阵势搞得真是不小！"

"乔三，还不是被你逼的！"对于他的镇定自若，雾亦暗自佩服，皮笑肉不笑地说："如果你仍一意孤行，就等着你老子替你收尸吧！"

这次缅方如此不讲信用，肯定是浩子从中作了手脚，如果答应他们，缅方一定会把条件提到最上限，到时只怕国家损失更大。乔亚非面无表情地对雾亦说："参谋长，你什么条件？"同时，他放在桌子下的手指微微在手表上按了一下。

他这样说，已经算退步了！雾亦清楚乔亚非是条硬汉，让他求饶根本不可能，何况大家只有合作才有利益，如果不是目前掸东军太需要钱，他也不会出此下策。雾亦得意地笑起来："乔董事长，没别的条件，只要你签下这笔单子，打足预付款就万事大吉了！”

乔亚非拿过来。这是双份中文合同，规定他必须用 2 个亿的货款购买毒品，并提前支付保证金 1 个亿！乔亚非冷哼一声，摸出随身带来的碳素笔，打开笔帽，就在这时，窗外突然传来巨大的爆炸声，房间内众人俱都一怔。在雾亦惊愣的一瞬，乔亚非已经闪电般欺身过来，铁臂迅速回搂，卡住他的脖颈，拿着碳素笔的右手手指轻轻一勾，碳素笔转眼间成了一枝微型手枪，抵住他的太阳穴，“你们都不许动，否则我毙了他！”乔亚非示意士兵后退，郁怒的脸，犹如昆仑耸峙。

局势突然间逆转，浩子目瞪口呆，坐在椅子上一动也不敢动。乔亚非皱眉用枪指指他：“你，也过去！”

浩子讪笑着拉关系：“乔哥，我们——”

“少废话，赶紧给我过去！”乔亚非不容置疑地扬了下下巴。

望着他眼中闪动着嗜血的暴戾光芒，浩子只好跟着退向门口。雾亦在乔亚非分心之际，悄悄把手伸向自己的腰间，突听“咔嚓”一声，紧接着巨大的疼痛袭来，他闷哼一声，整个胳膊无力地耷拉下来，惨白的脸上不由滴下大颗汗珠。士兵们倒退着出了别墅楼，半圆形围住乔亚非。他远处望去，只见东南角上火光一片。南面，一辆装甲车快速驶来，并不时向四周扫射，中弹士兵纷纷倒地。紧接着，又一声惊天动地的巨响，距离装甲车后面不远处腾起一团团浓雾火云，直冲云霄，然后无数沉闷的连锁小爆炸在轰隆轰隆声中延续。

是阿宽和成子来了！

原来，他们二人提前到达掸东军所在区域，通过远红外线躲开哨兵，深夜数探掸东军总部和基地，并在适合的地点安装了炸药。

乔亚非心中大喜，押着人质，退入装甲车内，对着高音喇叭喊：“通知你们总司令蒋友明，命他半个小时内赶到，否则，你们的总部和基地都将化为乌有！你们的参谋长也将是一具死尸！”

开着装甲车的成子眨巴了下金鱼眼，笑道：“这是其中一个基地，总部目前也该起火了！”

雾亦大惊失色：“你们早有预谋的？”

“放屁，来而不往非礼也，你一见面给老子送这么大的礼，也不看老子是哪条道上混的！”乔亚非御下他身上的武装，捆起来，扔在一边。

阿宽听后，不由乐了：“乔哥，为了你参谋长可是操了不少心，不要让掸东军失望啊！”说完，哒哒哒又一阵猛射。

总部基地四处火起，蒋友明气急败坏，乘军用直升机匆匆赶到现场。

掸东军是刚刚成立十几年的武装组织，总兵力 3 千人。如今他正和相临独立武装组织为地盘和毒品火拼，焦头烂额之际，竟然发生这样的大事，确实令人暴跳如雷。他不清楚在别处乔亚非是否还安插了人。本着宁信其有不信其无的原则，他很明智地命令士兵们收起枪，以友好的姿态后退数十步。然后把自己暴露在枪弹所及的范围内，诚恳地说："乔先生，我是蒋友明，如果你们告诉我炸弹安装在哪里，我保证你们安全出境！"

乔亚非哈哈大笑："蒋司令，如果我告诉你，我们还能活着出去吗？"

蒋友明皱皱眉："乔先生，你们有什么条件？"

"蒋总司令，贵方不守信用，居然以武力威胁我们的人身安全，这件事传出去以后，还有人敢和贵方做生意吗？"

诚然，总公司与经销商搞对立对自己本身就是一大损失！乔亚非成功地把蒋友明的思维引导到此次毒品交易上来。蒋友明严肃地说："这件事我并不知情，但我会给乔先生一个满意的交待，我们的交易还将按原计划进行，怎么样？"

"既然蒋总司令这么说，那我乔亚非就再信你们一次！"

掸东军全靠赌场和毒品赖以生存，失去其中任何一个经济支柱，它都将会支撑不下去。而一旦这次和乔亚非生意谈崩，那以后确实没人敢再和他们做交易。乔亚非恰好就想拿此和蒋友明冒险赌一下。双方已经停止交火，成子看了乔亚非一眼，故意说："都安排好了，只等老大一声令下，他们的总部和基地就会全部灰飞烟灭！"

"猪脑，都给我原地待命！"乔亚非轻踹了他一脚，把雾亦从装甲车里拖出来，双手固定住他的胳膊两端，对准后，只听"咯噔"一声，他的手肘恢复原样。雾亦灰心丧气，被乔亚非一推，才回过神，忐忑不安地向蒋友明走去。乔亚非则悠闲地点了支烟，靠在装甲车链条上，旁若无人地吞云吐雾。

这时，蒋友明的枪缓缓举了起来。

在巨大的经济利益和组织生存面前，作为总指挥官，孰轻孰重，蒋友明心里拿捏得最清。他微笑地望着和他浴血多年的兄弟，目光少有的柔和，仿佛他们早已骨肉相连。雾亦却觉得那含笑的双目所散发的光芒，冻彻心肺。他太低估了乔亚非的能力，太相信浩子的判断，所以，等待他的命运，将是个未知数！蒋友明甚至不给他老部下一丝辩解的机会，黑洞洞的枪口已经瞄准了他。

替罪羊——这三个充满讽刺的大字在脑海中清晰地闪现，紧接着，熟悉地扣动扳机的声音如梦般在耳边响起。雾亦身体一震，捂着胸口缓缓倒在地上，嘴角却始终保持着一个军人面对死亡时应有的无惧与嘲笑。

虽然浩子是这次事件的主谋，而蒋友明，也是其中一个，可是，他不想失去任何一个每年都可能给他带来上亿元人民币的客商。人命，在金钱和权力面前，那又算得了什么！蒋友明胸口略有一丝伤感，转眼即逝，他对手下摆摆手："厚葬！"

浩子脸色发白，直勾勾地瞪着雾亦的尸体被人抬走。

乔亚非冷眼旁观，对刚刚发生的事根本无动于衷。是啊，真正的军人是为荣誉和正义而战，而这些人连狗熊都配不上，他们制毒贩毒、组织色情、开设赌场、杀人越货。他们所赚的每一张钞票，都滴满无数人的斑斑血泪，他们所过的奢华生活，都令无数人失去了宝贵的生命！烟火渐渐烧到烟蒂处，乔亚非把它扔在地上，用皮鞋狠狠碾灭。

蒋友明向他走近几步，双臂以欢迎的姿势张开："乔先生，在我的地盘上，我保证以后绝对不会发生这样的事，对雾亦所为，我只能说抱歉！"

乔亚非主动走到蒋友明面前，回应他的拥抱："蒋司令果然豪杰人物，今天小弟也多有得罪之处，还望蒋司令海涵！"

"哈哈，哪里哪里，不打不相识，我们以后都是好兄弟！"蒋友明拍拍他的肩膀："乔兄弟，走，进去喝一杯！"

"好，请！"乔亚非以客人的礼节落后他半步。

这时，蒋友明突然想起了什么，停下来，回头对乔亚非说："对了，差点忘了你那些兄弟，都让他们下来，我让厨子们立刻去准备好酒好菜！"

乔亚非拒绝："不用管他们，我们乐我们的去！"说完，手用力拍了三下，装甲车重新启动，驶向一峭壁处。两名身穿森林迷彩装的男人从车里跳下来，不知使用了什么工具，迅速地攀上崖顶，眨眼间消失在密林中。蒋友明目瞪口呆："太厉害了，太厉害了！"

浩子目前的脸色目前只能用毫无人色来形容，面对乔亚非这样深不可测的强大对手，他在 S 城的安稳日子还有几天呢？乔亚非不动声色地扫过二人表情，哈哈大笑："我说浩老弟，你发什么呆呢？走啊！今天我们这么幸运能够和蒋总司令痛饮，我们可要不醉不归啊！"

"好！我们要不醉不归！"蒋友明声音沙哑中带着厚重，给人以真诚的感觉。此时，他的眼被金灿灿的太阳照得有些睁不开，微微眯起来，垂下的眼睑遮住了所有的情绪。

席间，乔亚非酒量惊人，饮到酣处，醉眼滞涩，牛皮烘烘："……妈的，别看那些海龟在中国人面前张狂，在国外他妈的还不都装孙子！老子见多了，连黑人也敢欺负咱黄种人，老子就看不惯，路见不平我就打，他们警察算什么，不一样拿老子没办法……”然后，他眼半睁，神秘兮兮地说：“你们知道我救过谁吗？”

“谁？”蒋友明和浩子同时问。

“甘，甘广平的女儿啊，甘广平你们知道不？原来是驻某国大使参赞，如今是中国工商会会长，厉害！”他竖起大拇指：“厉害人物！”

二人附和：“确实是厉害！”

乔亚非更得意忘形：“那天，酒吧里来了几个白种猪，欺负一个小姑娘，老子看不过，以一敌五，打得他们稀巴烂！”

浩子听他老提这一段，故意问：“是不是甘广平的女儿爱上你了？”

“嘿嘿，那当然！”乔亚非一脸向往的神色：“那妞长得还真挺漂亮的！”

“财貌双全还有权，乔哥，这种女人娶回家，那对你帮助可就大了！”浩子适时引导。

乔亚非忙摆摆手：“不行，那女人要不得，太厉害，老子可消受不起！”

蒋友明忍不住大笑：“原来兄弟喜欢温柔型的，老兄我这里可为你备着呢！”说罢，双掌一击，门开处，袅袅进来两名身穿民族服饰的漂亮女子，分别偎坐在浩子和乔亚非身边。接着，他站起来：“我还有一些俗务缠身，二位慢慢喝，想吃什么，玩什么，只管要，不要客气！”他双手一拱，亮出场子让两人尽兴玩。

待蒋友明一走，乔亚非立即露出好色无赖的本质，把那傣族女人搂在怀里，使劲啃了几口。浩子忍不住笑着揶揄：“乔哥，悠着点，小心我们嫂子知道了不让你上床！”

“她也得长那个胆！”乔亚非抱起那名女子，歪歪斜斜地向房间里走，一个不小心，刮在门边上，两人扑通一起摔倒在地，疼得那女人哎呀哎呀直叫唤。

浩子嗤笑一声，把身边的女人打发掉，独自去休息。

乔亚非爬起来，倒在床上，斜眼对地上的女人说：“来，过来宝贝！”

那女人被他一摔一压，正痛得抽凉气，只好撒娇敷衍：“乔哥，你先等会儿啦，我起不来了！”

“赶紧的！”话音刚落，呼噜声已经雷鸣般地响起来。

那女人悄悄移到床边，轻声叫：“乔哥？乔哥？”

乔亚非醉得眼都睁不开了，只嗯了一声，把头扭向另一边，又开始呼呼大睡。女人用毛巾沾水替他擦额头上的汗，他又如猪般舒服地吭吭了几声。女人忍不住偷笑起来：“乔哥，这几天你一直陪我好不好？”

“嗯，不行！”乔亚非梦呓般低语。

“为什么啊？”

“嘿嘿！”乔亚非打个酒嗝，咧着嘴，无意识地翻了个白眼：“不，不回去，等死啊！”

“总司令还要你替他赚钱，怎么会让你死！”女人嘻嘻笑。

“你懂什么，我不准时回去，我手，手下还不把这儿炸平喽，笨！”说完，背过身又要睡去。

女人一惊，拉他：“吹牛，你这次才带多少人过来，听说就两个人么！”

“放屁，明明带了十……”乔亚非突然清醒过来，一巴掌打过去：“少你妈的跟我套话，给老子滚出去！”

那女人冷不防被他大力扫过，从床上扑通栽到地上，顾不上痛，吓得一溜烟地跑出去向蒋友明汇报。就算乔亚非说的是假话，蒋友明也不敢拿掸东军的生存开玩笑，他派人给乔亚非灌了醒酒汤，按原计划签下合同，拿到预付金后，急命人送这位瘟神下山。

残阳如血，巨如车轮般挂在树梢，映红了半边天空，蒋友明目送乔亚非和浩子，直待他们的身影隐入森林，他的脸才渐渐凝重，叹息：“又是一颗冉冉升起的新星啊！”

紧接着，乔亚非和阿宽、成子在瑞丽机场酒店会面。阿宽躺在宽大的床上，笑：“老大，说真的，你还真是傻人有傻福！”

乔亚非眉头一皱，阿宽早见他手动，急忙用棉被当盾牌：“老大，别乱射，这可是旅馆，打坏了东西要赔偿的！”

乔亚非对自己进缅国时的许多细节过程一直想不透，只好虚心求教：“宽儿，说说，怎么回事？”

“如果莫五不说，连我都不明白，你能明白啥！”

乔亚非再也忍不住，一个弹子射过去：“叫你卖弄！”弹子打在棉被上，软绵绵落到床上。

阿宽低头一看，原来是棉团，不由惊讶地问：“老大，什么时候练成了这功夫？”

成子扑地乐了：“越来越能射了！”

两人同时转头，阿宽皱眉笑：“这孩子咋越来越不纯洁了呢！”

成子嘿嘿笑，催促：“快说啊！宽哥，你急不急人哪！”

阿宽这才书归正转，“乔哥你也出过国有过切身体会，如果想摸熟某个地区的风俗人情，至少需要在那里混一年以上的时间，而你头一次和掸东军打交道，如果对他们内部暗语知道得太清楚，是不是你就有问题了?”阿宽黑亮的眼睛望着他们：“所以，要是浩子把缉毒大队的引到莫里去，那这次生意可就真的没戏唱了！也就是说，你以后在这条道上就不能混了!”

的确，浩子和蒋友明做过多年交易，一直稳妥。而如果乔亚非第一次参与，就引来了缉毒大队，那么，蒋友明首先怀疑的出卖者，一定是乔亚非。乔亚非恍然大悟，骂道：“这个死耗子，倒有几个心眼!”

成子一听，又笑起来：“老大，你是不知道啊，那蒋司令真是有意思啊！我和阿宽去探路时，发现他设在森林里的卡哨大多是假人!”

“假人?”乔亚非不解。

“还不都是为你精心准备的!”阿宽更加乐不可支：“蒋友明统共三千兵马，即要维持边界和赌场秩序，还要进行毒品加工，哪有那么多人可用？山上的哨兵都是忽悠人的!”

成子补充：“晚上我和宽哥行动时，坐在山崖上查看基地岗哨情况，你说咱宽哥坐哪儿了?”

乔亚非浓眉一拧：“又卖关子，赶紧说!”

“坐缅兵怀里了，当时把宽哥吓一跳，两把就把那哨兵给拆了，哈哈!”成子笑瘫：“真有他们的，全是草兵!”

红外线只对热源敏感，如果行动时只以它的探测为准，看不到也很正常，但这种情况乔亚非还真是头一次听说，忍不住也笑起来：“我还看见高炮了呢!”

“统统都是假的，蒋友明手下那些兵的吃穿用度、武器装备，哪不需要钱？如今他是勒着裤腰带过日子，狗急跳墙，想从你这里讹点血，谁知他倒霉，遇到了你，只能赔了夫人又折兵!”阿宽打了个哈欠：“不说了，不说了，又困了，再睡会儿!”

乔亚非卸下手机电池，插入家庭通话卡，打开手机。短信的滴滴声立即充斥耳膜，乔亚非翻看后，只觉脑袋里嗡嗡乱响，他噌地坐起来：“阿宽，我得立即回S城!”

“怎么了?”见乔亚非面色惨白，阿宽情知出了大事。

“我爸爸住院了，我得先走了!”说完，人已经移到了门口。

阿宽和成子抓起行李包，趿拉着鞋，飞快地追了出去。

第十章　生命不能承受之重

傍晚，乔知之醒过来，虽然面色灰白，但精神总算不错，兰天依略放了心。这时，小简提着一袋东西进来，仔细瞧了瞧乔知之："哎呀，今天伯父脸色不怎么好，是不是想喝我炖的当归人参汤啦?"

乔知之被她的表情逗笑："嗯，味道一次比一次好，现在挺想的!"

"哈哈，我就知道您想喝啦，所以先知先觉地给您带来啦!"她打开饭煲，盛了一碗汤，细心地吹了吹。

兰天依在乔知之的脖子下垫了块手帕："简简，辛苦了，我来吧!"

"这有什么辛苦的! 不用你，你去休息一会儿!"小简一匙匙小心地喂乔知之。

兰天依一旁看着："就这张嘴还讨点巧!"

"那你是看我不顺眼，打击报复，我优点可多了，伯父您说是不是?"

"哈哈!"乔知之忍不住笑出声来。

两个女孩你一言我一语，正哄得乔知之开心，这时，病房的门猛地被人推开，三人同时看去。

夕阳的余晖跌落在门口，朦胧的金边笼罩着那高大的身躯，他疲惫的脸上挂满紧张恐惧，急步走向床前。

房间内有些暗，兰天依打开灯。乔亚非伏在乔知之床前，一声声轻唤着爸爸。乔知之闭着眼，根本不理他，他只好看向兰天依。兰天依坐在他对面，耷拉着眼皮，嘴角上还挂着一丝漠然的冷笑。他蓦地感觉身体僵硬，胸口窒息，痛得不可名状。灯光下，他垂下眉，遮住眼中不时涌现的碎光："爸爸，对不起!"

病房内仍然悄寂无人回应。

阿宽捧着一篮鲜花，默默望着这一切。小简看到他，惊喜地站起来："你来啦!"

听小简的语气，兰天依立即明白谁来了!

阿宽对乔知之深深鞠了一躬："伯父好!"然后把花放在案几上，站在乔亚非身边。

乔知之对自己家儿子有意见，还不至于拿别人出气，他睁开眼，勉强说：“好，谢谢你！”

阿宽简单询问了下病情，然后说：“伯父，您安心养病，早日恢复健康，今天我就先回去了！”

小简一听，也急忙告辞：“伯父，那我也走了，明天我再来看您！”说完，紧追上阿宽的脚步。

两人一前一后，快步走出医院大门。这时阿宽站住，回头瞟了她一眼。小简也跟着停下，怯怯地问：“你还没吃饭吧？”

“嗯！”他又瞟了她一眼。

“我也没吃呢，我们一起去，行吗？”她小心地建议。

其实在这个世界上，如果有一个人一直在默默注视你，关心你，那你的心永远也不会孤独，永远也不会寒冷，这种感觉，真的很幸福！他胸口热乎乎的：“好！”

小简意外到几乎想流泪，她使劲眨眨眼，望向星光璀璨的夜空：“夜色真美啊！”

阿宽抬起眼，唇角不自觉扬起：“走吧！”

而此时，病房内的气氛却无比紧张，乔知之吩咐兰天依：“辰辰，扶我起来！”看得出，他要对乔亚非动用家法，兰天依扶他坐起来，在他背后放了个软枕，抬脚想要出去。

乔知之叫住她：“辰辰，你留下！”

兰天依略一迟疑，心想，如果和乔知之一起对乔亚非进行改造，可能效果会更好，于是坦然坐到乔亚非对面，观看乔老爷子怎么教训儿子。

“给我跪下！”乔知之面色铁青，咬牙喝道。

乔亚非瞟了兰天依一眼，脸通红，却不敢违抗，双膝缓缓着地。乔知之命令兰天依拿来拐杖，狠狠向乔亚非砸去。乔亚非抱着脑袋伏在地上，一动不敢动。

乔知之红着眼问：“知道哪错了吗？”

“知道！”乔亚非老老实实回答：“下次再也不敢了！”

乔知之这才消了些气：“你向辰辰赔个礼，这些日子，委屈人家孩子了！”

乔亚非偷偷瞄了瞄兰天依，正犹豫着，乔知之又厉声问：“磨蹭什么呢！”

不得已，乔亚非尴尬地对兰天依说：“辰辰，对不起！”

不错，认罪态度良好，到时自己再加把火，就差不多了！兰天依适时替他向乔知之说好话：“伯父，亚非知道错了就行，您就别再生气了！”

乔知之叹口气，眼神又渐渐充满期望：“你年纪也不小了，要对人家女孩负责任，整天这样不规矩，叫我以后怎么能放心?”

“爸爸!”乔亚非信誓旦旦：“我以后一定会对辰辰和自己的行为负责!”

事情总算告一段落，乔知之睡后，兰天依拉乔亚非进会客室，关上门，低声恳切地说：“伯父这次很担心你，不要再让他操心了好不好?”

乔亚非心头一热，轻轻拥住她：“辰辰，谢谢你!”

她的手放在他宽阔的胸膛上，垂眉温顺地说：“你不用谢我，只要你听伯父的话别让他生气就行!”

“呵呵，傻瓜!”幸福如花般在他心田开放：“想我没?”说着，脸便凑过来。

什么时候他还有心想这种事！兰天依不耐烦地推开他，抱怨：“胡子太长了！你几天没洗澡啦?”

乔亚非胸口微哽，转而笑笑：“这些天你挺辛苦，今晚由我来照顾爸爸吧，我先到楼下吃点饭!”说完，便轻轻关门出去。

乔知之自知已到天命之年，第二天，他叫来律师，把众人集到一起，当众宣布了他的决定：公司的股份分三部分，杨虹和乔夕各占5%，兰天依独占20%。另外，除了乔母留下的固定资产，公司以外的所有动产与不动产都归杨虹所有。接着，他又做了一个惊人的决定，他淡淡地对杨虹说：“阿虹啊，这么多年来，你在我这儿没少受委屈，人之将死，其言也善，我今天当大家的面，很诚恳地向你说声对不起!”

杨虹的泪也不由流下来：“知之，你不要这么说，我也有很多不对的地方!”听此，乔知之疲惫的双目总算露出一丝安慰：“我以后能给予你的，除了拖累，再没什么了！你现在可以随时离开!”

杨虹扑到床前，惊恐地大哭：“知之，你为什么要这样说话?”

他叹口气：“我活着的时候把财产给你们分清，你们不满意，都可以恨我骂我，只要你们不打不闹我就安心啦!”

兰天依忍着泪水，强装笑颜：“伯父，怪不得医生老说您思虑过度，这样对健康可不好，您这样让大家多担心啊!”

他慈爱地笑了：“是啊，可我不把这些事交待完，怎么能安心走呢!”

兰天依心头不由一沉!

乔知之坚持回到与前妻居住的地方，伴着前妻的照片，他闭着眼，安详地沉睡。兰天依悄悄走进去。房间的光线有些暗淡，轻尘满室，浅蓝色的窗帘在风中寂寞地飘舞，她定定地站着，胸口如同被细刃划过。乔知之似乎感觉到了，扭头看向她，疑惑地问：“辰辰，你怎么哭了？是不是亚非欺负你了？”

“我哪有哭啊！有您在，谁有那么大胆敢欺负我呢！”兰天依转身迅速抹去眼泪，笑着说：“您该起来活动筋骨了！”

“你去把亚非叫进来！”乔知之说：“我有话要同他讲！”

乔亚非进来跪坐在床边，捧起父亲的手：“爸爸，你安心养病，以后我一定好好经营公司，再不会让您伤心！”

他目光殷殷地看着儿子，无限期待：“亚非，爸爸目前最不放心地就是你！”

“爸爸，我改，我以后都改！”

“那就好！”乔知之松口气，又看向兰天依，脸上挂着欣赏和满足，“亚非啊，辰辰是好姑娘，你要善待她！”他怅惘地望着雪白的天花板：“爸爸这辈子最失败的地方，不希望你也重复！”

乔亚非拉过兰天依的手，瞳仁如漆：“我今生绝不有负于辰辰！”

乔知之笑了：“这是爸爸最后一次信你，不要叫我失望！”

乔亚非使劲点点头，

交待完遗嘱后，乔知之身体越来越差，常常昏睡，兰天依不敢离开半步。这日午后，乔知之刚刚睡去，小简神秘兮兮地拉她到院中小凉亭内：“我终于打听到杨虹和乔知之的故事了！”

人都有好奇心，兰天依也不例外，她其实很想知道理智的乔知之当初为什么会对杨虹产生感情：“快说嘛！”她催促。

“乔知之和杨虹的故事有两个版本，其中之一是乔知之好色，把好好的一个小姑娘给糟蹋了。”说到这儿，小简停了停，先扑哧乐了：“其实，杨虹怎么看也不像好姑娘，这段有待商榷！”

“嗯，先说下文！”

“另一个版本是杨虹觊觎乔知之之财，故意灌多了他，使他酒后失德！总之呢，二十多年前，未婚的大姑娘怀孕，可是惊天动地的大事，杨虹娘家人打上门来，非要乔知之离婚，娶他们家姑娘，弄得满世界都知道杨虹怀孕了！也不知这杨家人安的什么心！”小简感慨。

“快说，废话怎么那么多！”兰天依抱怨。

“乔知之根本不想和妻子离婚，想赔钱了结此事。可乔董的妈妈却没办法忍受老公的花心，坚决彻底要分手！并把公司的继承权法定为乔亚非。后来，她心脏病突发，就这么让杨虹气死了！”

这时，院子的门打开，乔亚非和阿宽大步走进来。小简不由自主地站起来，怔怔地望向阿宽。阿宽的脚步明显停滞了一下，抿了抿唇角，随乔亚非停下。

兰天依正出神，听到有人叫她，茫然地回过头：“啊?”

乔亚非皱眉笑：“想什么呢?”

“哦，回来了!”兰天依所答非所问，搞得乔亚非很郁闷：“爸爸在午睡吗?”

“嗯！是啊!”

总算恢复正常，乔亚非对阿宽说：“你外面等我!”说着，揽着兰天依就进了卧房。

小简招呼阿宽：“过来坐吧，这里凉快!”阿宽低头顺从地坐在对面，一语不发。

她递给他一杯冰茶：“给!”

阿宽拿过水杯，虽然仍不吱声，却很给面子地喝了几口。然后，他又看到一条湿毛巾送到他面前，他不由抬眼，正对上那张略带羞涩的笑脸。

一丝丝紧张在胸口延展，他不由咽了下唾沫。

“你头上都是汗，擦一擦!”她关切地说。

他终于开口：“谢谢!”

乔亚非从卧室出来，看看表，意味深长地对两人笑笑：“阿宽，走了!”

“你们——”小简有几分不舍，又不好意思多问：“这就走啊?”

乔亚非笑了：“出差!”话说完，人已经到了院子中。

“我，走了!”阿宽站起来，走了几步，又回头，深深看了她一眼。就这一眼，足令人惊心动魄！小简的心顿时停跳一拍，脑中的世界亦是一片空白。她直愣愣地望着两人关上大门，从眼前消失，仍如做梦般，半晌没动。突然间，她右手握拳，脸上惊喜交加，爆发出一个得意的动作：“耶!”

乔亚非和阿宽下了飞机，直接赶往接头旅馆。大元单枪匹马而来：“乔哥，周斌传来消息，三日内收网，到时一起行动!”

“嗯，我们统一下部署。”乔亚非点点头，和两人细细商量，把所有可能发生的情况进行预演推理。直到夜色四合，大元才匆匆离去。在这关键时期，乔亚非不得不关闭与家人的联系电话。

第三日深夜，在海边某山崖下，海浪拍打着黑漠漠的礁岸，雷鸣声充斥耳膜。附近的山石如同怪兽，狰狞地望着从树丛中鬼鬼祟祟钻出来的几条黑影。为首的黑衣男人桩子小心地四处聆听一番，然后对着海面发出一枚信号弹。烟花如彩带般从空中飘洒而落，转瞬又一片无边无际的黑暗。大元带着两名手下，站在桩子身后，眯着眼平静地望向远方。

这时，又一枚浅红色信号弹从海中心冉冉升起又渐渐消失。众人皆屏住呼吸，紧紧盯住信号弹发出的方向。半晌，一艘驳壳船出现在视线所及范围内，海风送来三声海鸥的鸣叫。桩子说："来了！"他拿出一支弹子枪，连续发射三次。

驳壳船靠岸，三名黑衣男子拎着几只箱子走下来。

接头的地点被他们一改再改，看来这次应当没问题了。跟在大元后面的年轻男子看到，迫不及待地把手伸向腰间，悄悄按下追踪器。

"我要验货！"大元不容置喙地说。

行业规矩，桩子点头："附近有个山洞，我们去那里！"

众人走了大约五百米，突然，桩子站定，口中发出一怪异的口哨。顿时，他所有手下停下，将大元等三人团团包围，哗啦———同时拉动扳机的声音，黑洞洞的枪口对准他们。大元心下一寒，冷冷地说，"桩子，你他妈的什么意思，想吞货？我看你妈是不想活了！"说完，手落手起，闪电之间，一把枪已经对准桩子："王八蛋，咱们看谁更快！"

桩子见他急了，忙解释："元哥，我这可不是针对你，更不敢跟乔哥做对，不过，我发现了追踪信号，为了保险，我们要查一查！"

目前武警部队还没有赶到形成包围之势，而以他们三个人的力量，不可能全部歼灭这群枪贩。如果有一条漏网之鱼，对乔亚非所领导的组织都将是致命打击！大元只期望那名特警迅速关闭追踪器，因此慢条斯理地说："凭什么认定我们里面有条子，你们那么多人，能保证没问题？"

桩子凌厉的目光迅速扫了下四周，怒吼一声："把手都他妈给我举起来！"然后面对大元，语气急促："时间来不及了，现在必须把隐藏的条子解决，元哥，你盯住我的人，如果有人放下手，立即给我灭了"说完，他径直走向那名特警。大元出了一身的冷汗，脑中回响着桩子的冷笑："王八蛋，我早怀疑是你，果不其然！"

桩子把追踪器一枪打爆，瞥了一眼发怔的大元："他是你刚收的手下吧？"

"妈的，是我大意了！"大元恨恨地说："保罗，给我全搜，有一个算一个，一个也别跑！"

内部出现卧底，是任何涉黑组织都非常恐惧的，它关系着组织存亡与个人生死！因此，在这紧急关头，桩子也习惯地认为先找出条子为上上之举。保罗故意检查得极仔细，以便拖延时间，他相信，阿宽和乔亚非很快要到了，那么大批的武警也会紧随其后。

桩子用枪对准特警，拉拴。大元心头猛地一跳，脱口喊："等等！"

桩子脸色骤变，退离大元二步："元哥，你想干什么？"

"桩子，出卖我的人，怎么能劳你来动手！"说着，大元把黑洞洞的枪口对准特警，咬牙切齿地骂道："妈的，居然骗到老子头上！"

耳边仍是浪涛卷岸的巨响和狂风扫林的轰鸣，大元的神经敏锐到了极致，他几乎听得到在场每一个人的呼吸、甚至感觉到在场每一个人的表情……此时，桩子阴狠的双目正紧紧地盯着他，脸上挂着一丝诡异的笑。他只觉后背有痒痒的水珠划下，仿佛能听到它们渗入衣服里的声音。现在不能让他们有任何怀疑，否则后果难料。大元把枪口微不可觉察的向下一抖，这样，射到特警心脏的子弹就会向下一分，那么，救治及时的话，特警便不会有生命危险。他捕捉着周围每一丝细微的声响，迅速判断着周围的环境，可是，期望的事情还没有发生！他果断的扣动扳机，耳朵脑海填满了子弹冲破空气尖锐地呼叫声，他紧张地盯着那一脸视死如归的战士，心中不停地祈祷：不要动！千万不要动！

特警嘴角含笑，就在大元扣动扳机的刹那，他突然左侧身蓄力，闪电出手，一枚匕首悄无声息地向放松了警惕的桩子射去。接着，他自己身体一震，嘴角流下一缕鲜血，缓缓倒下。

世界顿时远去，一团团喷涌的血花在大元眼前无限扩大……

桩子中了暗器，捂着滴血的伤口，骂了一句："妈的！"

保罗强忍着内心滔天巨澜，面色平静地吩咐桩子的手下："快替桩哥包扎！"

众人紧张有序地为桩子进行了简单处理，正要前行，武警部队突然从天而降。

就是这宝贵的五分钟，换来了最危险的贩枪团伙的全员覆灭。保罗拉着依然沉浸在悲伤情绪中的大元，悄悄逃到林中悬崖处，纵身跳入大海……

周斌很快传来消息，制枪团伙全部落网，这是十年来我国最大的一次制枪贩枪案。众人欢庆之余，却不见大元。是啊，不论出于什么原因，终究是自己亲手杀了自己的战友。大元蜷缩在房间内的角落里，独自狂饮。保罗走过去："元哥，你不要这么折磨自己，这事不怪你！"

"哈哈！可人是我杀的！"大元血红着眼。

乔亚非使劲抽了下鼻子："大元，过去吧！"

过去，怎么能过去？那是一条鲜活的生命，充满激情和正义的生命，就这么断送在自己手中。"它是事实，它已经发生了！"大元把脸埋在双臂间，任无法抑制的悲伤从眼里肆意横流。

这个心结，只能自己去解，众人默然陪在一边，都垂头不语。半晌，乔亚非拍拍他的肩，叹口气："你这么聪明的人怎么现在开始钻死牛犄角了！既然发生了，我们就要接受，把痛苦转化成动力，狠狠打击犯罪，以回报那些为正义的事业而牺牲的战友。”

“这些大道理我都懂，我不想听！”大元起身，“呯”地关上房门，一头栽倒在床上。

乔亚非望着他踉跄的背影，仰起头，眨眨发红的眼，好一会儿，才郁郁地叹口气，自己也找了个角落坐下，换上与家人经常联系的电话卡。接着，又是一连串的滴滴声，听得他心惊肉跳。他翻开短信，蓦地惊住，手机落地而浑然不觉。

阿宽看过来，心头不由一凛，吩咐保罗：“快，快去订机票，回S城的！”

保罗什么也不问，迅速出了门。

乔亚非这才回过神，对阿宽说：“把大元叫来。”转而又道：“不用了，我亲自和他去谈。”

“可是，伯父——”阿宽迟疑。

“我把这边的事安排好后，才可以离开！”乔亚非敲开大元的门：“大元，这边的事还得你去办，浩子对阿宽和成子都有防备，你行事稳妥，向来低调，因此目前你最合适，我等你好消息！”

大元立即坐起来，一扫刚才萎靡之态，红肿着眼：“我明白，我会把任务圆满完成，放心吧！”

“谢谢你！”

“这是我的职责！”大元露出一丝极苦的笑：“你快去吧，不要为人生留有遗憾！”

终究是晚了一步，乔亚非刚刚迈进家门，只听到房间内哭声一片。登时，心落入无底冰洞，寒冷彻骨。五脏六腑好似都被人生生揪去般的痛，每迈动一步，都仿佛重若千斤。

是啊，这就是现实，可他现在不想接受！

兰天依冷冷地望着跪在乔知之床前痛哭失声的男人，恨恨地想起乔知之临终前左右顾望而不敢言，最后无奈凄凉地对她说：“辰辰啊，离开他吧！”那时候，她真恨不能把这个男人拖回来凌迟。可是，真的离得开吗？她清楚他的黑色内幕，他怎么会放自己走！她的内心一片灰暗！多行不义必自毙，总有一天，乔亚非必将接受正义的审判，凭什么自己的人生也要为他买单？可现在她无凭无据，能拿乔亚非怎么办？她已经不想再劝乔亚非悔过自新了，这个世界上，谁又能为谁的人生负责呢？既然不想同他一起把自己的人生毁灭，那就亲手把他送上正义的法庭！

在乔知之去世后乔亚非心里最艰难的时期，兰天依一直陪伴其左右，对他体贴入微，关怀备至，并不时开导宽慰他。乔亚非很快从悲伤自责中解脱出来，全身心地投入到工作，而他的生活，也越来越离不开兰天依的照顾。这时，兰天依向他提出：“亚非，我很长时间没回家了，我想回去一段时间。”

“嗯，是该回去了，明天我送你！”

第二天，他陪兰天依到兰家郑重提婚。兰妈自然百分之二百地赞同，接着，乔亚非返S城，兰天依留在家中着手侦察的准备工作。她每天流连于图书馆和军事网站，翻阅大量有关间谍案的书籍，四处寻找先进的侦察器械。同时，她把自己现有积蓄，全部换成银行卡，下血本孤注一掷也要把乔亚非绳之以法。

第十一章　无间天使

转眼，又是一月有余，晚上，兰天依正在健身房内练得热火朝天，忽听腰间的感应器“嗒”的一响，便知道乔亚非回来了，随即，门被打开时的音乐声响起，她急忙跑到卧房内。

“辰辰？辰辰？”乔亚非焦急的声音传来。

晕，每次进家门，他都要先寻找她！兰天依在楼上喊：“在这儿，我要洗澡啦！”

乔亚非听到那熟悉的声音，心里就莫名踏实。他带着满足的微笑，回到房间简单冲了凉，倒在床上闭目休息。兰天依洗完澡，拎着几个纸袋，推开乔亚非卧室半掩的门，“亚非，你看我给你买什么来了？”她兴奋地说。

乔亚非坐起来，期待地问：“买的什么？”

“呵呵，今天我为你选了几件衣服！你试一试！”

这是兰天依第一次为他买东西，乔亚非激动之情溢于言表：“谢谢你，辰辰！”

“我这不是应该的嘛！”她向他抛了个媚眼：“亚非，来，我替你试穿！”

他乖乖等着，脸上挂着幸福的笑，眼珠随着她而转动。兰天依绕到他后面，意外发现他的背心后面好似有个小洞，开始她还有点不相信，凑近仔细一看，果不其然，背心磨损比较厉害的边沿处有两个不算大的窟窿。她想笑，又怕他听到，于是使劲鼓着腮抿着嘴，以防把声音逸出来。乔亚非似有所觉察，回过身，发现兰天依的怪模样，奇怪地问：“怎么了？”

堂堂鸿升公司董事长，身价数十亿，外面顶级名牌哄人，里面居然穿如此廉价破烂，真是金玉其外，败絮其内，实在令人忍俊不禁！兰天依终于哈哈哈笑出声来。

乔亚非皱眉：“你在笑什么？”

她强忍着冲动：“呵呵，亚非，你的身材可真好！”

身材好就把她激动成这样？乔亚非不太相信，努力回头看自己的后背。兰天依急忙把衣服替他套上，又温柔地为他把纽扣一粒粒系好，然后欣赏一番，故意惊叹："亚非，你好帅啊！"

乔亚非被她夸得害起羞来，红着脸嘿嘿笑。

"以后，你只许穿我买的衣服哦！"

"嗯！"他兴奋地点点头，想了想又道："辰辰，你以股东形式进入公司怎么样？"虽然乔知之留有遗言，要让让兰天依进入公司的管理层，但公司有能力的人也很多，都是凭自己辛苦努力获得的目前职位，不能给人留以任人唯亲的感觉，免得影响企业内部人员的凝聚力。

"亚非，"兰天依娇滴滴地说："我现在还不想工作！"

很出人意料："嗯？为什么？"

"唉，咱家的楼这么大，需要天天打扫，累都累死了，哪有心情工作啊！"

"请个保姆吧？"

她故意嘟起小嘴："我不喜欢咱们家里有外人！"

他歪头笑："我是怕你寂寞！"

"没有啊，我现在发现我非常喜欢米虫生活！"她水汪汪的大眼睛痴情地望着他："亚非，你养我好不好？"

乔亚非被她的媚眼搞得神魂颠倒，连连点头："嗯，好，只要你喜欢就好！"

每日清晨，等乔亚非离开，兰天依就迅速地把他前一天换下的衬衫右袖口上的纽扣卸下来，放入播音器中。这纽扣制作虽然逼真，但电池只能供应四个小时，所以兰天依必须每天设定一次开启的时间点，而且由于距离问题，有些录音并不全，需要细致分析。兰天依此时依稀能确认的乔亚非手下有五人，分别是阿宽、保罗、大元、成子和九阳。阿宽和保罗她认识，成子、大元和九阳她也极可能见过，只是她还不能把名字对号入座。而大毒枭浩子她曾意外与他会过面，印象非常深刻，根据通话记录研究，乔亚非想要夺取 S 城这块毒品大蛋糕，一直谋划吞掉浩子帮。其中唯有一个男子让她搞不清来由，她又把这段偶然得到的却很全面的录音放了一遍。

"乔哥！"一个男人的声音，深沉而清晰。

乔亚非爽朗地笑："阿斌啊，有什么指示？"

"我怎么敢指示乔哥！"那男人低低笑："闲着没事，找你聊天！"

"你闲得住？"乔亚非扑哧乐了。

"有段时间不和你通电话就想得不行！"

"得，这话不要让我们弟媳听到，小心她炒你鱿鱼!"乔亚非大笑。

"呵呵，去你的!"隔了一会儿，那男人又问："事情还顺利吧?"

"还行，先运过来十几斤，都是大元在办!"

"唉!"那男人叹息："大元现在情绪怎么样?"

"还是一直不能原谅自己!"乔亚非声音也随之低沉下去。

沉默片刻，叫阿斌的男人又沉痛地说："将心比心，换成我，误杀了自家兄弟，能好受吗!"

乔亚非劝慰："阿斌，他是明白人，不会因为情绪影响任务!"

"嗯，我是又想给他打电话又害怕听到他的声音，唉，不说了，挂了!"

兰天依由此判断乔知之去世时，乔亚非正在进行帮派火拼。但这阿斌即不像乔亚非的上司也不像下级，而更像朋友、同事，可是，黑帮中有地位平等互相信任的朋友吗?

天越来越热，闷了数日高温，终于，傍晚盼来了一场泼天大雨。兰天依站在阳台上，望着无边黑夜，默默听着雨声。这时，院门被咣当打开，乔亚非冒雨跑进来，他甩甩头上的水珠，对楼上喊："辰辰！辰辰!"

"来啦!"她懒洋洋下来，走着走着，突然定在楼梯口，眼直直地瞪着他的手。为了挡雨，乔亚非的袖子全湿透了。完了，完了，录音纽扣全毁了，那可是她花了好几万元买来的，就这么打了水漂！兰天依无语凝噎，瞪着大眼珠泪汪汪地发愣。

乔亚非低头看了看自己，有些奇怪："辰辰，你怎么了?"

她回过神来，心痛至极："亚非，你为什么要去淋雨啊？如果感冒了怎么办!"

"今天搭车回来的!"乔亚非看她这么关心的样子，挺感动，举起胳膊，露出坚硬的肱二头肌："瞧我身体多棒，从不知道字典里还有生病二字!"

为了追查乔亚非，她可是投资了前半生所有积蓄，如今屋漏偏逢连夜雨，金钱是她一切行动的根本，得想办法解决！她望着他，突然灵光一闪，为什么没想到用他的钱呢？这叫取之于民用之于民！他也该为自己的黑心"事业"贡献一份力量，凭什么让我一个人花钱！她殷勤地替他换下衬衫，策略地问："亚非，我们的房子是不是要装修一下啊?"

当然，两人要结婚了，既然不出去买房，家里的房子就要适当改造一下，可自己没时间，就全权交给她吧！乔亚非递过一张银行卡："你喜欢什么样的就装什么样的!"

她接过卡，点点头，肉麻兮兮地说："亚非你真好!"

第二天，乔亚非又去出差，兰天依亲自替他穿上她准备好的衣物，并在他颊边轻轻一吻：“亚非，早去早回啊！”乔亚非回吻一下，匆匆出门。她这才拿过他换下的衣服，拆下袖扣，放入播放器中。开始录音带上播放的都些工作上的事情，最后，才听乔亚非问：“大元？”

“他们来了，约定在云南省昆明市下辖市玉溪会面！”大元简短地说。

“好，明天我和阿宽就赶过去！”

原来乔亚非是去见接头人！兰天依兴奋地打了个响指，立即打点行装，飞往昆明，并从网上提前预订出他所去的旅店。

深夜，浩子和乔亚非在酒店中与蒋友明派来的人会面。那缅人叫丹罗，长得又黑又壮，目光阴狠狡诈，他告诉二人近期缅国会把那批货运过来，具体时间地点待定，然后打开一个纸包：“这是我们研究出来的新配方，一次即可上隐，可以用酒精灯点燃，还会爆出漂亮的火花，在美丽不断盛开的花朵里，我们不觉中吸入花香，那种感觉，真是飘飘然于云之中啊！”

乔亚非先凑过去，仔细观察，突然感觉眼前似是闪过一丝极其微弱的光线，他疑惑地抬头。丹罗双手支在桌子上，耷拉着眼皮，脸上挂着微笑，不像突然间搞过什么动作的。他又望向浩子，浩子正用手指盖挑起一点粉末，放在鼻子前仔细嗅闻，更不能怀疑。不过，他异样的表情还是引起了二人的注意，浩子问：“乔哥，怎么了？”

乔亚非皱眉：“我们搜一搜，房间内有没有机关！”

“我已经提前让人查看好了，应该没问题！”浩子迟疑了一下：“乔哥，你是不是发现了什么？”

“也可能是我眼花了！”乔亚非抿了抿嘴角。

丹罗已经打开电波追踪器：“我们万事要多加小心，还是听乔哥的查一查！”

众人又地毯式地把房间上上下下搜索一番，确定无事后才放心离去。

其实，兰天依就躲在这个酒店的某个房间内，一听到乔亚非问房间内有没有机关，吓得心惊肉跳，早关掉了遥控摄像器材。以后，她可要小心使用这些仪器，万一被狡猾的乔亚非发现，那自己可就全完了！也由此，她决定暂时不再跟踪，只等待他们同缅国来的大毒枭进行交易时再行动。明天出酒店的门很容易被人发现，不如趁夜深人静时，换个旅店，明早返回 S 城。

她小男孩打扮，白色休闲装，压低帽檐，双手插着口袋，故意斜歪拉垮地含着胸下了电梯，正要拐向服务台退房。这时，酒店大门自动打开，阿宽张扬着大步向她走来。兰天依闪念之间判断阿宽要坐电梯，急忙左转身，从楼梯快步登上二楼，钻进贵宾餐厅。谁知那脚步声一直在她身后响起，吓得她后脊背阵阵冒凉汗。难道被阿宽发现了？不到最后关头，她没有直接面对事实的勇气。她存着一丝侥幸，不敢回头，一直走到角落上的座位再无可去之处，一咬牙坐下，决定勇敢地面对一切。但那脚步声再没追过来，她捂着嘭嘭乱跳的心口，长吁口气。

紧接着，她又听到阿宽恭敬的声音："老板！"

天啊！今天这是要我的命哪！兰天依刚刚平静下来的心又狂跳起来。

"这位小兄弟，你要些什么？"侍者走过来向她递上餐卡，她趁机向声音的来源地望去。距离她将近三米外的餐桌上，围坐着三个人，乔亚非侧对着她，对阿宽嗯了一声，突然有预感地望向这边。幸亏有侍者挡住，兰天依急忙缩回头，夺过点餐卡。

只听阿宽又说："老板，明天的飞机票已经买好！"

"知道了，这点事也要专门跑来汇报，去吧！"乔亚非不耐烦地挥挥手。

"是！"阿宽退出。

兰天依又是一惊，无论如何，她也要先乔亚非赶回S城。等阿宽走后，兰天依远远绕过乔亚非，跑出酒楼，迅速乘出租车，由高速公路直奔昆明。昆明到S城的早班飞机为九点四十分，只期望乔亚非坐下午四点以后的班机。兰天依提前四个小时到达，为防万一，她重新整理了自己的妆容，把浓密的头发紧紧束起，用宽大的长檐帽和墨镜遮盖自己的脸。第一个通过机场安检通道，在候机区最偏僻的角落里，悄悄在唇上粘上一缕黑胡须。等到上机时，她左右观察一番，并没有发现乔亚非等人，想他定是坐了下班飞机，心中不由大喜。她坐到指定座位，拍着胸长吁口气，然而，这口还没舒完的气又被她生生憋回胸腔。此时，乔亚非身穿半袖立领深蓝色波士装，带着阿宽，最后走进机舱，他看看机票上的座位号，直接向兰天依方向而来。

咱们就这么有缘吗！兰天依简直是欲哭无泪，她急忙支起面前的小桌，趴在上面装睡。紧接着，身边的座位一颤，熟悉的气息涌来，用皮肤都能感觉得到。为了逼真些，她甚至学起了打鼾。

很快，午餐时间，空姐温柔地提醒："您好，您的午餐到了！"

她头都不敢抬起来，瓮声拒绝："不吃！"

坐在她身边的乔亚非很奇怪，这人怎么这么能睡！看他裸露出来的皮肤，真不像是一个男子该有的！再细看，这后背怎么这么眼熟呢？盯了片刻，又觉得这男孩比较瘦！想自己可能太思念她了罢，于是见她的心情就有点迫不及待起来！兰天依一动不敢动地熬了两个半小时，飞机终于在S城降落。乔亚非起身，好心提醒："小兄弟，到站了，还睡?"兰天依捏着嗓子嗯了一声，故意背对着他扭头看看窗外，等旁边的座位走空后，她才敢含着胸，迈着太空步，低垂着脑袋混在后面的人流里。

乔亚非与阿宽先出了2号大厅去机场停车场取车，兰天依则跳上早在此等候的出租车。她计算过，如果乔亚非真的与自己同搭一班飞机，那么，在他去停车场取车的这个时间段内，出租车可以提前十几分钟到达乔家。一下车，她就迅速打开门，冲上二楼换衣服。刚换到一半，忽听音乐声响起，这是地下车库被打开时提示房间内主人的音乐。

天啊，这么快！兰天依呆了呆。这时，楼下传来熟悉的声音："辰辰？辰辰?"她清醒过来，如果这时候面色苍白、头发凌乱、带着黑眼圈去见他，他会不会质疑？她急中生智，把门反锁，嗖地窜进浴室，打开莲蓬头。

乔亚非喊了半天，不见兰天依答应，拉她房间的门，门是反锁的。怎么回事？他脑中打了两个问号，第一个反应就是兰天依可能有危险，他迅速找出她房间的备用钥匙，打开门。房间内没有人，床铺上散落着她的衣服，乔亚非心突地一沉，急步走向浴室，边走边恐惧地喊："辰辰？辰辰?"

"我在洗澡！"兰天依感觉他进了自己房间，又气又急，高声回应。刹那，她脑中蓦地闪现出扔在床上的宽沿帽子。由于时间紧急，她只顾藏衣服，竟然忘了它，如果让乔亚非发现，可了不得！一念及此，她迅速扯下浴巾，嗖地冲出来，与正要进浴室检查的乔亚非撞了个满怀。

"怎么才回答我?"乔亚非凉出了一身冷汗，毕竟，他的职业，对他的家人存在一定的危险性。

她勉强笑："我答应啦，是你没听到啊！"

乔亚非放下心来，扫了她一眼，满脸通红："嗯，去洗吧！"

兰天依此时怎么敢撒手，她实在怕乔亚非一转身，会看到那顶醒目的帽子。"亚非，我想你，想你了！"她紧紧抱着他，踮起脚，浅色的唇哆嗦着贴上去。乔亚非顿觉血液上涌，头发晕脑发胀，情不自禁地俯下身热情地回应她，她则焦急地想对策，却不觉浴巾早已滑落。乔亚非吻到动情处，手掌轻轻摩挲怀中柔软的肉体，那是一片冰凉滑腻，激发人情欲，他的小弟弟早为此不争气地立起来。可他强忍着，怕她不愿意，想推开她，她却又缠上来，半闭着迷离的双眸，急切地说："亚非，你去洗澡！"

虽然两人一直住在同一屋檐下朝夕相处，但她从没有过这种想法，就连接吻，也很少主动过，这让乔亚非很意外。

“亚非!”她的声音柔若春风，百折千回，把人心折得也迷失了方向：“亚非，你去洗澡!”

他惊喜交加，心想反正两人也要结婚了，哪还有那么多顾忌，于是肆无忌惮地抚摩亲吻，一秒也不舍得离开。

“快去啊，快去洗啊!”她的声音在他耳边如魔幻般催促。

他拗不过，急切地进了浴室。兰天依这才长吐口气，先把帽子扔进壁橱最深处，然后快速穿好衣服。等乔亚非猴急地挂着个浴巾从浴室里出来时，卧室内早空无一人。所有的激情顿时像泄了气的皮球，他郁闷地回到自己的房间，一次又一次地自问：她爱我吗?

“亚非?”这时，她在外面轻唤：“我给你做了些饭，你吃一点吗?”

这不午不晚的时间，她居然做饭!“不吃!”他冷冷地说。

“亚非，你怎么啦?我刚才觉得你才出差回来，怕你饿了嘛!”她声音听上去有几分委屈。

他觉得自己可能过于小心眼了，于是声音温和下来：“我在飞机上吃过了!”

“哦!”她低低应了声。

他没有给她开门，怕她看到自己的尴尬，想了想，给阿宽挂了个电话：“你是不是看错人了?”

“感觉像又没说是，你还当真啊?”阿宽闷笑两声，

“她为什么要那么做呢?何况，她又没受过专业训练!”对于阿宽判定昨晚兰天依曾经在玉溪出现过的论断，乔亚非现在也有些拿不准了，因为他觉得今天早上坐在自己旁边的小男孩就有点像兰天依。

“她早晨不是在家里吗?”

“没错!”乔亚非想起刚才的一幕，脸有些烧：“但她的行为，细想想还是有点奇怪——”

这两口子的事，玄妙太多，还是少掺和为妙!阿宽打个哈欠躺下：“行了老大，她那点经历都写纸上了，她还能害你?挂了，挂了，我睡觉了!”

多年习惯，阿宽基本上是昼伏夜出，与乔亚非结束通话，他很快就会周公去了。不知多久，忽听电话铃又响起来，他睁开一只眼瞧了瞧屏幕，突然坐起来，表情郑重，声音尽量保持低沉缓慢：“嗯，是我!”

小简小心地问：“晚上你有时间吗?”

阿宽想了想：“嗯!”

“太好了，今天我做豆豉小排骨，你来吗?”小简知道阿宽喜欢肉类食品，故意以此为诱饵。

阿宽非常愿意上当，却迟疑了一下才答应："嗯！"

小简激动地说："嘿嘿，那我就回家去准备喽，你早点来啊！"

阿宽一听，看看时间，才下午五点，不由皱眉："你不去上班？"

"我刚谈成一笔生意！"小简挺无辜。

"去上班！"阿宽不容置疑。

"哦，知道了！"小简撇撇嘴，又不甘心："我们做销售的，不是你想象的天天呆在公司里。"

阿宽保持沉默，小简急忙说："我这就去啊！"

小简到公司确实没什么事可做，她所要做的是确立销售网，如果天天坐在公司里，谁会送业务上门？她完善了一下销售计划后，看时间不早，到菜市场买了菜，急忙返回家。电梯打开，安全通道处站着名强壮的黑衣男子，此时他低着头，听到电梯到达的响声，才扭头望过去。

小简惊喜交加："你早来啦？"

"嗯！"他还是不多话，把没表情的脸转向房间的门口。

怎么每次总这副耍酷的表情呢？小简偷偷瞧了他几次，他渐渐不自在，低下头。不过，小简还是发现他微微勾起的嘴角，自己的心情也随之兴奋起来。她换上漂亮的家居服，在厨房内兴高采烈地忙碌。阿宽则靠在沙发上闭目养神，不知不觉又睡了过去。小简煲上汤，蹑手蹑脚走到客厅，蹲在他身边，静静看着夕阳的斜晖里那正沉睡中的刚毅的脸，心中不时泛起幸福的水花。这时，他沾满了云霞色彩的眼睫轻轻颤了颤，随之，那张一直平淡的脸突然间变得和夕阳一样红，呼吸也渐渐急促起来，为了掩饰内心的波澜，他咳了一声。

小简急忙后退一步："你醒啦？"

他坐起来："嗯！"

"是不是工作很累？"她关切地问。

"不！"他摇摇头："习惯了，没事时睡觉！"

这是保镖的工作性质决定的！小简很理解："你要注意身体啊！"

"嗯！"阿宽抬眼，眼中闪过一丝晶亮的碎光，突然问："你，不讨厌我的职业？"

小简很惊讶："为什么你要这么说？"

阿宽不答，又垂眉默默发呆。

"人的职业和人有什么关系吗？"小简作为多年的销售人士，对人的心思琢磨得很透，因此问起话来也相当有水平。

他斟酌了一下："嗯，我的职业可能会使我有一定的危险性！"

小简想了想："人的一生会有很多境遇，不是我们任何人能左右的，只活好自己就够了！”

他赞许地点头：“还有——”他想了想，却不知该不该讲。

小简明了地笑了：“你喜欢做什么我都不会过问，我相信你！”

淡红的光线中，那双幽亮的眸子仿若深海珍珠，纯洁璀璨。他静静地注视着她，看着那红润丰满的香唇又轻轻开启：“因为我相信，你是英雄，我心目中的英雄！”声音悠然、甜蜜，缓缓渗入他的心灵深处，他对着那一片炫目的海水蓝，轻轻地微笑了……

兰天依虽然拍到乔亚非在旅店的贩毒照片，但是，由于拍摄角度问题，录像中只出现浩子闻白粉的片段，她还需要更充足的证据。日子总是像从指尖流过的细纱，在忙碌中不经意间悄然滑落。她放弃了其他行动，专心等待乔亚非交易的日子。

这一晃又是半月有余，眼看着天空越来越高蓝，山中的枫叶也渐渐泛红，她不由落寞地叹口气。突然，门铃响起，她郁郁地下楼，打开门。小简拎着大袋的食品前来报到。她的到来，打乱了兰天依今天的外出计划，因而兰天依堵在门口，鄙夷地说：“真从良了？”

“我说兰天依，我是看你寂寞来陪你，别拿好心当驴肝肺！”小简挤进门来，顾自走向厨房。

兰天依尾随追过去，摸了摸她的额头：“没发烧啊！”

“我和阿宽的感情没掺进任何杂质！”小简打开她的手：“兰天依，你怎么这么虚伪，也就是乔亚非糊涂，谁看不出你不喜欢他！人哪，爱就是爱不爱就是不爱！”小简双手在胸前交叉，撇着嘴：“对了兰天依，我想问你，为什么和乔亚非在一起？”

“你真是有病！”兰天依白了她一眼：“不喜欢我会甘心在家当小女人？”然后弯腰查看她买来的菜，转移话题：“都是我爱吃的好东西，简简你真好！”

“假，真假！”小简扑哧笑了：“今天你找乔亚非回来吃饭吧，我给你们做好吃的！”

为了得到阿宽的心，小简简直无所不用，连阿宽的老板也不忘记贿赂，兰天依可不想白帮她的忙：“哎呀，我天天呆的人都糠了，先去健身房锻炼一会儿，你先忙！”说完，施施然上楼，留下小简横着眉对她的背影挥拳头。

果不其然，阿宽和乔亚非同时来就餐，小简难掩兴奋，她看到阿宽头上有汗，细心地拿来纸巾替他擦去。有比较才有体会，乔亚非把这温馨一幕看在眼里，心里又有点不是滋味。这么长时间以来，兰天依都是有求于自己时才献殷勤，而且热情会偶然间突发，然后又莫名其妙地迅速冷却，难道？他抬起眼，望向她。兰天依似有感应，对他温柔一笑，他的胸口又变得暖呼呼的，立即忘了刚才的不快。

吃过饭，阿宽把小简一直送到家门口就要离开，小简有些期待地说："阿宽，上来坐一会儿吗？"

望着橘色灯光下璀璨的双眸，阿宽迟疑了一下，轻轻走过去，吻了一下她的额头："我还有事！"

这样的表示已经足够了，小简心口立即不争气地跳起来，体贴地说："你要注意身体啊？"

"嗯！"他笑着："上去吧！"

小简恋恋不舍，却也有许多无奈，进了房间，一时辗转难眠，正愁绪无边时，忽而听到门铃响，她疑惑地坐起来，大声问："谁呀？"

"是我！"很熟悉的声音，小简大喜过望："我就来啊！"她急急跑到洗手间理了理头发，又在脸上拍了些粉，才兴奋地打开门。

门口站着三个黑衣陌生男子，其中一人拿着一支手枪，还不待小简从兴奋到惊惧中反应过来，子弹已经射出，小简只轻哼了一声，便软软倒在地上……

兰天依是通过乔亚非的录音纽扣得知小简失踪的消息的，又不敢明问乔亚非，故意当着乔亚非的面给小简打过几次电话后，才疑惑地说："这小简怎么不接电话了呢？"

乔亚非不想让她担心："可能忙吧！"

"忙和接我电话有关系吗？"兰天依惊讶地问。

"我怎么知道，别问了！"乔亚非烦恼地皱眉，不久，他接了个电话，匆匆离去。

阿宽正在四合院内等他，神情忧虑："大良私下告诉我，这事是浩子干的！"

"嗯！她没危险吧？"这是乔亚首先关心的问题。

"暂时没有！"

"嗯！"乔亚非沉默片刻，碾灭烟头："浩子内部要起纷争，大良是想和你讨个人情？还是想自己做大？"

"不论他要做什么，我都可以顺水推舟！"

"可是，小简怎么办？卷进来？"

"已经卷进来了"阿宽无奈地笑："她很聪明，会配合我的！"

乔亚非怔了怔："什么意思？"

"我明白就好了！"阿宽躺下："我要睡了，明天和浩子会面。"

"你要小心！"乔亚非用力拍拍他的肩。

当阿宽为女友失踪之事找到浩子时，浩子很惊讶："居然有这样的事，这是谁干的？给我去查！"

很快，有人返回悄悄在浩子耳边汇报。浩子听后，暴跳如雷："妈的，赶紧把呆子找来，他妈的个王八蛋，不想活了！"

手下人听令而去，浩子安慰阿宽："阿宽，我向你保证，有我在，你女朋友绝对不会少一根毫毛。"

"谢谢浩哥如此仗义！"阿宽接过浩子递过来的烟，轻轻一笑。

这时，呆子跌跌撞撞地推门进来："浩哥！"

浩子脸色铁青，上去就是一脚，呆子被踢飞，撞在墙边名贵的景泰蓝瓷瓶上。二毛急忙为他求情："浩哥，呆子这事是干得鲁莽，可他也没敢动黄姑娘一根毫毛，您就念在他追随您多年，对您忠心耿耿的分上，饶他一次吧？"

"他动的可是阿宽兄弟的心尖宝贝！"浩子眉一拧，推开二毛。

是需要自己表态的时候了！阿宽掐灭烟："浩哥，既然我女朋友安然无恙，就别伤了兄弟和气！"

呆子摇摇晃晃地站起来，抹了抹嘴角的血迹，瓷着眼："浩哥，他们乔，乔帮欺人太甚，居然抢我们的生意，我，我就是看不惯！"

浩子轮起烟灰缸向他砸去，呆子一闪，没砸中。紧接着，房间内浩子几个手下齐声喊："大哥，他们乔帮太过分了，你不能再这样隐忍了，大哥只要你说句话，我们的命都是大哥的！"

浩子红着眼："你们反了！都给老子反啦？"

"大哥——"众人齐呼。

法不责众，浩子为难了。他算盘打得精，阿宽是乔亚非的左膀右臂，如果牵制了他，再想办法把成子降伏，乔帮就不足为惧了。阿宽自然明白他所想，双臂交叉于胸前，扫过那一张张凶神恶煞的脸，淡淡地问："你们什么条件？"

二毛充好人："大家都坐，有事好商量！"

呆子被人搀起来，眼角一片淤青，坐在阿宽对面："他妈乔三也太目中无人了，连我在S城以外经营的生意也要抢，我手下弟兄都跑来向我诉苦，如果我不这么干，以后我还有什么脸在他们面前混！"

"妈的，啰嗦什么，给老子说重点！"阿宽一拍桌子，大吼一声。

众人被他气势所慑，俱都一怔。

呆子愣了半晌，才嗫嚅出声："宽哥，我，我——"

真是个废物！浩子气得脸色铁青，上去又踹了他一脚："妈的你个猪头！"

“浩哥，我说，我说！”呆子不打自招。

阿宽忍着笑，眼神却越发暴戾地盯着他，他在一片寒光中哆嗦着：“宽哥，只要你自动脱离乔三，我就放你老婆一条生路！”

“哼，你敢威胁老子？”阿宽迅速扫了一圈周围的恶狼，居然笑了：“如果条件可观，两全其美的事，我也可以考虑！”

“只要宽哥你退出乔帮，美人金钱随你要！”呆子没有浩子口谕，不敢擅自做主讲价钱。

阿宽看向浩子，浩子一看有门，立即说：“阿宽，乔三的二倍，怎么样？”

阿宽哼哼一笑：“三倍，老子想养家了！”

浩子想了想：“一言为定，不过——”

“先让我见见我女人！”阿宽不容置疑：“明天我会给你一个满意的交待！”

“好！痛快！”浩子拍拍手。

二毛会意：“咱这里人多，别吓着小姑娘，宽哥随我来！”

浩子别墅的西北角，是一个独立的宅院，两层别致的小楼。阿宽走进一楼客厅，客厅内的四名黑衣人同时向他一鞠躬：“宽哥！”然后鱼贯而出。

他目光幽深，看向坐在沙发上的小简。小简脸上的惊惧之色渐渐消失，她微启失血的嘴唇，细声说：“阿宽！”他走到她面前，冷不防抱起她，小简身体一抖，片刻又恢复平静，颊边出现一丝红晕。他把她放在卧房，手掌轻轻托起她的下巴，静静地望着她的眼睛。浓重的男人气息混着淡淡的烟草味，她的心跳不由加剧，面红耳赤，只听阿宽低沉的声音传入耳中：“你都看到了？”

小简犹豫了一下，点点头。

“你愿意吗？”

小简想了想，看向他，目光纯净坚定：“你是好人！”

幽黑的眸光中，仿佛有光芒溅出，灿烂夺目。阿宽胸口渐渐发紧，堵在喉头：“我会娶你！”说完，他轻轻放倒她，压了上去……

很快，阿宽因为女人背叛了乔亚非，乔亚非震怒，点名要浩子把阿宽交出来。阿宽内心有愧，故意躲起来，这也正是浩子所希望的。他不希望自己手下有人强过自己。但滥杀无辜，又会引起警方注意，离散人心！唯一的办法就是把这些大爷们养起来，不给你人，你光棍一条，有劲没处使，如果你胆敢拉帮结派，那老子可不用客气，名正言顺地和谐之！浩子得意地劝乔亚非：“阿宽是情种，你也不要全怪他，这样吧乔哥，我以后绝不染指乔哥现在的销售网，你放他一条生路怎么样?”

如今乔亚非没了阿宽，确实有点力不从心，估量实力后，答应了浩子的条件。浩子送走他，随之把两人的谈话录音放给阿宽。阿宽听罢，一拳狠狠地砸在案几上。浩子要的就是这结果，收了阿宽的心，又在同道中留下侠义的名声，一举双得。

“阿宽，你放心，有我在，就有你们的乐子!”他得意地笑着。

阿宽点点头：“以后我就靠浩哥吃饭了!”

第十二章　警匪『勾结』

兰天依从录音纽扣中，探知乔亚非这次毒品交易的日子已经临近，虽然地点和时间还不具体，但有乔亚非这个自动报时器就足够了。其实，真正的具体地点和时间，就连当事人乔亚非自己也不清楚，当初为了保证货物正常运到，他把所有运输中所存在的“沉船”风险全压在缅方手中，而负责这次毒品运送的，非人脉复杂的莫五莫属。此时，毒品已经通过一千多公里的边防线，藏在破烂、木材等许多意想不到的东西中，源源不断地运往中国。虽然途中遭遇了两次“沉船”，但却由此麻痹了边防武警。

乔亚非出差所换洗的衣物兰天依早就准备妥当，等他一出发，兰天依也迅速出了门，直奔贵省。乔亚非和成子直接下榻边界旅馆，大元和保罗潜伏于周围。接着，兰天依也千里追踪而至。有鉴于上次乱开追踪器，在玉溪旅馆差点被乔亚非发现，她窃取了乔亚非的另一只手机号码。因为他的手机使用的是卫星定位系统，只要安装了接收器，就很容易查到他的落脚点。她就在乔亚非房间的正下面高价租了住处，化装成落拓的中年男艺术家形象，长发染成干巴巴的花白色，还粘上假胡须，长度刚好可以挡住自己的脖子。她买了大批食品，几乎足不出户，一直躲在房间内鼓捣。在这种偏僻乡镇旅店，管理比较混乱，没有身份证一样也可以入住，所以只要不嫖不赌没被通缉，没有人会关注你在干什么！兰天依都是抓乔亚非外出的时段进行活动。她悄悄在房顶挂电灯处，用细钻打了个头发丝大的孔。因为旅馆内都铺有地毯，兰天依根据打下来的细屑，把伪装后的针孔大的摄像机伸进去，随后，她又把微波传感器植入顶灯中。忙完这一切，她累得满头大汗，正倒在床上休息，忽听有人当当敲门。

“谁呀?”兰天依声音粗哑地问。没办法，为了达到真男人的效果，她不得不吃下这种改变声线的药丸。

旅馆老板娘嗲声道：“贾先生在啊，我找您有点私事!”

兰天依急忙戴上胡子，在镜子面前反复观察了一番，确定没有纰漏，才戴上墨镜，把门半开：“什么事?”

“这位先生要找您!”这时，老板娘身后，一名身穿黑色西装的高大男子出现在眼前，对她弯腰笑了笑。

只觉一根细线从脑后刷地穿过，脊背顿时冰凉一片，兰天依惊惧地望着眼前的男人。这个男人她见过两次，是乔亚非一名手下，如今他找上来，难道被他们发现了吗?

大元有些奇怪地打量兰天依，然后凤眼一眯，温和地问：“能不能和我换下房间?价钱好商量!”

原来自己并没有暴露!虚惊一场!兰天依暗松口气，转眼变了脸，恶声恶气地说：“给老子十万元跟你换!”说完，“呯”地关上房门。

“你看，这，这人!”老板娘吃了个闭门羹，又气又恼，回头对大元说：“这人住好些天了，神经兮兮的，你看那穿着，不伦不类，难道搞艺术都他这副德性?”说完，趿拉着拖鞋走了。

大元在门口站了半晌，疑惑重重，先找乔亚非商量：“你楼下那艺术家咋那邪乎?”

“怎么了，他有什么问题?”乔亚非顺手递给他一支烟。

“不男不女的，开始见我挺吃惊，后来又凶巴巴的，感觉像刚出道的嫩猫!”大元把烟拿在手中，拧着眉头又细想了想：“感觉真挺面熟的，让我想想，在哪儿见过呢!”

大家都挺紧张，望着他等待结果。半晌，大元摇摇头，笑了：“不可能，不可能，是我想错了!”

乔亚非追问：“你第一感觉认为他是谁?”

大元瞧瞧他，扑哧乐了：“你未来的老婆，你信吗?”

乔亚非愣了愣，转头问成子：“有可能吗?”

成子哈哈大笑：“你问保罗，保罗见过她!”

乔亚非看向保罗，保罗“嘁”了一声：“她跑这儿来干什么?她有这个本事吗?”

众人对眼互望，乔亚非哂笑：“我也不觉得她有这个本事!”

大元红了脸：“你们都望着我干嘛，我当初说是想错了，是你们非要认真的!”

“老大，给嫂夫人打个电话，不就水落石出了嘛!”保罗挤挤眼。

乔亚非想了想，真的换上卡，不顾大元拦阻，拨通兰天依的号码。果然半天没人接，众人都换成一副神秘莫测的面孔。乔亚非不甘心，又拨。楼下的兰天依一看来电显示，不由心惊肉跳，好在她早有准备，翻箱倒柜找出录音机，这才敢接电话。

“辰辰?怎么这么慢，干什么呢?”乔亚非恼怒的声音传来。

只听录音机里说：“亚非，我在做SPA，不能接电话，挂了挂了!”兰天依适时关了手机。大家听此，心知是误会，嬉笑着顾左右而言他。

好几天没见，她又这个冷漠态度！乔亚非心中不是滋味，想了想，自嘲：“不是我说大话，她还真是有这个心没这个本事！”

众人人都低下头！

大元呵呵笑：“老大，什么时候这么小心眼了，老爷子可是嫂夫人尽心尽力伺候走的，她这么做又是为什么呢？”

乔亚非一想也是，摆摆手：“大元，你在艺术家旁边租房子吧，顺便看看他有什么来头！”

兰天依此时生怕大元用强逼迫自己退房，到时不走都不行。她把所有器械都收拾到皮箱中，紧张地过了一夜，见没人来打扰，这才放心，锁好门，重新铺开侦察器械，继续监听。

很快浩子来拜访乔亚非，两人拥抱寒暄后，浩子在乔亚非耳边亲热地说着什么，然后分坐在沙发两侧交谈，但却一点也没涉及毒品交易问题。可是，兰天依却坚定地认为，真正的交易日要开始了！她从附近的县城租了辆越野车四处溜达，以熟悉这里的环境。在越野车上她也安装了反跟踪系统，接着，她发现，自己也被跟踪了。她担心有人会搜查她的房间，于是急忙返回，把侦察器械全部装入车内，做出要寻山玩水搞创意的样子，跑到山里露宿荒野。

终于得到消息，今晚进行毒品交易。兰天依兴奋难掩，吃饱喝足大睡一觉。等到天完全黑下来，她把各种监听器械和防身武器细细检查后，换上森林迷彩装，将所有需要的器材全部武装到身上，抹花了脸，才潜入黑漠漠的山林中。

夜凉微寒，廖星点点，山风从耳边呼啸而过，夹杂着鹰枭桀桀的低鸣，牵神动魄。兰天依的头脑这时格外敏锐，她戴着远红外线眼镜，边走边机敏地向四处侦察。到达预定会面地点后，她停下来休息，并打开定位仪，确定位置后，立即关掉。正行走在山林中的乔亚非，突然感到腰部微微振了一下，他吃惊地摸上去，然后皱了下眉。

大元警觉地低声问：“怎么了？”

乔亚非掏出信号追踪仪，在打开的瞬间，兰天依已经关了定位仪。他仔细检查后没发现什么，说：“没事，走吧！”

等待十五分钟后，兰天依又打开乔亚非鞋上的跟踪器，发觉他离自己越来越远，潜意识里认为这是毒贩在搞狡兔三窟，因此仍然按兵不动。

乔亚非等人悄悄穿过一片丛林，下了山谷，走了约一里之地，就是一座小山，山不是很高，四周乱石堆砌，是个既隐蔽又容易分散的好地方。他有些忧虑，目前还不知道浩子带多少人，在哪个方向，再加上这种地形，要保证全歼确实很有难度。他看向大元，大元对他笑笑，伸出右手，只把小指竖起来，乔亚非便明白，这是“撑口袋”。“撑口袋”在古代战场很常见，对被围歼的敌人留出一个可逃生的缺口，以涣散其军心，然后在兵力充足的情况下，另设埋伏，把失去了斗志的敌人引入口袋，一举歼灭，这样可以有效地减少伤亡。

这时，莫五又发来信息，在XX纬度XX经度会面。

乔亚非一咧嘴："妈的，搞得还挺复杂！"

在一处茂密的丛林中，莫五终于等到先后而来的乔亚非和浩子："二位，丹罗先生已经等候多时了！"

乔亚非望了望无一丝星光的幽暗长空，然后说："你带路！"

山路越来越陡峭，众人走了约半个小时，突然又出现一片平地。根据山体走向，越是纵深处越崎岖，但此地却相反，这让乔亚非很疑惑莫五是不是带他们在山里兜圈子！在一处非常隐蔽的山洞前，莫五停下："到了，丹罗先生就在这里！"

浩子带了十五人，这还没有算隐藏在周围的。他看了看乔亚非仅有的三个手下，眼中闪过一丝志在必得的得意。他命五人守在洞口，然后对着乔亚非龇牙一乐，乔亚非意味深长地回之以一笑，把大元留下，只带成子和保罗入内。洞内四角放了几支冷光棒，被浓浓的黑雾包裹，仿若幽灵的鬼眼，阴森恐怖。丹罗迅速判断了两方势力，已知在此必将会有一场恶战！说实话，他佩服乔亚非这种临危不惧、有勇有谋的孤胆英雄，而浩子拉这么大家当来，明显自信不足。不过，这场火拼与自己无关，只要拿到钱就算完成了任务！想毕，他和颜笑道："货已齐全！"

乔亚非点点头，对保罗一扬下巴，保罗会意，拿出移动刷卡机，把全国通用的工行卡递给丹罗："您刷一下！"

丹罗接过银行卡，却把保罗的刷卡机推出去："我用我的！"

此时成子已经迅速地验完货，对乔亚非点点头，用眼神示意大家做好战斗准备。丹罗确认卡内钱数无误，就要带莫五先离开。突然，浩子身边的二毛惨叫一声，额头上中了一铁弹，扑通倒在地上，手枪也随之甩落。

"妈的，暗算老子！"紧接着，乔亚非手中铁弹又发，又有一人中弹栽倒，成子与保罗见状，也跟着同时出手。

莫五忙向丹罗眨眨眼，虽然丹罗很想亲眼观看这场难得一见的龙虎斗，但此地多留一分钟就会多一份危险。两人相互点头会意，一起向洞外溜去。

你死我活之际，浩子眼都红了，他大吼："谁杀了乔三，乔三的货就是他的！"

总有些要钱不要命的主，他们一听浩子的话，立即气势汹汹围住乔亚非。浩子也从腰间抽出钢刀，瞅准机会，狠狠向乔亚非劈去。乔亚非听到脑后生风，迅速矮身，同时身体后仰，踢飞前面的敌人，落地时左侧滚，险险避过浩子的偷袭。

浩子不由大叫："好功夫！"还没喊完，刀又抡了过来。乔亚非借滚动之时，膝盖用力，人瞬间站起来，错腰后挪，弹子闪电而出。这动作，完美流畅，只听又一声惨叫，浩子带进的十五人已经躺下四个，他一个呼哨，洞外又涌入几条黑影。大元在洞外以一敌五苦战，突然发现莫五与丹罗匆匆而去，心中大急，下手愈狠，他飞腿横扫，双刃齐发，干掉拦路的一名歹徒，紧紧随莫五所去的方向追去。其他人只以为大元逃走了，也不追赶，一齐转头，进洞杀向乔亚非……

兰天依就在乔亚非入洞时忽然失去了他的信息，所有卫星定位系统全部失灵。这是怎么回事？她在最后一次确定的位置处，趴在一块树丛遮掩的大石头下苦想。突然感觉身边有人极轻地说："大姐，你来得倒快！"

靠，忘了警戒后面！兰天依脑袋登时炸开，即不敢答应也不敢回头，努力把眼斜过去。

一个身着黑色劲装的男人正悄悄在她身边趴下，小心地向前方观望。

原来，他认错人了！兰天依摸摸后脑，发觉盘在脑后的头发不知什么时候被林中的枝丫挑开，马尾巴似的散在肩上。怪不得叫她大姐，难道这群毒贩中还有女人不成？不过，这真是个好机会！她心中暗喜，又看向那男人，那男人也戴着一副眼镜，并没注意她，而是屏息侦察。她四周观察一番，确定没有其他情况，嘴角不由浮出一丝冷笑，轻轻甩动了一下袖子。

那男人只觉脖颈上一凉，紧接着全身迅速发麻，他惊愕地看向她。兰天依咬牙切齿骂道："你个大毒贩，就等警察来吧！"说完，举起手中的石头，狠狠向他脑袋上砸去！

那男人一听此话，向后一倒，正巧躲过石头，但麻药已经发挥作用，他只能闭上眼，尽量减少活动。

"靠，原来是菜鸟！"兰天依没想到弄晕个人这么容易，不由小声嘟囔出来。

那男人气得翻了个白眼，又想笑，还未待笑出来，人就真迷糊过去了。兰天依正要把他捆起来，转念一想，任务还没完成，自己就带了一条绳子，不准什么时候用呢！干脆直接用这男人的衣服当绳子吧！

她费力地剥下男人的衣裤，忽听镗啷一声脆响，她低头细看，原来是一副手铐。哈哈！真乃天助我也！她从他后背铐上他的手腕，把他腰中的枪别到自己腰上，这才打开卫星定位系统。三秒后，屏幕上显示出乔亚非的正确方位，兰天依惊喜交加，立即拨打了报警电话，然后快速地接近目的地。在距离乔亚非最近的路段，有一个斜坡，兰天依对这里不熟悉，加上夜黑风高，一不小心踩在一块突兀的石头上，她收不住脚，骨碌碌就从山坡上滚下。她心一横，两眼一闭，抱住脑袋，尽量把身体缩成团，其他就听天由命了。突然，下面有人哎呀哎哟两声惨叫，她扑到一个柔软的物体之上。终于有了落地时踏实的感觉，她早忘了疼痛，先后怕地抹了抹汗。

这时，压在最上的人动了动。兰天依回过神来，心道，来这里的都是坏蛋，一个也不能放过。想到此，她拿出麻醉枪，对准他就是一枪。然后小心地爬下来，仔细一瞧，下面还有个人，那就再来一枪。

大元后面悄悄追踪莫五和丹罗而至，却发现他俩已如死猪一般，轻而易举地被一个女人捆了起来。这是怎么回事？他如豹子般毫无声息地接近那女人。兰天依这时正好转过脸，轻轻骂了一句："跟猪一样沉！"

大元登时惊住。

兰天依忙完这一切，才感觉疼痛排山倒海般而来，她倒吸着凉气，勉强坐下来，打开追踪器，边休息边追踪乔亚非所在的位置。

果然是她！大元了然一笑，打开自己的手机，然后迅速地跑向山洞支援乔亚非等人。

兰天依突然又发现信号，挺高兴，随后又找到摔到一边的远红外线眼镜，四周看了看，不由叹道："天，没一个放哨的，是不是太顺畅了？"

山坡上被兰天依撂倒的人很快醒过来，他努力弯曲胳膊，摸索到腰带，取下手铐的钥匙，打开锁，迅速穿好衣服，低声嘀咕了一句："说我菜鸟，你才菜花呢！"这时，他发觉自己的手枪不见了。得，袭警又抢枪，罪加一等，到时可要好好吓唬她一下！他来到兰天依滚下山坡的地方，想了想，弯腰从裤腿里抽出一条极细的绳索，系在一颗老松树上，从山崖上荡下，正巧落到莫五和丹罗的登崖处，然后看到两个被捆在一起的大男人。

"靠，这小妞本事不小，见一个撂一个！"他咧开嘴不出声地笑起来，判断这女人不会太远，并相信她也是针对此次毒品交易而来，因而立即对她展开追踪。

此时，兰天依右手正举着从"毒贩"手中顺来的枪，悄悄接近山坡处的洞口。现在，她需要冒险一搏，她不敢确定警方能否抓得到乔亚非，所以，她一定要亲自把罪证搞到手。山风不时吹来，她歪头细听，可辩听出不远处的打杀声。难道是毒贩在内讧？听起来肯定错不了！机不可失，失不再来，兰天依兴奋至极，忘记了所有的恐惧与不安，迅速接近洞口，而她胸口上挂的远红外摄像机，把前面的一切，都已自动摄入。不过，毒品还没有被拍下来，她必须进入洞内。兰天依想罢，胆气横生，向左侧洞口欺去，然后用枪对准挡在洞口处的黑衣人。那黑衣人发现兰天依的动作，执刀向她劈来。兰天依惊而不乱，迅速左侧闪，立即扣动扳机。兰天依长这么大，死人都没见过，自然不会对活人痛下杀手，于是对准他的腿射去。只可惜，她没下保险就直接扣了扳机，枪没响。那人一见，原来是个笨蛋，立即扑上来，一脚把她踢翻在地，枪也甩了出去。跟踪而至的特警和大元同时上前救助，把那歹徒击翻在地。兰天依顾不得痛，趁机窜进洞内，在一些被打散出包装的毒品前跑了一圈，又急急向洞外跑。凡是拦住她路的人，她一律用麻醉枪狂射。

终于得手，她兴奋难抑，利用在特警和大元为她打通的通道，逃出山洞，向树丛里奔去……

浩子人多势重，性命攸关之际，乔亚非放弃争斗，对手下的三个弟兄吼道："东西不要了，扯风！"浩子此时又犯了一个致命错误，他即想独吞货物，又想杀死乔亚非。目前，乔亚非及其手下已经精疲力竭，面对鱼和熊掌兼得的局面，他又怎么能舍得放弃！他把兵力一分为二，一部分追击乔帮，一部分搬运货物。正在这时，武警突然从天而降，迅速包围山洞，等浩子发现，为时已晚。而乔亚非等四人，却抓住了最关键的时机撤走，眨眼间消失在密林中。

浩子命手下与武警对阵，自己带大良向后山逃窜，跑着跑着，忽觉脑袋一震，一粒坚硬的物体钻入他薄薄的脑壳，瞬间爆炸，他眼前血红一片，无助地伸出双手，任世界悄然滑出他的指尖……

兰天依返回S城，详细整理出乔亚非的涉黑资料。她相信，就算乔亚非从这次毒品交易中逃出来，她有如此确凿的证据，也足以把他送入监狱的大门。可是，真的要亲手杀死他吗？想到他对自己的种种好处，她莫名打了个寒战。如果这次他没有逃脱就好！她存着丝侥幸，决定给乔亚非打个电话。电话接通那一刻，她的心咚地沉下，只听乔亚非声音无波地问："什么事？"

有什么不一样了呢？她很恐慌，是啊，每次，他接到自己电话时，都会很兴奋地先呼唤她的乳名，而这次，他的语言里有明显的排斥冷漠。更令她心惊胆战的是：他已经逃脱了警方的追捕。潜意识告诉她，不能再等了！第二日，她果断地来到刑警大队。接待她的是主管副局长，一位扎着马尾辫的女警官。她深深看了兰天依一眼，自我介绍："你好，我是李跃！有什么事情坐下来慢慢谈！"

"谢谢李局长！"兰天依接过茶，边喝边打量了一下四周。这是间独立办公室，里外套间，唯一接待她的人就是面前这位女警官。为什么只有一个人呢？她觉得这种接待程序有些违法，于是看向李跃。李跃身材高挑，大约一米七左右，警装在身，英姿飒爽，一双乌溜溜的黑眼珠，干净、真诚，又透着丝严肃认真，兰天依简直不知道能有什么形容词可以形容她的气质，她这种女人，就算站在最漂亮的女明星堆里，也会令人眼前一亮。

"你要举报谁？"她问。

"我，我举报！"兰天依被她气势所摄，不由紧张地咽了口唾液：

“乔，乔亚非，鸿升集团董事长！”

李跃听后，幽黑的眼珠紧紧盯住她，半晌没说话。兰天依的心莫名地突突乱跳，她小心翼翼地问：“李局长？有什么不对吗？”

“呵呵！当然没有！”李跃皮笑肉不笑地问：“你有什么证据吗？”

“有！”兰天依一股脑把资料堆放在她桌子上，望着她：“证据确凿！”

李跃随便翻了翻，脸上滑过一丝不为人觉察的冷笑：“你先坐，我们研究一下！”说完，抱起资料就走了。

兰天依把那丝冷笑看得清清楚楚，心头不由掠过一丝阴霾。难道，乔亚非已经把触角伸到了公安局？是啊，太有可能了！她再也坐不住，起身疾步走出套间。这时，套间外的民警站起来，对她微笑着说：“兰小姐，李局长吩咐过，请您一定要等她回来。”

原来外面有人，兰天依松口气，点点头。

这一刻等得极其漫长，等李跃返回，已经中午了。兰天依细心观察她，她表情很严肃：“你和乔亚非什么关系？”

兰天依一怔：“我，我们曾经是恋人关系！”

“哦！恋人？”李跃的眉头皱起来。

“其实是这样的，我当时发现他的贩毒秘密，怕他杀人灭口，所以才答应做他女朋友。”虽然事情与自己所说稍有出入，但事情的本质也确实如此。

“原来这样！你和他生活这么长时间，从没爱过他吗？”李跃一脸好奇。

“我不爱他，从来没有，我是被逼的！”说完这话，她心里也很难过，如果他不是大毒枭，或许一切都会是另一个样子。

“哦，你并不爱他啊！”李跃眼神渐冷。

兰天依疑惑起来，大眼睛茫然地望向她：“李局长，这和案子有关系吗？”

李跃变得面无表情：“你回去吧！”

事情不对劲！兰天依额头冷汗直冒：“那，案子的事？”

李跃眉尖紧蹙，语气凌厉地问：“这是我们警方的事情，你回去等消息吧！”

兰天依脑袋轰的一声炸开，她眼睛惊恐地睁大，直愣愣地瞪着李跃：“你，你——你们——”

李跃唇角露出一丝嘲讽：“兰小姐，这里没你的事了，你回吧！”

警匪勾结，真的让自己这么“幸运”地遇到了！兰天依不知道怎么出的警局，昏沉沉地在大街上游荡。是啊，证据全没了，自己为之差点付出生命的证据全没了！要怎么办呢？

当大元把兰天依往返贵省的飞机票，还有租车收据都摆在乔亚非面前时，乔亚非瞪着眼再也无法说出话来。保罗笑了，走过去拍拍他的肩：“老大真会选老婆，志同道合啊！”

乔亚非气得脸铁青，到兜里去摸烟，摸了半天也没摸出来。大元替他点燃一支，递过来：“没想到老大真找到了个宝。”

成子哈哈大笑：“对了，咱们看看老大身上装了多少零配件！”说着，首先扑向他。

九阳一听，也急忙挤过来：“老大，脱了，看看！”

成子第一个发现：“靠，纽扣窃听器，好先进啊！”然后又嘀咕：“这得多少钱啊？你老婆够败家的！”

乔亚非简直无地自容，黑着脸推开他：“给我滚一边去！”

九阳这时又嚷上了：“靠，腰带上，手机链上都有啊，老大，你现在身上的家当比你都值钱了！”

这人都丢到姥姥家去了！乔亚非气血冲脑：“你们是不是吃饱撑的！都给我滚远点！”

大元笑：“说明我们嫂子有正义感，你们见过哪个女人有这么大勇气和大智慧的，乔哥眼光独到，找到宝了！”

这话大家都很认同，乔亚非却更加郁闷。这表明，她对自己一直不信任，过去一切温柔和顺都是装出来的，那么，她究竟有没有爱过自己？只觉胸口堵得慌，压得他喘不过气来。这时，周斌走了进来。

成子问：“她真举报了？”

周斌点点头，扔过一播放器：“你们自己看！”

九阳欢天喜地地先抢过来，把播放器同电视相连，紧接着，电视中出现兰天依与李跃的对话。众人开始还一片喧笑，转而表情渐渐凝重。

只听李跃严肃地问：“你和乔亚非什么关系？”

“我，我们曾经是恋人关系！”

“哦！恋人？”

“其实是这样的，我当时发现他的贩毒秘密，怕他杀人灭口，所以才答应做他女朋友。”

“原来这样！你和他生活这么长时间，从没爱过他？”

“我不爱他，从来没有，我是被逼的！”这一句，过滤了耳中所有的声响，乔亚非只觉胸膛里咕咚一声，如石落幽谷，五脏六腑连同所有思绪，一同跌入无边黑暗。

大元急忙关了播放器，对周斌说：“大姐问得也太离谱了！”

九阳皱眉：“这不胡说嘛，什么时候乔哥强迫过她？”

大元捅了下他：“她也没做错什么，乔哥你还是解释一下，毕竟是误会嘛！”

乔亚非突然咧开嘴笑了：“真他妈虚伪！我睡觉去了！”说完站起来。

周斌走过去："乔哥，大元说得对，还是解释一下比较好，她这么聪明，不会给你带来麻烦！"

所有男性的自尊、骄傲，都被她踩得一塌糊涂，凭什么给她解释！乔亚非又恼又无奈，瞪着眼："这是国家法纪，你们开什么玩笑？不就一个女人嘛！"

周斌笑着："乔哥，这话咱们偷着说撒撒气就得了，回家还是解释解释，都跟你这么长时间了，别为难人家女孩。"

老子可是一根毛都没碰过她！乔亚非郁闷至极，眼中有掩不住地怒火："她在哪儿？我这就让她滚蛋！"

大元急忙拦住他："乔哥，别意气用事，其实细想想，她挺值得人敬佩！"

"她要致老子于死地！"乔亚非这话意思很明确，她不爱自己，凭什么还和她扯不清。

周斌把他按在沙发上："乔哥，坐下，消消火！"

乔亚非抬脸，换上一副满不在乎的表情："消什么火，我都没火！"

周斌严肃地说："乔哥，你先听我说，不可否认，兰天依是聪慧又正气的女孩，值得你爱她！"

乔亚非脖子一梗："谁爱她？你别胡扯！"

周斌哭笑不得："乔哥，你先听我说完！"

乔亚非哼了一声，对大元说："给我支烟，"大元替他点燃，他又咕囔了一句："妈的，老子这辈子白混了，栽在一个女人手里！"听大家都不吱声，他扫了他们一眼，咧开嘴："阿斌，说啊？我听着呢！"

"兰天依和李跃交谈后产生怀疑，认为你和警方勾结，做了最后打算，已经回你家了。"

乔亚非气得哈哈笑了："她还真猜对了，老子就是'警匪勾结'！"

"乔哥，"周斌打断他："她以后不会再调查你了，这次的事你就装不知道，过去吧！"

乔亚非甩门而去。

兰天依坐在幽暗的客厅里，听到院门打开的音乐声，所有的神经都随着那渐渐临近的脚步声，一寸寸、一寸寸地收紧。虽然早就预料的结果，可是，她的心脏仍忍不住剧烈地跳动起来，恐惧蔓延全身。客厅的门"咣当"被人推开，兰天依吓得刷地立起来，脸色灰败。

然而，进门的人好像故意在和她开玩笑，久久不见进来！

的确，乔亚非此时正胸海翻波，进退维谷。一路想来，他实在挑不出她的做法有什么错，可是当他得知她冒着生命危险调查自己的行动，又以爱情的名义欺骗自己的感情，他就无比沮丧。这种极度不信任，是无法逾越的坎，是心中永远的刺！他长吸口气，迈进一步，黑幽幽的目光冷冷地转向她。

那深潭样的双眸似暴风雨来临前压顶的乌云，兰天依只觉浑身发冷，在那寒彻心肺的注视中，不可抑制地哆嗦起来。

“亚，亚非，你——回来啦！”她头发松散地搭在肩头，神情惊惧。

他心脏突地一沉，眼神更加冰冷：“是不是出你意料了！很失望吗？”

是啊！他现在怎么会不知道自己的所作所为呢！既然都是同一个结果，与其掩耳盗铃地自欺欺人，不如勇敢地面对。她瞬间浑身又充满了力量，眼神决绝而坚定：“呵呵，全知道了吧！是的，是我干的，我揭发了你，不就一个死嘛，你来吧！”她咬着苍白的下唇，扶住旁边的玉器柜，尽力控制发抖的身体，歇斯底里地嚷道：“乔亚非，天网恢恢，疏而不漏，你以为你逃得过这次就可以得道升仙了吗？哈哈，总有一天，你会被送入地狱的大门！”

究竟是什么原因，竟使她如此痛恨自己呢？他的胸口仿佛被细刃一寸寸划过，鲜血淋漓，痛得不可名状。她眼珠血红，狠狠地瞪着他：“所有事都是我一人运作的，你就冲我一人来吧！”

他死死盯住她，即想笑，又难过地要死。这么多日的相处，她一点都不了解自己，也不想了解自己，对这样的女人，还有什么值得留恋的呢？他冷冷地说：“你配么？我还怕你污了我的枪子！”

兰天依望着乔亚非阴晴不定的脸，莫名觉得他不会对自己下毒手，竟异想天开：“亚非，去自首吧？不要在做伤天害理的事了！”

谁说她聪明？简直他妈的是自以为是！乔亚非再也忍不住，浓眉一拧，怒吼：“你算老几？给老子滚出去！”

兰天依吓得打了个激灵，含水的大眼睛惊恐地望向他。

蓦地，一丝怜惜之情从胸底涌起，夹杂着无以言喻的痛，他抿抿嘴角，扭过头看向别处。

兰天依稍稍回过神，以为乔亚非不会在他的家门口对她动手，所以有必要再强调一次：“我，我就住在世纪广场，你，你不要伤害无辜，这事就我一人做的！”

乔亚非听后，彻底崩溃，一把把她拉出门去：“出去，给老子滚出去！”

第十三章　有多少爱可以重来

日日夜夜的恐惧随着时间的流逝而变得麻木，预想的一切都没有发生！兰天依又开始疑惑：他为什么还不动手呢？真的是对她爱而不舍么？冷静下来，她把所有与乔亚非相关的事情前前后后细细想了数遍，越想越矛盾，越想越迷茫。为什么感觉总是和理智背道而驰呢？他的性格与传闻极度不符，他对爱情亦认真忠诚，然而，他又是自己亲眼所见的大毒枭！如果换作其他人，她也许会安慰自己那是卧底，可是，哪有涉黑大佬当自己的卧底？

玻璃窗把室内外的黑暗融合起来，楼顶上闪烁的霓虹灯和远处流动的光带烘衬得房间内更加寂静幽暗。细细的叹息从胸膛里滑出，悄然隐没在浓浓夜色中……

兰天依当初为了收集乔亚非的罪证，倾其所有，她再也没有财力来维持坐吃山空的日子。可是，她又怕回家给父母带去麻烦，前思后想，她拨通乔亚非电话。乔亚非看着那熟悉的号码，心脏又不争气地快速跳动起来，他稳了下自己的情绪，才按下接通键。听筒内沉默了一会儿，兰天依细柔的声音才响起：“亚非，对不起！”

难道她还惦记着自己么？或者，她已经想通了？乔亚非胸口顿时又暖起来，轻轻“嗯”了一声。

兰天依感受到他的柔情，心中顿生出千般委屈，竟忍不住啜泣起来。

扯不断理还乱的情丝纠纠缠缠塞在喉头，咽不下吐不出。他支着额头，微微地叹口气：“别哭了，有什么事说吧！”

“亚非，我，我在这里没钱了，我想回家！”

“……”乔亚非怔愣片刻，胸口又开始抽紧。

“亚非，这事跟我爸妈都没关系，他们什么都不知道，反正我也没证据了！你放过我吧？我回我家乡，再也不回来了！”

海市蜃楼般的情感大厦终于彻底在眼前崩溃，乔亚非突然凄冷地笑起来，无力地说：“滚吧！”

兰天依还要再解释什么，对方已经挂了电话，她再拨，乔亚非干脆把她设入黑名单。她想了想，下楼到公用电话亭拨打他的另一个号码。

好一会儿，他很客气地问："你好，哪位？"

她紧张地咽了咽唾沫，细声说："是我！"

连这个号也让她盗去了，乔亚非不免火大，厉声问："兰天依，你还想干什么？"

"亚，亚非，你真的放过我吗？"

乔亚非现在真的很想骂人，忍了半晌，才凉凉地说："老子从不对女人动手！"

又过了几日，乔亚非并没派人来报复自己，兰天依潜意识里相信他所说，于是打点行装，准备明天回家。晚上，她吃过饭，到附近的小公园散步。月华如水，与朦胧的灯光交相辉映，为丛林山石蒙上了一层缥缈的银纱。她坐到公园内的长椅上，前尘往事，从头细想，竟不觉对乔亚非生出许多愧疚来。其实，他真的不是自己想象得那般坏！如果他不是毒贩多好啊！

坐了半晌，她叹口气，正要起身，却发现已被三个黑衣人拦住去路。刚才还觉得他不会害自己，现在终于来了！她苦笑，放弃了抵抗。等她醒来，发觉自己还活着，只是手脚被捆住，眼前也蒙了层东西。这时，有脚步声传来并靠近她，温热的酒臭味喷到她脸上，醺得她倒憋口气。来人从她嘴边把胶布揭起一角，然后刷地一拽，痛得她连连抽凉气，忍不住破口大骂："乔亚非你个王八蛋，你逃得了一时，逃不过一世，你早晚都要下地狱！"

周围突然一片寂静！

兰天依继续骂："姑奶奶还就是不怕死的主，乔亚非你就来吧，二十年后，姑奶奶还会找你算账！"

这是郊区某地下室，光线半明半暗，依稀可见数条壮汉，他们被兰天依一顿莫名其妙地臭骂，不由面面相觑，越发摸不着头脑。其中一个郁闷地问："大哥，我们是不是白忙活了？"

"她肯定是乔亚非的女朋友！"那大哥拿出照片："你们一会儿看看就知道了！"

兰天依把这句话听得分明，心想：难道绑架自己的另有其人？

大哥把蒙在兰天依眼上的黑布揭开，与照片细心对照一番："你们看，没错吧？错不了，年初我还和浩哥遇到过她一次！"

她努力眨眨眼，使其尽快适应黑暗，然后认出这位叫大哥的男人，就是在荣腾渔乡意外遇到浩子时，那个比较呆的手下。原来，这又是一场帮派火拼，自己只是其中一个需要被利用的棋子而已！

有感于兰天依先前的反应，有人疑惑地问："大哥，你看这女的能要挟到乔亚非吗？"

"可是，浩哥就这么白死了？"呆子也拿不准了，颓废地坐到地上。

那人压着内心的恼火："大哥，这可是兄弟们拿着命换来的！"

呆子嗫嚅："我听别人说，这女的握有鸿升公司20%的股份，这不也是一笔不小财富嘛！"

其中一个比较有见识的人反驳："我说大哥，这需要法律公证的，手续复杂，不用等办完，咱哥几个就都进局子了！"

又有人说："啰嗦什么，既然没用，就宰了她！"

众人一听，一致认可，阴森可怕的目光同时看向兰天依。兰天依感到凶徒就要下杀手，吓得心惊肉跳，紧急时刻，她脑中突然火花一闪，福至心灵。"我也早恨透乔亚非了，能不能让我帮你们啊？"她一副可怜相，细声问。

"凭你？"呆子不信。

兰天依点头："就因为我握有他20%的股份，所以他才不敢对我下杀手！"种种事实说明，乔亚非绝非自己想象中的坏人，否则，他为什么可以让给杨虹上亿资产眼都不眨？为什么自己揭露了他的'罪行'他却一直保持沉默？这次，她一定要查出他究竟是什么人！

呆子牛眼一瞪："胡扯什么，刚才你还喊乔亚非要杀了你！"

"之所以敢这么嚷，是因为我知道他不敢杀我。你们想，鸿升公司20%的股份，是乔老爷子死前留给我的，为了这个，乔亚非一直想和我结婚……"兰天依故意顿了一下，观察这伙人的反应。

果然有人禁不住先了然地说："等你们结婚后，乔亚非就……"他做了个抹脖子的动作："妈的，真他妈阴！"

"是啊，所以我才不敢和他结婚啊！"兰天依露出你很聪明的表情。

呆子大脑皱纹相对少些，没转过弯来："少糊弄我们，结婚后还不如结婚前杀呢，这两者又有啥关系？"

"这就不对了，结婚前如果杀了我，那20%的股份只能我的父母继承，如果杀了我父母，我父母还有亲戚，这要到什么时候才能轮到乔亚非？他总不能见一个杀一个吧？"兰天依狡黠地反问。

呆子恍然，犹豫片刻，和手下人用眼神交流一番，然后问："那你怎么帮我们？"

兰天依嘴角露出一丝不易为人觉察的微笑："我帮你们干掉乔亚非，你们放过我！"

到时可由不得你！呆子豪爽地说："没问题！"

她趁机哎呀了一声："快给我松绑，痛死我了，胳膊都木了！"众人手忙脚乱，替她解开绳索，重新安置了她，商量下一步计划。

这天，乔亚非突然接到一个陌生电话："乔三，兰天依在我们手上，想不想她活命？"

他一愣："你们是谁？"

呆子恶狠狠地说："当然是绑匪，拿一千万换她，否则老子让她手上鸿升公司20%的股票打水漂！"

为了杀死他，兰天依还真是无所不用其极！可他从没亏待过她，她为什么就恨得自己要死呢？悲从中来，他哈哈大笑："老子可没钱，何况，她的死活和我有什么关系！"

呆子当即没词了，望向兰天依。

呆子手机的扩音筒一直打开，因而周围的人也都听得到。兰天依小声说："你要钱太多了！"

"那要多少啊？"呆子忘了捂话筒，傻兮兮地问。

兰天依伸出两个指头："二百万哪，以后少的八百万我给你补上！"

呆子这才高兴起来："乔三，那二百万怎么样？"

就在呆子与兰天依讨价还价的时候，乔亚非已经琢磨过味来，怪笑两声："这还差不多！"

呆子佩服地对兰天依竖了竖大拇指。

这时乔亚非又问："交换地点在哪儿？"

"现在不能说，到时再告诉你！"

"呵呵！"乔亚非悠悠道："金钱虽可贵，爱情价更高，若为生命故，两者皆可抛！"他的意思再明白不过，兰天依虽然比钱重要，但我的命更重要！

呆子这次知道把话筒捂上了，骂道："真狡猾，一千万都不成，还爱情价更高？爱个屁！"

众人都说："大哥，快点说，别让人发现了咱们，现在就是关了手机，警察也可以凭手机卡确定我们的位置。"

呆子一想也是，急忙对乔亚非说："你放心，我们要钱不要命！"

乔亚非挂了电话，立即着人调查兰天依的去向。没多久，九阳和保罗证实，兰天依确实失踪了。乔亚非紧急布控人员，以待歹徒现身。很快，双方约定见面时间和地点。

夜黑风高夜，正是杀人放火时！与S城相邻的江市某海岸，山林纵横，人迹罕至。在此间一个伸手不见五指的山谷里，兰天依和呆子偷偷潜藏在巨石后，撒下大网，单等乔亚非上钩。午夜，一辆黑色越野车出现在众人视野中。耀眼的射灯中，乔亚非一身黑衣，敏捷地从车里跳出来，站在光明与黑暗交织成的绮丽的光圈里，如战神般高大威武。

为什么到现在才明白呢？她怔望着那男人果敢的脸，百感交集！曾经这么优秀的人就在她身边，深深地爱过她，然而，这一切，都在她的猜忌与疏离中渐行渐远！

他的爱，还可以重新来过吗？她苦笑，他们的未来，早已被自己涂抹得一片灰暗。

呆子把发呆的兰天依拉过来，用枪指着她的太阳穴，大声喊："乔三，把你的枪扔过来，否则我毙了她!”

果然呆人有傻福，因为这呆子关键时期总是坏事，所以浩子在进行毒品交易时，没把他带在身边，使他成为漏网之鱼！乔亚非走到车头前，把所有的兜翻个底朝天，邪邪地笑着：“老子没带枪!”那满不在乎的痞子形象，如今在兰天依眼中简直帅呆了，她怕呆子立即行凶，因而格外注意他的动作。

“钱拿来了吗?”人的贪欲总是在自以为所能掌控的范围内而膨胀，呆子这次人财都想得。

兰天依知道这是要动手了，小心地后退两步，以便借机行事。

然而，她的小动作却已经被乔亚非看在眼里。他“啪”地点燃一支烟，使劲抽了几口，皱眉说：“让那女的过来!”

呆子还要拿兰天依做挡箭牌呢，当然不会放人：“乔三，你先拿钱，否则我杀了她!”他举枪比划，却发现兰天依没在身边。回头，见她站在自己一步之外，急忙用口型说：“来呀？来呀?”

兰天依轻轻一笑，向前蹭小半步。在她的强烈要求下，呆子也给她配了把枪。这把枪原身是前苏联闻名遐迩的马卡洛夫手枪，我国也生产过仿制马卡洛夫手枪的59式手枪，因性能问题，目前已经淘汰，但它黑市价格极低，对经济拮据的呆子来讲，能用上枪已经不错了！她把枪紧紧握在手里。只听呆子又喊：“乔三，我数到三，你再不拿钱，我就宰了你女朋友!”

呆子还没数完，乔亚非已经举起手：“OK，你派人过来清点!”

“你先甩过一沓来!”呆子就在这上面格外聪明，怕遇到假货损失了这笔外财。旁边有人在呆子耳边嘀咕：“大哥，动手吧？夜长梦多啊!”

呆子听后，觉得有理，立即翻脸：“还点你妈的个屁，给老子灭了他，替浩哥……”话还没说完，只觉头顶剧痛，瞬间，一股温热的液体顺着头发淌下来。他一摸，竟是一把热乎乎的鲜血！

竟然被偷袭了！他脑袋顿时一炸，想去看清旁边的始作俑者。

兰天依根本不给他反击的机会，握紧手中的枪托，咬着牙，又恶狠狠地砸下去。呆子两眼一翻，扑通栽倒，彻底晕菜。与此同时，兰天依飞身一脚，踢向后面被眼前一幕惊愣的男子。另一男人回过神，与兰天依同时举枪，对准对方的脑袋。两人距离太近，根本逃不过子弹的速度，如果现在动手，只怕两败俱伤。

乔亚非从车光中看到兰天依的举动，脑袋顿时一麻，电闪间擎起“幽灵”M-49毫米冲锋枪，踩油门把车飞速向兰天依方向冲去。“幽灵”M-49毫米冲锋枪是反恐怖主义等行动的最理想武器，射速可达700——750发/分，射手可以随时开火，完全不必考虑是否处于保险状态或者除了扣扳机还要做哪些动作。因而乔亚非可以边开车边射击。刹那间：“幽灵”出击，正中那男子的眉心，他还没来得及吭一声，就重重摔倒。

另一男子见状，立即猫到草丛中，向兰天依还击。兰天依不会瞄准，蹲在石头后举枪乱射。

乔亚非迅速跳出车外，就地十八滚，忍着中途所中枪伤之痛，扑到她身上。兰天依的手经过他的膝盖，只觉温热一片，大急：“亚非，你，你受伤啦!”

“闭嘴!”乔亚非粗暴地打断她，边瞄准边向更黑处移动。

六七个歹徒从前面包抄而来，兰天依发现两人后面还有黑影晃动，她忍不住又叫：“亚非，后面也有人!”

乔亚非把枪甩给她，吩咐：“有人靠近就射击!”

和呆子给的枪相比，乔亚非的可是大家伙，她紧张地说：“我不会用!”

“直接扣扳机!”说话间，乔亚非一枚铁弹已出手，前面传来一声痛苦的“哎呀”。

黑影越靠越近，兰天依虽然没杀过人，可现在已由不得她。她心一横，闭上眼对着那个方向不停地狂扫。登时，子弹所及之处，狼烟四起，一片飞沙走石。气的乔亚非喝了一声：“你成心暴露我们呢!”

那要怎么样呢？兰天依愣住，把扣紧扳机的食指松开，向前仔细观察一番，确定那里没有动静后，才松口气。突然，她意识到一个很现实的问题，心突的一个激灵：妈呀！我杀人啦！这时，乔亚非尽量把身体覆在她身上，免得她被流弹击伤。而她仍沉浸在自己居然杀了人的恐惧中，紧紧抱着乔亚非的腰，哽咽着：“亚非，亚非，我杀人啦，真的杀人啦!”乔亚非一把捂住她的嘴，凝神仔细倾听周围的动静。风声送来手铐的咔嚓声和低吼声，他立即判断出武警包围了这片山谷后，已经发起了进攻。他长松口气，又观察了一番，确定无事，才从兰天依上面爬下来，然后一阵锥心刺骨的痛。他嘶了一声，不再动，等待救援。

兰天依这才想起他受了伤，暂时忘记自己杀过人的心理障碍，爬过来，心痛地说：“亚非，是不是很痛啊？”

乔亚非脸色惨白，紧闭着眼，仿若没听到。

突然，她发现刚才射击过的地方又冒出个黑影。还没死呢！现在乔亚非受伤，只能靠自己了！她果断地抄起“幽灵”，又一阵狂扫。

乔亚非睁眼，怒喝：“兰天依，你在干什么？”

“啊？我——”她回头，迟钝地说：“后面还有一个人呢!”随即，她的眼前出现另一幅画面。警车不知何时赶到，武警正陆续迅速而有序地押着歹徒上车。车光前，向这边跃来一名身材修长的黑衣女子，她手持单枪，如同悄然接近猎物时的雌豹，行动迅捷有力。兰天依忘了回答乔亚非，惊愕地望着这越来越近的女子，心想：这人怎么这么面熟呢？后面又有轻微的脚步声传来，兰天依脑袋一麻，想起那个一直打不死的人，立即又端枪瞄准。

“你个混蛋！”兰天依还没反应过来这句话的含义，就被人踢飞。飞起的一瞬间，她迷迷糊糊看到一张女子咬牙切齿的脸，然后撞在岩石上，登时晕了过去。乔亚非一见急了：“我说李警官，你用那么大力干嘛？”说着向兰天依方向爬过去，摸摸她的鼻孔：“轻微脑震荡，真有你的！”

李警官嗤了一声：“小三，你有点出息好不好！”接着，向石头后面调侃：“老公，这次营救，没你的功劳！”

石头后面的男子终于露面，笑呵呵地说：“好大火力！幸亏是我的身手，否则打成筛子眼了！”

“嘿嘿，你也有今天！”乔亚非揶揄。

“小三，还有心思开玩笑，血都要流干了！”李警官冷着脸，一挥手，迅速过来两个担架。她命人先抬走乔亚非，然后对另一个担架上昏迷不醒的兰天依“哼”了一声……

兰天依醒后，已经天光大亮，阵阵头痛，使她很快忆起昨天晚上的事：乔亚非受伤了，不知道现在怎么样了？她很着急，不顾自己浑身伤痛，扶着头走出病房。李跃警官适时出现，把她拦回。兰天依已经认出她即是毁灭自己证据又是昨晚踢晕自己的女子，对她莫名产生一丝恐惧。小心地看过她脸色后，才说：“对不起李局长，也谢谢你，李局长！”她这话两层含义，即对过去误解她表示歉意，又对昨晚之事表达感激。

李跃双手插胸，并不领情，面无表情地问：“你想要出去？”

她垂下头：“嗯，亚非受伤了，没人照顾，我想去看看他！”

“谁说没人照顾？”李跃反问。

她一脸惭愧：“李警官，您别生气，当时我不是不知道么！”

如果她不说不爱乔亚非的话，如果她不做想要乔亚非命的事，李跃都觉得可以原谅，但这次，她太过分了！

“你不要想太多，过去就让它过去吧！”她冷冷一笑：“今天我来是希望你配合一下警方工作！”

“好，好，没问题！”难得有机会为李跃警官效力，兰天依求之不得。

“亚非身份需要保护，刑警做笔录时，你注意一下相关措词！”

“我明白，您放心吧！”兰天依连连点头。

在李跃警官地监督下，她完美地做完笔录，然后急忙问：“李警官，我可以去看亚非吗？”

“你去干什么？”李跃拧眉问。

“他没有亲人，需要人照顾啊！”兰天依渴盼地说。

“你算他什么人？”李跃脸更冷了。

她紧紧地揪着床单，低着头，强忍着不让泪水落下来：“我不是不知道嘛！”

“他亲人挺多，你去多余！”李跃说完转身欲走，兰天依急了，拦住她，水汪汪的大眼睛可怜巴巴地望着她，紧接着，眼泪不受控制地吧嗒吧嗒落下来。李跃丝毫不为所动，冷笑：“别那么虚伪好不好？”

“我怎么虚伪了？”她又气又急。

“你既然不爱他，就躲他远点！他让你耍得够可怜了！”李跃漆黑的双目如尖刀般刺伤她的心。

是啊，他是可怜，被人误解，亲人含恨而去，又要被最爱的人送上绝路！顿觉五脏六腑仿佛被生生拽去，兰天依痛哭失声。

“后悔死你！”李跃嘀咕一声，走出病房，片刻又返了回来：“对了兰天依，忘告诉你了，亚非没住这个医院里，你找不到他！”说完，走了。

兰天依回过神，追出去：“我做错了吗？”

走廊内，李跃回头，眉头一挑：“难道没错吗？”然后，那修长的身影很快闪入电梯。

兰天依追之不及，正愁肠满腹中，手机响起来，竟然是乔夕的。对啊，怎么没想到乔夕呢！她脑中灵光一闪。乔亚非身中子弹，做手术时必定要家属签字，那么，乔夕一定知道他的下落。她激动地接通手机，急切地问：“乔夕啊，你在哪？”

“我在医院！”

果然猜得没错，她狂喜。

乔夕责问：“姐姐，我哥受伤了，你怎么不来看看？”

兰天依跳下床，激动地说：“你在哪儿？我就过去！”

当初乔亚非为了救兰天依，不得已离开防弹车。幸好身上穿着防弹衣，才没被伤及要害，但他右腿的一根腓骨被子弹穿透后又进行了活动，造成粉碎性骨折。因而昨天晚上被紧急空运回来动手术。手术整整进行了十个小时！不过，术后，他精神依旧充沛，正和周斌等人开玩笑。九阳嘲笑：“老大，神气什么，现在麻药还起着作用，等药性过了，看你疼得不叫娘！”

大元站在床尾，听到门响，回头，只见一位长发凌乱披散的女子，紧张地走进来。这么快就找来了！他略有一丝惊讶，然后笑道：“兰小姐！你好！”

兰天依现在脑袋里嗡嗡乱响，耳朵也突然间变得空灵无比。眼里心里除了乔亚非，别人一律自动屏蔽，根本听不到大元的话。

周斌和九阳也同时看向她，脸上露出惊愕之色。

还没来得及走到床前，蓦地感受到乔亚非的目光，她的心骤然抽紧。那眼睛，漆黑冷漠，让人不寒而栗。她觉得头有些晕，怯怯地笑：“亚非，对不起，我——”

乔亚非的眉头已经皱起来，打断她：“谁让你来的？回去！”

她身体不由晃了两晃，忍着泪水，强笑：“亚非，是我错了，你别生气了！”

大元劝她：“兰小姐，你身上有伤，先回去养伤，伤好后再来！”

“我没伤，哪有伤？”她扶住床边栏杆，尽量把刚才因狂奔而紊乱的气息调匀。

大元急忙抽了一叠纸巾，递给她：“兰小姐，你流鼻血了，先坐下来休息！”

她仍傻笑：“哪有？没有啊？”接着，她感觉到有水一样的东西从鼻子中流出来，用手一抹，尴尬地嘿嘿：“哦，是流了，呵呵！”她接过大元手中的纸，把鼻子堵上，青灰着脸，焦急地问：“亚非，你伤哪里了？”

乔亚非见她这副凄惨模样，语气柔和下来：“你回去养伤！”

她的心顿时暖起来，脸都笑开了花：“我没事，真没事，让我看看你伤哪儿了！”

乔亚非又气又痛，瞪眼吼道：“你给滚我回去！”

兰天依吓得一个愣怔，随之，大颗的泪珠如喷涌的泉水，狂泻而下，把脸上的血迹冲得惨不忍睹。“亚非，对不起！对不起！”她撇着嘴，低着头哭。

九阳看到这儿不满意了：“兰小姐，你害我们乔哥还不够啊，又来这里哭，成心找堵是不？”

兰天依一听，急忙用纸巾抹了几下，眼睫上还挂着晶莹的水珠，笑着说：“我没哭！”

周斌捅了九阳一把。

大元去扶她：“亚非身体壮得和牛一样，手术很成功，兰小姐不用担心，你先坐这儿，我去请大夫！”

兰天依不客气地推开他，继续为自己辩解：“我没病，我就是饿的，一会儿吃点饭就好了！”

大元微微一笑，出了门，把医生找来。医生检查后，诊断兰天依有些营养不良，缺乏 VC，因气候干燥导致鼻粘膜出血，并无大碍。兰天依很怕自己生病，听此松口气，对劝她离开的众人说：“我说我没事吧！这次你们看到了吧？”

除了乔亚非闭上了眼，众人脸上笑容各异。

九阳嘴角一撇，嗤了一声，那意思：你现在献殷勤，早干什么去了！

周斌的笑最深，看不透，只劝了句：“兰小姐，目前休息对你很重要！”这话等于白说，兰天依绝对不会接受。

大元的话她最爱听：“兰小姐，你先到客厅里躺一会儿，不能为了亚非累坏了自己！”

乔亚非拉着脸打断他："大元，怎么那么多废话，我这儿哪用人照顾！让她回去！"

兰天依不发一语，固执地低头坐在大元为她搬来的板凳上。

很快，已是晚饭时间，九阳买来饭菜，她先每样拣了许多，端给乔亚非。乔亚非对她这种特权行为很不满，皱眉道："你把菜都拨过来别人吃什么？"

她尴尬地愣住。

周斌忍着笑："乔哥，别太小心眼喽！"

兰天依这才想起自己曾经犯过的"严重错误"，赔笑："你不是病人嘛！"然后她细细把粥吹温，要去喂他。

乔亚非满脸通红，想起不愉快的往事，语气不太好："去去去，吃你的去，我又不是没手！"

她并不计较，咬着下唇望着他。在她的注视下，乔亚非只吃了两口就再也吃不下了，碗筷一撂："你们都走吧，我睡觉了！"

九阳见气氛被她搅得这么沉闷，很气恼，下逐客令："今天我在这里看护，兰小姐你明天再来吧！"

兰天依哪肯离开，冠冕堂皇地说："我知道我过去做错了，可亚非因为我受伤，我应该照顾他。"

乔亚非最不愿意听的就是这句话，她是因为感恩才来的，这样的爱情，他不需要！"医院里有特护，你们都走吧，我又不是不能自理！"

兰天依态度坚决："我不走！"

周斌打圆场："那我们就走啦！"说着，去推黑着脸的九阳："走吧！走吧！"病房外，他又劝九阳："一会儿乔哥的麻药过了药性，兰小姐正好可以给他转移一下注意力，权当止痛药！"

九阳这才愤愤离开。

兰天依很高兴，自语："还是大师哥好！"

乔亚非把这话听得一清二楚，心想，谁是她大师哥？不过，他又实在懒得搭理她，闭上眼打算睡觉。兰天依一直想看乔亚非的伤势，可乔亚非手术时根本不让穿衣服，现在下半身还是赤裸的。他使劲拽着被头，怒瞪着她："去，出去！"

"亚非，你别生气了，我就是担心！"

"兰天依，你要再动手，现在不是你离开就是我离开！"

见他真急了，她被迫屈服，偷偷向医生打听他的伤势，知道只是腿受了伤，通过手术后，可以复原，也就放心下来。

这是绝大部分术后病人的经历，麻药药性一过，必会有一阵排山倒海的疼痛。如果是白天还好熬，一旦到晚上，人越想睡觉它越痛，简直是肉体与精神的双重折磨。此时乔亚非逐渐有了知觉的腿，迫不及待地展开一轮轮痛觉冲击。他脸色青白，紧紧抿着唇，不发一声。兰天依轻轻替他擦去鼻尖上细密的汗珠，他一甩胳膊，烦闷地说："走开!"

她担心地问："亚非，是不是很痛啊？痛就说一声!"

乔亚非皱眉："去，快去，睡觉去，烦不烦你!"

"哦，哦!"兰天依急忙答应着，边替他拉拉被子。然后轻轻搬来个小凳子，放在床边，支着胳膊小憩。

她这些日子一直生活在劳累与惊惧中，已经开始营养不良，长期熬夜身体怎么受得了！乔亚非一时心痛就忘了腿痛，怒瞪着她："兰天依，立马给我走人!"

兰天依却误解为他讨厌自己，眨巴着大眼睛，泪水成串地落下："亚非，我错了，是我错了，你别生气好不好?"

他心头又莫名生出一股怜惜之情，轻声要挟她："不去睡觉，就走人吧!"

她不再执扭，转身去了旁边的客房。

乔亚非当然看得出，兰天依想破镜重圆。可是，'我不爱他，从来没有，我是被逼的!'这十三个字，字字如针，又刺得他脑浆剧痛，心底滴血。是啊，他不需要感恩的爱情！等明天，他一定要跟她讲清楚。

早上，大元和九阳来到病房。折腾了一夜，疼痛减轻，乔亚非正沉睡。兰天依对他们摆摆手，意思你们轻点!

九阳撇撇嘴。大元一双细长的凤眼，凤尾稍扬，清秀和善。不过人不可貌相，他虽然看上去文质彬彬，但兰天依见到过他瞪起眼时凶恶的样子，着实令人心惊胆战！见九阳不甩她，她悄悄对大元招了下手。大元随她走出病房，她问："你们还没吃饭吧?"

大元点头。

"你们要吃些什么？我一会儿到楼下定餐!"

"和病号一样吧!"

"嗯，谢谢你!"兰天依感激地说。

"嗯?"大元挑眉，微惊讶。

都是聪明人，他还能不理解自己的意思！她笑问："怎么称呼你呢?"

大元很清楚乔亚非真心爱她，她又是这么优秀的女子，而他不过是没有为难她，她便如此感激，他很为乔亚非高兴！"叫大元吧!"他说。

兰天依又指指病房："你朋友呢?"

"九阳!"大元突然乐了："你不认识我们?"

"就是分不好名字!"她嘿嘿一笑，急忙下楼。

大元对九阳钩钩手指。九阳走过来，轻声问："元哥，啥事?"

"以后不要对兰小姐那个态度，她也没做错什么!"

"我就是看不惯她欺骗老大，耍咱们老大跟耍球似的!"九阳哼了一声。九阳在这几个兄弟里最小，一直崇拜乔亚非的传奇事迹，因此难免对兰天依意见大。

大元凑到他耳边：“咱们老大对她是上心的，小心成了嫂子你不好做人！”

九阳嘁了一声：“看她装傻我就来气——”

“都给我进来，外头嘀咕什么呢！”乔亚非醒来，打断他们。

大元和九阳笑问：“晚上是不是痛得厉害？”

“没感觉！”乔亚非说谎不带脸红，转而讽刺：“两大男人门口咬耳朵，丢不丢人！”

“怪不得周哥说这儿有止痛药，果然老大精神蛮爽！”九阳嘻嘻笑起来。

“什么止痛药？”乔亚非茫然。

这时，兰天依轻轻推门进来。九阳趁机说：“来了，来了！”

乔亚非当即明白过来：“给我滚一边去！”

“你们怎么给亚非吵醒了？”兰天依很生气：“你们不知道他一夜没睡好吗！”

让她揭了老底，乔亚非脸上青一阵白一阵。九阳和大元面面相觑，突然哈哈大笑。

兰天依不明所以，走到床前：“亚非，再睡一会儿吧？”

他没好气：“我挺好，你少来管我！”

兰天依稍怔：“那我打电话让餐厅把饭送来，吃完再睡，行吗？”

大元抢先回答：“你就安排去吧，我们正好都饿了！”

乔亚非见大元接了话，自己反倒不好说什么，把头扭向窗外，背对着兰天依。兰天依也不计较，饭后，她见有大元陪着乔亚非，先到会客厅的沙发上小憩。乔亚非心中惦记着要和她摊牌的事，N 多次瞄会客厅的门，即希望她出来，又不希望，矛盾不已。大元注意到他的神态，起身悄悄到会客厅，见兰天依正趴在沙发上熟睡，心中不免感慨，他对乔亚非说：“为了你，兰小姐累坏了！”

乔亚非抿抿嘴角，垂下眉。

“既然误解解开了，就一切重新开始吧！”

“我明白怎么做！”乔亚非不置可否。

一觉醒来，兰天依看看表，哎呀，都中午了！她走到病房，发现大元和九阳早就走了，于是问乔亚非：“亚非，想吃什么？”

他表情郑重：“兰小姐，你坐，我们谈谈！”

她怔了怔，泪水瞬间涌出，却被她生生含在眼里：“不谈，我们吃饭！”

“不，我们先谈！”

她斜着眼看他，嘴角不停地抽搐。

“兰小姐，我希望你能明白，我的伤和你没有一点关系！”

乔亚非否认感恩的爱情，兰天依如何能听不明白，她再也忍不住，泪水破闸而出：“如果没有我，你们能做全歼呆子的人吗？”

这话没错！乔亚非轻轻一笑：“我谢谢你！”

“不用谢，我应该的！”她抽出纸巾擦干泪水，问：“你想吃什么？我先订餐！”

“兰小姐，不用了，你——”

不等他说完，兰天依哇地哭出声来。乔亚非胸口刷地抽紧：“你又怎么了？”

他这样一问，兰天依哭得越凶：“难道你忘了你对伯父做出的承诺——一生一世绝不有负于我？”

“我没有对不起你！”

兰天依伤心至极，红着眼：“当初我一心想嫁给你，可是你动不动就失踪，伯父和我都以为你在做违法的事，我们从没想过放弃，一直希望你浪子回头！可是，在他临终前，你又失踪了，他老人家一直看找不到你，失望地——”动情之处，她的泪水又流下来：“那时我特恨你，觉得你太没人情味，所以我才想调查你。”说到这儿，她抬头，看到乔亚非用大被把自己整个蒙起来，再也说不下了，转身去洗手间洗了脸，为他拧了毛巾，来到床边，轻轻说：“伯父如果知道自己有这么了不起的儿子，他一定会很高兴得不得了，亚非，你说是不是？”

“……”

“亚非，等你腿好些了，有时间我们就去看伯父，我会偷偷告诉他的！”

很久，被子不再颤抖，她小心地问：“亚非，我饿了，我们吃饭吗？”

“嗯！”

总算有了回音，兰天依为了给他留有调整情绪的余地，温柔地说：“那我先下楼看看有什么好吃的，待会儿我给你打电话！”

第十四章　入警考核

乔亚非二次手术非常成功，晚上周斌前来祝贺。兰天依接过鲜花，高兴地说："谢谢大师哥！"

周斌愣住！

乔亚非也愣住！他记得她第一次来医院，就曾经自语过，可当时他懒得理她，便一直没有追问，原来，她的大师哥竟然是周斌，可是，周斌并不认识她，那他们怎么认识的？他看了一眼周斌，周斌也奇怪地看向他。

兰天依放好鲜花，转身对乔亚非说："亚非，来，我给你敲敲背！"

毕竟心中有爱，这段时间在她精心照顾下，乔亚非摒弃前嫌，接受了她的热情，这让兰天依忙碌的生活充满了甜蜜。此时乔亚非略有一丝不快，问："谁是你大师哥？"

兰天依露出你好白痴的表情："还能谁啊，就他啊！慕容远啦！"

两人神色俱是一变，乔亚非表情严肃，强调："你胡说什么？他是周斌！"

"啊？哦！"兰天依心里疑惑，不时偷偷打量周斌。

乔亚非边和周斌说话，边用身体尽量遮挡兰天依的视线。也许这段时间乔亚非对她足够好，使她有点忘乎所以，竟然用手"啪"地打掉横在她面前的胳膊。乔亚非被她推开，怒火中烧："去倒茶！"

"哦，好！"她倒茶回来，慢慢从周斌后面绕过去，细细观察一番，然后笑了："你们怎么骗我呢？明明是慕容远啊！"

周斌早就注意到她这个动作，回头笑："你凭什么认定我是慕容远呢？"

"慕容远耳后有两颗痣，一大一小，你耳后也有，这还能错！"

乔亚非听后，面色铁青，冷冷地瞪着她。兰天依觉察到，向他的方向望去。周斌站起来，正好遮住她的视线："你怎么会知道慕容远耳后有双痣？"

“他是我们学校有名的校草，那时他在跆拳道馆训练，我们全校女生为此都去学跆拳道。”兰天依呵呵笑：“我当时就在他后面一排，所以看得很清楚！”

周斌想了想：“我对你没一点印象！”这句话，等同于他承认自己就是慕容远。

兰天依一愣：“啊？你真的是啊？”

周斌轻轻一笑。

“为什么要改名字啊？”兰天依问完这句没水平的话，立即想起乔亚非身边人的身份，急忙改口：“嘿嘿，可以不回答！”

周斌接过茶，抿了口，笑：“如你所言！”

周斌走后，乔亚非心情简直糟透。一种似是而非的嫉妒火焰般炙烤着他的心。她暗恋过慕容远，爱过董文龙，维护过林枫，唯独对自己，从开始就是这般的虚情假意。往事历历，如鲠在喉，他自问，因为感恩而爱，这样有意思吗？一连数日，乔亚非总是这样冷漠，很少说话，也不再看她。兰天依自知触犯了他们的职业规矩，一直小心翼翼。早上，她收拾房间时，听他在打电话：“九阳，你去商场替我买两条内裤再过来。”

她恍然，居然这样的问题都给忽略，难怪乔亚非越来越不接受自己。她走过去：“亚非，我去吧，这样的事怎么能麻烦别人呢？”

“不用你！”乔亚非冷冷地说。

兰天依不容分说，到商场精挑细选后，兴冲冲返回。然而，她推门进入病房时，却发现，人去床空。她打他的电话他不接，她找遍了他曾去过的所有地方，可依然没见到他的踪影！她伤心欲绝，这一次，她全身心地来爱他，为什么？他要这样待她！她究竟做错了什么？

鸿升公司有许多事务需要董事长签字首肯，所以，盯住替乔亚非跑腿的九阳，找到他就没问题。兰天依化妆成男孩，手持高倍望远镜，在鸿升公司停车场处的咖啡店守株待兔。这时，甘朵开着银色雪弗莱而来，她一袭优雅时髦的短款印花小西装职业套装，身段婀娜，明艳不可方物。

晕！还贼心不死，又来这里工作了！一股醋意直贯头顶，她咬牙切齿地暗骂，等着瞧，老娘我决不会让你得逞！

等了两天，终于，九阳露面。他驾驶着一辆不起眼的黑色普桑，停在鸿升公司对面停车处，戴着墨镜，快步进了公司。她趁此机会，迅速从他车尾处安装追踪器，然后从路口招了一辆出租，静静等待。很快，九阳拎着公文包从公司里出来，边发动引擎边观察车内的监测仪。这时，兰天依头戴宽檐帽，慌慌张张的样子出现在镜头里，九阳惊愣片刻，突然会心地笑起来："哈哈，老大，这回看你怎么接招！"车子七扭八拐地开进九弯胡同，眨眼不见。兰天依紧追不舍，跟进几个胡同后，感觉追踪信号越来越强，心知目标越来越近，就放走出租车，拿着定位器，在一幢中四合院前徘徊。确定无误后，她便去敲那个四合院的门。

乔亚非在房间内的监视屏里发现她追来，对刚进门的九阳说："你故意的？"

九阳忍不住哈哈笑起来："她追踪你时你不也没发现嘛！怎么单单我就高明了呢？"

乔亚非当然不相信："她手里可是拿着定位器呢，肯定在你车上安装了跟踪仪，你会不知道？"

"有钱还能使鬼推磨呢，何况你老婆是大手笔的人，配备比我先进多了！"九阳模棱两可地敷衍："行了老大，我都看不过了，我开门去！"这时，显示屏内的兰天依突然走了。两人互看一眼，乔亚非脸上明显失落。他怔了一会儿，为了掩盖心情，拿过文件进行批阅。

既然相爱，如此折磨又为哪般？九阳没谈过恋爱，自然不能够理解，可看到乔亚非落落寡欢的模样，忍不住问："我还真没见过如兰小姐这么执著的人，我打电话让她过来吧？"

"这是她能来的地方吗？"乔亚非一口回绝，背对过他："别烦我了，我还要工作！"

他所说自然没错，这四合院真不是别人随便能来的！"真不理解你们！"九阳叹口气，拽了个枕头，闭目养神。

乔亚非眼睛盯着文件，心思却越飘越远。他原以为可以忘记她，并努力去做，然而，她总是在他最思念她的时候出现，那故作温柔的样子，狡黠的笑脸，明知道是虚伪，也会把他的心揉成水。究竟要怎么办呢？对两人关系渐渐迷茫起来，他郁郁叹口气，抬起头。

突然，他看向屏幕的眼渐渐变圆，脸上露出一丝不可置信。

兰天依判断乔亚非不会给自己开门，而四合院的围墙又相当高，她想了想，从附近的商场买来一条绳索。四合院旁有一棵干枯的大树，她努力几次，终于把绳子扔到树杈上，然后脱了鞋，顺着绳索爬上来。树干与四合院的耳房有一定距离，站在这么高的地方，她有些发晕。九阳也从屏幕里发现了兰天依疯狂的举动，他靠了一声："甭说，老大你还真有眼光，人海茫茫，一眼就认定了志同道合的另一半！"说话间，人已经嗖地窜出了房间，光着脚跑到院子中，大喊："你等等！"

兰天依以为他要拦阻自己，咬咬牙，刷地蹦到门楼顶上。先听脚下嘎嘣几声瓦裂之声，紧接着，她头皮一阵剧痛。原来她的头发有一缕被缠到树枝上，被重力生生扯断。乔亚非看在眼里，心口如同被插了一把利刃，惊恐地爬到窗前。

九阳喝止："嫂子，你不要乱动，我来接你！"

他后退两步助跑，一个飞身，落到房顶，迅速解下树上的绳子，拴在兰天依腰上："我先递你下去，小心点！"

"谢谢你！"兰天依疼得眼中含泪，强忍着才没落下来。

"他在西面的房间里！"九阳轻声说。

兰天依拐过厢房，见乔亚非隔着玻璃窗，漆黑的眼睛复杂地望着她。她怔在那儿，怒瞪着他，眼中的泪却再也止不住，汹涌而出。九阳把她的鞋捡回来，轻声说："嫂子，天冷，进屋吧！"

这一声声嫂子叫得兰天依心中略略暖了一些，她走到卧室门口，长吸口气，一脚踹开门。

我的姑奶奶，这可是文物啊！九阳心痛地捂着胸口。

兰天依本不想流泪，可是，它就那么不争气地流下来。她斜着眼对炕上坐着的乔亚非大声质问："我错了吗？乔亚非，我错了吗？"

第一次她这么对自己发火，乔亚非面颊肌肉微颤，嘴角紧紧抿着。他承认，她没有错，他也一直在思念她，既然爱她，为什么一定要追究那么多前因后果呢？就算是感恩的爱情，那又有什么！作为男人，作为朋友，他居然会对周斌无来由妒忌，简直太离谱了！

兰天依已经爬上炕，瞪着血红的眼一连串地质问："是你隐瞒你自己的身份才让我误解了你，当亲眼见到有人涉黑时，你会无动于衷吗？调查你我有错吗？你怪我对你不够真心，可你对我坦诚过吗？我当时并不想把你亲手送进监狱，所以才回来举报你，就算当时说了不当的话，那又说明得了什么？就算你不来救我，你以为我脱不了身吗？凭什么你就认定是你救了我？"

乔亚非无言以对，惦记着她受伤的头，转身去翻药箱。兰天依见他还不理自己，气血冲脑，昏了理智，一拳拳打在乔亚非胸膛，哭得上气不接下气："乔亚非，你个混蛋，大混蛋，你究竟想要怎么样？你要成心气死我是不是？"

这一拳拳，如同砸在心里，他握住她的手，轻轻把揽在她怀里。她一时不适应，止住哭，呆呆愣住。他轻柔地使她趴在自己腿上，仔细检查她的头。

她这才回过神来，急忙用手撑住身体："亚非，压着你的腿啦!"

"辰辰，听话，别动!"他声音略带一丝嘶哑，一手托着她的额，一手边颤抖着上药边问："疼吗?"

清浅的话语，满怀关心，她登时忘记先前所有的不快和委屈，静静伏在他怀里，快乐地说："亚非，我不疼!"

头皮上有几处冒出了血点，有可能皮肉分离，这怎么会不痛呢！乔亚非悔痛交加，扶她坐下，拉过她的脚，去脱那沾满污渍的袜子。

兰天依想把脚抽回："亚非，很脏啦，我自己来!"

"别动!"他看了她一眼，深海样的双眸中有种激情在惊心动魄地涌动，她的心顿时狂跳起来。他仔细为她消毒、上药，然后替她抽了个枕头："辰辰，睡一会儿就好了!"

"亚非，那你不许走!"她许多天没安安稳稳睡过整觉，如今心里踏实了，两眼皮开始打架，确实有些支持不住了。

"嗯，我不走!"他粗糙的大手温柔地抚过她额头的乱发："睡吧!"

她拉住他的手，他一愣。她眼中晶莹，仿佛有光芒溅出，恳求："你不许走哦?"

他依旧望着她。

"不许走哦?"她乞求地摇了摇他的手。

他笑笑，低低应了声："嗯!"

得到他的承诺，兰天依倒头便睡，双手却下意识地把他抓得紧紧的。

阳光静好，满室温馨如春，他凝视着她，眼中柔情似水!

两人重归于好，又搬回乔家，这时，鸿升公司要召开年度的股东大会，乔亚非必须参加，兰天依趁此到商场购物。下午四时许，她拨通乔亚非手机："亚非，你什么时候回家?"

话筒内传来他的笑声："我已经在家里了!"

坏东西，不早告诉我！她兴奋地返回乔宅，一进客厅，她就喊："亚非？亚非?"

"我在这儿!"他在卧室里回答。

仅仅半天没见，她就想他想得不行，迫切地想看到他的笑容、看他黑亮的眼珠，尽情去呼吸他身上才有的味道。她奔向卧室："亚非，看我给你买什么来了?"卧室门并没有关，首先映入眼帘的是一个身材妙曼穿着时尚的女子，正俯身扶乔亚非坐起来。兰天依登时惊愣，脑袋里嗡嗡作响。她怎么会来这里？亚非为什么要和她有这种亲密的举动?

女人回过头，挑衅地龇牙一乐："哦，兰天依回来了!"

居然忘了，贼心不死的甘朵又回到鸿升公司工作了！她非常清楚这个女人对乔亚非的钟情程度，尤其看到两人这种暧昧行为，更加怒不可遏："谁让你来的？"她脸色青白，

乔亚非愕然："辰辰，你怎么这样说话？"

"你想让我怎么说？"兰天依眼珠子都红了。这女人一直激烈地追求乔亚非，可谓情坚意切，和她相比，自己毫无优势可言，尤其在与乔亚非弥合感情的时候，她居然又想插一腿，太可恨了！

乔亚非微皱眉："你先去倒茶！"其实他这样做，无疑证明兰天依是家里人。

甘朵一语不发，冷笑着坐在床边，斜睨着她。兰天依一看，更昏了头："你们不要太过分！"

她的表现也太让人下不来台了！乔亚非眉头收紧，厉声呵斥："辰辰，谁过分了？你在胡说什么！快去倒茶！"

他居然当着甘朵的面训斥自己，她的心都要碎了："你会后悔的，你个大混蛋！"喊完，"呼"地摔门而去。

没想到她会这样生气！乔亚非登时怔住，心如空谷落石，耳边的空气仿佛被抽走，满世界一片空旷的寂静。

"亚非？亚非？"甘朵呼唤。

半晌，他才回过神来，急忙坐上轮椅喊她回来，可是，等他追到门口，伊人早已无影无踪。

寒空星稀，暗夜无边，山风在树枝间翻卷、呼啸，树干发出凄厉的怒吼，在漆黑静谧的夜里听起来格外令人惊悚。此时，乔宅小区后面的半山腰处，兰天依靠着一棵粗壮的黄栌树黯然神伤。完全可以推断得出，乔亚非是在自己离开他时重新雇佣了甘朵，难道，他们还要前缘再续么？也是呵，当着甘朵的面，他那么凶地训斥自己，真得让人难过死了！与甘朵相比，无论品貌财势，她根本没自信，在她与乔亚非关系这么脆弱的时候，如果甘朵真要死乞白赖地横插一脚，她怎么会是甘朵的对手！怎么办？理智恢复后，她有些后悔了，结果还没见分晓，就这么傻呼呼地跑出来，真冲动啊！

不知何时，天上飘起了细细的雪花。她摸索着下山，一时又不好意思进家门，想了想，决定从地下车库悄悄入内。她当初在追踪乔亚非时，曾高价向人学习过开锁技术，何况乔家车库的警铃相对比较简单，她有信心神不知，鬼不觉地进去。她先到商场去买铁丝、螺丝刀等工具，才发现手机及购物卡都没带出来，怪不得这么长时间一直没接到乔亚非的

电话！好在衣服里还有点零钱，才不至于空手而归。她用钥匙轻轻转动锁眼，门打开，但她并没有推动，静静感知门铃的位置。这个器械根据挤压受触原理，在门打开的瞬间音乐会响起，那么在这有效的时间内，如何切断电源，防止声音外泄才是关键。

等待的时间不宜过长，否则会引起小区保安的注意。

门被拉开一条只容非常细的铁丝挤过的缝，她先把外面的铁丝葳弯，保证门内铁丝改变方向。在铁丝触到墙后，她又拉回几公分，摸索了一番，找准位置，凭着记忆，把铁丝准确地插入电源接触板中。然后，在她迅速进入地下室的瞬间，铁钳已经卡住电感线路，同时门合拢。但现在铁丝还不能抽出，她用螺丝刀先彻底拆了电源线，拔出铁丝，再去接电源。突然，门被人猛推了一把，她站不住，噔噔噔后退数步。

九阳头上顶着薄薄的一层雪花，从外面进来，透过黑暗看到兰天依惊慌失措的脸，疑惑地皱眉："嫂子，你在做什么？"

"啊？我——"他还真能赶时候！"呵呵，呵呵，门铃坏了！"她笑。

九阳笑道："然后三更半夜修电铃？"

好像也瞒不过这人精，她眼珠一转："是这样啦，我觉得这门铃太老了，不太安全，所以看看我能不能音乐不响也可以进入房间呢！"

"做到了？"

"嘿嘿，差不多吧！"

九阳自然不信："是不是和乔哥闹别扭了？"

"不是啦，我是想和他开个玩笑，偷偷回家，给他个惊喜！"

九阳见识过兰天依撒谎的功夫，扑哧乐了，小声说："那咱们去试试？"

兰天依无奈："好啊，不过，等我先把电源接上。"

"嘿嘿，嫂子，明儿教我如何开锁吧？"

"我也不太会，只学了些比较初级的！"她拧上螺丝："走吧！"

已经入睡的乔亚非突然机敏地听到门外极轻并缓缓接近的脚步声，不由大吃一惊。任何人进入这座院子，客厅内都会响起音乐，如果出现与此相反的情况，那么，一定是来了对手。思维与行动同步，他迅速地从枕头下取出麻醉枪，双膊一撑，坐到轮椅上，将身体放平，躲在床垫中边发求救信号，边密切注视房门。与黑夜几乎融为一体的门被无声打开，就在这一瞬，子弹出膛。

给对手机会，就等于自取灭亡！多年争战经验，此时乔亚非毫不留情地出手。门口的身影晃了晃，发出不可置信的声音："有，有坏人！"

话音落后，来人两眼一翻，扑通倒在地上。来人竟是兰天依！乔亚非心口猛地一跳，难道，她被人挟持了？好在自己没有使用弹子，庆幸的同时，轮椅已经移了位置，他潜到门口的射击死角处，等待机会和救援。

四周重新变得静悄悄的，但这时，却是最危险的时候，乔亚非全身的细胞都处于亢奋状态，时刻准备消灭来犯的敌人。门缓缓打开，那微弱的声响，在漆黑寒冷的夜晚格外惊悚。乔亚非依旧不动，弹子在手，随时准备无声发射。突然，他猛然反手，铁弹流星般击碎空气，洞窗而出……窗外静了片刻，忽听九阳大喊："老大，你疯啦！"

乔亚非一怔："刚才是你？"

"废话，还有你老婆，真有你的！"

乔亚非急忙开灯，见兰天依神智迷糊地躺在门口，胸中五味翻腾，从轮椅上直接扑到地上，抱起她。

九阳已经进入卧房，见此，忙说："我帮你！"

"不用，她中了麻醉弹，没什么事！"

九阳嘁了一声："老大，你出手怎么这么狠！"

乔亚非亦是羞愧难当，抱着兰天依膝行至床边，把她轻轻放在床上，然后双手一撑，坐在她旁边，问："你们怎么进来的？我怎么没听到门铃响！"

九阳心里明白大半："是不是又和嫂子闹意见啦？"

乔亚非撒谎："没有啊！"

"那她怎么三更半夜撬锁？"

"她？"乔亚非怔住，神情复杂，好一会儿才问："这是她干的？"

九阳再也忍不住："哈哈，哈哈，你老婆花样真多！"

乔亚非突然想起一事："坏了，周斌可能要到了！"

"算了，我也提供了假信息，来了就来了，正好听听我们嫂子的巾帼事迹。"九阳坏笑……

熟悉的荷尔蒙和着淡淡的烟草味，开启了她的思绪，使她的意识渐渐清晰起来。突然想起昨日的惊险，心不由扑通扑通开始乱跳。亚非身体有伤，会不会出危险？她猛地睁开眼。光线瞬间涌入眼底，浅浅的霞光下，一双黑亮如漆的双眸正对着她微笑。她先紧张地检查他的身体，然后松口气："昨天那坏蛋是不是抓起来了？"

乔亚非扑哧乐了："是啊，我把坏蛋抓起来了！"

她拍拍胸口："吓死我了，你没事就好！"接着她又问："昨天好像我也中弹啦？"

"嗯嗯，这是对坏蛋的惩罚！"他戏谑。

嗯？这话听起来怎么充满阴谋的味道呢！兰天依眨巴眨巴眼，正疑惑中，只听九阳外面喊："拜师饭已经做好啦，嫂子不要错过啊！"

兰天依奇怪地跟他进入厨房，看看丰盛的早餐，笑着说："九阳，我真的只略懂皮毛！"

"师傅领进门，修行在个人，师傅，请受小徒一拜！"九阳双手一揖，右膝稍弯，然后说："师傅，礼都受了，快给句准话啊？"

"那你今天去找几把不同类型的锁来，我们慢慢研究，怎么样？"

"得令！"九阳就要向外跑，乔亚非从卧室里坐轮椅出来："九阳，顺便买块玻璃来！"

兰天依惊讶地问："为什么买玻璃？"

九阳转头促狭："嫂子，还不是乔哥干的好事，昨晚他用麻醉枪先干掉你这个'坏蛋'，然后又隔窗用铁弹袭击我这个'坏蛋'……"话没说话，中了乔亚非一弹，抱头窜进地下室。

兰天依总算明白了昨晚究竟发生了什么，这时乔亚非又解释昨晚的事："我只把甘朵当作妹妹，以后不许胡思乱想，更别那么晚回来，出了危险怎么办？"

她心中暖暖的："可她不那么想啊？"一定要把情敌消灭在萌芽状态。

"小心眼！"他笑着皱眉："你什么时候到公司工作？"

"不急，等你腿完全康复吧！"她现在喜欢天天和他赖在一起，每天都陪他批阅公司文件。

一直以来，她都很奇怪从没有过经商经验的乔亚非怎么会在如此短的时间内大刀阔斧地进行了股改，使得公司迅速步入正常经营轨道。今天她总算明白，原来他竟然雇佣了这么一个出色的总经理，而且本着疑人不用用人不疑的态度，大胆信任，充分放权。这也充分符合最高领导的领导艺术！灯光下的男人眉头微锁，奋笔疾书。她手托着下巴，趴在他胳膊旁，不时偷偷看他。他脸上青年的柔秀颜色早已退隐，取而代之的是岁月磨砺的硬朗和沧桑，更有种如山般浑厚伟岸的气势，令人足可以踏实地依靠！

"亚非，你好厉害哦，这么短时间内就使公司完成股改和经营模式！"她由衷赞叹。

"这些事都是总经理一人做的！"

"你哪找来个这么厉害的管理人才？"

还不是周斌撬来的，答案当然不能告诉她！他笑了笑说："花钱雇来的!”

废话!兰天依翻了个白眼:“正所谓主将无能累死千军,没有你这个运筹帷幄,决胜于千里之外的大将,鸿升公司会有这么井井有条的管理和蒸蒸日上的业绩!”

乔亚非拍拍她的头:“你贫不贫!”正说着,他的手机铃声响了起来,他接通:“喂,阿斌啊,这么晚了什么事?”

“乔哥,老爷子来了,你让保安放我们进来!”

乔亚非一听,大惊失色,差点从床上蹦起来,当即通知小区保安放人,然后神情激动地换上正规西装,坐轮椅亲自到楼口迎接。然后他又想起了什么:“辰辰,快去把日铸雪芽茶找来泡上!”

究竟是什么人?引得他这样激动!兰天依疑惑地找来绿茶,刚刚泡好,就听地下室的音乐响起,乔亚非的身板也挺得越发直。周斌先走上来,帅气得令人眼前一亮,接着一个高大的军人威风凛凛地出现在视线中,而他的后面,竟然是李跃警官。

乔亚非坐正先行了个军礼:“首长好!”

那军人双腿“啪”地一并,回之以军礼,然后上前一步,弯腰仔细看他的腿,叹:“第一次受这么重的伤!”心痛之情溢于言表。

兰天依听此,不由阵阵愧疚,偷偷打量他。那军人看上去五十岁左右,一身戎装,肩章为金黄色二星,浓眉虎目,高大英武。端地是站如松,行如风。那棱角分明的脸上,有一双令人心惊胆寒的漆黑眼睛,如鹰隼般机敏,如深潭样莫测。他扫了她一眼,她顿觉通体生凉。

没有人把这位军人为她做介绍,她只好怯怯地笑:“首长,您好!”

他点点头:“亚非,这就是你女朋友吧?”

“是!”乔亚非的回答干脆响亮,兰天依高兴地以女主人自居,客气道:“首长、周哥、李警官,你们都过来坐!”她率先把乔亚非推到客厅中左侧,便去倒茶。

这时,周斌恭敬地说:“爸,您先坐!”

兰天依一听,不由倒吸口凉气,手中的动作也不觉停止。周斌承认自己就是慕容远,而慕容远的亲爹绝对是久远公司的董事长慕容久,那么,还能被称做爸爸的就只有老丈人了。她脑中电光一闪,望向李跃——陪在那军人一旁的她,与周斌的丈人长得极像,尤其那双乌溜溜的黑眼珠。

她恍然大悟!

不过,兰天依瞬间的表情早被面前这位军人一览无余,此时他眼里生出几分促狭："兰小姐，看出什么来了？"

他既然知道自己名字，就一定听说过自己与乔亚非的事情。兰天依甜甜一笑，改口道："我应该称您为李伯父，对么？"

"以后观察人不要这么明显，人的第一感觉传递的信息往往是最准确的！"他严肃地教导。

她微怔，而后反驳："凡事不可能千篇一律！"

"但千变万化总有规律可循！"

"那也需要许多经验哪！"她微笑着为他端了杯茶："伯父，您喝茶！"

军官接过茶，细细抿了一口，抬眼又问："兰小姐，你做销售工作多少年了？"

"毕业后应该说一直在做吧！"她说。

"这说明毕业前也做过？"军官挑眉。

这两句话并没有必然联系，他为什么这样问？难道，他调查过自己？可他为什么调查自己？几种疑问一闪而过，她看了看乔亚非，想从他处得到一些答案，然而，乔亚非一直半垂着头，并不看她。她犹豫着答道："哦，算是吧，我原来一直为我父亲的铸造厂做推销！"

军官皱眉笑："确实，我调查过你，你既然心里明白，就不必表现得那么明显！"

兰天依目瞪口呆，实在不明白这军人在她面前表现得如此犀利、如此精明又是为哪般？李军官并不隐瞒自己好奇："周斌曾经修饰过容貌，你又是如何发现他是慕容远的？"

李跃和周斌表情严肃，眼中都有一分期待。兰天依想了想，觉得从周斌耳后两颗痣说起定是废话，何况，此事曾引起乔亚非的强烈不满，于是客观道："可能和搞销售有关吧，我能轻易记得很多人！"

"从哪些方面的记忆？比如，声音、相貌、习惯表情等等！"军官追问。

"其实是综合感觉吧！就是您刚才所谓的第一感觉，因为做销售每天要见许多人，要和许多人打交道，为了更好地记住所有客户资料，曾经也下过苦功，而后习惯成自然，遇到相关人物，就是相隔多年，我也会记得！"

军人点点头，对她说："我可以问兰小姐几个问题吗？"

难道您没问么！怕又被他看穿，她呵呵笑："当然可以！"

军人看了眼周斌，周斌从衣兜中翻出一只精巧的黑色方匣，鼓捣了几下，把屏幕对准兰天依："兰小姐，给你五秒，记住这个人！"画面上出现一个男人的脸，短发，无须，之后瘦瘦的背影，紧接着，人物消失，五秒已到，周斌调转屏幕，又问：“你看能不能从这群人里找到他！”

这次画面比较杂乱，一群人斗殴，大约三分钟，周斌关闭摄像器材，她略一深思：“第一感觉是穿红背心的人！”

周斌把两人对比照片拿出来：“这两个人最明显区别是头发长度不一样，前者短后者长；体形对比，前者瘦后者胖，最关键处，年龄看上去相差也大，你为什么判定他们是同一人？”

“你刚才所说只是表象，人这一生最难改变的是眼神、走路的姿态，习惯动作等等！”她又仔细看了看对比照片：“这两人年龄相差应当在5年开外！”

“这么自信？”周斌笑了。

“如果你拿出两人不是同一人的证据，我当然会放弃自己的想法！”兰天依反将一军，得意地看了眼乔亚非。

军官笑：“再问一个问题怎么样？”

“上一个还没告诉我答案呢！”她不满。

周斌笑道：“你的眼很厉害！”

李跃难得放弃严肃的表情：“没亚非眼贼！”

乔亚非瞅了她一眼，皱眉乐了。

只听军官继续问：“我这里有一件物品，你怎么能不被人发觉拿走？”

兰天依看了看他放在案几上的一个漂亮盒子，指指周围的人：“他们算吗？”

“当然！”

“您算吗？”

“不算！”

可这终究是大庭广众、众目睽睽之下的掩耳盗铃之举，最起码，他也不能明告诉大家啊！她泄气：“那我拿不来！”

军官不再提问，对乔亚非说：“亚非啊，你打的报告我已经看了，只是不知兰小姐什么意见？”

乔亚非做的都是正义之事，当然无条件支持，兰天依想都没想：“我什么意见也没有，亚非说什么就是什么！”

看她温顺可亲的表象，一直沉默的李跃突然嗤地笑了一声。兰天依自然明白她笑的含义，不由翻了个白眼。周斌转过头，用手轻轻拍了拍李跃的头，然后四目相对，深情笑望。

客厅的沙发摆放是北东向，军官坐在正北，周斌与李跃坐正东，乔亚非与兰天依在客厅中央偏左，周斌侧头，刚好露出后脖颈。兰天依突然怔了怔，而后会心一笑。悄悄附在乔亚非耳边说：“亚非，看到没，我们大师哥绝对在用美色勾引李警官！”

乔亚非稍愣，虽然觉得很有道理，却仍忍着笑斥责：“胡扯什么！”

这话已然落到周斌耳中，他回眸邪魅地一笑，灯光下，灿烂得耀眼。

“哦也，果然回眸一笑百媚生，哈哈！”兰天依拍着乔亚非的肩大笑，笑完，向军官那边走去。

这时，众人的眼睛又都盯在茶几上的盒子上。她连看都没有看，附在军官耳边，开始嘀咕。军官脸上略有一丝诧异，看向周斌。周斌不明所以，问：“爸爸，怎么了？”

兰天依脸上闪过一丝狡黠：“呵呵，我在对伯父说，大师哥脸上做过哪些手术，而且近几天还把耳后的痣也去掉了呢！”

周斌和李跃大眼瞪小眼，乔亚非则吃惊地望向他们：“阿斌，真的？”

周斌无奈地点点头：“兰小姐眼睛确实厉害！因为这两颗痣是明显的标记，所以我做掉了！”

李跃不屑，哼了一声：“厉害么？这么厉害白白扔水坑几百万！”

她是哪壶不开提哪壶！当初，为了买追踪器械，兰天依没少糟蹋乔亚非的钱。这时军官又说：“既然兰小姐同意把这里当成工作地点，那就请兰小姐带我到楼上转转？”

原来乔亚非打的这个报告，这说明他是充分信任自己的。她很高兴：“好啊！”

李跃大喊：“盒子不许动！”

兰天依与军官对视一眼，脸上掠过一丝不易觉察的笑，并不理会盒子，举步上楼。

现在兰天依也大致明白军人为什么这样考问她，到了二楼，她拿出一枚戒指：“伯父，您收起来吧！”

军官没有接，笑问：“没兴趣？”

难道他们真的要自己加入特警队？看着军官那殷切的眼神，她怔了片刻：“我并没接受过特种训练啊？”

“自然更好！”

“嗯，可我能做什么呢？不会开枪，不会打斗，更没有侦案经验啊？”

“可以学嘛！”

这实在太出人意料了！她想了想，把戒指放在手心：“伯父，那它代表什么？”

“现在什么也不代表！”

“可这钻戒是真的，这么贵重，不代表什么就可惜了！”

“嗯，你说得不错！”军官并不否认。

兰天依眨眨眼，暂时先放过这个问题：“伯父，如果你们觉得我行呢，我当然喜欢，但我需要和亚非商量一下！”

“当然！”

军官参观完别墅的第三层，与她下楼。楼下诸位齐齐看向他们，但两人表情很平淡，客气地入座。军官说：“地下室与三楼归属办公地点，一二层你们做正常起居，招待客人之用！”

乔亚非点头。

军官调侃：“你们两人商量一下，毕竟兰小姐要嫁过来的，不要因此闹家庭纠纷！”

乔亚非急忙表白：“首长，不用商量……”

“亚非，我们还是商量一下细节吧！”兰天依打断他，推他进了卧室。

军官含笑看他们离开，然后要去拿盒子。

李跃拦阻：“爸爸，还没过规定的时间呢！”

“哦？”军官挑眉，望向周斌。

周斌笑：“兰小姐已经拿走了！”

李跃不相信：“明明在那里么！”

周斌揽她坐在军官侧：“这盒子已经移位了，说明她还不是高手，给人留下了痕迹，但里面的东西确实没了！”说着，他打开盒子，对李跃说：“是空的吧？”

李跃皱眉：“老爸，她怎么拿走的？”

军官眼前又出现兰天依窃走盒子里钻石戒指的情形。她以周斌除痣为幌子，趁他们把注意力转移到周斌身上时，迅速打开盒子，取出其中的戒指。他现在也没想明白，作为从没参与过情报工作的人员，她怎么发现盒子能打开？盒子里会放着东西？而且为什么会直接取盒子内的戒指？其实只要盒子到手就算她成功了！

军官仍表情淡淡的：“所以你搞不来情报工作！”

李跃语塞，再不做声。

周斌问：“爸爸，兰小姐什么想法？”

“爱情至上！”

“如果搞情报工作，需要单枪匹马，随时可能有生命危险，亚非怎么会让女朋友冒这个险？”

“千军易得良将难求!”军官叹口气:“她无懈可击的身份，敏睿缜密的头脑，练达的人际关系，临危不惧的坚毅性格，最难得的是铜臭与虚伪掩盖下的那一身正气，难得啊，难得!”

“是啊，以她商人的身份，做采集情报工作，实为上上之策!”

“不，她的实质身份是经济警察，去做混入我国的商业间谍的卧底!”

周斌恍悟:“您认为浩子的后面的黑手是商业间谍吗?”

“这就看兰小姐的本事了!”话毕，军官望向门口。

此时，房间内，兰天依向乔亚非讲述了刚才军官对她说的话，犹疑着问:“亚非，该怎么办呢?”

乔亚非笑了:“只要是为国为民的工作，都不必问我，我会无条件支持你的想法!”

“亚非，你真好!”她高兴地把脸贴在他放在轮椅的手上:“可是，我还是希望听你提出一些意见!”

乔亚非想了想:“你最可能成为经警，协助调查商业非法交易及洗钱。他们也会给你考虑的时间，我们先出去吧，不要让他们等太久!”

“先等等!”她拿出戒指:“我把盒子里的东西取出来了，你看，它代表什么?”

她还真过了老爷子的关!而且做得非常完美。

“钻戒吗?”他犹豫着拿过来。

为什么要给她钻戒?是不是这里面有猫腻?老爷子做了一辈子情报工作，心思无人能及，而且这戒指给得这么突兀，肯定有问题。他把戒指所有突起之处小心按过，仍没找到突破口。

兰天依看了半晌，问:“你认为它是什么?”

“武器!”

兰天依不太相信军官会直接拿武器给她，推测:“亚非，你说李伯父会不会出门时一时着急，顺手牵羊拿了李警官的戒指?”

“绝对不会!”这点乔亚非很肯定，作为军区和国家安全部重要首脑，本能和习惯，李万国也不会犯这么低级的错误。

“呵呵!”她笑:“不过，他肯定没想到我会真拿盒子内的东西!”

“调皮!”乔亚非揪了下她的脸蛋，拉她出了房间。

兰天依问:“伯父，您看我适合做什么工作呢?”

“销售、总经理助理、小企业主、总经理，……”他一口气说了这么多，一项也没有兰天依想听的答案。

她开玩笑:“我还以为我能做点别的呢!”

“这要取决于你的意愿！”

“您不说我怎么知道我能不能胜任呢？”虽然面前这位首长官职很高，但她们毕竟还不是从属关系，因此她的问题直接且干脆。

“情报工作！”他说完，淡淡地望着她的眼睛。

兰天依倒抽口气，愕然惊在当场。如果去当一名经济警察，她还比较有信心，可情报工作她从来没接触过！她看向乔亚非，希望能从他那里得到些提示，可是他侧着脸，根本看不到他的表情。她犹豫了，虽然乔亚非一再表示他绝不干涉她的决定，但情报工作是很危险的职业，稍有不慎，就会秘密消失！这在电视中太常见了，不论是007还是曾经的地下党，哪个不是提着脑袋工作！如今，她的命运已经与乔亚非相连，她可不想让他为自己日日担心。她拿出钻戒，郑重地送到李万国手中：“谢谢您对我的赏识，但我不想做这种工作！”

李万国并没有露出失望之色，反而笑道：“人之常情，做好亚非的贤内助也是为国家无私贡献！”

突然，耳边传来李跃地惊叫：“老爸，你太过分了，居然拿我东西送人！”

兰天依一愣，瞬间反应过来，这位李军官当真是个三只手。

“老爸，这是我刚刚研究出来的，你就拿来送人，居然都不和我商量！”李跃恨恨出手，去抢兰天依手中的钻戒。李万国二指闪电般直点她手腕，她只觉手臂一麻，哎呀一声，戒指落下。紧接着，李万国手掌忽翻，半空一捞，然后手轻轻一展，戒指已经落到他手心，随即，他的掌心合拢。这一动作，眨眼间完成，兰天依看得目瞪口呆。

“亚非，刚才研究这戒指时你看出什么来没有？”李万国根本不理会李跃的郁闷。

难道？这戒指真有名堂！兰天依今天简直被这位貌似严肃实则有点无厘头的军官搞得晕头转向。

乔亚非摇摇头：“这是李警官新研制的武器吗？”

周斌乐了：“没琢磨出问题来吧？”

“难道真是戒指手枪？”看来，老爷子顺便在验证李跃的技术过不过关。不过，这种产品难得一遇，还回去真是可惜。她有点舍不得：“首长，就这一枚戒指吗？”

“成双的！想送你们做结婚礼物！”李万国笑得意味深长。

得，他用结婚为诱饵，想让兰天依自动上钩。果然，兰天依听后，眼都冒了绿光：“李伯伯，”她甜甜地说：“如果我答应您做情报工作，您不会让我使用美人计吧?”如果他们真让自己使美人计，那就免谈，其他还好商量。

此话一出，众皆愕然，转而都忍笑，表情各异。唯有李跃鄙视之:“也不看你够不够格!”

兰天依忍不住翻了个白眼:“又没问你!”

李军官抿嘴笑:“不要把情报工作想得那么可怕，真正做情报的都是目标国国籍的人，你只适合做反经济间谍和情报携带者!”

她明白了:“那我当然愿意做!”

“具体你是否胜任这项工作，还需要经过考验!”军官点到为止，站起来告辞。

第十五章　英雄本色

节后，许久不曾联系的许坷突然给兰天依打来电话：“兰姐，我有事想找你谈一谈?”

“什么事啊?”

他好似挣扎了一番：“是有关乔夕的!”

兰天依怔了下，有种不好的预感：“许坷，乔夕怎么了?”

“兰姐，我们当面谈吧，你现在在哪儿?”

不言而喻，乔夕肯定是出了大事，否则以许坷的禀性，绝对不会主动找她。两人相约于附近的咖啡店。许坷一身极普通的西装，与过去相比更加消瘦，眼神中毫不掩饰地疲惫。

她紧张地问：“乔夕出了什么事?”

“吸毒!”

她不由倒抽口气：“什么时候的事?”

“已经一年半了吧!”

这么说，他早知道乔夕在吸毒！犹如晴天霹雳在头顶炸开，她额上青筋直暴：“为什么不带她去戒毒?”

“戒过!”他苦笑。

她心陡地一沉：“复吸吗?”

很久，他叹息：“我以为——爱情可以改变一切!”

突然想起初见乔夕时喷云吐雾的模样，兰天依无比愧疚：那时她把心思全扑在了乔亚非身上，竟忽略了乔夕！长时间沉默后，她说：“抱歉，我也有责任，刚才我有些激动!”

“关心则乱，我理解!”

她试探：“许坷，我们一起重新帮她戒毒，好吗?”

“我已经尽力了，她的人生，我已实在无力承载。”他说出自己的决定：“我要出国了，她——就拜托你了!”

“许坷，我们——”

他知道她要说什么，打断她：“兰姐，你是个好女人，有实力也有能力帮助她，而我的人生，不仅仅是我自己的，如果我把我的一生都给了她，该怎么面对含辛茹苦养育我成人的父母亲人？他们现在还在贫困线上挣扎，而我，从不曾回报他们，却把所有的积蓄供女友吸毒……”他身体微抖，再无法说下去，站起来：“请原谅我的自私！我——走了！”

其实今天许坷单独找自己而不去找杨虹，也不过想给乔夕一个好的结局！何况以许坷的家境，就算倾家荡产也难抵吸毒者半年的毒资，她有什么权利责备要求他？

午后，天色渐渐阴沉，寒风突起，沙尘狂舞。兰天依心情低落，慢慢向乔家走去，远远的，她看到一身黑衣的乔夕，萧瑟地缩着身体。她心痛地一缩：“小夕，回家来吧！”

乔夕扑到她怀中，流着泪：“姐姐，我该怎么办？”

“小夕，除了你自己，没有人能左右你的人生！”

“这次我真的没有吸粉！”

她轻轻拍拍她的后背：“你能证明给我看吗？”

戒毒所一时不能证明乔夕是否复吸，但有一点肯定了，她怀孕三个月了。吃惊的不仅仅是兰天依，就连乔夕自己也很吃惊：“我以为毒瘾又犯了呢！”

兰天依一听，就知道她又曾经复吸过，所以许坷才会决绝地离开。然而，不论乔夕曾经有过什么样的生活，她都有责任和义务帮助她脱离过去。医生建议乔夕还是应该打掉孩子，乔夕却坚持自己做母亲的权利，她相信许坷不会抛弃她，并决意搬到远在山区的许坷家，等待他回心转意。

有许坷家人的照顾，兰天依也稍稍放下心来，和乔亚非商量：“还是把乔夕的事情告诉许坷吧？”

“不必，”乔亚非断然拒绝：“如果他心里有小夕，他会回来的！”他握着她的手，眼中生出几分不舍：“辰辰，明天我可能要外出些日子，乔夕拜托你多照顾了！”

她以为他又去执行任务，痛快地答应：“你放心啦！”

一夜无话，第二日早，乔亚非仍和往常一样在院子里练习臂力。兰天依守在一边欣赏，正奇怪他明明说今天要走，为什么还在家里这么悠闲地锻炼呢？突然，门铃声响起。她疑惑地打开门，登时不可置信地惊住。门外站着数名全副武装的警察，为首的是一名检察官，他先拿出搜查证，在兰天依眼前晃了晃，随之，潜伏在小楼四围的武警冲进院子，咔嚓为乔亚非戴上手铐。电光火石间，她想起他昨天的话，原来，他所谓外出居然是坐牢！望着他消失在自己的视线中，她顿时感觉心中好似空了般，虽然明知道他还会回来，可就是忍不住伤心难过！她失魂落魄把自己摔在床上，闻着床上熟悉的味道，那种油然而生的寂寞感，足以令时间静止，压抑得人喘不过气来！

手机短信忽然嘀嘀响起，她翻开一看，突然一跃而起，迅速穿上外套，开车而去。

李跃早在希尔顿酒店等候，见兰天依匆匆而来，调侃：“眼怎么红了？”

“用得着去坐牢吗？”

“法律程序还是要走的，呆子指证他，难道我们警方能视而不见？”李跃正义凛然。

“我那个时候调查的证据你们怎么就视而不见了？”

“蛮记仇的嘛！”李跃忍不住笑起来：“不过，乔亚非被捕之事，肯定会给鸿升公司带来不小的冲击，如何稳定公司内外部的人心，你是关键人物！”

“明白！”兰天依在鸿升公司做过几年，很有信心顺利交接，不过，她更关心李跃发给她短信的内容：“你不是要向我说亚非和周哥做情报的事情吗？”

她呷了口茶，笑笑：“你可能听说过，亚非过去是问题少年，乔知之为此把他送到部队管教。他虽然好勇斗狠，却也果敢机警，我父亲到部队挑选特警时，一眼就选中了他。经过三年秘密特训，他被派到臭龙手下当卧底，并一举捣毁了臭龙所建的非法贩毒组织。之后，他加入 L 国卡比亚黑帮，与那时还是慕容远的阿斌，负责情报传输。不久，慕容远暴露了……”

午后的阳光穿过，她灿若星辰的双眸在流光中眨动，此时她神思飘远，陷入回忆中……

慕容远被关进 L 国最坚固的百年监狱——伊夫堡监狱，没日没夜地遭受酷刑审讯。就算这些人什么也审不出来，如果不逃出去，他也会在这里被秘密处理掉！他很爱自己的妻子，他的儿子还在襁褓，他不能使她们失去丈夫和父亲。返回国家与妻儿团聚是他强大的精神支柱，使他熬过一次次精神与肉体上生与死的折磨。每天，审讯结束，他都用心观察周围的一切，寻找逃跑的机会。

他所在的 13 号牢房是用混凝土浇筑的，非常坚固。窗栅是新的，窗口仅仅二寸宽，人根本爬不出去。牢房的门为精钢所铸，中间用铁皮密封，上下是大拇指粗的栅栏，以便看守巡视牢房内的情况。看守早晨 7 点、中午 12 点、晚上 6 点送饭。平时随时抽查，而且每天会尽职尽责地检查一番门上面的钢条是否牢固。他的房间里只有一张铁床，铁床非常结实，不使用铁锤拆不散。然后就是一床被褥，再无其他任何东西，就连他吃饭时，看守也会站在一边，等他吃完后才把木匙、木碗收走！监狱的院子里，从牢房到围墙大约10米宽，白天，院子里的警卫不断，他们有4人，各守一角，有些囚犯可以获准在此放风，但他没有这种待遇。夜晚，院子里灯火通明，监狱四面各有一个探照灯，院里的一切警卫都看得很清楚。这座监狱修建得如此牢固，管理制度如此严格，没有别人的帮助，想逃出去，比登天还难。

这时，一只老鼠从他脚上窜过，引起了他的注意。他发现，房门下面，门和地之间有一条两寸小缝，可是没有一只老鼠从门缝里跑掉，那么，鼠洞就别有出口。他在地上摸索了一会儿，终于在墙角摸到一个比较圆的洞口，比一元硬币稍大。他把手探进去，感觉好像是长期未用的下水管道。慕容远相信乔亚非现在一定在寻找他，能不能通过下水管道向外传递消息呢？在没人骚扰的时候，他静静地听外面的声音。他听到了鸟叫，还有孩子们玩耍的叫喊和球棒击球声，这说明监狱旁边是一个棒球场。他走到窗前，看到一只水鸟落在墙头，很快判断附近肯定有一条河。如果监狱旁边有河，那么这条下水管道定是通向河里的，老鼠正是从河边出入牢房里。

他突然笑了——这些老鼠，正是他生命的信使！

伊夫堡的警卫9点查完房，关了灯，就不会再来打扰关押在里面的犯人了。慕容远抓到几只老鼠，在它们背上拔出一个中文‘三’字。‘三’代表乔亚非的绰号。很幸运，这些老鼠被正在寻找他的乔亚非发现。通过下水道口，乔亚非给他带来所需要的硝酸、铁丝等物。

这天，慕容远接受完审讯，路过监狱长办公室，听到他正在大声吩咐："打电话给电气公司，一号牢房的探照灯出现问题了。"

原来这监狱里并没有自己的电工！慕容远内心一动，在进牢房时，发现有一条电线从对面走廊上的墙角穿过。如果想弄断这条电线，这个距离对他来讲，足够了！他继续用硝酸腐蚀牢门下面的栅栏，并用节省下来的牙膏小心地把硝酸抹到栅栏根部，以防硝酸流失。因为下边的栅栏高度不过5寸，人想爬出去很难，因而看守们从来不注意它。

一切准备就绪，不久，伊夫堡的一个警卫走进监狱长办公室报告："我这面院子的探照灯不亮了。"

"该死的，怎么回事？"监狱长一边咒骂，一边打电话给电气公司："我是伊夫堡监狱，立刻派几个人来这儿修理探照灯。"

夜里11点，电工到达，开始检修。监狱长按下通话器，与大门的警卫联系："进来几个电工？"

"一共四人，三个穿工作服的，还有一个领头的，穿着灰色大衣和丝绸帽子。"警卫回答。

"好吧，要保证只有四个人出去！"监狱长嘱咐完，又亲自到重刑犯院落从牢房外一一检查。还好，13 号囚犯还在。他下放心来，踱着方步，回办公室闭目养神……

第二天凌晨，监狱长被监狱里刺耳的警铃惊醒，同时，他的电话也响了起来，只听重刑犯院落的警卫恐慌的喊声传来："监狱长，不好了，13 号牢房的囚犯不见了！"

他脑袋轰地炸开，撒腿就向牢房跑去。牢房里躺着一个黑头发的男子，然而，这只不过是慕容远的替死鬼。很快，在 L 国国际机场、码头、车站，布满了便衣暗哨。

原来，乔亚非利用他是 L 国卡比亚黑帮的亚洲首领，混入电工中，带一名干枯瘦小电工进入慕容远牢房前的走廊。等走廊外的狱警转身时，乔亚非立即趁黑无声干掉那名电工，与此同时，慕容远推掉牢门下面的栅栏，把那名电工拉入牢房，然后利用缩骨术迅速地爬出来，又把那些铁棍原样放回。眨眼间换上乔亚非递给他的帽子和工作服，协助乔亚非修好被他故意损坏的电线，跟随其他人一起出了监狱的大门，接着潜入乔亚非所管理的酒吧。

安顿完慕容远，乔亚非刚刚要躺下，听到敲门声。他懒洋洋站起来，眯着眼打开门，"谁呀？"紧接着，他的表情变得肃整，略带一丝惊讶，"巴比罗先生？"

巴比罗是卡比亚黑帮的二号人物。他相貌平平，但那双眼却与众不同，略显肥大的上眼皮垂着，软软的，使眼睛细眯，给人一种邪恶感。他微微一笑："乔先生，事情办得怎么样了？"

原来，卡比亚黑帮头号人物卡比亚因涉嫌毒品交易，也刚刚被关入伊夫堡监狱。乔亚非打着帮助他越狱的幌子，扮成电气公司人员救出了慕容远。

"伊夫堡太坚固了！"他叹口气。

"里纳呢？"

里纳也是卡比亚黑帮中的一名成员，代替慕容远死在监狱。乔亚非面无表情地说："死了！"

巴比罗无情的眼死死盯住他："乔先生，你这么做是什么意思？"

既然巴比罗找到他亲自质问，还不是想利用他！卡比亚黑帮如今群龙无首，巴比罗和另一实力派人物迪盖拉势力相当，为了扩大各自的队伍，正是拉拢人心之时，而自己在华人中有相当威信，所以乔亚非相信他暂时不会追究里纳之死。"我们可以重新向电气公司派遣成员，但里纳知道了内幕，一旦走漏风声，对我们并没有好处！"这样的解释合情合理。

巴比罗阴险地笑了："是对你没好处吧？我知道你从卡比亚情妇手中

骗了大笔的钱，这可怎么办好呢！”

在他的威吓下，乔亚非顿时惊惶失措：“巴，巴比罗先生，”他结结巴巴地说：“好，好吧，既然您知道了，我愿意把钱交出来！”

“算啦，我知道你维持手下的生计不容易，只要你保证以后对我绝对忠诚，将来我会分给你最好的生意！”

乔亚非一听，立即喜形于色：“您说的是真的吗？”

望着乔亚非那熠熠发光贪婪的脸，巴比罗笑得开心：“当然！”

一个星期后，乔亚非被巴比罗派刺杀卡比亚黑帮另一个实力派人物——迪盖拉。

巴比罗通过可靠情报获悉，迪盖拉当夜将到中心某大厦内与情妇幽会，于是派打手在该大厦附近埋伏，伺机行动。晚上 10 点 30 分，迪盖拉带领两名手下，乘着一辆白色的林肯房车来到酒店，他的保镖守在门口，防止有人图谋不轨。

乔亚非早在隔壁房间等候，待迪盖拉进入房间，他熄灭阳台上的灯，手和脚上戴上橡胶手套。他先用飞弹打掉最近处的霓虹灯，这样街上的行人就不会发觉酒店大楼 50 米高处有人攀墙。然后，他抓住阳台上的栏杆，小心地站到楼房间交接处的那条不足一寸的壁架上。现在的风速几乎达到了 60 英里，感觉整座大楼就像船一样在摇动。要是一脚踏空，这里离地面的高度，足够他发出一声长长的惨叫，然后撞在人行道上，像熟透的西瓜一样爆裂。因为脚后跟悬在空中，乔亚非整个身体的支撑点全由脚踝处的肌肉负担，他缓缓松开栏杆，双手举过头顶紧紧贴在大楼粗糙的墙壁上。一阵风吹来，他的身体也不由晃了晃，不足半米的长度，他足足用了三分钟。很快，他抓住了相邻阳台上的栏杆，神不知鬼不觉地进入了迪盖拉的房间，在洗浴间内，干掉了正洗鸳鸯浴的迪盖拉。乔亚非没有留下任何证据，就算警方怀疑这是卡比亚黑帮内部火拼，也无从下手。他的勇敢凶狠保证了巴比罗顺利坐上卡比亚黑帮第一把交椅。为了表彰他的功劳，巴比罗把他管辖下的市区所有酒吧交给乔亚非经营。

这天，在他经营的酒吧里，进来一群奇装异服的嬉皮少年。他们占领舞池，调戏女人，想尽办法寻找事端，一看就是来闹场的！

乔亚非从二楼包厢中静静看着这一切。

这时，两个高大魁梧的男子进了酒吧，他心头不由一跳。他们虽然相貌普通，都穿着毫不出众的西装，但那板正有力的姿势，绝非普通吧客！然后，他透过二楼的凸形玻璃向外张望。街头昏暗的灯光下，坐着一个穿大衣的中年栗色卷发男子，拉着优美的小提琴自我陶醉，旁边有三个男人或坐或立，正在倾听。目光向左，有一个流动小超市，超市围着一男一女，边吃买的食品，边和摊主聊天，有时会向四周快速地扫视。

酒吧对面是咖啡厅，通透的巨大玻璃墙边，一直坐着五个人，偶尔，他们的目光会向酒吧方向飘过来。乔亚非不动声色地返回房间，把外面的情况简单地告诉慕容远。然后找出蓝色的博士伦镜片，贴到他的瞳孔上，为他戴了个金黄色的发套。转眼，慕容远就变成了金发碧眼的漂亮小伙。

“外面有带毛的鸡，一听到下面打起来，你就顺着人流跑出去！”乔亚非说完，叼着粗大的雪茄下楼，背对着酒吧吧台坐下，边喷云吐雾，边品着调酒师送上来的伏特加。

入眼处，霓虹闪烁，光怪陆离的光影下，是疯狂发泄的各色人群。

此时，留学L国的甘朵到舞池跳舞。她身材高挑，娉娉婷婷，如一只美丽的穿花蝴蝶，在人群中翩然若飞，很快，吸引了所有人的目光。几个寻事的小阿飞见状，立即吹着口哨围了过去，动手动脚。甘朵性情刚烈，怒从中起，扬手就扇了领头的阿飞一巴掌。阿飞们正愁没事可发作，哪能放过这个好机会！小首领狠狠抓住甘朵的头发，骂道：“黄种猪，打死黄种猪！”举起的拳头正待落下，突然被一只大手抄住。只听咔吧一声，他顿觉一阵钻心的痛，小手指竟生生被乔亚非掰断。

“妈的，白条猪，跑到老子家门口来撒野！”紧接着，乔亚非飞起一脚。那人好似断了线的风筝，身不由己向后撞出去，和他一同来的阿飞们凭着人多，亮出家伙，立即把乔亚非团团围住，他抄起吧台上的一只啤酒瓶，对着那群混混们狠狠轮开来。一时间酒吧里打得热闹非凡，无辜的人哭叫着向外拥挤，几个便衣瞬间被冲得七零八散。慕容远趁机随着人流，跑到街上，赶往预定地点。

很快，警察包围了整个酒吧，闹事者全部被拘捕，并责令酒吧停业整顿。然而，等便衣警察对酒吧进行大搜查时，却什么也没发现。虽然酒吧闹事是帮派火拼，但国安局已经怀疑乔亚非就是慕容远的同伙，于是以妨碍社会治安罪，判其半年监禁，想从他口中拷问出一些线索。乔亚非的英雄救美行为令甘朵青眼有加，不停为他奔走呼吁，而有充分目击证人证明当时乔亚非确实是见义勇为。国安局一时查不到证据，迫于舆论压力，只好无罪释放乔亚非。但他与慕容远这对组合已经引起国安局的警惕，他们以后再不能进行情报工作了。这时，传来乔知之病重的消息，给他创造了完美的回国契机。乔亚非当初是为了父亲的愿望来L国留学，临走前还花了大笔钱买了张假文凭，把L国当局搞得哭笑不得。而慕容远潜出L国，辗转了几个国家，才以周斌的名义回国，从此，这个名字就伴随他终身……

兰天依听完这充满谋略惊险的间谍故事，心底无端生出对英雄人物无法言喻的崇敬之情，她喃喃道：“真是让人想都不敢想啊！”

“是啊，我国改革开放以来，虽然取得了巨大的经济成果，但相关法律不健全，导致境外利益集团在华活动越来越猖獗，越来越多地介入到我国的经济决策，甚至军事领域，使我国经济主权遭受到严重威胁。”她拿出部分资料：“你看，这是国外窃取我国的商业秘密，包括我们古老的景泰蓝工艺、宣纸工艺。所以，我们有必要拿起自己的武器来抗争，来保卫我们的经济成果和民族尊严！”

兰天依听罢，胸中油然蒸腾起一种巨大的责任感！她深思良久，郑重地问：“我能为我们国家做些什么呢？”

李跃黑亮的眼睛灿烂得耀眼：“从你本身素质来看，最适合从事的是商业间谍和反间谍活动。这种间谍行为往往跟我国政府官员、国企高管的腐败牵涉在一起。尤其近十年来，跨国公司在华行贿案件一直呈上升趋势，在我国调查的50万件腐败案件中，六成多与国际贸易和外商有关。你如果成为鸿升公司的董事长，就会长期与这类人打交道。这样，即可有效地预防和控制跨国腐败，又可以打击境外不法商人的商业间谍活动！”

“天哪，那我岂不也是间谍？”这项工作她非常喜欢。

“可以这样说啊，美女间谍！”

两人对视，突然哈哈大笑。

紧接着，兰天依开始接受秘密训练，每天忙得昏天黑地，生活蛮充实。晚上，九阳找来一把新锁，两人正拆得欢，忽听电话响起来。兰天依接通：“喂，简简？”

听筒内一阵沉默，她又问：“简简？”

许久，才听到这句有气无力的话：“唉——听说乔亚非坐牢了？”

“嗯！”

“你过得怎么样？”

“很好啊！”

声音听起来确实挺欢快！小简自嘲：“呵呵，也是，你从不爱他，所以也不在意！”她的口气中带着悲凉无奈，兰天依受她感染，心情也随之低落：“简简，我挺想你的，为什么不来看我了？”

“不想动！”

“阿宽呢？”兰天依小心地问。

话筒内顿时一片寂静，很久，传来她低低的啜泣。

兰天依明知故问：“简简，你究竟怎么了？”

“唉！人生了然无趣！”

“你怎么这么消极呢！古人曾云：天将降大任于斯人也，必先苦其心智，劳其筋骨，饿其体肤……”兰天依一语双关。

小简被她气乐：“你当我伟人啊！”

“可我觉得你就是世界上最伟大的女性！”

“少拿我开涮，我不想做伟大女性，只想做小女人，和心爱的人白头到老！”她怅然：“可这点小小要求为什么达不到呢！”

“那是你傻啊！”兰天依不客气地总结。

九阳不满地瞪向兰天依，心说有这么劝人的吗！

“呵呵！是啊，我真傻！”小简凄凉地笑：“被甩了还不回头！”

“哦，没什么大不了的，不就一个男人嘛！赶紧挥挥手不带一点云彩地回来吧！”

九阳抬头复杂地望着兰天依，用口型说：“她怀孕了，现在在深市，你去接她吧！”

她略一惊讶，并不多问，而是捂上话筒，对九阳说：“你放心，她这人得将，我会拿捏分寸的！”

九阳笑着摇摇头。

小简突然听不到她说话，责备：“依依，死哪去了？”

“在看乔亚非的短信！”

“呵！你还打算和他来往啊？”只有和兰天依斗嘴，小简才在痛苦中稍稍找回一点快乐。

“那怎么办，他威胁我，敢离开他他出狱就灭了我！”兰天依秀眉微皱，说得一本正经。

九阳听罢，先是愣了片刻，然后实在忍不住，捂着肚子上楼偷着乐去了。

小简又问：“你现在打算怎么办？”

“能怎么办，等他出狱，咱开始改造土匪恶霸！”

“呵呵，你还真能做梦！”她自嘲：“我就是反面的例子，知难而退吧，兰圣母！”

“简简，咱别浪费电话费了，你现在在哪儿？我这就去接你！”紧接着，兰天依从网上立即预订了飞机票，连夜赶往深市。

小简的住处又脏又乱，地上满是随手扔的食品袋和纸巾。她躺在床上一动不动，昏暗的灯光下，像一具干枯的木乃伊。兰天依顾不得劳累，替她收拾房间，又做了些稀粥，端到她床前，她却连眼皮都懒得睁。兰天依强拉她起来：“跟谁过不去呢，不为你也要想想肚子里的孩子啊！”

“孩子？”她终于有了反应：“呵呵，人都走了，要孩子干什么？徒增痛苦！”

“如果你心里还爱着阿宽，就把孩子留下来，也许他会为了孩子回来的！”

她突然凄厉地笑起来：“如果他心里有孩子的话，还会抛下我吗？还会明目张胆地找别的女人吗？”

“绝对不可能！”

“我亲眼见到的！”想起这揪心一幕，小简的心就如被利刃剐成碎片，她的泪就忍不住流下来。她无论如何也不能理解，阿宽竟然为那些把性作为交易的女人而抛弃自己的孩子！

一个月前，阿宽带着她和大良来到深市，接着她发现自己怀孕了，阿宽知道后，再也不和她过性生活，直至夜不归宿。她悄悄跟踪到他常去的酒店，然后看到一个打扮得花枝招展的女人进了他的房间。那时候，她只希望这一切不是真的！

她狠狠敲打他的房门，不屈不挠。

终于，他只穿着短裤，紧皱着眉堵在门口。她看到，他的脸上有明显的口红印，那一刻，她的心瞬间如花零落，飘落成尘。头阵阵眩晕，她努力扶着墙，不使自己倒下来。

阿宽粗暴地推了她一把：“回去，你来干什么？”

她踉跄后退两步，眼中含着愤怒的泪水，突然使出全身的力气，狠狠扑上去。打闹声惊动了酒店周围的房客，实在丢人，阿宽不得已，放她进入房间。房间内的灯光如此刺眼，小简的眼前白花花一片。知道又能怎么样呢？他根本不在乎啊！她脑海一片茫然，定在那里。

那女子只穿一条内裤，坦然坐在床上，嘴角挂着看热闹的冷笑。

阿宽绝情地说：“既然知道了，就回去吧！”

她气得浑身颤抖，扬起巴掌向他扇去：“你个混蛋！”

阿宽挡回她的手，平静地问：“你算我什么人？”

小简怔住，仿佛所有的力气都被人抽尽，她绝望地坐在地上，泪水喷涌而出：“阿宽，你为什么要这样？为什么？”

他表情依旧疏远，慢慢摸出一支烟，点燃：“你想怎样？”

“我们回家，我们好好过日子行吗？”她放弃自尊，恳求。

“不好，我不喜欢！”

“你总是这样会有什么好结果？”

“这是我的事，与你无关！”他的眉渐渐竖起。

“阿宽，我们已经有孩子了，你就不能为了孩子吗？”

“做我的女人就要听话，听到没有？”他眼光里没有一点温情，那么冷血，那么无情！

她的心登时冰凉一片，突然感觉他真的要离开自己了，这种意识让她恐慌，她暂时忘记了他带给她的羞辱，只想把他留下来：“阿宽，我什么都听你的！为了孩子，你回来好吗？”

他沉默了片刻，终于打发了那女人，却也不再理她，面无表情地穿上衣服，向门口走去。

她惊疑地拦住他："阿宽，你要去干什么？"

他厌弃地皱起眉："我再说一遍，你少管我的事！"说完，挣脱她的手，摔门而去……

窗外晨风细细，暮色渐散，又一个无眠之夜。回忆如刀，凌迟着的感觉，小简虚脱般地浑身发抖。她唇色惨白："我以为……以为他是英雄……"她嘲讽地说："自以为练就的是火眼金睛，却原来还是唐僧！"

兰天依叹息："他没有回来过吗？"

她闭上眼，有气无力："没有，没有……从那天起，他再也没回来过！"而她，一直等到他现在。

她突然又哭起来："我真想去告发他！"

原来她也曾想过走自己的老路，兰天依眼珠亮晶晶的："你有证据吗？"

小简有些警惕地看向她，抹抹泪："算了，我不要他恨我！"

小简这套房子的户主属于阿宽，既然他没有收回房子，小简总是抱着一丝幻想他能够回来。他的确会回来，也许是一年，也许是二年三年，可小简谁来照顾呢？兰天依安慰："男人嘛，喜欢打打杀杀的生活，等到了一定年龄，才会安定下来。你给他几年时间，好好抚养他的孩子，到时他就会回心转意！"

对这话她是将信将疑，小简沉默着。

"你未婚先孕，又没有生活来源，总不能在这里坐吃山空吧？"兰天依说出她的实际状况："而且女人不要什么都依附男人，就是因为你放弃了工作，才让男人觉得你成了他的累赘！"

小简气结："他又不是不知道我的工作能力！"

"你呀，挺聪明的人，这时候也犯傻！"兰天依笑她："这方面你得向我学习！"

"嗯？"小简迷惑。

"因为我占有鸿升公司20%的股份，所以乔亚非坐牢后，我就成了鸿升公司的执行董事长啦！如果我掌握了公司大权，到时乔亚非能不听我的吗？"她两眼熠熠放光。

"哦！"小简表情呆滞片刻，醒悟："是啊，如果我有一大笔钱，阿宽就不用给别人做了！"

"这就对了！"兰天依拍拍她的脑袋。

小简已经心动："那，阿宽回来怎么办？"

"有乔亚非在还跑得了你家阿宽！你脑袋怎么越来越水了呢！"

"哦，是啊！"小简终于开窍："那我怎么能尽快发财呢？"

兰天依嘿嘿笑："好好跟我干，我绝对不亏待你！"

第十六章　背负一生的痛苦

兰天依凭借三寸不烂之舌，把小简骗回S城，以她的名义，开始筹划私募基金事宜。忙忙碌碌中，又是两月有余，望着窗外染红了半边天的夕阳下渐渐萌绿的柳梢，她怔怔发呆。她很想他，却不能去看他，甚至连听听他的声音，都是一种奢望！她叹口气，收拾心情，走出办公室。今天，只要一踏出公司的门，就是她另一个工作的开始。

晚风习习，落霞纷飞，沐浴在最后一丝紫红色的余晖里，兰天依快步来到鸿升公司对面的小餐馆。小餐馆专门经营乡土野味，生意极其兴隆，往来客人络绎不绝，兰天依就是想趁着混乱，以摆脱九阳的追踪。她四周细细观察一番，悄悄从小店后门潜出，熟悉地绕进一间酒吧，从舞池中穿过，跑到附近的广场。没办法，她的手机上装有全球定位系统，只能快速活动，才不至于被抓到。谁知她刚走到对面街上，九阳好似从地底冒出来，得意地对她伸出一个手指。这表明，她惨遭抓捕。目前还剩下两次机会，与九阳分手后，她立即寻到自己预先的停车地点，在环城道中穿行。环城道都是单行线，她可不相信尾随的九阳还能把她逮住。只要熬过11点，测试结束，她就过关了！

这时，电话铃响了起来，竟然是乔夕打来的。兰天依放慢车速："小夕？"

"哦，姐姐，我想回你家住一段时间？"乔夕怯怯地问。

"好，我明天就去接你！"兰天依有重要任务在身，很快结束与她的谈话，行驶了大约千米后，就是条匝道出入口。紧接着，电话又响起来，九阳的声音鬼魅般传来："嘿嘿，嫂子，第二个时间段已到，请看前面SA741。"她抬头，果然在路肩处停着一辆雪铁龙。

郁闷啊！这小子对S城交通要道太熟悉了，何况她怎么能跑得过全球卫星定位系统，真是过分哪！兰天依苦恼不已，如今除非偷偷坐上飞机，九阳才可能追不上。她突然灵光一闪，对啊，坐飞机，正好去接乔夕。她看看时间，还来得及，她拿出自己另一个通讯号码。这号码当初是为了躲避乔亚非才废弃使用，但其费用却一直在缴纳，如今正好派上用场。她预订好机票后，又开始在大街小巷地乱绕，混淆九阳的判断。还差四十五分钟飞机就要起飞了，她才迅速向机场驶去，九阳在后面紧追不舍。兰天依把车存到停车场，直接乘电梯到达候机大厅，这时机组人员已经快结束安检了。

九阳开始不明白她为什么拼命向机场跑，等他回过味来，急忙给李跃打电话："兰天依要坐飞机逃跑！"

李跃大吃一惊："现在就截住她！"

"可是时间没到？"

"谁准许她离开S城了？"

"可是，我们也没规定不允许吧？"九阳反问。

李跃一时语塞。

周斌说："九阳，你也快去办理登机手续！"

"我不知道她要去哪里！"九阳郁闷。

周斌突然想起兰天依中途曾经接过乔夕的电话，电光火石间，他肯定地说："我替你办理机票，你快到机场。"

九阳听后，加速马力赶到二号机停车场，然后飞也似的到售票处拿自己的机票。可惜，兰天依并没有给他预留一点多余的时间，等他赶到，安检通道已经关闭，他只能等下一个班次。居然真栽在兰天依这种新手手里，九阳很不甘，又没有办法，只好给周斌打电话，垂头丧气地说："还是跑了！"

周斌忍不住哈哈大笑。

兰天依顺利过关，工作相对轻松下来，她把兰妈接来，以便照顾乔夕和小简。这时，她接到乔亚非打来的电话："辰辰，我回来了！"

"我这就回去！"她兴奋地差点哭出来，急急冲进家门。听到院门打开的铃声，乔亚非的心也随之跳动起来。他带着满腹相思，一瘸一拐激动地迎出来。整整三个月不见，她显得更成熟了，也更清瘦了，如远山般的秀眉下，那幽黑的眼睛愈发深沉。

他手里托着一个大大的圆形精美包装礼盒，带着羞涩地浅笑："辰辰，送给你！"他郑重地双手捧给她。

这是什么呢？她稍有疑惑，轻轻打开。出现在眼前的赫然是一朵绿色的庞然大花，她惊讶："这……为……为什么送我这个？"

他的脸更红："这是西兰花，代表爱情之树长青！"

菜花求婚，前所未有！兰天依愕然捂住嘴巴。

"不喜欢吗？"他发现她的表情不太对，紧张地问。

怎么会！可是，这明明是绿菜花么！兰天依忍不住问："谁告诉你它代表爱情的？”

“不对吗？”他也产生了质疑，细细观察了一番面前这绿绿的东西，真的好像菜花呢！难道……李跃在耍他？乔亚非忐忑不已。

虽然等待这个日子已经好久了，可是你也不能用菜花向我求婚哪！发现菜花上躺着一枚熟悉的钻戒，兰天依终于明白了是怎么回事：“是李跃干得吧？”

他没吱声，脸红得几乎滴出血来。

“傻瓜！”她浅笑，如水的眸子流光四溢，绚烂到极致的美丽，就像花儿轻轻开放时能听见生命流淌的声音。“下次记得送我玫瑰哦！”

“我的心不是物品所能表达的！”他望着她的眼，轻轻拿过她的青葱玉手，郑重地替她戴上戒指。然后，把她揽在怀里，一低头，吻向她柔嫩如缎的唇，品尝那如花香的甜蜜……

求婚成功，乔亚非订于下月中旬举行婚礼。时间紧迫，两人紧锣密鼓地开始为婚礼做准备。这时，接到医院通知，乔亚非的腿进行最后一次复查，兰天依推掉工作，陪同他来到医院，穿过熙熙攘攘的大厅，在6号电梯等待。很快，电梯门打开，一个长发披肩，满面病容的女子被人扶出。那女子身材极其瘦弱，灰黄色的脸上，柔秀的眉目依稀可见往昔美丽的影子。此时她半闭着眼，靠在一个短发女子身上，勉强移动脚步。乔亚非突然定定地站在那里，口中不觉呢喃出声：“静仪，是静仪吗？”

那女子身体蓦地一抖，愕然望向他。

兰天依分明看到，那女子眼中的惊喜和温柔。他们是什么关系？某种直觉令她无来由一阵紧张。

扶着文静仪的女人抬眼打量了乔亚非一番，口气讽刺：“原来是乔亚非同学呀！”

乔亚非同学？难道她是他的老师吗？兰天依正疑惑中，只见乔亚非微鞠一躬：“张老师好！”

“哼！”张老师怒瞪着他：“这下你们家老爷子满意了吧！”

文静仪推了她一把：“张姐，我们走啦！”

乔亚非拦住她：“静仪，你得了什么病？”

张老师把手上的东西向地下一掼，大嗓门道：“乔亚非，静仪得了尿毒症，已经治不起病了，你不能眼睁睁看着吧？”

“我不会！”乔亚非急忙回答。

文静仪眼里含了泪：“张姐，你不要这样子！”

“静仪，现在只有他能救你，否则你儿子怎么办？”张老师瞪着她喊：“你要他怎么办？”

她的儿子文喆今年才8岁，才刚刚开始读书，她真的要抛下他吗？她犹豫了。

兰天依也劝："静仪老师，张老师说得对啊！"

她突然绝望地哭起来："可我没救了，没救了！"

乔亚非听罢，胸口顿觉有无数蛇虫在噬咬，难受得几乎无法呼吸。他眼角潮湿，扶住她："不要胡说，会治好的，你放心！我们可以换肾，换肾啊！"

对生命的眷恋，难以割舍的母子情，文静仪终于放弃固执，重新返回病房。乔亚非十五年不曾与她见面。十五年时间，确实不短，可也不足以这么快凋零一条鲜活的生命！她的生活究竟发生过什么变故？张老师毫不隐瞒自己的好恶："如果当初不是你那……你爸爸把她逼到走投无路，她怎么会遭遇这么多要命的事?!"她怒瞪着他："丢了工作不说，还备受屈辱。后来为摆脱你的纠缠嫁了，过得很不如意，常常挨打，一知道她得了这病，立马离了……她这辈子欠了你的吗？"

她的话句句如刀，把他的心刺得鲜血淋漓！"是我害了她！"他痛苦地忏悔。

张老师怔了半晌，叹口气："你那时知道什么？才十几岁的孩子！何况那个时代的思想，怎么能容得下师生恋！"

这怎么是逃避责任的借口呢！他去找主治医师询问她的病况。主治医师很遗憾："她已经错过了三个最佳治疗时期，毒素在体内长期积累，已经影响了肝脏功能，现在只能先透析观察。"

婚礼因为文静仪病情的不明朗而暂时停止，乔亚非日夜守护在她床边，唯一的希望就是能挽救她即将凋落的生命。兰天依不再为婚礼筹备，全身心地投入到工作中。虽然过去早就听过文静仪，可谁没有过情窦初开之时？她从不曾介意师生恋，然而，当它突然间又活生生地出现在眼前，继续上演，她有些迷茫了！

他究竟爱谁？

看得出，文静仪在乔亚非心目中的位置，绝不比自己差。如果不曾有过爱，他会十几年不谈女友？如果不曾有爱，昔日的伊人即使老去再无复当年的模样，他为什么还能凭感觉第一眼认出她？是啊！她可以嫣然竹篱间，嘴角一抿桃李无颜色！就算她失去了容颜，皱纹过早爬满额头，依然无损在他心目中天仙般的美丽；就算她贫困到一无所有，他永远是她取之不尽的宝藏；就算她遭到所有人背弃，他，永远是她强有力有的靠山……在病房内，看着他们那熟悉的样子，兰天依感觉自己就是多余的人！虽然对生命在悬崖上徘徊的人无端嫉妒是多么的龌龊，可她的心仍是那么酸酸地痛！趴在办公室内黑胡桃木宽大办公桌上，她烦恼地叹息。

这时，董事长秘书询问："甘总监在外面等候！"

她点头："让她进来吧！"

已经升任销售总监的甘朵把本季度销售任务和下季度销售计划报上，两人研究了一个上午，都有些饿。兰天依建议："甘总监，一起吃个便饭？"

甘朵没有反对，随她到公司下面的餐馆。她们敌对了很长时间，一时也难以缓和尴尬僵硬的气氛，于是连吃饭的时间，都变成对工作地探讨。饭局很快结束，兰天依站起来："朵朵，我还有事，先走一步！"

"是去医院吗？"甘朵眼珠亮晶晶地看着她。

"是的！"

甘朵不客气地要求："我陪你去吧！"她也想见见乔亚非曾经爱过的人。

病房内，甘朵仔细打量过文静仪后，意味深长地笑了："天依，这么细一瞧，你和文姐姐真的很像啊！"

且不论甘朵是不是有心而说，但听者已经起意，兰天依明显一怔，忽觉眼前一片昏暗。

文静仪抿嘴看了看甘朵："我一点也不觉得像！"她转头问乔亚非："乔亚非，你觉得兰小姐和老师很像吗？"

他摇摇头，他从来没把她俩做过对比，可看向兰天依的表情，她眼中明显表现出对他的失望。乔亚非怔望着她，心情无比沉重。这两个女人，都是他生命中最重要的人，伤害任何一个，他都无法忍受！

甘朵有些尴尬。从杨虹处，她早知道文静仪的存在，也清楚乔亚非当初对她十分着迷，如今一见，她的心突然彻底释然了——不过是替代品而已！从此，兰天依再不是她的情敌！

再待下去已经没什么意义！兰天依看看表，对文静仪说："文老师，已经到工作时间了，有时间我再来看你！"然后，招呼甘朵："甘总监，我们走吧！"

甘朵随她出了医院的大门，正拐向停车场，突然叫住她："天依！"

她回头："嗯？"

甘朵迟疑一下："天依，我们还是好朋友是不是？"

人世间百折千回，这又是怎样的轮回？上天总是在你得到时又让你失去一些，在你失去时又让你得到一些！兰天依冰凉的胸口略略有一丝温暖。

深夜，劳累的她疲惫地倒在空荡荡的客厅里，孤寂的感觉油然而生。她再也睡不下，找来一张纸，龙飞凤舞地写道：

非：你可知道，我多么害怕失去你！

如果人生没有你，我该怎么办？就像天空失去太阳，再也没有光亮；就像风筝断了线，永远漂泊流浪；我多么庆幸，能与你在同一时空相遇，在无数难以成眠的思慕中，因为有了你，我的生命便如花般开放，我的幸福便如琴声般欢畅悠远。

世世之无穷无尽，只想与你共地老天荒！

爱你的辰

是的，文静仪需要你，我也需要你！兰天依把纸贴在胸口，直到它得到了她的温度，才郑重放在他的床头。

清晨，乔亚非回家，郁郁倒在床上。这些日子，他问遍了国内所有医院，竟找不到一个可以与文静仪相匹配的肾源。

想起昨晚主治医师无奈的表情："也有的病人会出现奇迹！"

"奇迹？"

医生点头："是啊，求生欲，比如孩子太小放不下，比如开心幸福啦，都可能帮她熬到找到肾源时……"

据他了解，人就算换了肾，只是暂时延长了生命，每天还要吃抗排异反应的药物，根本无法进行稍有强度的劳动。那么，文静仪以后的生活怎么办？还在痛苦与贫困中挣扎吗？除了还未成年的小喆，她再没有亲人，谁能照顾她们？他烦躁地翻了个身。这个动作，挤压了枕头下的纸，发出哔啵的脆响。他很快觉察，抽出纸来，一字字看下去，看了一遍又一遍！

他的神情渐渐变得亦喜亦悲！是啊，她懂他，可他却想离开她！想起她担忧的双眸，他的胸口就痛得不可名状，像被人生生剜去了一块肉还不敢用手捂住的伤口！他痛苦地在床上辗转，要怎么办呢？要怎么办呢？

生命与爱情，他该如何选择？

这期间，中缅边境发生了一件大事，缅国掸东军因制毒贩毒，证据确凿，被其政府军取缔，从而引发场小规模战争。兰天依看过相关新闻，内心突然一动。曾经在调查乔亚非"罪证"时，他与掸东军有过毒品交易，然后一举歼灭了浩子的涉黑团伙。目前，乔家除了她和乔亚非偶然来住，再没有其他人来过，难道？这件事就算去问乔亚非，他也不会告诉自己，只有等九阳回来，才可能知道一些内幕消息。晚上，她返回乔家，打开门，意外发现地下室停着三辆车。

是他们回来了吗？一直压抑的心情突然兴奋起来，她很想知道他们此行有什么见闻与惊险。当然，这也是她的必修课之一，从别人的实战经验中，把有益于自己的知识汲取出来，用以武装自己的头脑和行为。她激动地上楼寻找，心下一直奇怪：有三辆车在这里，来的人应当不少，为什么这么安静呢？就以九阳的禀性，也不会如此消停啊！爬上三楼，听到房间内有低低的说话声、叹息、及来回轻踱的脚步声。她正要敲门，门自动打开，九阳头发蓬乱，眼红红地堵在门口：“嫂子，回来啦！”

“你，你怎么啦？”看到他的模样，兰天依很奇怪，目光顺着半开的门缝望去。

客厅内烟气腾腾，几条人影或坐或卧，有种说不出的悲凉压抑气氛。兰天依走近一步，第一眼先看到只穿着跨栏灰背心的周斌，裤子皱巴巴的，稍稍向她点头，算是打了招呼。很少露面的成子亦蓬头垢面不修边幅，边叫了声‘嫂子’边颓丧地套上蓝衬衣。

“你们……还没吃饭吧？”她问。

九阳揉揉杂乱的头发：“没呢！”

“那我去给你们做些米粥来！”她就要下楼。

九阳说：“嫂子，不用麻烦了！我们不想吃！”

“怎么能饿肚子呢！等二十分钟就好！”说着，她迅速来到厨房，熬上粥，拌了一小盆老虎菜，然后给九阳打电话，招呼大家吃饭。众人陆续下楼，表情消沉伤感，兰天依心头一跳，为什么没见到大元呢？她为大家盛上粥，小心翼翼地问：“我好像很长时间没看到大元了？”

周斌瞟了她一眼，没作声。成子先道：“楼上呢！”

“哦！”她放下心来，又问：“阿宽呢？”

“他没事！”周斌回答后，吩咐：“你去给大元送些吃的，他两天没吃东西了！”

兰天依点点头。

三楼三间朝阳卧室，两个卫生间，一个小型会议室，格局非常工整。三个卧房，只有中间的紧闭，她确定大元就在这个房间内，敲了敲门，没人回应。究竟发生了什么事，令他如此？

“大元，我是兰天依，你在里面吗？”她开口问。

门内这才传来一声低低地应和：“在，你有事吗？”他仍没有开门的意思。

“哦，有！”她模棱两可。

不得已，大元从床上坐起来，穿上衬衫，用手拢了拢头发，才打开门。他胡子拉碴、一脸悲伤。兰天依稍愣后，立即换上关切的微笑：“大元，我熬了粥，空腹睡觉对胃不好！”

“谢谢你！”他勉强一笑，接过来。

“趁热吃吧，放凉了伤胃！”

他无法拒绝她的关心，仰头喝掉：“谢谢！”

兰天依拿空碗回到餐厅，九阳看了看，表情有点惊讶：“真吃了？”

“嗯！他怎么啦？”她终于忍不住问。

一句话，使本就沉郁的气氛更加悲伤，众人都垂下头。九阳再也吃不下饭，把筷子扔到桌子上，手支着饭桌哭出声来：“保罗……保罗牺牲了！”

她居然忘了他？兰天依惊愣：是那个长着一双女孩子般大眼睛的男孩子吗？是那个微微一笑就会令人温暖满怀的男孩子吗？

餐厅上空，灯光蓦然变得暗淡，压抑的悲伤好似那雨后轻潮，无孔不入……

很长时间，周斌才红着眼命令：“都去休息，明天一早送保罗！”

第二日，众人集体坐在电视前，收看保罗的隆重葬礼。此时，他们不能亲自去送别自己的战友，只能面对着电视默默流泪。保罗恢复了原有名字——程睿，在他的家乡举行送别仪式。李跃赶到现场，代替所有曾经与他并肩战斗过的同事们，深深鞠了三躬。大元不能把持自己，哭得绝倒在地。九阳劝他：“元哥，这是天意，天意，节哀顺变吧！”

“天意？”大元血红着眼：“刚刚亲手杀死自己的兄弟，又害死保罗，什么是天意？”他狠狠地强调：“是人为！人为！”他踉跄着站起来：“我受不了了，受不了了，这不是人干得职业，我要辞职，辞职！”说完，呯地关上房门……

暮色苍茫，冷月东升，墨一样的房间内处处流淌着忧伤的银灰。大元瘫卧在床上，一动不动，像这样已经多时了。那种穿彻心肺的痛，几乎令他不能呼吸，他不能原谅自己工作中出现的‘失误’，更不相信无法避免的天意。曾经那么鲜活璀璨的生命啊，就活生生凋落在自己手中，他怎么能够心安理得地以正义的理由埋葬它！如果自己的成功一定要建立在战友的死亡上，他宁可放弃那么挚爱的事业！

透过黑纱薄雾，遥望渺渺长空，那绵延无尽的热带丛林，又一次在脑海中不可抵制地闪现……

此次实行围剿蒋友明的任务，是缅国提出的要求，他们希望中方提供突击队，协助其剿灭逃入边境山林中的蒋友明，想以最小的代价，防止他卷土重来。同大元一起被派入缅国还有三人，他们分别是成子、九阳、保罗。大元担任这次‘雷霆’行动组组长。

很快，他们进入茫茫林海，搜索蒋友明。

热带雨林的上空，总是迷漫着散不去的雾气，看起来好似最美丽的人间仙境，然而，真正接近它时你才会发现，这里，处处充满了杀机。林子里潜伏着各种危险而奇异的动物，有传播疾病的大量昆虫、植物上爬满了咬人的大蚂蚁，枯枝上盘横着各种毒蛇，稍不留神，就会葬身林海，尸骨无存。地面，处处可见怪异的树根，像章鱼的触角，拦阻行人。潮湿的树叶层下经常是又滑又软的泥浆和腐烂的木头，一团团藤蔓和乱七八糟匍匐的植物使行走变得更加困难。树干也多是七扭八歪，或直窜高空，或由同一个根部分别长出，又紧紧缠绕在一起。繁密的树叶在中空搭起一个密不透风的天棚，把里面围得水泄不通，闷热异常。

在这样的丛林里，不论曾经发生过什么，它都会很快把所有的痕迹掩盖。

‘雷霆’突击队身穿紧身的丛林作战服，背跨 M24 狙击步枪，腿上别着防身的无敌袖珍炮——“沙漠之鹰”手枪，脸上涂了迷彩液，在暗不见天日阴潮闷热的林间敏捷地穿行。这时，大元停下，弯腰从地下捡起一根被人踩过的枯树枝，思索一番，对保罗、成子和九阳点点头，三人立即分散。

一片落叶从头顶飘下，大元藏在茂密的枝叶之后，神经高度紧张。他内心强烈地感觉到，他接近目标了。突然，他手中寒光一闪，一条正悄悄接近的毒蛇颈口处猛地喷出一股鲜血，尸体落到地上，不停地抽搐。清理完蛇尸，他把手搭在一枝碗口粗的树干上，使劲一撑，便头下脚上地甩到半空，紧接着双腿一拧，绞住上部分的树枝，然后嗖地勾起身体，稳稳骑坐在最隐秘的藤蔓树叶间，等待夜晚来临。

天完全黑下来，大元检查装备后，戴上夜视镜，轻轻拔开草丛，越过一条条拦在路中如蟒蛇般的藤蔓，像山猫一样灵活地在树丛中穿梭。寂寂的夜色中，耳边时时传来惊悚的枭鸣、树叶上行走时轻微的沙沙声，以及森林中各种敲打人神经的怪异之音。渐渐的，虫鸣鸟叫声越来越少，夜也越来越静，隐隐约约，有一股寒气沁入骨髓。如非有心人，很难发觉这种细微的变化，大元的心却突然兴奋起来，多年征战经验告诉他：周围一定有埋伏！他停下来，又竖耳倾听了片刻，然后掏出远红外望远镜。

没错，他看到了红色火焰样的人形物体出现在眼前，每隔十米一个，总共十五个哨位。他通过卫星天线发布命令，命各小分队开始对敌人进行包抄。M24狙击步枪加装了枪口消焰器、制退器和弹着显示器，可以无声无息杀死敌人。而蒋友明设计了这么分散的防卫体系，只是针对大军人马，对突击小分队来讲，无异于自取死路。

‘雷霆’突击队猎豹般神不知鬼不觉地靠近猎物，百米距离内，瞄准……射击……红色的火焰垂直落下，然后枪管又对准下一个……黎明将始，暮色渐淡，大元等人推进到林深处的峡谷旁。这里巨石嶙峋，藤萝交织，半山腰处，泄出一道细细的银色瀑布。瀑布旁边，有一道深深的山缝，红外线望远镜里，它显出一片冰冷的苍翠。

人究竟藏到哪去了呢？为什么又凭空消失了？在山隙里吗？有可能，厚厚的岩石是最佳的防卫和隐蔽体。趁着还未散去的朦胧晨雾，他们飞出铁索，好似那敏捷的长臂猿，灵活地在岩间飞荡。谷底草木更盛，草高过顶，被不断涌起的潮湿冰冷的潮气笼罩，可视距离不过一米左右。脚下腐叶堆积，烂泥软滑，藤萝虬枝横空拦路，人在其间穿行，需要耗费大量的体力。此时露珠扑簌簌落下，防水森林迷彩装经过露水冲刷，呈现出一种与环境和谐的暗绿。

三人保持一定距离，朝着瀑布方向，如豹子般继续无声飞奔。

太阳渐渐驱散雾气，东面的天空，变成铁水一样的颜色，近处的云彩却是淡青色的，空气如同过滤般的清新。行了不久，哗哗的跌水声传来，瀑布即在不远处。三人在此潜伏，半个小时后，五团人形红色火焰出现在红外线望远镜里。那些人一身草绿军装，小心地向峡谷深处撤退。大元摆了下手，示意放过这五人，很明显，他们是先遣部队，真正的大鱼，离出现也不远了。

正所谓擒贼先擒王，只要蒋友明落马，剩下的就是乌合之众！三个人继续等待。

此时，红亮的阳光透过层层云雾，从繁密的树枝草叶间，不屈不挠地投下自己生命的光影。草尖上的露水迎着它展开璀璨的笑脸，一种新生的、热烈的、梦幻般的情调油然而生，与隐藏在原始森林深处的重重杀机格格不入。成子把耳朵紧紧贴在地皮上，仔细倾听，然后，他的表情渐渐凝重。

大元在不远处紧张地看向他，他点点头。立即，三人端起狙击步枪，眼睛紧紧盯住瀑布断崖处，做好战斗准备。

不言而喻，蒋友明被特种兵逼得走投无路，不得不在大白天选择时机仓皇出逃。已经有种种迹象表明，中缅特种兵正在接近他所在的藏身之处，这条隐秘的山缝，肯定会遭到搜索，如果不及时逃走，只怕会被人瓮中捉鳖。他把部队分数股撤出，自己另带数十名铁杆亲信，想从谷底越过边境线，到邻国越南躲几年。他先派遣哨兵前面探路，每隔半小时向他汇报情况。半小时后，先头出发的小分队并没有反馈什么意外事件，他才大着胆子，从山隙中钻出来。很快，蒋友明出现在大元视线中，大元露出必胜的微笑。他用大拇指和食指打了个圈，下令留活口，其余反抗即狙杀。

就是因为这个决定，造成缠绕他一生的痛苦。三人熟悉地瞄准，把手指轻轻放在扳机上。

突然，蒋友明停下，挥手："撤!"

可惜，太晚了！话音刚落，他身边三个护卫连吭都没来得及吭一声，就毫无防范地倒在地上，白花花的脑浆混着鲜血喷到草尖树枝上，触目惊心。蒋友明吓得心惊肉跳，急忙窜进草丛间，端着最先进的 AK-47 步枪，负隅顽抗。大元不慌不忙，慢慢向蒋友明靠拢，瞄准，先打飞蒋友明的军帽，又射中他的右腕。蒋友明惨叫一声，手上鲜血如注，47 步枪应声落地。此时，他余下的三名部下已被保罗和成子消灭，蒋友明见状，只好乖乖举手投降。

在缅国与政府和其他委员会武装斗争了近二十年，蒋友明不仅心狠手辣老奸巨猾，而且有种宁为玉碎，不为瓦全的枭雄之气。大元怕其有诈，端枪喝令他扔掉所有装备。蒋友明把明暗衣兜倒翻，表情逼真地皱眉："你可以过来搜!"仔细观察，他的表现确实不像假降，大元谨慎地对保罗歪了下头。保罗会意，慢慢靠近他，蒋友明好像吓破了胆，表现得诚惶诚恐，非常合作。

保罗渐渐放松警惕，给予他俘虏应有的待遇与尊重。他露出友好和善的微笑："对不起，蒋先生，为了你我安全，我需要搜身!"。刚靠近，蒋友明身边，细心的保罗就发现了一丝可疑之处，蒋友明的脚腕处好似拴有一根极细的线。他不由愣了三秒，想去看个究竟。

蒋友明嘴角露出一丝诡异的笑。

大元已然发觉情况有异，急令保罗："回来，快回来!"说话的同时，闪电般擎起 M24，狂吼着向蒋友明疯狂地扫去……

可是，来不及了！来不及了！眼前闪过耀眼的火光，伴随着震耳欲聋的爆炸，大元呆了，傻了，忘记了躲闪……

成子迅猛地扑上去，把他压到身下……

其实他早应该想到的，作为一代风云人物，就算悲壮地去死，也不屑于苟且偷生！为什么当时就不多想想呢？那么，保罗也不会白白地牺牲！

夜很深了，残月被乌云遮住，只剩下一团朦胧的青光，周围无一丝声响，幽静得如同地狱。

又是一个不眠之夜，大元痛苦地在床上辗转。

只因为自己一瞬间的仁慈，造成战友无辜的死亡，这，又是怎么能原谅的过错呢！他真的无法说服自己，夜半坐起来，写下辞职书。第二日，他把信交到周斌手中："我愧对老爷子对我的栽培，也无法面对他，你替我转交吧！"说完踉跄着离开。周斌没有拦阻，默默望着他的背影转出客厅，消失在小院外。

九阳急道："周队，你怎么就让他这样走了呢？"

"他会想通的！"周斌苍凉地叹口气："我们要给他时间！"

兰天依很理解此时大元的心情，连续两个朝夕相处的兄弟死在自己手中，换作任何有良知的人，也无法打着正义的幌子来求得心安理得！胸口像是压着一块大石头，沉甸甸的！她收拾完房间，对众人说："我上班了！"刚跨出小院，就见乔亚非面色憔悴，慢吞吞地从地下室出来。

可能他和大元遇到，所以才没听到警铃。兰天依换上笑脸："亚非！"

"嗯——"他目中有着明显的愧疚，语气迟疑吞吐："我，我想找你……"

还是要来了！兰天依心陡地一沉，尖声打断他："找我？你有什么资格找我！"她狠狠瞪着他。

"我……"他无言以对。

"我现在才知道你是个出尔反尔的大混蛋！"自己做了这么多努力，还是这个令人揪心的结果！可她却不想从他嘴里直接听到那残酷的字眼。她只想逃避，逃得远远的，就当这是一场梦，一场可笑的梦！她忍着眼中的泪，狠狠地踹了他一脚："好狗不挡道，滚开！"她搡开他，脑海空白地冲出小院。

这么做，究竟是对是错呢？乔亚非怔望着她的背影，心如掏空了般，缓缓坐在地上，手指深深插入自己的头发中。

周斌看到这一幕，走出来："乔哥，都曾年少不更事，你就不要过于自责了！小师妹是真伤心了！"

逝去的洪荒岁月即使奔腾入海，可大海依然为它承载了那悠悠过往！"难道我可以泯灭良心，眼睁睁地看着因我受伤害的人在我面前痛苦挣扎？"乔亚非长吸口气："我——真的做不到！"

"救赎的方式有多种！难道非要用爱情？你怎么这么糊涂！"

从不曾后悔遇到过她，亦不曾后悔又遇到了她，然而，既然命运让他此刻必须做出抉择，他只能选择最需要他的人。"就算换了肾，她也活不了几年，这几年，我想让她幸福地离开！"他走进客厅，扫了众人一眼，奇怪：“保罗呢?”

众人垂头丧气，都不回答他的话。

怪不得大元那么失魂落魄！乔亚非顿时明白过来，眼白瞬间通红：“为什么会这样?”

“加入了这神圣的职业，就要知道，我们的生命不是属于自己的，而是属于祖国和人民!”周斌一字一句，目光坚毅地看向他。

他脸上肌肉微微颤抖，使劲抿着嘴角，把悲伤压入胸腔：“阿宽传来消息，香港长帮近期进行一批军火交易，时间还不确定，这几天大家好好休息，准备下一次考验!”

众人一扫悲伤之色，同时应道：“是!”

第十七章　无悔的信念

感情和工作的双重压力，使兰天依情绪一直处在膨胀爆发边缘，看什么都不顺眼，见谁都想发句牢骚，说两句听了令人反感的话。好像只有让别人共同气愤，她滴血的心才会得到一丝痛苦中的快乐。她不再去乔家，每天在小简和兰妈面前挑三拣四。这天，她居高临下，对着小简那新出生不久皱巴巴的婴儿，撇着嘴角嘲笑："长得怎么这么丑啊！像个小老头，将来怎么嫁出去？"

孩子都是自己的好！小简早对她忍到极限了，急赤白脸地吼道："兰天依，你更年期到啦？我们家鸿玉哪丑啦！"

怕战火蔓延，兰妈终于拉下脸，狠狠训斥了她一番，她灰心丧气躲到房间内独自郁闷，电话铃在耳边响了半晌，她才懒洋洋地接通："谁？"

一听这语气，李跃就知道兰天依正处在情绪爆发之时，她软绵绵地说："是我，兰子呀，我有事想找你商量！"

"任务上的？"她挑眉。

"我没有权力对你下达指令！"

知道就好！"没空！"

"是有关保罗的！"李跃继续好脾气地说。

她一怔，语气不再充满挑衅："哦，他的？"

"他有遗物，我们要转交他的女友，你陪我一起去吧？"李跃恳求。

她迅速下楼，开车去接李跃。李跃问："为什么不回乔家了？那里是你的办公室，你不能意气用事！"

她心头一梗："别扭！"

"是他提出要和你分手的？"李跃皱眉。

她瞪着眼："还用等他说出来吗？傻子也猜得出！"

"文老师已经病入肝脏，亚非这么做，还不是想让她快乐地走完这一生！"

兰天依忍不住落下泪来："如果不是爱她，他会这么做？"

"兰天依你也别不爱听，文老师曾在亚非失去母亲时给了他母爱和温暖，即将失足时给予了他教导和力量，你给过他什么？如今他这么做，只是单纯地想延长她的生命而已！”她停顿了一会儿：“想想他真傻，又傻得可爱！”

兰天依无语，垂下眼睑。

“说实话，虽然我坐在这儿教训你，可是我们都是凡人，都会受感情左右，我也不例外，想当年阿斌出了事，我和我爸爸几乎闹到决裂……虽然明知道自己无理，却仍忍不住心头恨意。”她突然苦笑：“从事特警职业，见过了太多的悲欢离合，怎么我就特殊了呢！”

“抱歉！我知道该怎么做了！”她羞愧地说。

“呵呵！都会有的经历，以后也许还会看到更多，但我们只要坚持一个信念——保家卫国的崇高信念，这就足够了！”

保家卫国，多么神圣的字眼！兰天依从心底里油然生出一股自豪感。是的，没有比这更令人向往、更令人热血沸腾的字眼了，它将激励着自己，就算会毁灭了生命，也要为此勇往直前。

天色渐渐转阴，阳光被云中的雾气遮掩，天地间灰蒙蒙一片。两人到达立华纸厂时，天空中突然飘下零星小雨，远山近树，笼罩着一种化不开的浓郁悲凉气息。很快，一个穿着工作服的女孩，从工厂大门里跑出来。

“你们是？”她头发绾起，露出光洁的额头。

她怎么这么面熟？兰天依又仔细打量了她一番，终于想起来，她就是在金尊夜总会被乔亚非拥在怀中的女孩。

李跃笑着：“阿灵小姐，打扰你了，你看外面正下雨，我们车里说话好吗？”她打开车门，邀请阿灵。

阿灵警惕地又看看两人，才微点了下头。

车上，李跃亮出警官证。

阿灵的小脸立即变得苍白，小心翼翼地问：“李……李警官，我……我没犯法吧？”

李跃压抑着内心强烈的伤感，尽量保持声音平和：“没，我们是来送你一些物品！”

“物品？”她眉头略皱：“我并不认识你们！”

“是……保罗托我们送你的！”

她脸色愈白：“他，他是不是……坐牢了？”她一直以为他是涉黑成员。

李跃苦涩地摇头：“不，他是警察，怎么会坐牢！”

她更加吃惊：“警察？”可能吗？

李跃掏出保罗的警官证：“是的！在一次执行任务时……牺牲了。”她仰起头，想把涌出的泪水强逼回去，可那泪水仍不受控制地顺着她的眼角流下来。

阿灵听罢，愣了半晌说不出话来。

兰天依也忍不住落泪，默默把车子驶离纸厂。

“你们骗我，他……不会的！”她眼中布满红丝，只希望这不是真的！

李跃小心捧出一只精美的包装盒：“这是他留给你的。”

她迟钝地看了好一会儿，才颤抖着接过来，望着静静躺在金丝绒内的一枚戒指，终于痛哭失声……

淅淅沥沥的雨丝聚积在车顶，顺着玻璃窗，一道道蜿蜒蛇形滑过。近处的树叶草尖被雨水冲刷后，呈现一种雾蒙蒙的暗绿。车内，低哀的饮泣伴着潮湿的空气，四处迷漫。兰天依两眼无神地靠在座位上，茫然望向窗外：生命之中，不断地有人离开或进入。于是，有看见的，有看不见的；有记住的，也有遗忘的，在希望与失落中轮回。春夏秋冬、日月星辰，时间悄然向前流转，所有的爱恨情仇，都不过是沧海一粟，甚至激不起历史长河的一丝微澜，眨眼又被时间的巨轮抛得远远的。而自己小小的失恋，与生死离别比起来，那又算得了什么呢！

突然，阿灵恨恨的声音传来：“是不是乔三那个王八蛋干的？”

李跃和兰天依同时吃了一惊，对视一眼，又同时看向她。只见她银牙紧紧咬在一起，眼中闪烁着复仇的火焰，因为激动愤恨，脸颊上的肌肉微微颤抖。

李跃心头一凛：“你想错了，他是在缅国执行缉毒任务时牺牲的！”

“是真的吗？”她不相信，她很清楚，保罗在乔亚非手下做事。

“是的！”李跃把保罗在缅国如何与毒贩斗争、如何为国牺牲，详细地讲给她。

她越听越伤心，手捂着脸，身体剧烈地颤抖，一行行泪水，顺着白皙修长的指缝，不停地汹涌而出……

两人心情沉重，告别阿灵，李跃返回天鹅堡的住宅时已值深夜，周斌仍在等她。见他一脸焦灼，李跃问：“阿斌，怎么啦？”

“大元出了事故！”

李跃倒抽口凉气：“你……你说什么？”

“不用那么担心，只是小意外，正在医院里，我们不方便去，明天还需要你跑一趟！”

“究竟怎么回事？”李跃焦急地问。

周斌替她倒了杯水，爱怜地说：“看你累的，先喝杯水，边休息边听我讲。”

一路的疲惫悲伤，在他嘘寒问暖中消失殆尽，李跃坐在他身边，静静听他娓娓道来……

原来，大元返回家乡，一直过着足不出户消沉悔恨的日子。他的父母并不知道他从事什么职业，只以为儿子丢了工作，心情不好，便一再催促他去散心。不得已，他跑到附近的景区，在浓林蔽日的山崖边，从红日东升一直坐到月上柳梢头，才郁郁下了山，在国道上奔驰。此值国道设路卡，检查往来行人中的嫌疑分子。职业的敏感性，使他不由放慢了车速，在路边选了处枝叶最浓密的林子停下来观察。一辆又一辆车从眼前飞驰而过，并没有看到值得怀疑的车辆。这时，夜也越来越深！他怅惘地叹口气，自嘲地苦笑：这项工作，有那么多人或明或暗地在做，自己根本不能胜任它，还有什么停留的必要？真是多此一举！

他发动车子，拐向正路。突然，一辆货卡呼啸着从他身边经过，他的心陡地停跳了半拍，然后带着深深的疑惑望向它。这是辆载重30吨的双排卡车，上面堆满成麻袋的废瓶破铁，看上去是专门拉破烂的车，然而，毒品往往就专门藏在这种最不起眼的地方。大元又注意到，前面有一辆面包车正在与警方交涉，还有一名警官拿过双排卡车驾驶照，看过后就要放行。强烈的责任感涌入心头，大元猛踩油门，眨眼间，他的车已经刷地停在那名警察身旁，人如闪电般从车里钻出来，拦在正要通过的双排车面前。

“再把证件拿出来？”他表情严厉，隐隐散发着一股煞气，令人看了不觉心惊胆寒。

警察是一名女子，她语气尖利地问：“你什么人，竟敢扰乱警方正常工作秩序？”

大元掏出军警证，在她眼前晃了晃，然后再次威严地命令司机：“下车！”

司机脸色不由变得苍白。他很清楚，他遇到了克星，而他的车上藏有的毒品克数，足够判他死刑。反正也是死，不如拼死一搏，或可逃出也未可知！想到此，他突然踩下离合，加大油门，猛地向车前毫无警惕性的女警撞来。女警已经来不及躲闪了，眼睁睁望着汽车在眼前扩大，不觉发出凄厉的尖叫。然而，身体并没有想象般地飞出去，被一股大力扑倒，就地滚了几滚，女警这才从惊惧中回过神来，接着她看到大元以迅雷不及掩耳之势，从地上一跃而起，扑向一旁的警车，鸣着刺耳的警铃向卡车追去。

所有的设卡警员都被眼前这一幕惊呆了。

女警有些发怔，他并没有警车的钥匙，怎么能把车开起来的？边想她边本能地拨打下一个路口岗卡电话，报上前面两辆车的车牌号，命其火速拦截。

警车在技术娴熟的大元驾驶下，很快超过卡车，数次鸣笛，警告司机现在放弃无谓的抗拒。然而，卡车司机已经疯狂，在路上横冲直撞，一副不是你死就是我活的架势。

就算前面有路卡警察拦截，可面对这样的亡命之徒，只怕会有伤亡！

是的，对敌人的仁慈就是对自己人的残忍，刚刚失去战友，大元有着切肤之痛。他手中没有手枪，没办法直接打爆卡车的轮胎，只好稍放慢速度，落到卡车之后。然后边开车边从杂物箱中找出几把警匕，别在腰间，又把杂物箱放在加油器上，放平驾驶座，自己站到座位上。一只脚歪歪扭扭地控制着汽车方向，另一只脚稳定身体，把身体从汽车天窗上探出去，对准卡车一只后轮胎，猛地甩手，不中，再投。最后一只飞匕，在黑暗的夜色中划出一道凌厉的银光，只听噗的一声，轮胎爆开，卡车失去平衡，还未来得及挣扎，便轰然倾倒。

警车速度太快，眨眼间就要与卡车发生连环相撞。大元在飞匕击中轮胎瞬间，人已经又嗖地坐回驾驶座。他紧紧抓住方向盘，大幅度扭了几扭，警车擦着卡车的车尾，向前急冲。大元这才来得及搬开杂物箱，急踩刹车。轮胎与地面发生激烈的摩擦，爆出星星火花，驾驶室内可以闻到烧焦的橡胶味。紧接着，警车急转弯，返回到卡车边。大元跳下车的同时，已经拨打了120。

这时，设卡的警察们也已经赶到，大元这才想起什么，急切地问："面包车放行了吗?"

大家都不约而同看向正要经过的面包车，有反应机灵地紧急布控拦截。

已经容不得大元多想，他敏捷地从一名警察腰间拔出手枪，穿过匆忙布控的警员，瞄准车胎。面包车早有了防备，灵巧地闪过，然后车身急转，向国道下面的乡间小路逃窜。

紧急关头，一辆警车嘎地停在大元面前，女警催促："快上车!"

他嗖地跃进车里。

风驰电掣，警车越来越接近前面的目标，大元把上半身探出车外，瞄准走"之"字形的面包车，正要射击。感觉耳边突然有疾风传来，他暗叫不好，对方居然带有枪支！他刷地缩回身体，可是，子弹仍擦过他的右肩，手中的枪也随之飞了出去。

女警急道："你没事吧?"

弹片并没有穿骨，他的右臂依旧能活动。

"专心开你的车!"大元眉头紧皱，从她腰上拔下另一支枪，打开天窗，灵活地爬上车顶，重新选择最佳角度进行射击。

面包车内的毒贩狗急跳墙，不得已暴露枪支，把大元打退后，他们把后车盖翘起，对准女警，三枪齐发。警车虽然安装了夹丝防弹玻璃，但女警担心车顶上大元的安全，开始S型急驰，慢慢靠近目标。本来面对高速行驶的物体时，人的视觉判断很容易发生失误，何况参照物与被参照物均在快速移动。在左摇右晃的车顶上，大元瞄准了几次，才击中目标。面包车歪歪斜斜，仍顽强地向前行驶，大元又补一枪，车速彻底降下来。就在那一刻，面包车车门打开，毒贩想趁着夜色和绵延的树林，分头逃窜。实践经验丰富的大元早明了他们的心思，他微眯一只眼，从容不迫地瞄准射击。

恢复正常环境，大元枪法更加精湛，很快一人倒下，紧接着第二人……等大批警察赶到时，面包车四个方向同时卧着四人，抱着腿不住地呻吟。

大元从车顶上跳下，才感觉肩上剧痛传来，不由嗞了一声。女警跑到他面前，急切地说："你受伤了，快点，我送你去医院。"

大元不在意地挥挥手："等事情处理完再去！"

"不行！"她抓住他的胳膊："你流了不少血！"

有种百合的味道飘进鼻孔，大元回眼看她。她警装在身，英姿飒爽，精致文静的眉眼里，满是真心的关切和紧张，竟有种似曾相识的感觉。大元心跳不觉漏掉半拍，默不作声地随她坐进车里。女警迅速发动车子，向医院急驰，不时安慰："你再坚持一会儿，就到了！"

他心头热乎乎的，温和地笑："小伤，没事！"

她微拧眉："怎么是小伤呢？以后不许这么拿自己不当回事！"

他一怔。

她焦灼的侧脸笼罩在华灯的光线之末，樱唇紧闭，漆黑的双眸紧紧盯着前方，熟练地控制着手中的方向盘，如鱼一样在车流中穿梭。很快，警车冲进了医院的大门。她跳下车，小心搀下大元，直接把他送到特护病房。大元很感动："很晚了，你回去吧！"

她坚定地摇摇头："你没人照顾！"

"这里有特护，你也累了一晚，休息去吧！"他是真心关心她。

她轻轻一笑："谢谢，我没事，我已经安排好手术，怎么联系你的家人？"

父母并不清楚自己从事什么职业，而且也不能让他们知道，只能把电话打给周斌。

不过十分钟，女警就被确定为签字家属。女警很兴奋："没想到你居然是特种兵，怪不得这么厉害！"

"哦……我已经辞职了！"一想到这个，他就莫名失落。

她怔了怔，带着疑惑看向他。他修长玉立，眉眼清秀，温和浅淡的眼睛后面有着深深的、化不开的忧伤！是不是，他工作中遇到了什么想不开的事?！她善解人意地问："辞职嘛？我觉得你辞职真可惜，你的领导能同意吗？"

他不想回答这个问题，闭上眼。然而，她好听的声音又传来："其实，有些事是逃避不了的！"

他霍地睁开眼，在些怒意地望向她。

她迎着他的目光，坦荡地说："是的，逃避不能解决任何问题，只能勇敢地面对！"

她很聪明，那如水双眸中犹带着刚刚脱离校园的单纯，因为单纯，所以敢于直接表达自己的想法！其实，她说得没有错，可他就是没办法原谅自己！他眼中怒意渐渐消散，转而苍凉："你懂什么！"

她咬咬下唇，带着副委屈的小儿女情态："你瞧不起人！"

秀眉微蹙，长长的睫毛在灯光下眨动，双目中，分明涌动着羞怯的爱慕。他的心嗵嗵地跳起来，有点慌乱，还有点……激动！两人对视，仿佛一瞬间都看透了对方所有过往人生，直到护士来催促："孟令伟，我们要做术前准备了！"大元收回目光，脸有些烧，正要坐起来。女警察已经伸出手去搀扶，他不由又去看她娇美的容颜，她回应地抬眸，温柔一笑："我陪你去！"

沉寂的心，一如埋藏于土壤中多年的种子，终于遇到春光明媚雨水充沛的发芽时节，迫不及待地破土而出，向阳光绽开它最美丽的笑颜。他点点头："刚才……对不起！"

"走啦！"她声音变得娇滴滴的，感觉像是在撒娇："不要让医生等急了嘛！"

大元的手术非常成功，取出弹片的第二日就能下床散步，女警察照顾他吃过早饭，就回局里工作。他有些无聊地站在窗前，反反复复回忆昨晚的事情，当然，那些画面都围绕着那道最靓丽的风景展开。

世界上真的存在一见钟情吗？是的，存在！他的心就是一个证明，短短相识不过一晚，分别一个多小时，他就开始想她，只希望她的如花笑靥永远为他而停留。不知道，她是不是与自己一样呢？猜测、不安令他心神难安，他烦恼地来回踱步。这时，门吱呀一声打开，人还未进来，笑语先闻："令伟，我回来啦！"

他顿住脚步，掩饰不住地惊喜："你……怎么这么早？"

"局长专门派我来照顾你！"她小脸兴奋得发红，黑玉般的眼仁因激动而熠熠发光："你……不会不愿意吧？"

我高兴还来不及呢！大元笑起来："不会，可这样会耽误你正常工作休息，我很过意不去！"

"我哪有说耽误了？"她秀眉又蹙起："你不要把你的想法强加于别人哦！"

她总是不时无意识地提点自己，不要把人生想得过于复杂。他没有回答她，而是轻轻问："你叫什么？"

她怪嗔："现在还不知道我名字，太过分了！"

"抱歉，昨天我就想知道，只是没来得及问。"

"我叫李曦妍，曦是早晨的意思，因为我是早上生的，妍是女开妍，我爸妈希望我永远开心快乐！”

“很有意义的名字！”他不自觉恭维。

“是么？”

“嗯！”他点点头，迎视着她多情的目光。

她脸儿变得更红，再不敢和他对视，低着头：“我家里人都管我叫妍妍，你以后……也可以这么叫。”

他呼吸不由一窒，怔望着她，幸福顿如浪潮般涌来……

李跃和兰天依赶到医院时，大元正在小憩。听到轻微的响动，他敏锐地半睁开眼，待看清来人，立即坐起来：“李姐，兰小姐，快请坐！”

“大元，伤重不重？身体现在感觉怎么样？”李跃一连串关切地问。

“小伤而已，还麻烦你们这么远跑来！”

“元哥，你可是想错了！”兰天依笑：“这么久不见，我们实在想你才来的。”

一种说不清的滋味涌上心头，大元羞愧地说：“抱歉，让你们担心了！”

“大家碍于身份，没办法来看你，都在家里望眼欲穿呢！”兰天依调侃。

李跃点头：“快点养好伤，然后我们好好摆一桌庆祝！”

“我……”大元犹豫。

“老爷子不接受你的辞呈，你还是死了那条心吧！”李跃直接把他辞职的事否决。

“是啊，再不回去，可要拿你当逃兵待了！”兰天依帮腔。

大元皱眉笑：“你们俩……真贫！”

正说着，李曦妍拎着食盒走进来，打量李跃和兰天依一番，礼貌地点点头：“你们好！”

李跃身板不自觉挺直，声音也变得正经严肃：“你就是李曦妍同志吧？”

“我是！你？”她从不曾见过她们，她们怎么会认识自己？李曦妍眼中带出一丝疑惑。这是李跃吓唬不知底的人惯用手法，兰天依轻咬下唇，忍笑看她表演。

“我是大元的姐姐！”李跃抿抿嘴角。

李曦妍把她当成了大元的直系亲属，急忙说：“姐姐好！”

李跃咳了一下：“你就是我们大元拼了命救出来的那个小警察？”

“嗯，是！”望着李跃清冷严峻的脸，李曦妍莫名紧张。因为自己工作失误害孟令伟受伤，她是不是很讨厌自己啊？李曦妍小心打量她。

大元扫了她一眼，分头介绍：“这位是S城分局副局长李跃李姐，这位是鸿升公司执行董事长兰天依兰姐。”不言而喻，大元已经把李曦妍归类到非常亲近的朋友及战友之列，李跃和兰天依心下都有点吃惊。才短短几天，两人关系发展得是不是太神速了？

李曦妍明显高兴，热情地冲茶倒水：“李姐姐，兰姐姐，你们快坐！”

李跃接过茶，正襟危坐，继续教训：“怎么当警察的，差点把大元的命搭上？”

“我……对不起！”她垂下头，细长白皙的手指绞在一起。

突然，她的手被人握住，不觉一愣，抬眸，正对上大元温柔热情的目光。他安慰她：“谁没有过失误？关键是如何在跌倒的地方爬起来！”

她手任他握着，使劲点点头。

男有情女有意，李跃看在眼里，扑哧乐了，反将：“大元，你还知道啊？”

大元心头一梗，扭脸不理她。

李跃见大元的精神状态与身体情况都不错，放心下来，相信他也很快会重返‘黑鹰’特警队。在回S城路上，她和兰天依有说有笑地谈论大元和李曦妍的一见钟情，这时，兰天依的手机响起来，她看了下显示屏，不由微皱了下眉：“文老师，你好！”

文静仪犹豫了一下：“辰辰，能和你见一面吗？”

“我在出差，有什么事吗？”

“辰辰，文喆……他很乖，你能当他的妈妈吗？”她艰难地说。

她有他啊！自己现在算什么？兰天依沉默了。

“请原谅一个母亲的自私！”她突然哭起来：“只有把他交给你，我才放心！”

今天文静仪托孤，含义深远！可这不是自己能左右的！兰天依内心说不出的酸楚，却只能苦笑：“乔董事长会照顾好他的，你放心吧！”

电话里暂时没有了声音，兰天依不想违心应酬她：“文老师，我在开车，很抱歉！”她挂掉手机，目光迷茫地望向窗外。不可否认，文静仪确实是一个能处处为别人着想的好女人，也值得他如此为她付出！可是，他给予自己曾经那么完美的感情遭到别人分享，想起来就难过！难道爱情真的是自私的吗？

李跃转头望了她一眼。其实，以兰天依和乔亚非的工作性质，都不可能有精力照顾小孩子，看来，这件事还得由她来安排！

第十八章　雏鸟展翅

兰天依拒绝与文静仪见面，先奔公司处理紧急事务，正忙碌中，小简打来电话："天依，乔夕生了双胞胎！"很长时间，她从没想过乔夕的事，如今听到这个消息，她怔然，真得要她做一个单身母亲吗？半晌，她摇摇头，也许，她需要和许坷谈一谈了！可她现在不能回去看乔夕，她还有更重要的工作必须完成，与一位重要私募投资发起人商谈后，紧接着又和李万国见面。李万国对她工作成效比较满意，建议："凭你自己的关系再拉上一位投资人！"

找谁呢？兰天依仔细过滤了一番大脑，觉得就自仪集团最合适。

李万国提醒："看自仪集团能不能谈下来？"

兰天依因为林枫的缘故，有点不太想和他见面。沉默片刻，她说："林家向来在商言商，不一定能谈下来。"

"去试试吧，可能会有重大发现！"

听他这话，自仪集团好像有什么见不得人的内幕！兰天依很惊讶："为什么？"

"林枫在郊区建有一家私人会所，里面鱼龙混杂，你会有收获的！"

难道林枫参与了某些犯罪行为？

李万国望着她充满疑惑的脸，笑："用事实说话！"

一起工作了半年多，她很清楚林枫的脾气，他做事一向思维缜密，如果没有成熟的草案和计划，很难打动他的心。她点头："我去做一份策划案！"

告辞出来，已值傍晚，她又马不停蹄地赶到医院。初为人母，乔夕脸上洋溢着幸福与温柔，并没有因缺少一个人而伤心难过，兰天依暗松口气。兰妈悄悄把她拉出来："辰辰，鸿玉和小夕的双胞胎，我一个人怎么照顾得来？"确实，兰妈这段时间觉得很委屈，自己盼了N年外孙，却一直替别人照看小孩，而女儿连婚事都一拖再拖，不知要拖到何年何月！

"您请个保姆嘛！"

“那得多少钱哪？你当我家是收容所啊！”兰妈虽然不是守财奴，可兰天依这样花钱她很不满意。

其实阿宽的补贴都在兰天依手中，足够小简日常开销，但又不能对兰妈说实话。她搂着兰妈的肩：“我现在正创业期，需要她们帮助！老妈，算女儿求你，行吗？”

兰妈这才不情愿地点头。

经过小简数天夜以继日地努力，终于拿出让兰天依满意的方案。紧接着，她给林枫打电话：“林总经理，你好！”

林枫很意外：“兰小姐，”他客气着：“你好……”他很想知道她的近况，又怕问得暧昧，正犹豫着，那清雅柔和的声音又传来：“林总，能出来见个面吗？”

这么长时间了，他还是不能忘记她，也很想见到她：“你在哪？我去找你！”说话间，他已经站起来，走出办公室，并对要和他讲话的秘书摆摆手，接完电话后，才边走边交待：“我有事情出去一下，把今天的安排换到明天，然后再通知我。”说着，人已闪入总经理专用电梯。

翔殷路的咖啡店内，通透的落地玻璃窗用浅白色的纱帘与喧闹的街道隔成两个世界，兰天依一袭淡粉色职业装，飘逸的长发被一支钻饰拢在脑后，安安静静地支颐而坐。她眼珠毫无焦点，茫然望着轻纱在空中寂寞地飘舞。

林枫看到她的样子，就觉得心痛，她为什么不相信他呢？如果换成是他，他绝对不会让她担忧、恐惧和伤心！他轻轻坐在她对面，温柔地看着她，只希望，她能感觉得到。

她看到他，先吃了一惊，站起来：“林总，什么时候来的？抱歉，刚才没看到你！”

“我没有让服务生通知你！”他心中有点苦涩，当看到她伸过来青葱小手，心中更苦涩。

她客气着：“林总依旧是丰神俊朗，风采依旧哪！”

林枫懒得和她客套：“坐，想喝点什么？”

“卡布奇诺！”

“口味变了？”

她笑：“呵呵，才喜欢上的！”

服务生送上饮品，林枫端起蓝山，优雅地轻啜一口：“最近忙吗？”

“还好啦！”

他听说乔亚非刚刚出狱不久，瞧她忧郁憔悴的脸，心想，她过得很不好吗？接着他发现她左手食指上戴着一枚表示未婚的钻戒，心头不由一跳，其实她应该很无奈吧！

“新接手公司，还能不累吗？”他调侃气氛。

她开玩笑：“我是草根我怕啥！”

他心底蓦地一痛！

像她这样精于打算的人，也许，更多的金钱才会让她更有安全感吧！他主动说：“我手头有几个客户，与你们鸿升公司业务有些相关，想不想认识？”

“真的？”

他拿出张精致的卡片：“这是我的私人会所，可以接触许多商界政界重要人物，欢迎你随时来。”

没想到这么快就能进入榕山庄园！

“一年多少会费？我只听说过，还真没参加过这样的私人集会！”

“二十五万！”

“谢谢你，明天我会让我的助理把费用打到你的账户上。”

“不急，如果今晚你有时间，我带你去认路吧？”

兰天依正求之不得呢，兴奋地点点头，并刻意换了一套典雅的浅橙色晚礼服，与他来到榕山庄园。林枫前面亲自引路，带她穿过一间与外面会客厅一样大的包厢，左转，大约四五步，他打开里面唯一的一间房门，吩咐吧台小姐送来晚餐。这间房间正好坐落于甬道之侧，以凸面玻璃为墙，所有从中经过的人员，可以在此一览无余，但外面的人，却看不到房间内的人。两人坐下，服务员送来两杯开胃红酒，林枫指着过来的人一一介绍。这些人中，有政府官员、演艺界明星、上市公司老板、国有企业大股东……

兰天依边细细品着酒，边留心观察所有人。这时，林枫指着一个身材中等，发顶微微发秃的男人道：“他是程克兴，汇通公司董事长，乔亚非董事长的高中同学。”

他一身笔挺的灰色西装，圆圆的下巴，正与旁边一名男子谈笑，细长的小眼笑得几乎找不到逢儿了。

林枫把她带到这间房间内，已经表示了对她的充分信任，兰天依很感动：“林总，说实话，其实这次来，我是希望你帮我一次忙！”

能让她开口求助实属不易！他抬起头，笑望着她纯洁如水的目光：“你说吧！”

“我想成立投资私募基金公司，希望你也能来投资！”

这实在不是一场商业谈判，但她这样做，已经在慢慢相信自己、依赖自己，还有什么比这更重要的！他问：“资料呢？”

她从包里拿出文件，递给他，继续啰嗦：“你可能也听说了，他年初坐牢后，我才接手了公司。但我仅占总股份的20%，还不足以掌控整个公司！”

她想夺过鸿升公司行政大权吗？这个念头在林枫脑中闪过，然后立即给予肯定。他把文件放在皮包里：“如果你的策划合理，我会考虑加入，不过，私募风险极大，程克兴就曾阴沟里翻过船，我们需要谨慎才好。”

他这样说，只要策划的方案过关，肯定会与自己合作，兰天依很高兴：“谢谢你！”

“你有困难就对我说，包括……”他略一迟疑，试探地说：“如果你想离开他，我也可以帮助你！”

兰天依苦笑着摇摇头：“正所谓明枪易躲暗箭难防，凡事都要从长计议。”

他自信地一笑：“我一会儿带你见见程克兴，他对乔亚非的过去非常了解。”

程克兴接到林枫电话，急忙赶过来，先和林枫寒暄数语，才把目光转向兰天依：“阿枫，这位是？”

“鸿升公司执行董事长兰天依兰小姐。”

程克兴不觉抽口气，又把她打量一番：“幸会！幸会！”

兰天依伸出手，客气：“程董，见到你很高兴，听林总说，你是亚非的同学？”

“没错，亚非这段时间忙什么呢？”

这事是瞒不了人的！“他的一位老师生了病，一直在照顾她。”

程克兴明了地一笑：“她叫文静仪吗？”

“是的！”

程克兴叹口气：“亚非这人啊，义气、重感情！如果当年不是文老师教导，他可能连高中部都考不上。”

兰天依看似无奈地笑了笑，林枫忙引两人坐到吧台，为他们各要了杯酒，然后问：“兴哥，当年是谁曾经帮你策划的私募投资？”

兰天依心下吃了一惊，他为什么这样直接问程克兴呢？

果然，程克兴一愣：“你……想搞这方面投资？”

“目前比较有兴趣！”

程克兴又看了看兰天依："兰小姐也是投资者之一吗？"

兰天依笑笑："考察阶段！"

"我是失败者！"程克兴苦笑。

"失败是成功之母嘛！"林枫拿起杯子，与他碰了下。

程克兴又问兰天依："亚非知道这事吗？"

兰天依模棱两可："现在鸿升公司流动资金周转非常困难，如果能扩大公司业务与职能，他当然不会反对。"

"好，我回去准备一下资料，三天后给你们送来。"他答应着。

兰天依很怀疑，望着程克兴的背影消失在包厢门口："林总，程克兴不会对乔亚非说吗？"

林枫摇摇头："你放心！"

"为什么？"她回头看他笃定的脸。

他暂时安抚她："商人嘛，总选择对自己最有利的行为方式，如果他告诉乔亚非，他能得到什么好处？相反，会伤了我这个财神爷。"

"他有什么短处在你手中吗？"兰天依不失时机地问。

"当然！"

"什么短处？"她只想知道得更详细一些。

他看了她一眼，开玩笑："如果不是对你过去非常清楚，真怀疑你是带目的来的！"

"晕，我能带啥目的？难道你还怕我吞了你的自仪集团不成！"灯光下，她眨巴着水汪汪的大眼睛，一副无辜的样子。

她样子单纯而又可爱，林枫本能要去弹她额头，瞬间又把伸到半路的手改变方向，拿起酒杯，小抿一口，安抚了一下自己狂跳的心，说："开玩笑你也能当真？"

对于他这种聪明人，直接表达更能令他放下戒心。兰天依面有愁容："人不是都有好奇心嘛，何况，我真担心他会告诉乔亚非！"

她终于肯对自己说出心里话了！林枫很激动，一招手，服务生送来两杯酩悦香槟，他亲自把酒杯端到她手中："程克兴生意失败后，不得不出卖汇通集团大部分股票，并从我这里贷走十个亿资金。"

兰天依忍不住轻呼："你……居然贷给他那么多钱？"

看她担心的样子，他更加高兴："我所持汇通公司股份是百分之三十一，程克兴只持有百分之三十五，我稍稍翻盘，他就失去了汇通公司的领导权。"

兰天依继续追问："你已经为他分担了这么多股份，为什么还要借给他十个亿？”

“不得已而为之！”

他不想说，兰天依也不便再追问，有些事情，需要用时间来慢慢解答。她转移话题：“可我还是怕他告诉乔亚非，如果乔亚非知道了，我怎么办？”

“我会帮你，你放心！”

这些男人们，口风都这么紧。“真能保证我的安全吗？”兰天依再次问。

他自信地笑起来：“有我在，绝不会让你受到任何威胁！”

兰天依对程克兴送来的草案并不太关注，她相信程克兴不可能把投资私募的所有过程向他们坦白。但林枫却看得津津有味，那种自得与自信，是她看不懂的。好在林枫痛快地答应了与她合资投资私募公司，她的工作也越发忙碌起来。

早上，她起床后正打算去公司，李跃打来电话约她见面。

“你说你怎么那么聪明，那么果断地拒绝了文老师的要求！”李跃一脸憔悴，苦涩地说。

兰天依倒抽口气，瞪大眼：“你……你不会替我领养了她儿子吧？”

“没错，我当时是想你和亚非都没时间照顾文喆，正好他和我儿子同龄，就擅自做主了！”她挺委屈。

这是你该掺和的么！“然后呢？”兰天依问。

“然后文老师就失踪了！”

兰天依登时惊住。

李跃无比沮丧：“吓着了吧，我也没想到会这样！现在亚非见我就跟见仇人似的！”

没想到文静仪竟是如此决绝刚烈！兰天依竟然有点自私地庆幸，幸亏当初没有答应文静仪的请求，否则乔亚非一定会恨死自己。可事情已经发生了，瞧李跃那悔恨不已的模样，兰天依劝她：“唉，我们把她找回来嘛，事情又不是不可以挽救！”

“兰天依，她的肝脏解毒功能早就丧失，耽误了几天疗程，你说，会有什么结果？”一向外表刚强的李跃开始抹眼泪：“这不是我害死她了嘛！”

其实，文静仪在确切了解自己的病情后，就已经放弃了所有希望，她不想耽误乔亚非的爱情，更不想无谓地浪费他的金钱，当文喆得到了好的归宿，她了无牵挂地走了。可她想得又太单纯，这样做，无疑使李跃背上了沉重的包袱。

唉，这个傻女人！兰天依把纸巾递到李跃手中：“这和你没多大关系！”

“怎么没关系！”李跃边擦眼泪边抽鼻子：“如果我不接走文喆，文老师也不会了无牵挂！”

“要怪，”她一字一句说：“也只能怪乔亚非，是他把她逼走的！”

李跃瞠目：“兰子，这事是我做的，关亚非什么事？”

“呵呵！”兰天依冷笑两声，抬起头来，眼丝略有些红：“为什么不关？他觉得自己不是很伟大嘛！以为自己就是别人的救世主，可笑，真是可笑！”

“唉，兰子，你怎么还这么小心眼！文老师走到如今的地步上，乔知之有不可推卸的责任，就这份责任和义务，你要亚非怎么办？幸福地过自己的小日子，看着她在死亡线上孤独地痛苦挣扎？”

一听这个兰天依就烦：“揭过揭过，你还是想想怎么找到文老师吧！”

“已经在找呢！”李跃满怀忧虑地说：“亚非和文老师的事，不管你怎么想，我们都不认为亚非这么做有什么错！他不过是想让文老师重燃生命的信心，希望你和大家一样，等这件事过去后，还和原来一样好不好？”

她的眼立即瞪起来：“原来一样？有本事你把时间倒回去！”

“那你认为亚非哪点做错了？”李跃反问。

她无语，“呯”地把茶具一顿，以示反对。

“这样的男人才可以托付终身嘛！”

这段时间兰天依感觉内心所受到的伤害渐渐平复，从她潜意识里，她和乔亚非的感情已经很难恢复到从前，可李跃这样一提，她不免又心中气愤，挑着眉毛问：“你今天来这儿就是为和我说这事？”

李跃见她误解，忙解释：“其实我是去见阿灵的，路过这里，看到你，就进来了！”

“她又怎么啦？”连续面临生死离别，兰天依听她一说，不由又开始心惊肉跳。

“她决意出家，这孩子，太固执！”

“唉，人哪，各有各的执念……”她叹口气：“算了，我陪你去！”。

“你还是工作吧！”

“如果事事都我亲力亲为，我干脆还是当回我的行政助理得了。”

李跃眼中有几许期待：“兰子，你不要再生亚非的气了？”

她站起来："任何人的思想都是以自我价值本位为出发点，其他人无权指责。你放心，我对乔亚非没什么成见，毕竟，我们还是战友不是！"

罗山寺庙坐落在半山腰，已有百年历史，四周翠柏绿竹环绕，白色石径曲折蜿蜒。阿灵一袭灰色长袍，眉眼中少了往日的悲凄惶然，多了份自若闲致。她轻捋袍袖，替两人斟了茶，轻声道："两位请！"

李跃看了她一会儿："你……还好吧？"

她低眉笑了："很好，谢谢！"

李跃终究是有些内疚："保罗的戒指，本意不是这样的，因为它属于你我才送来！"

她是明白的，保罗对于她，也许是爱，也许是为了挽救。可就算没有爱，他把戒指送她，也是想给她一个清清白白的人生。她怎么能辜负他！因为他，她更不想辜负了自己！她嘴角仍旧带着笑："戒指并不能代表什么，只是这一世中，再没有他那样的男人了，我无法勉强我自己！"

"可你大好年华，只对着青灯古佛，这不是他所期望的！"

她抬起秀气的脸，声音悠长，似从遥远的天际传来："这一世，我用我的一生为他祈祷，只期望他下一世能为我停留。"

窗外一片寂静的青灰，竹花无风自落……

很快，文静仪被找到，但她拒绝一切药物治疗。她平静地说："亚非，生老病死，自然规律，我争取过，你也全力为我争取过。可是，真的不行了，不要浪费了！"

当年，失去母亲的乔亚非对杨虹有仇视心里，而乔知之又因家庭不和，忙于生意，对他疏于管教，使他如脱缰的野马，整日街头鬼混，是文静仪伸出温暖的手，给了他正常少年应有的生活。那时，情窦初开的他非常迷恋年轻美丽的文老师。只是，当乔知之知道这一切后，以勾引未成年人早恋为由，动用关系将她开除公职，致使她的命运发生逆转！一想起这些，乔亚非的心都在滴血。

"不为别人，你也要想想文喆啊？"在她面前，他强装笑颜。

文静仪摇摇头："我活着，日夜忍受病痛的折腾，还要别人为我悲伤难过，我已经再没什么给文喆的了，就让一切顺其自然吧！"

乔亚非束手无策，每天尽量抽一点时间陪着她，让她开心。这日晚，他回家时意外发现地下室多了辆蓝色宝马，心不觉猛地跳了一下。是她回来了吗？莫名有些激动，同时又无比鄙弃自己，牵挂着一个女人，又惦记着另一个女人，算什么男人！他整理了一下纷乱的思绪，踏上楼来。

兰天依扎着马尾辫，坐在九阳身边，看着九阳手里的一把锁，正仔细倾听，并不时点头。这时，听到有人叫‘乔哥’，她不由扭过头。他一脸憔悴，与她目光对接后，又急忙闪开。她胸口蓦地一痛，有种时间静止的感觉。

两人都垂着头谁也不理谁，气氛有点尴尬，周斌打圆场：“乔哥，你来得正好，有件事正要问你！”

他坐到离人群稍远的地方：“什么事？”

“兰子这次去林枫的榕山庄园。了解到程克兴曾经私下做过私募基金投资，赔了一大笔钱，甚至不得不转让了公司股票。如你原来所说，他还真是值得怀疑，以前是我想错了！”他自我检讨。

乔亚非一愣，看向兰天依：“你是通过什么途径得知的？”

兰天依详细地把经过向大家讲了一遍，然后问：“他有什么问题吗？”

没想到单纯的贩毒案真的牵扯着一系列经济问题，既然兰天依所调查的与他所调查的案子有千丝万缕的联系，只能共同寻找答案。于是，乔亚非把‘121’特大贩毒案详细讲给她。

兰天依不解：“你怀疑他什么？贩毒吗？”这与自己所调查的有什么关系呢？

乔亚非并不直接回答，而是陈述客观原因：“自从我离开校园后，程克兴从没和我联系过，后来我回国继承了鸿升公司，在日本海与同学集会时，他对我格外热情。其实若以我过去的经历来说，没有特殊渊源，做正当生意的老板是不喜欢和我打交道的，何况汇通公司是S城一百四十家上市公司之一，程克兴当时为什么这么抬举自己？可听说过甘广平当时与我的关系后，为什么又不再与我联系？”

兰天依还是糊涂：“你们是同学嘛，感情好的话这样做也无可厚非！”

“呵呵，如你所讲，如果我背靠甘广平这棵大树，在生意上岂不是更有利用价值？除非，他不是做正当生意的，需要我这个打手。而以后所有发生的事，无不印证这一点。比如‘121’案发生之前和之后，他都不在中国。”

“那你们曾经调查过他吗？”她越来越感兴趣。

“是的，我们调查过程克兴经济账目和赌博案，不过，澳门赌场对所有客户实行保密管理，只查到程克兴常去，但他每次动用过多少资金，却没有具体数目。而账目调查目前也没什么突破口，有可能他所投资私募公司的法人用了他亲属的名字！”

两人谈得兴起，暂时忘了过去曾有的尴尬与故意拉开的距离。

兰天依微蹙眉：“如果程克兴是‘121’幕后主使，那他是不是以赌博的名义去澳门进行毒品交易啦?"

这个——乔亚非与周斌不由互望一眼，他们还真没这样想过，一直以来，他们都认为程克兴是由于输了钱后有可能在大陆内进行贩毒交易，但兰天依这样一说，他们心头俱都亮了一下。

周斌急忙问："你为什么这么认为?"

"程克兴搞私募投资赔了不少钱，难道他们家是制造钞票的啊？所以我想把赌钱当幌子看起来更名正言顺嘛!"望着众人都惊喜地看着她，她嘿嘿一笑："对了，还有一件事，林枫目前持有汇通集团31%的股权，而且，他还贷给程克兴10亿元，当时我问他为什么这么做，他说是不得已而为之!"

周斌与乔亚非同时兴奋地问："他说什么原因了吗?"

兰天依摇头："没有，当时觉得这事与林枫关系莫大，怕引起他的怀疑。"

周斌悔得跟什么似的："乔哥，当时我还真大意了，居然在你对榕山庄园产生怀疑时给你泼了冷水，导致案情一直跑偏!"

"呵呵，如果今天兰天依不说，我也不会怀疑他!"乔亚非也跟着检讨。

兰天依又说："林枫曾经向程克兴要了一份有关他投资私募的资料。"

"它上面有合伙人吗?"周斌问。

兰天依脸一红："我没注意!"

周斌说："没关系，你能把它拿来吗?"

"应该可以!"

周斌忍不住激动地大笑："真是柳暗花明又一村啊！乔哥，我看，程克兴没准还会来与你勾结。"

"哈哈!"他大笑："没准大良就是他的人，否则怎么会这么快置浩子于死地!"

兰天依惊问："浩子死了吗?"

"嗯，"乔亚非回答："如今看来，是替罪羊吧!"

"不过，"兰天依想了想："我一个星期后要前往L国，余下的事，要等我回来才能做!"

L国，就是许坷所去的国家。下楼时，乔亚非在兰天依后面，突然说："谢谢你!"

她没有回头："没什么，我应该做的!"

"你……注意安全!"

她略顿，没理他，直接下楼。

L国，某咖啡店内，兰天依点了杯卡布奇诺，用银匙缓缓搅动，眼珠盯着自己的银色手机。手机挂着红熊猫的吊坠，在天空蓝的桌面上格外醒目。她不认识接头者，红熊猫是他能认出自己的唯一的物证，这让她有种无法掌控的恐慌。当初为了乔夕的将来，遇到这个出国机会，她勇敢地接下了这个任务。可一旦坐在这里，她心里又开始七上八下，真怕自己一不小心就命丧他国。为了使这件事看起来更正常些，她同时约了许坷。

许坷准点到达，可她真正等的人却还没有来。

“兰姐，”许坷坐在她对面：“让你久等了！”

“没关系，我不认识路，故意提前来了！”她笑着打量他。

他依然清瘦，眉宇间却少了丝往日的沉郁。他闭口不谈乔夕：“是来做生意吗？”

她摇摇头，直言不讳：“是来找你！”

他的表情僵住，在兰天依的直视下，一会儿又垂下头。这时，对面桌子上坐下来一位穿灰色风衣的络腮胡蓝眼睛男子，他的目光停留在兰天依钥匙上，突然展颜对她一笑。

兰天依的血液瞬间狂沸起来，心脏呼呼乱跳。难道？他就是接头人！

她想早点和许坷结束谈话：“小夕生了双胞胎，你打不打算认你的孩子？”

许坷手一抖，咖啡洒在桌子上：“你……你说什么？”

“你上次误解了，小夕已经戒了毒，其实她是怀孕后才有呕吐萎靡不振的反应！”

“为……为什么不早说？”

“在我眼里，你是不太负责任的男人，可是乔夕坚持要生下来，我也没办法！”兰天依又向对面看去：那人若无其事地要了杯咖啡，漫不经心地轻啜。

许坷满脸歉意：“我……我不知道！”

兰天依一拍桌子站起来：“不知道就是理由？”她心里一直埋怨，那人为什么坐到她对面呢？真让人晕死！可她又忘了，如果那人坐在她后面，她如何看得到他！

她如此的引人注目，对面的男人遗憾地摇摇头，打算喝完咖啡离开。

咖啡店内所有人的目光都集中到兰天依所在的位置，许坷自觉无理，急忙道歉：“兰姐，对不起，你坐下，先消消气！”

兰天依拽住他的衬衫前襟一把扯起他，下力气向后猛地一推：“你说，你要怎么办?”

许坷后退小半步，急切表白：“我会负责，兰姐，兰姐你放心!”

“那你什么时候回去?”她又不客气地推了他一把，想借机坐在许坷的位置上，忽觉背后涌来一股大力，她不曾防备，哎呀一声，身体向前扑去，耳边还回响着一个高亢的声音：“Bastard!（混蛋）”

兰天依正巧扑到对面的男人身上，脑袋正发蒙时，有人在她头顶极轻地嘲笑：“烂!”然后感觉身体被人扶起，听他说了几句她不懂的话。但兰天依清楚，他把她所需要的东西已经放在了她身上，那句中文足以说明一切。兰天依站稳身体，回头仰视，只见一个高大的外国女子，正怒冲冲瞪着她。她很奇怪，她并不认识她，好像也没招惹过她吧?千万不要是情报局的啊!

许坷正对那高个女子说着什么，兰天依才放下心来，看到对面的男人已经付钱离开，又觉得有必要把戏份演足，于是理直气壮地指着那女人鼻子吼道：“我靠，你凭什么打人?”

那女子哼了两声，本不想再发作，见兰天依那么个动作对她怒吼，于是又一记玉拳冲过来，正打在兰天依的眼眶上。她眼前一花，脑袋发懵，后退数步，然后扑通坐在地上，痛得哎哟哎哟直叫。许坷跑过去扶兰天依，大声对那女人斥责了几句话，那女人突然双目中含着泪跑了。

兰天依被打得睁不开眼，摇摇晃晃站起来，气愤地抓住许坷的胳膊：“许坷，她凭什么打我?”

“抱歉，刚才她以为你骂她!”他很遗憾。

“明明她先动的手?”

“她误以为你打了我才出手的，真的很抱歉!”

兰天依更加气愤，指着他：“你脚踏两只船?”

“我没有，你误会了，我这就给小夕打电话。”

“换电话了!”她推开许坷，捂着眼，歪歪斜斜地出了店门。许坷赶紧付了钱追上来：“兰姐，你不要生气了，我送你回酒店!”

她现在急于想知道那人把情报藏在哪里，哪有空理他!何况她已经亲自把乔夕的事告诉了他，如果他心里对小夕还有一丝情意，他知道后必然回国，如果没有，她也决不会求他回去!

“不用，该说的我已经说了，你好自为知!”兰天依迅速打了出租车，抛下许坷，回到旅店，把背包和衣服的兜全翻了N遍，也没找到有任何不属于自己的东西。她又仔细回忆了一下当时的过程，那人曾经戏谑她的表演太烂了，说明他一定是接头人，那么，他一定不会在自己挨打时，把东西放在比较容易脱落的外衣里。她脑中突然灵光一闪，迅速脱了贴身内衣，翻过来检查，果然，一个小指甲盖那么大的一个扁圆形物体粘在上面。她边快速嚼着口香糖，边取出一只装有保湿面膜的盒子，将里面的非透明半凝固体小心倒出来，然后吐出口香糖的胶状物，把装情报的扁圆形物体用它小心地包裹起来，放在化妆品盒的最底层，再重新把半凝固体倒回去。这样，她就可以顺利通过机场安检通道。

第十九章 撒网

两天后，兰天依顺利返国。众人都在激动地等待她，李跃首先扑上来：“兰子，可担心死我了！”

兰天依自吹自擂：“有啥可担心的，也不看谁出马！”

众人大笑，李跃心细，看看兰天依的脸：“哎呀，兰子，你这眼怎么啦？”

眼眶周围的於肿虽然散了，但青痕可不是一天两天就能消的！兰天依脸一红：“不小心撞的！”

“撞的？”李跃不太相信，又仔细瞧了瞧：“怎么像被人打的！”

这群人都是人精，还能瞒得过！兰天依嘿嘿笑。

“是不是遇到过危险啊？”李跃很紧张，其他人也都同时关切地望向她。

“那倒没有！”兰天依把过程一讲，众人皆笑得东倒西歪。

李跃乐不可支：“和亚非一样，都是制造混乱的高手！”

兰天依一听，忍不住就看向乔亚非。乔亚非也看过来，脸微红，又急忙避开。兰天依莫名憋气，心中暗骂：你个大混蛋，诅咒你一辈子找不到老婆！

李跃又问：“你也会点手段，怎么让一个女人干趴下？”

兰天依心情不太好，扭头瞪着她：“她比咱们这儿最高的还高，四肢发达，小山似的！跟这种人动脑还行，动手我不行！”

这里个子最高的当属乔亚非，四肢发达，自然头脑就简单。大家听后，想笑又都不敢笑。独乔亚非把头垂得低低的，看不到表情。

“哦，可你也没劝许坷什么时候回来啊？”口气不太对，李跃赶紧转移话题。

“你晕不晕啊！还要我怎么说啊？”兰天依站起来：“一个大男人，如果对自己的孩子都不负责任的话，你还能指望他什么！”说完，她扭身：“困了，调时差去！”

“哎，哎兰子，大元要结婚啦，记得三天内准备好礼物！”李跃突爆冷门，她登时惊住，转头：“我靠，真这么快啊？”

九阳捶着桌子笑瘫：“兰姐，I 服了 You，I 服了 You！”

兰天依这才意识到爆了粗口，不好意思地嘿嘿笑：“主要是太快了！”

李跃喊了一声：“他哪有时间风花雪月！两人既然互相喜欢，职业对口，快把婚结了，度完蜜月就得归队执行任务去。”

“那我们什么时候参加他的婚礼？”兰天依傻傻地问。

李跃扑哧笑了：“他的婚礼就两人参加，一个新郎一个新娘，你去凑什么热闹？”

兰天依还不明白：“最起码也得双方父母参加吧？”

周斌解释：“是秘密结婚！”

兰天依白了李跃一眼：“早说不就得了，跟你说话咋废话特别多呢！”

气得李跃一掌拍在她肩上：“赶紧会你的周公去！”

周斌对程克兴的经济调查，在有了兰天依从林枫处拿来的有关程克兴投资私募的资料后，终于找到突破口，兴奋地来到香邑山。正巧大元的蜜月也结束，很快返回参与行动。除了周斌和兰天依，其他人对此类经济活动均不懂，因而围坐在他两人之间，听他们俩讨论。

周斌先介绍：“根据程克兴投资私募的资料调查，程克兴以其妻妹的名义曾经参与过国际私募投资，即亚华投资基金公司，它是个私募股权投资公司，专门从事并购企业、成立企业基金等业务。L 国银软公司占其总投资比例的 49%，数次想收购我国钢铁企业，没有获得审批。随后，中方因多次收购失败而撤资，亚华公司宣布解散。”

兰天依打断他：“L 国吗？银软公司难道也承担了某些政府任务？”

成子和九阳皱眉：“什么政府任务？”

这方面兰天依最懂，她解释：“近些年来，国际金融更趋于全球化，有些富可敌国的集团，通过并购垄断目标国国家资源，比如石油、媒体、交通和电信通讯等国民经济命脉，达到其不可告人的秘密。例如，某国集团借助私募投资公司进驻俄罗斯国营通讯企业，表现上是因为国营通讯企业长期巨亏，政府不堪负荷，开放外资增资，希望借此改善弊病重重的通讯公司。试想，一旦掌控俄罗斯通讯，就可以进行秘密监听，那么，上至政府官员下至商场对头，无人能逃得过！所以，作为安全部门，不仅要摧毁敌对势力在我国的政治军事间谍活动，还要打击越来越多的渗透到各行各业的跨国非法经济活动。这些非法经济机构，担任其所在国家‘秘密财政顾问’的角色，进行某些政府的‘特殊任务’！”

“他们都是通过并购吗？”乔亚非经过这段时间在企业的磨砺，也相对了解了一些金融活动。

兰天依对他的聪明露出赞许之色："对！"

李跃问："这些集团是以哪些方式进驻目标国的呢？"

"因为各国对外资投资能源、资源企业都有明确的投资上限，因此这些集团会在目标国成立若干子公司，也就是私募股权投资公司，专门从事杠杆投资，并购企业，成立企业基金等业务。之后，他们吸纳当地的企业资金，与当地私募组织融合，重新成立私募基金公司，对目标企业进行再投资。这样，就可以更多地渗透到国家限制外资进入的国民经济命脉部门。"她解释完，又道："当然，除了政府秘密任务，大部分并购还是在商言商！"

周斌点点头："是的，从兰子目前从L国取回的情报分析，它确实承担了某些政府任务。"

"为什么不把它驱逐出境？"成子不解。

兰天依笑："这些国际私募公司，充斥着盘根错节的国际政商关系，轻易动不得！为了避免国与国之间的对立，只能制定法律完善本身的经济制度。"

这时，看完资料的大元皱眉自语："亚华公司法人是程克兴的妻妹，可程克兴赔了钱财却不敢吱声，这背后的人来头可不小啊！"

兰天依赞同："以程克兴的手还盖不住这么大的烂疮，他上面肯定有保护伞，而能让林枫和程克兴都怕的保护伞，究竟是谁呢？"

"没错！程克兴的妻妹只是纸上股东，"周斌接过话头："但林枫应该清楚程克兴背后是谁！"他看向兰天依："第六感往往是最准确的，你把所有与榕山庄园有来往的人记录下来，我派人去查！"

"OK！"兰天依兴奋地点头。

果不出周斌所料，程克兴很快约乔亚非会面。

"兴哥，就属你够朋友！"乔亚非端起酒杯，一饮而尽："妈的，自从老子从监狱出来，门可罗雀，可算看透了世间冷暖！"

程克兴打量了眼他普通的穿着："瞧你说的，你堂堂鸿升公司的董事长，多少人靠你吃饭呢！谁敢冷了你？"

"二哥你有所不知啊，我老爸到死都对我有成见，把他大部分股权都送给了我未婚妻，并规定如果我再进局子，鸿升公司的董事长就由我未婚妻来担任。"

"毕竟你占的股份才最高嘛！"程克兴不太相信。

"我也不瞒你，慕容久与老爷子交情匪浅，占鸿升公司股份的20%，他又有老爷子的手谕，大家给我面子让我挂个虚衔，其实我已经没什么实权了！"

“你就认命啦?”

“不认怎么办?一分钱难倒英雄汉!何况掌握公司实权的也是我老婆!”乔亚非无奈地摇摇头。

“我说三儿,卧榻之侧岂容他人酣睡,就算是老婆也不行,那以后你还不让人拴得死死的!”

“嘿嘿,我目前还离不开她,鸿升公司又是我的家族企业,斗来斗去,还不是鸿升企业受损!”

程克兴暂时转移话题:“三儿,那你怎么还不结婚哪?”

乔亚非低头没跟话。

“唉——”程克兴叹口气:“我前几天刚刚探望过文老师,怪让人难过的,你呀,就想开些吧!”

乔亚非眼丝有些红:“她快要死了,我却一点办法也没有!”

沉默了片刻,程克兴道:“我从林枫处认识了你未婚妻,人漂亮,挺聪明,不比当年的文老师差!”

他眉毛当即竖起来:“她和林枫在一起?”

程克兴点点头:“不瞒老弟,我可知道弟妹在偷偷和林枫建立私募投资公司呢,你再不抓紧,只怕你的股权先被她收购!”

乔亚非大吃一惊:“啊?她建私募公司?”

“是啊,女人心如海深,尤其在最伤感情的金钱面前,老弟你还是小心点吧!”程克兴继续挑拨:“一旦她手中握住鸿升公司的绝对控股权,三儿,那鸿升公司可就不知道姓谁的啦!”

乔亚非眼神渐渐发寒,半晌,才问:“那兴哥你说,我该怎么办?”

程克兴一见他神态,怕他走暴力途径,赶紧劝:“你可别胡思乱想,兰小姐现在和林枫只是生意往来!但凡事不可不防,二哥只是提醒你!”

他感激地点点头:“二哥,这些同学中,就你拿我当真兄弟!”

“到哪儿找你这么有情有义的人去!不说别的,就从你对待文老师不离不弃的情义,二哥对你的事就不能袖手旁观!”

乔亚非激动地举起酒杯:“就冲兴哥这一句话,以后兴哥有什么事只管开口,上刀山下火海,小弟在所不辞!”

“哈哈,二哥自然明白你的性情!”程克兴笑着拍拍他的肩:“不过,你现在关键还要努力赚钱才是正事!”

程克兴这些话说得入情入理,感人肺腑,如果不是案情所有疑点都指向他,乔亚非根本不会相信他是一匹披着羊皮的狼。他两眼当即放光:“二哥,你可有啥好买卖?”

“我能有啥好生意?我汇通公司也是勉强维持呢!”程克兴细心观

察他。

乔亚非内心突然一动，今天程克兴绝对是带着目的来找自己，如果大良是他的手下，自然这样做就顺理成章，对了程克兴胃口！于是他神秘一笑："二哥，其实我现在就是缺少本钱哪！"

"你早说啊！哥这儿有啊！"程克兴拍胸脯作保证："你需要多少？二哥给你找去！"

"好！过几天我给二哥准信！"

两人酒杯啪地一碰，然后豪爽地把酒一饮而尽。

程克兴满意地走了，乔亚非也满意地返回乔宅，把经过与众人一说，周斌非常赞同乔亚非的推断："这只白了毛的老狐狸，不到关键时刻，他决不会露面，那我们就从大良那里寻找突破口吧！"

"好，大元就当先锋官，以我的名义，与大良取得联系！"乔亚非开始布置任务。他见兰天依不在，对周斌说："希望兰天依继续配合我们，追查程克兴背后的保护伞！"因为兰天依特殊的工作性质，直属于李万国领导！

"我这就到老爷子那儿领旨去！"周斌笑道。

九阳眼看时间不早，建议："终于熬到重大任务了，咱们找点酒去！"

"这点事还用你们操心？我早备上啦！"乔亚非刚说完，感觉腰间手机震动，拿出来接通，只听了一句，脸就突然一变："我现在得去医院，李跃，你把文喆也带上！"说着，披上外套就向外跑。

待他赶到医院时，文静仪正在抢救中，心脏监护仪屏幕上，她的心脏时起时落。他在她耳边呼唤，她也毫无反应……

程克兴也来参加文静仪的丧礼，给乔亚非一个账号，对他说："这是从我朋友处贷来的钱，他希望所得利润三七开，你三他七，年终结算，本金给付后，再利益共享，你觉得怎么样？"

乔亚非反将一军："如果赔了怎么办？"

你就和我装，谁不知道你是从哪条道上混的！不过，我不急，咱看谁急？程克兴笑容依旧憨厚："仗还没打先言败，我看这钱你也别借了！"

这只无形的套子，必须要钻，只不过程克兴不知道进入他圈套的是把利剑而已！乔亚非嘿嘿咧开嘴："二哥，开玩笑你也当真？兄弟就等着米下锅呢！"

程克兴嘱咐："以后你就直接和这个账户进行资金往来，不必找我！"

程克兴为什么不担心他会赔钱？又为什么这么放心地把账户交给他任他作为？他微微扫了眼程克兴自信的脸，压下心头的奇怪，表态："二哥，感激的话咱们再说就多余了，你这份情义我都记心里了！"

猢狲终于入布袋！程克兴并不担心乔亚非会赔钱，做一次军火生意，本钱至少会翻二番，何况乔亚非身边还有自己的线人！程克兴动情地拍拍他的肩："谁叫我们是兄弟呢！"

乔亚非送走程克兴，立即到银行查看账户资金数额。账户上显示，他可动用的资金为五千万。他带着深深的疑惑，把账号告诉周斌："阿斌，你派人去查查，这账户主人的背景！"

紧接着，大良也好巧不巧地派人来与乔亚非示好。很快，大元赶赴广州，在华强北路圣廷苑酒店，与大良见面。

席间，大元先端酒敬大良，一口闷进："以后兄弟的事，就全仰仗良哥啦！"

大良一个手下哈哈笑道："元哥，你算找对了人，良哥在这道上，哪个不敬三分！"

大元行事向来示人以弱，他低眉含笑："那是当然，不过良哥为人仗义，才在浩子底下委屈这么多年！过去的一些事，乔老板说了，很感谢良哥，等过段时间，他亲自来拜会良哥！"

大良摆摆手："我们一家人不说两家话，大元，乔老板亲自派人来找我，是乔老板看得起我。"

大元故意瞪大眼："良哥说得太对啦，我来时乔老板专门嘱咐过，宽哥也是被浩子所迫，没做过对不起我们老板的事，我们都还是亲兄弟！"

阿宽有点尴尬，主动和大元碰了下酒杯："过去我对不住乔哥，还望元兄弟以后多多美言几句！"

"放心，乔哥这人特宽宏大量！"

大良策略地附和，还不忘寒碜阿宽："哈哈，是啊，只要以后我们兄弟齐心合力，就会赚来大把的票子，有了票子，又何愁没女人？来，把杯中酒干了，预祝我们合作顺利！"

"对，马到成功！"大元恭恭敬敬举杯，豪爽地一饮而尽。

酒过三巡，气氛空前高涨，大良建议："兄弟们，走，今天我带你们找乐子去！"

大元有点担心："良哥，还是等事成之后再玩不迟，要是真出点闪失，我没法向乔老板交待啊？"

真是个即忠诚又负责任的好属下！他赞赏地点点头："老弟，你说得没错，今天听你的，过两天哥哥带你去赌城玩玩！"

"澳门吗？"

"没错！"大良笑着打量他。

大元双目中充满向往："不瞒良哥，澳门我还真没去过！"

大良一手下得意地说：“那地方，良哥常带我们去，小姑娘们比大陆的漂亮多啦！”

“那是自然，大陆禁赌禁嫖，观念相对保守，只不知那儿的小姐们干不干净？”大元傻乎乎地问。

众人都忍笑，其中一个故意问：“你试试就知道啦！”

大良给了他一脖拐：“你他妈的就欠揍！”然后对大元说：“到时候绝对让兄弟你满意！”

大元脸红红的，即渴望又不敢直接答应，只嘿嘿傻笑。

阿宽鄙夷地冷哼一声。

夜半，阿宽接到大元传递的信号，悄悄潜入他的住处。大元提醒他：“宽哥，你小心点，大良这人太阴险！”已经有两位战友倒在自己面前，大元实在怕了，他总觉得大良看阿宽的眼神有丝杀气。

艺高人胆大！凭借自己的身手，只要先规规矩矩地做大良助手，谅他一时不能，也不敢动自己！何况，他还能再蹦跶几天！

“嗯，你不用担心，近期我要去香港，你先不要联系我。”阿宽轻声说。

“你自己？”

“呵呵，放心吧！大元，你可越变越婆妈了啊！”他向外看了看：“我得走了！然后，他潜出房门，眨眼消失在夜幕中。

两日后，阿宽抵达香港，深夜在仔湾某仓库与约定人会面。这间仓库是港口货物的小型中转站，背靠临海的巨礁，掩盖在丛林中。这里，凌晨一点，将会有一桩地下军火交易。利仔带着两名手下，同时赶到。他个子不高，最具特色的是一双突起的贼眼，边说边滴溜溜地四处乱转：“阿宽，你先到礁石上，占据有利地形，等谢胖子到后，我一摸头，你就立即射杀他。”

这是帮派间的火拼，阿宽被大良派来协助的长帮，为了取得信任，打入敌人内部，此时他不能多问，只能服从。他端着枪，敏捷地穿过集装箱，跃出矮墙。利仔望着他的背影，诡异地冷笑一声。

阿宽寻找到最佳射击制高点，潜伏等待。

空气阴冷潮湿，海浪拍打海岸的涛声远远传来，昏暗惨淡的灯光达不到的地方，弥漫着无声的杀气。这时，无边黑暗的丛林中，出现数十盏车灯，它们越来越近，鱼贯驶入货物中转站。打头的车到指定位置后拐到侧路，让出正路，然后从里面迅速跳下三名强壮的年轻人，其中一个跑到刚刚驶来的第二辆车旁，恭敬地打开车门。车上走下来一个戴墨镜叼雪茄的胖男人，他与利仔陪同的长帮首领罗永昌握握手，然后走到路边嘀咕了一会儿，接着，罗永昌回头对利仔点点头。利仔对手下挥挥手，众人立即打开一个集装箱，胖男人指挥两名手下去验货。大约一刻钟后，两名手下返回，向胖男人报告，胖男人这才拍拍手，车队中间的一辆普通丰田拐出来，停在胖子车前面，利仔立即跑去验证港币真伪。接着，谢胖子警惕地向自己的车走去，利仔发现，急忙向阿宽发提示信号。

一刹那，狙击子弹破空袭来，直接击穿胖子后脖颈，胖子喷出口鲜血，身体随着子弹的冲力侧倒过去。

如果胖子挽救及时的话，应当不会丢命！阿宽得手，收起枪，突听耳后生风，他来不及思考，本能地一偏头，感觉一粒冰冷的花生米穿透大脑，又从另一侧带着鲜血飞溅而出，飞快地消失在暗夜中。

世界顿时一片黑暗，他来不及哼一声，重重摔下巨石……

当兰天依得知阿宽生命濒危的消息，傻在当场。隐瞒了小简这么长时间，最后给她的竟是这样一个残酷的结局！而她刚刚出世的孩子还没来得及见过父亲！兰天依对李跃气愤地吼道："那为什么现在才告诉我？你要我怎么向小简说？我有什么脸告诉她真相？"李跃看了九阳一眼："你先去备车。"然后揽着兰天依的肩："兰子，你不要冲动！阿宽是前天发生的意外，直接送到了医院，我也是早上才得到的消息。"

兰天依跌跌撞撞，边走边哭："就因为这个破身份，让她受了那么久的委屈，忍受了那么多不能为人道的痛苦，最终……最终却是一场无望的等候！当时，我就不该劝她把孩子生下来！"

李跃眼圈红肿，扶着她，苦涩地说："兰子，军人的名字，就意味着奉献，甚至最为宝贵的生命，这个时候，你又怎么能去责备阿宽！"

兰天依坐上车，渐渐平息了激动的情绪："刚才对你发火我不对，抱歉！"

"道什么歉，我又没生气，只是等见小简时，可不许当面哭！"

她抹干眼泪："嗯，我知道了！"

此时，小简正逗自己的女儿鸿玉玩，兰天依冲上楼，进门就喊："小简，快点收拾，抱着孩子跟我外出一趟。"

小简翻了个白眼："什么事这么急！"

她把小简强拉进卧室，然后把孩子的换洗衣服一股脑定塞进包里。小简开始还挣扎，嘲笑她有病，后来就不做声了，主动收拾了自己的两件衣服，抱起孩子，跟在兰天依后面下了楼。当她看到车里另有两人后，想了想，坐上车，忐忑不安地询问："你们好，你们是？"

在李跃拿警官证时，兰天依从小简手中接过孩子："来，让阿姨抱抱我们的小鸿玉!”

小简更加紧张，看了眼李跃的工作证，问:“他犯的事大不大?”

兰天依一听，鼻子一酸，忍不住眼就红了，为了掩饰看向窗外。可这一切又如何瞒得过小简！她的脸变得灰败，又问：“是不是……死刑?……算了，我不去了，你们停车，我要下车!”

兰天依的泪再也忍不住，奔流而下:“阿宽明明就是英雄，你亲眼看到的，现在你又胡扯什么呢!”

小简怔住，眼中有一丝迷茫，一会儿又清醒过来:“兰天依，你再说一次?”

李跃把阿宽的证件拿出来:“对不起，他一直瞒着你!”

小简颤抖着接过来，看了一遍又一遍，不知不觉中，泪早已满面:“这个王八蛋，骗我这么长时间，到时有你好看!”过了一会儿，她终于醒悟似的倒抽口气，尖声喊道:“他……是不是出事了?”

兰天依哭出声来。

一路上，小简神智一直迷迷糊糊，闭眼软软地靠在兰天依身上，仿佛一朵即将枯萎的山茶花，再无了往日的鲜艳之色。车子刚停到医院门口，她又似突然被打了一剂强心针，嗖地跳下车，拼命地狂奔。她眼前一片雪白，来往的人从她视线中穿过，好似飘舞的幽灵。她耳朵嗡嗡作响，只想见到他，威胁他：你敢抛下我试试?

阿宽已经做完开颅手术，人依旧深度昏迷，头上脸上裹着厚厚的纱布，浑身插满了管子，呼吸机勉强维持着他的心跳。他的生命，就好似那空中飘浮的风筝，随时都可能断线离去。

终于见到朝思暮想的人，却是生死两难料！她跪在床前，泪水止不住地滑下来，却怕打扰了他，只敢低低饮泣。

心脏监护仪上的模拟波时而跳起，时而中断，惊心动魄地描画着代表生命曲线。所有的人，都紧张地屏住呼吸，紧紧盯着仪器上的数据。突然，模拟波又变成一条平线，站在医生后面的小护士焦急万分，咬牙切齿地对啜泣的小简小声道:“不要哭了，病人听了会烦的!”

小简愣瞪着监护仪上的直线，突然撕心裂肺地大号:“王八蛋，你敢死给我看看，我饶不了你，你个大骗子！始乱终弃的大骗子!”

护士们吓了一跳，急忙把她拉出去，小简不知哪里来的力量，疯了般扯着床单，头发披散，脸因为无法正常喘息而呈现不正常的红:“你个不负责的东西，你敢死明儿我也死给你看，让你的孩子成孤儿，一辈子没父母……”她狠狠咬了一口上来强拉她的护士，一拳砸在阿宽的胸口:“妈的，赶紧给我醒过来，否则老娘我跟你没完!”

兰天依听到小简在房间里哭闹，硬闯进来，看向监护仪。就在这时，本来平行的直线突然跳动起来。众人都不由倒吸口气，同时看向病床上的阿宽。此时他微张的嘴唇动了动，像是在极力摆脱某种强大的束缚力，想要挣扎着醒来。

不再有人阻拦小简的哭骂，医生们有条不紊地继续进行抢救。

兰天依激动不已，阿宽竟然能独自呼吸，虽然急促，可是，他挺过来了，已经挺过来了！她急于把这好消息告诉小简，哭笑着：“简，小简，快看，快看啊，阿宽醒啦！阿宽醒啦！”

小简嘶哑的哭骂戛然而止，愣愣地看向他。

一股巨大的喜悦瞬间击穿了她的胸口，她两眼一翻，向兰天依怀里一靠，晕了过去。

阿宽整整昏迷了三天，唯一清醒的地方就是一直抓住小简的手不放。兰天依终于放心下来，急着回京与林枫及另外一个投资人会面。她把鸿玉抱给小简：“我得回去啦！”

小简根本没听到，接过鸿玉，亲昵地对阿宽说：“咱们家鸿玉来啦，鸿玉，快叫爸爸！”

兰天依见她不理自己，走到门口，听她这样对鸿玉说，忍不住揶揄：“她才几个月，就会叫爸爸！”

“你怎么还不走？”小简听到这格格不入的声音，扭头翻着白眼质问。

“对不起，打扰到您老人家啦！”兰天依笑着轻轻关上病房的门。

另一位私募投资人是某国有控股能源部的董事长，这让林枫即激动又不解。他激动的是能和国家垄断资源的企业老总合作实在出乎想象，不解的是兰天依究竟是如何请到了这位手眼可通天的行业大神！虽然兰天依是此次私募的发起人，但那位国企老总仍建议林枫暂为新成立的国际投资基金有限公司的首席执行官。兰天依自然无条件服从，然后就收购 X 网进行商谈。

林枫有些不解：“据传，握有百分之十二 X 网络股份的 L 国银软公司也正与 X 网所属公司百象集团谈定向增发事宜，我们这时候插手，成本是不是就太大了？”

百象集团运营的 X 网是面向学生的网站，拥有会员约 2600 万，而实名注册的就超过 2300 万学生。也就是说，L 国银软公司通过并购，可以轻松获得我国 2600 万学生的所有资料，从而可以轻松地分析你这个国家的未来。就拿她从 L 国得来的情报，银软公司看中 X 网不仅仅是它的商业价值，而是数据情报。它们把这些数据经过分析、深度发掘、分类打包后倒卖给各个行业或者企业及其国家情报部门，一样赚大钱。而我们国家许多创业者只有经济意识，却相对缺乏保护国家安全和国家利益的意识！

兰天依拿出一份资料送到两人面前，表情少有的严肃：“这是有关X网经济分析数字，你们看一下。”五分钟后，她又强调：“虽然X的经营业绩保密，但它已经成为每月新增200万用户的巨大媒体，着眼于未来上市，它的经济利润何止现在的十亿元人民币！何况，X网上有上千万人才的真实记录，如果我们把这些数据通过分析发掘，然后把这些人才卖给我国的相关行业企业，你们说，这是不是一笔潜在的巨大财富？”

另两人眼神熠熠发光，早听得入神。

谈话即将结束时，林枫问：“如你所说，银软公司岂不是已经先走一步？”

“没错，但这是在我们的国家，既然百象集团要出售其所有股权，我们为什么就不能捷足先登呢？”兰天依得意地笑了。

一场商业跨国阴谋，就在三人谈笑间消弭于无形。

第二十章　企业掏空案

结束商业会谈，兰天依担心阿宽的病情，拨通小简电话："阿宽现在怎么样了?"

话筒内突然传来哭泣声，兰天依的心猛地一抽："小简？小简？怎么啦?"

"嗯嗯，挂了!"小简不待她再问，啪地关了手机。

听她口气，阿宽应该没事，但就不能把话说明白吗！兰天依又给九阳打电话："九阳，阿宽现在情况还好吧?"

九阳兴奋地大笑："哈哈，醒了，醒了，刚醒不久，他老婆正高兴地哭呢!"

兰天依放下心来，刚挂了手机，铃声又响起来，一看，竟然是乔亚非的。她的心不由一颤，有点激动，又有点难过，她觉得，他们已经很难回到从前了，可是，为什么一听到他的声音，哪怕看到与他相关的东西，她还会心跳？她紧张地吐口气，接通。

"兰小姐，你现在有时间吗?"

他的话让她觉得那么客气和疏远，她的心凉下来，不耐烦地问："什么事?"

"大家都在等你，如果有时间就来吧!"

他这样说肯定有重要的事，兰天依立即赶回乔家。会议室内只有周斌和乔亚非在等她，她心下略有些吃惊，坐在他们对面："大师哥，发生什么事了吗?"

"两件事，第一件是有关阿宽的，"周斌开始详细地介绍当时情况："阿宽当时被大良派到香港协助长帮暗杀谢胖子。"他拿出张草图："这地图是大元叫成子绘制的，"他指着图纸上的小山头："当时阿宽在这里，山脚下是港口货物中转站，狙击谢胖子后，他起身的同时，背后的黑枪射中了他。"

"大良是借刀杀人!"兰天依肯定。

"以大良的能耐，怎么能支使得动长帮?"乔亚非反对。

兰天依一听无语，又懒得理他：“大师哥，你怎么看？”

“大良有这心没这能耐，最多嫉能，而长帮与阿宽素无恩怨，那么，这黑手究竟是谁呢？是送你的礼物还是去掉拦路石？”周斌看向乔亚非。

“我看是阿宽能力过于强大，又不是他的人，怕大良不是其对手，顺便送我当礼物！”乔亚非回答。

兰天依想了想：“按常理分析，阿宽已经背叛了你，难道他们还怕他再成为你的心腹？”

“阿宽的强大有更新换代的威胁，很可能会令他们把他消灭在萌芽状态！”

“这样说，他们一直对阿宽有戒心，这次暗杀阿宽，也是早有预谋的？”兰天依皱眉问。

“应该是这样！”乔亚非赞同。

她又问：“黑手有可能是程克兴吗？你查到过程克兴和大良来往的证据了吗？”

乔亚非摇摇头：“没有，我们都是单线联系！”

“可也不能证明他们之间没联系啊？”她瞪眼。

他好脾气地说：“嗯，以后会查到的！”

周斌笑了：“第二件事，我查程克兴给你的账号时，发现它是造假的人头账户，而与这个人头账户有来往的，基本都在从事股票交易与民间借贷，换句话说，他们在洗钱！”

乔亚非眼中一亮：“上面有没有程克兴账户来往的记录？”

“没有！”

乔亚非露出失望的表情。

“可又经过我调查，程克兴的私募公司从没赔过钱！”周斌又爆冷门。

“啊？”兰天依倒吸口气。

“通过一年多来详细追查程克兴及其亲属相关账户出入，我们发现他曾于2000至2004年，连续四年向海外汇款、投资总计达二亿美金。根据汇通公司的财务状况，这足以证明程克兴从没赔过钱。”

“这是我们有关部门监管不力啊！”对这种情况，兰天依首先想到的是归咎于政府职责部门。

周斌反驳：“确实目前存在一些部门职能的不完善，不能跟上经济发展的步伐，造成信息采集量不完全！但也不能完全归咎于行政单位，因为任何事物都是在发展中进一步完善，总有一个认识过程，人并不能先知先觉！”

“那倒是！”兰天依呵呵笑了。

乔亚非这时补充："从阿宽反映的情况分析，长帮帮首罗永昌不仅向常有战事发生的东南亚、非洲非法提供大量武器，还与毒贩勾结，进行毒品交易，谋取暴利。"

兰天依又陷入思索中，如果这里面也有程克兴的份，那么，以罗永昌的身份，怎么会听程克兴的呢？程克兴和罗永昌究竟有什么并存的关系？

正想着，周斌总结："所以，程克兴打着幌子去澳门和公海赌博，除了毒品军火买卖，也为了洗钱！"

这些黑钱程克兴肯定不会让它流回国内，而以兰天依目前了解到的汇通公司经营项目，前几年市场已经趋于饱和，就算管理得到位，也没有行业暴利可赚，那么，他把那么多钱分批次汇往海外，难道？她脑中灵光一闪，突然猛地一拍桌子："我靠！他原来要掏空汇通公司股东的资产啊！"

两人吓了一跳，齐声问："掏空资产？怎么讲？"

"就是利用空头公司和人头账户作为舞弊工具，除了进行借贷，也进行资金出口。你们记得我曾说过程克兴因为投资私募失败后，向自仪集团求助，林父替他承担了汇通公司百分之三十一的股份！"

乔亚非虽然接触过经济活动，但相对来讲，他只是停留在最简单的买入卖出商业经营，所以企业掏空对他来讲是新名词："是啊！这和企业掏空有什么关系？"

"因为上市公司一定是集团公司，其母公司为了圈钱，往往挪用公司资金去买家族企业的资产。一般说来，上市公司的股份并非家族百分之百持有，但母公司却属于家族企业，由家族成员百分百持有。比如程克兴拿汇通公司的1000万去买母公司的土地，事实上他只出资了400万，实质却拿回了1000万，净赚汇通公司其他股东600万。可在公司里，他仍然因为所持股份最大成为理所当然的董事长，不仅对公司所有人发号施令，每年还分走公司利润的百分之三十五，而一旦汇通公司破产，国家又有相应的破产保护法为其所利用，他仍是稳赚不亏！"

"难道公司的监督程序是摆设吗？"乔亚非可不相信从商多年的林枫感觉不出来。

"不是他感觉不出来，如果公司财务一直由程克兴心腹幕僚掌管，林枫又能知道多少呢！何况林子南派出的财务代表，自然与程克兴也是沆瀣一气。"最终发现林枫与此案无关，兰天依心下莫名轻松起来。

"林子南这么做对他又有什么好处呢？"乔亚非不由想起自己的伯父，心中一片黯然。

没有家贼怎么能引来外狼?!

“当然是觉得家族利益分配不公,”兰天依笑道:“看来,有必要让林枫知道一些真相啦!”

淮海路装修古朴的茶馆内,兰天依约林枫喝茶。她优雅的托起茶盘,低眉浅啜,修长白皙的手指映衬着紫砂茶具,自有一股超乎凡尘的轻灵飘逸之气。

面对心仪之人,总能从她无意间的一颦一笑中,感受那与众不同的气息与风采。这时,兰天依抬眸,对一直望着她的林枫展颜一笑,林枫顿觉心脏有片刻停止了跳动。

被她撞破心事,林枫脸有些烧,没话找话:“回家过春节吗?”

“唉,最怕我那喋喋不休的老妈!”

“被唠叨也是福啊!”你要是天天来唠叨我,我会幸福死!林枫怅惘地想。

“你是听惯了顺耳忠言,哪知我们穷苦小百姓的烦恼啊!”

林枫乐了:“兰天依,你少来,说谁穷也不能说你穷啊!”兰天依翻了个白眼:“林总,你不要对着矬子说短话,谁能和你比啊?拿着十个亿不当钱!”他一怔,随即眼波如水,声音不觉格外温柔:“我真的没有!”

“没有嘛?那程克兴欠你的钱什么时候还啊?我们也在搞投资嘛,十个亿又不是小数目!咱们需要的时候怎么办?他不还怎么办?你不要觉得因为是朋友就不计较金钱得失,可一旦你失去时就知道啦,酒肉朋友最不可靠,一分钱都能难倒英雄汉!”

他心头暖暖的:“呵呵,其实我借他钱是有原因的!”

“什么原因居然能让你借出十个亿?它差点相当于鸿升公司的一半资产!你既然这么有钱,那你现在借我十个,我资金周转正紧张呢!”兰天依不讲理地说。

他尴尬地笑。

她则继续拱火:“没办法说就算了,哼!我看那程克兴就不是啥好鸟,他把我们的事都向乔亚非说啦!”

原来为这个生气!其实乔亚非早晚都会知道,何况他本来就想让程克兴把这件事告诉乔亚非。他也很想查清楚,程克兴究竟黑了他林家多少钱!当然,他还有另一个目的。这个目的一旦达到,他就能够让她重新获得自由!

“嗯,他应该不是很反对吧?”他问。

“原来你早就算计好啦!为什么你要这么做?”兰天依脸色微变,紧皱着眉质问:“你是不是想害死我?”

他犹豫了一下，表情郑重地看着她："他不会害你，你们目前还是利益共同体！"

"你什么意思？"你怎么还不说啊？兰天依急得眼都红了。

可林枫看在眼里，却以为她是吓的："天依，你不要急，你先听我解释。"他拉起她要向外走，兰天依后面挣扎："你拉我干什么？"

"这里不方便说，跟我去榕山庄园。"

榕山庄园里某间隐蔽小屋，林枫吩咐女招待不要打扰，然后关紧房门。兰天依环顾四周。房间大约50平方米，中间摆放着一圈红木沙发，地下铺着厚厚的地毯，墙上是逼真的小叶榕壁画。在电脑温控下，人在其中，真好似沐浴在大自然的煦日和风里。这是间极私人的会客室，非关系特殊之人根本无法获得邀请。对林枫如此信任，她很感动，亦有些羞愧，曾经，她竟然把他想成坏人！林枫替她倒了杯绿茶，放在她面前，自己端起干邑，轻抿了一口，才开始慢慢道："你想得没错，程克兴和乔亚非多年同学，他还能不知道乔亚非的底?！你私下进行投资的事情，他专程通知乔亚非，可见他们关系非同一般！"

原来他也在调查程克兴，怪不得林枫当时拿到程克兴私募资料时，一脸自得！兰天依因吃惊而眉毛挑起："你说程克兴也涉黑？"

"据我调查是，但目前缺少有力证据！"他很肯定。

她心脏剧烈地跳动起来："林总，我糊涂了，究竟怎么回事呢？"知道案情的线索愈多，才会更快把罪犯绳之以法。

"事关家丑，一直不好意思提起。当年我叔叔借高利贷和程克兴合伙经营私募公司，赔得一塌糊涂，被人追逼，我爸爸不得不替他还了外债。"

"晕，这和借给程克兴十个亿有啥关系？"

他长叹口气："因为这私募涉及了原市长，现任市委书记赵宇。"

原来保护伞竟然是他！兰天依心中暗喜："那你买程克兴的股份又是为什么？"

"自然是赵宇撮合，他也是程克兴私募中背后股东之一，因投资印度等国的房地产失败，于是亲自找我父亲买下汇通公司程克兴名下的31%的股份，然后以股份借贷的形式从我父亲手里又拿走十个亿，规定十年内如果这笔钱不按期归还，则以程克兴余下的35%的股票相抵。"

"他权力再大也没这么压人的吧？"如果没好处，林父不同意，赵宇能拿他有什么办法？

"公司各个环节都要走行政审批手续，一项不过关，就会丧失许多商机！"他苍白地解释。

兰天依明了地笑了。

他明白她笑的含义，据他所知，赵宇确实为自仪集团在市中心低价批了上万亩土地。他转移话题："其实，我一直怀疑程克兴正在非法掏空汇通公司。"

聪明！兰天依激动地喝口茶："你为什么这么认为呢?"

"这事总的来说还要感谢乔亚非，如果不是他，我可能不会去查程克兴的财务状况。"他笑着："这件事要从2002年春天说起。那时甘朵找我做鸿升公司的销售业务，因为她是甘广平的女儿，自然要给面子。紧接着，在榕山庄园我通过程克兴和乔亚非首次见面，并就产品流程专门到鸿升公司进行过考查。然后不久，我和你到星浩娱乐城去玩时，看到了乔亚非在砸郑浩的场子……"

怪不得当初目睹乔亚非砸浩子场子的第二天，林枫就追问自己：'你还希望谁被抓?'只不知他对乔亚非的调查有什么具体结果？兰天依表情很吃惊，故意问："你的调查有什么进展吗?"

林枫苦笑着摇摇头："私家侦探根本不是乔亚非对手！他的经历都写纸上的，大家都清楚，何况他地痞流氓出身，最善于反追踪。所以我改去调查引起我怀疑的程克兴，据我所知，程克兴不仅与乔亚非关系不一般，与郑浩亦是交情不浅，只可惜，浩子突然死了！"

她想了想，又问："那你没查到程克兴什么问题吗?"

"这要从程克兴与我叔父投资私募失败说起，"他优雅地抿了一口酒："2000年，正值牛市，几乎在沪指最高点，程克兴由于投资私募失败，在赵宇的周旋施压下，把高价股票轻而易举地抛售给我父亲。一晃六年，他不仅不归还自仪集团的欠款，居然搞汇通公司股票内线操作，大肆低价收购散户手中的筹码，只待从中套利!"

林父作为多年来成功的企业家，这点常识都不懂，很难让人相信！兰天依不解："难道林董事长没有一点觉察吗?"

"这套外国人制定的金融体系，国内八十年代起步的企业家们，大部分都不懂行！我2002年才真正入主公司，汇通公司由我叔父和程克兴管理，这几年投资平稳，一点赔钱的征兆都没有，所以我父亲当初没有注意到汇通公司的阴谋。"

"可程克兴所为在我国很常见，一般都是罚款了事，这不能说他有什么犯罪事实!"

"有，当然有，程克兴已经取得外国国籍，我最怕他掏空企业资产，最后给我家剩下一个空壳。"这是林枫最为害怕的。

兰天依内心不由暗暗对林枫称许："呵呵，以此重新借壳上市的公司多了!”还是不能说明关键性问题!

林枫目光笃定:“不要急,程克兴可以钻国家法律的空子,但他和赵宇之间却形成了受贿与行贿的犯罪事实!”

晕,难道你老爹没有行贿之嫌吗!兰天依想,林父在行贿上并非主动,那么,如何能减轻罪责呢?只听林枫继续道:“程克兴现在是L国国籍,与L国银软公司关系不浅,如上次你所说的X网收购,保不定程克兴就是国际间谍!”

兰天依倒吸口气,她为什么没想到这个问题呢?她提醒:“难道,程克兴每年到澳门赌场是洗钱?”

林枫顿如醍醐灌顶:“聪明,虽然没有证据,但你想得有一定道理,我派人去查。”

“你这样做太危险了,为什么不去举报呢?”

他看出她眼中的担心,心情极好:“赵宇的关系四通八达,没有充分证据,绝不能打草惊蛇!”

兰天依感动得无以复加,他如此信任她,甚至把关乎生命的秘密全部和盘托出,她为什么一再辜负他呢?她眼中不觉充满柔情,望向他。他捕捉到她的目光,笑容分外璀璨。可这时,她的脑海里竟然出现另一个人的笑容,她急忙晃晃脑袋,想把他甩去。

林枫紧张地问:“你怎么了,不舒服吗?”

她摇摇头,看看时间:“没有,我想起来我晚上还有个商业应酬,要来不及了!”说完,匆匆而去。

兰天依向李万国汇报结束,建议:“我觉得,林枫需要保护!”

李万国点头:“你想办法让九阳成为他的保镖!此事一定会牵涉到商业间谍案,由林枫举报最为合适,你和九阳一定要做好配合工作!”

“是!”兰天依兴冲冲回家,却只有九阳在房间里睡大觉。她问:“就你自己在家里吗?”

“乔哥见大良去啦!”

她眼中不经意间泄露些许担忧,九阳安慰:“你放心吧,程克兴还等着乔哥当挡箭牌呢,轻易不会对他下手!”

她眼一瞪,口是心非:“谁不放心啦?我又没问他!”

九阳嘿嘿笑。

兰天依看看已是晚饭时间,立即到市场去买菜。当她回来时,周斌和李跃已经在等待。李跃笑着调侃:“嗬,有先见之明啊?一会儿亚非就到!”

虽然明白大家都在重新撮合两人关系,可是每每看到乔亚非躲躲闪闪的样子，她就无比郁闷："我这是为大家服务，如果你这样想，下次我可不管做了！"她不待李跃有什么反应，冷脸一甩，去厨房做饭。

李跃追了进去："你又怎么啦？亚非哪点得罪你啦？"

兰天依斜剜着眼："我早说过，我们只是战友关系，你以后说话要注意，以免大家难堪！"

李跃撇嘴："你还上哪儿找亚非这么优秀的人？"

兰天依一听这话，气不打一处来，瞪着眼对她嚷："谁说没有？林枫就比他优秀多了！"

忽然发现李跃转头向外看去，顺着她的目光，只见一个高大熟悉的身影迅速向上楼而去。

坏了，让他听到了！兰天依顿觉脑袋轰的一声。

李跃回头瞧了下她的表情，皱眉："亚非听到了，谁让你嘴硬！"

不提这还好，一提这，兰天依郁闷眨眼间化为愤怒，并且怒极而笑："我这就向组织申请，我要和林枫谈恋爱，免得你整天捕风捉影破坏战友团结！"林枫也是人中龙凤！从现在起，她一定要忘记乔亚非！

"婚姻岂能当儿戏？"李跃驳斥她。

"林枫哪点不好？多少人想嫁呢！"

"反正我不同意！"

"你又不是组织和我的领导，你没这权力！"

"就那花花公子你也瞧得上？"

"你少搞人身攻击！他哪里花了？你无聊不无聊！"

两人在楼下吵得热闹，楼上静悄悄一片。

晚饭时间，大家陆续走下来，如往常一样说笑。兰天依好似乔亚非这人就不存在，即不看他也不打招呼。当她按照习惯给每位盛饭，却独独省略了乔亚非的。乔亚非看她一眼，居然抿嘴笑笑，站起来，自己盛了粥，然后默默垂头吃饭。

气氛有点尴尬，周斌就此谈起公事："兰子，你想怎么把九阳安排到林枫身边？"

"他需要成为一家私家侦探事务所的职员，我就可以名正言顺的把他卖给林枫！"觉得气氛让自己搞得有点僵，兰天依故意拿九阳开涮。

周斌点头："好，三天内我会为九阳搞定身份！不过这次行动小组的组长是乔哥，你和我一样，需要全力配合行动，一切听从乔哥指挥。"

"哦！"兰天依笑容顿失，恹恹地吃过饭，撇下众人先离开。

李跃望着乔亚非霜打了茄子般的脸，恨铁不成钢地说："亚非，你平时的勇猛劲都上哪儿去啦？你就不能主动些？看你前怕狼后怕虎的样子就来气！”

乔亚非拧眉，双目漆黑深沉：“我现在还有什么资格？还有什么脸？林枫确实优秀，对她也一片真情，她喜欢谁让她选择好了！”他说完，站起来走了。

李跃捅了捅周斌，周斌会意，听话地跟着乔亚非进入房间。乔亚非回头，脸上有些许疲惫，语气失了往日的温和客气：“你还有什么事？”

周斌坐在床边，忧虑地说：“我怕兰天依现在这情绪影响工作！”

原来不是来谈感情的事！乔亚非放下抵触心里：“她只是耍下小脾气，不会因小失大！”

“可今天，小师妹对你可是颇有成见，她能和你做好配合工作？”

乔亚非一听，心里就那么莫名一动，连眼神也生动起来：“我了解她，你就放心吧！”

你还知道啊！周斌表情依旧沉重：“乔哥，我这小师妹别看表面什么都不在乎，其实是个慢热的人，爱一个人不容易，忘记一个人也不容易，你以后可不能伤她的心啦！”

乔亚非的笑容顿时僵住，垂头坐在周斌身边，长叹口气：“过去是我对不起她，所以现在我也不想对她过于草率。如果她喜欢林枫，我会衷心地祝福她，如果她的心没变，等这次任务结束后，我绝不再辜负她！”

“你从没做错什么，其实小师妹也是这么认为的，但她身处其中，难免从情感上看不开！”周斌劝他：“好花堪折直须折，莫侍无花空折枝！”

乔亚非沉默了，周斌什么时候走的竟然一点没有觉察。他拿出一直保存在胸口贴身衣袋里兰天依写给他的情书，看了一遍又一遍，不觉眼角又潮湿。

在修改九阳身份的三天内，兰天依难得的轻松。第二日，她很晚起床，正洗漱时，听到轻轻的敲门声。她以为是九阳，大声说：“我这就去做饭！”

门外迟疑了一下：“饭已经好了，你什么时候下来？”

她一愣，胸口突然胀紧。听她不语，乔亚非又问：“是要等一会儿吗？”

他首次无事时主动和她说话，这让她有点兴奋，又有点生气，她自己都不明白，为什么一面对他，她就控制不好自己的情绪，那么易喜易怒！可一想到他为了文静仪抛弃自己，她又无比沮丧：“哦，你们先吃吧，不用等我！”脚步声渐渐远去，她烦恼地坐在梳妆台前，问自己：他有什么好呢？自以为是、霸道、不懂人际变通！再看林枫，温柔体贴，睿智儒雅，可为什么一想到离开他就觉得难过？她连连叹气，转眼又为他解脱，从道义上讲，他对文静仪所做有情有义，他没有错！

可他为什么对自己这么理智？她苦着脸走出洗手间，直挺挺扑倒在床上，恨恨地大叫一声。

乔亚非本想向兰天依谈他与大良的交易过程，以便让她更好地判断程克兴周围的形势。可一直不见她下楼，便闷闷地收拾昨天换下的衣服打算去洗。掏衣兜时，发现那封早就烂熟于心的情书，他仍忍不住看了一遍又一遍，心中感慨万分。呆坐了一会儿，才把它送回房间内的办公桌上，然后来到洗衣房，打开洗衣机，自己坐在一旁出神。这时，他迟钝地听到楼上传来了脚步声，那声音先是走向餐厅，停留片刻，又拐出来，在客厅驻足。接着，兰天依喊："九阳？九阳？"他本想答应，转念一想又忍下，竖耳倾听外面的动静。

兰天依见没人理她，以为房间内的人定是全部出去了，鬼使神差地放缓脚步向乔亚非房间走去。不知为什么，每次收拾房间她总喜欢最先收拾他的，可如果他在的话她就故意不去管。房间内干净整洁，她目光随意一溜，就看到桌子上的折叠得工工整整的纸片。她觉得眼熟，好奇地走过去，拿来展开。蓦地，她的手一抖，怔了一会儿，才坐在床边，望着白日明朗朗的晴空，往昔如潮，涌过心底，她眼球渐渐发涩。什么时候？他变得形同陌路、咫尺天涯！明知道文静仪不会活太久，也许当初，自己就该大度一些，成全他和她。而昨天，更不该对李跃赌气说要和林枫谈恋爱！

女人面对真爱时总爱不可思议地斤斤计较，这次乔亚非把她曾经给他的情书这么随意地扔在桌子上，难道是他对自己失望了吗？想到这么多日来因他所受的委屈和折磨，她不由落下泪来。

乔亚非站在门口多时，见她默默独自流泪，亦是心痛难当。以后，要用一生的时间弥补自己曾经的过错，再不让所爱的女人在自己面前哭泣。他走进去："辰辰，对不起！"

兰天依本以为房间内没有人，突然他这样跑出来，脸上有点挂不住。她抹掉眼泪，赌气要撕情书。他急上前一步，抢过去："你撕它干什么？"

她瞪眼嚷："它是我的，我愿意撕就撕！"说着，又上前去抢。他抓住她的手，声音嘶哑："辰辰，对不起，我们不要闹了，好吗？"黑瞳中有种她猝不及防的深情，令她慌张得脑海一片空白。仿佛隔了千年之久没有仔细看过他，此时他轮廓分明的浓眉、挺俊的高鼻、紧抿地唇角，那么清晰地入眼。没有任何时刻，她比现在更明白自己的心！在他灼热的气息中，她怔望着他，有种身不知在何方的感觉。

"对不起！"他又说，宽厚的手掌带着烫人的温度，从她的手尖传达到她的内心。她的泪又一次不争气地滑落，嘴角一撇一撇的："大混蛋，我恨死你了，你滚开！"晨光中，她苍白的小脸挂着动人的泪珠，湿漉漉的睫毛不停地颤抖。

他胸海翻波，想去擦拭她的泪，她甩开他的手，不料受他无意中的反作用力，踉跄后退了小半步，腿弯碰在床沿，人就坐在了床上。

乔亚非吓地一怔："辰辰，我……"

明知道不是他的错，她依然不讲理的骂了句："你个大混蛋！"然后毫不客气地一脚踹向他的小腿，他一动不动，脸上赔着笑。她又踢了一脚，怒气消了许多，理智逐渐恢复，觉得自己刚才作法太可笑了，于是掩饰地冷着脸哼了一声，向门外走。乔亚非不知好歹地追在后面："辰辰，你别生气了，是我错了！"这个时候，乔亚非正站在半开的门里，兰天依站在门外，她可不想这么快原谅这个情商一根筋的混蛋，回头吓唬："别跟着我！"随后又解恨地踹了一脚门，才跑上楼。

乔亚非没防备她有这么一招，门一下拍在脸上，他感觉鼻头一痛一酸，眼泪和着鲜血就流了下来。他却痛得开心，笑着自嘲："活该！"

目前这面目是没办法去向她继续道歉的，他到洗手间洗净鼻子，堵上药棉，蹲下来拣起被兰天依扯破的情书，坐在书桌边，一点点仔细粘好。不知过了多久，忽听背后有极轻微的脚步声，他回头，皱眉："九阳，谁让你进来的？"他没听到地下室的音乐，心里没准备，对九阳这种无声入室行为很不满。

九阳嘿嘿笑："任你怎么换锁，我一样可以神不知鬼不觉地进来！"

"就你这点手段，少在我面前显！"

九阳略有遗憾："等啥时候我靠近你你听不到我的声音，我就真的出神入化啦！"他边说边凑过来："做啥呢？这么认真！"

乔亚非两手一盖："一边去！"

"哎呀，老大，你这脸……这是怎么啦？"九阳突然指着他鼻子惊问。

乔亚非这才想起鼻子上还堵着药棉，边取下来边不耐烦道："去去去，做你该做的事去！"

九阳眼珠一转，坏笑："不是我兰姐给打得吧？她还真舍得，都破相了！"

乔亚非脸一红："我说你烦不烦！"他急忙把情书放进抽屉里："走，做中饭去！"

"不行，我得问问兰姐去，凭什么欺负我们老大啊！"九阳嘎嘎地坏笑着要跑，乔亚非一把拽住他，吓唬："你小子想找抽是不？"

"不敢！不敢！乔哥饶命！"然后又杀猪似的大喊："兰姐，杀人啦！"

兰天依正在房间内辗转，忽听楼下这么大响动，也没多想，急忙奔下楼来，见九阳夸张的表演，忍不住损他："你真是吃饱了撑的，看你干脆报北影表演系最合适！"

九阳拍胸脯保证："兰姐，乔哥的鼻子真不是我打的！"

兰天依不由望向他，他也同样望过来。她心口奇怪地一跳，急忙避开他漆黑明亮的双目，看向他下颌处。那曾经高挺的鼻梁像发起的面包一样肿起来，她心里很奇怪，刚才他还好好的，这是怎么回事？她想问，又不好意思开口。

乔亚非自己解释："不小心撞门上了，没事！"

九阳一旁挤眼："三岁小孩子才信！"

兰天依这才想起自己离开乔亚非房间时曾经回脚踹了一下门，很有可能，那门拍在他脸上了。有点心痛，直埋怨自己用那么大劲干嘛！"上药了吗？"她拉着脸，冷冰冰地问。

他开心地笑着："已经上了药，你午饭想吃什么？"

"不想吃！"她哼了一声，转身上楼。

他仍站在门口，怔望着她消失的背影发呆。九阳用胳膊拱拱他："上去，上去呀？"

他回过神，又问："午饭想吃什么？"

九阳扑哧乐了："问错了，我又不是兰天依！"

他一本正经："问的就是你！"

九阳不答，反而嗖嗖嗖上楼："兰姐，下来一起做饭，正好听乔哥讲讲大良的事，很可能会给你带来突破性的破案线索。"

兰天依气恼地瞪着他："他为什么不早说？"

九阳反问："我说兰姐，你这可没道理，你给人家机会了吗？我们的工作怎么能掺杂个人恩怨呢！"

兰天依语塞，快快下楼，拐进厨房。虽然眼角余光扫到乔亚非正在看她，她仍板着脸，一副拒人于千里之外的表情。九阳故意没跟下来，厨房内就他们两人，空气中流淌着一股即暧昧又压抑的气氛。终究是乔亚非先开了口："许珂说过什么时候回来吗？"

"我怎么知道，乔夕是你亲妹妹！"语气里仍然火药味十足。

乔亚非沉默了片刻，没话找话："汇通公司企业掏空案有什么进展吗？"

"我知道的所有资源都是共享的！"

一句话闷得他嘿嘿直笑："抱歉，这次与大良交易还没和你说呢！"

"别人都知道了吧？"她愤愤地抬起眼。

其实是昨天兰天依要情绪，错过了听的机会。他点头，还不待解释，她嘭地把碗使劲顿在桌子上："我就知道你对我有成见！你爱说不说，不说我还不爱听呢！"说完，手一甩，要走人。

"辰辰，我什么时候说过不想告诉你了？"他拦在她前面。

她一听更恼，指着他大声嚷："辰辰是你叫的吗？"

他脸刷地红了，心好似被人揪了一下，很痛！

"我……"他口吃："我，辰……"看到她警告的眼神，他慌忙改口："兰……天依，我……这不是就要告诉你吗！"

她翻着白眼："那就快说！"

他又小心地看了她一眼，才道："与大良这次见面，大良已经捧我为大陆主要负责人，等打开一定的毒品销售市场后，过些日子，就会与香港长帮的罗永昌会面。"

"就这么简单？"她挑眉。

"这不刚开始接触嘛！"

"说和不说有啥区别，都是废话！"她洗了把手，转身出了厨房，把乔亚非单独晾在那儿。

第二十一章　『买办』掮客

三天后，兰天依带着九阳去见林枫。林枫很奇怪，悄悄问她：“他是谁？”

兰天依吩咐九阳在外面等候，然后神秘地告诉他：“这是我从澳门高价请来的保镖！”

林枫有点紧张：“你现在有危险吗？”

兰天依笑了：“我可是为你准备的！”

“为我？”林枫心中一暖，却又很想听她多说些关心自己的话：“我有保镖的！”

“你那些保镖能和他比吗！你知道我花多少年薪雇来的？”

“多少？”林枫眨眨眼。

兰天依伸出一个手指头。

“十万？”

“亏你还是超级大老板，保镖行情都不知道！”

林枫忍着笑：“究竟多少啊？”

“你就不能多加个零！”

林枫惊讶地瞪大眼：“这么贵？”你怎么舍得？

“还不是为了你安全嘛！”对他的不以为然兰天依很不满：“我好不容易找来的，现在就让你见识一下他的本事！”然后她不待他有所反应，立即按通手机：“九阳，进来一下！”

紧接着，门被人轻轻敲响。兰天依大声说：“进来吧！”

门打开，九阳帅气地走进来，脸上有着不同于年龄的成熟与干练。他向两人微鞠一躬：“兰小姐、林先生好！”

兰天依笑容可掬：“你过来向林先生展示下手中绝活好吗？”

他犹豫了一下：“抱歉，我只为我的雇主服务！”

“你——”兰天依语塞，尴尬地看向林枫。

林枫哈哈笑起来：“很敬业！”

九阳得体地退出房间。

林枫点头肯定："嗯，不错的人选！"

"你看出来啦？"

"有没有真本事从行动上就可以看出来，他走路有力，目光坚毅端正，你看的人向来没错！"他笑看着她："很感谢你，这件大礼我很感动！"

"嘿嘿，其实也是在为我服务嘛，我当然要尽最大一份力！"

"我已经把我叔父派去汇通公司的白手套换成了我的人马，相信很快就可以查出程克兴的问题。"

兰天依摇摇头："现在查账不是关键，而是要找出程克兴涉黑、涉间谍的罪证，否则一旦打草惊蛇，对你非常不利！"

"你的意思是？"

"仅仅依靠企业背信、欺诈、掏空案为线索来扳倒程克兴不太容易，你能保证程克兴知道你背后调查他他不会动阴的？所以对于你派去汇通公司的财务人员，暂时先不要有所行动，你叔父一定会不遗余力地收买，好，那就让他来收买好了！等过一段时间，他们见我们没什么行动，心自然会安下来。到那时，我们把所有账目已经核实得差不多了，也能腾出时间追踪程克兴的涉黑案与间谍案。"因为此案涉及面太广又极其复杂，李万国曾经一再交待，要稳扎稳打，不能引起赵宇的警觉，影响办案效果，更不能引发国际争端。

"嗯，你说的虽有道理，只怕到最后我们心有余而力不足！"林枫的忧虑很正常，确实，以个人之力难以消灭这个大毒瘤。

"你放心，只要证据收集全面后，我们就以迅雷之势举报他！"她轻松地说："九阳武功高强，任何锁到他手里都可以迎刃而解，如果有需要的地方，你只管说，我派他行动！"

"呵呵，你不是送给我了吗？"

她白了他一眼："不掏钱是不给的！"

"好好，我出钱还不行嘛！"林枫又忍不住大笑。

所有的行动都按计划有条不紊地进行中：乔亚非到香港与长帮谈交易；兰天依协助林枫暗中追查程克兴企业掏空、内线交易和间谍案；周斌则负责赵宇贪污腐败案，同时为乔亚非和兰天依提供准确数据和消息。

一张无形的大网，正悄然张开。

长帮帮首罗永昌 40 多岁，略瘦，右脸颊有小块黑斑，给人第一眼印象就是阴沉狠辣。他拱拱手："乔老板，久仰大名！"

乔亚非还之一礼："昌哥客气，以后小弟就跟着你混啦！"

"哈哈，这话老弟你可说颠倒了，大陆地广人多，才是真正的大蛋糕，!”

“哪里哪里，香港是国际经济中心，更容易发财!”

两人寒暄后，罗永昌意味深长地笑了：“今天巧得很，乔老板的故人正好来访!”

乔亚非惊讶，难道是程克兴吗？正猜测中，只见罗永昌拍了两下手掌，金碧辉煌的大厅角门被保镖打开，走出一位黄发琥珀色眼睛的中年男子。

这可真是上天送来的大鱼！乔亚非不由大笑：“我的上帝，原来是巴比罗先生，什么风把您也吹来啦？”巴比罗，就是乔亚非在L国时的卡比亚黑帮首领。

“按你们中国人的话，当然是借乔先生的东风!”

“两位请坐!”罗永昌扶着两人肩膀：“以后，有两位加入，我们就是名副其实的铁三角啦!”

“没错!”乔亚非接过罗永昌点燃的烟：“有二位哥哥关照，我乔亚非何愁不能发大财!”

巴比罗由衷地说：“自从乔先生离开L国，我就再没遇到过如你这般有勇有谋的伙伴，如今能再次合作，我真是太高兴啦!”

“哈哈，巴比罗先生太瞧得起小弟啦，说实话，我在大陆混得并不如意啊!”他烦恼地摇摇头。

“乔老弟新接手公司，自然不容易，何况老弟在大陆单枪匹马，没有得力的合作者。如今有巴比罗先生加入，我们联合起来，必能开创另一番新事业!”罗永昌充满激情地鼓吹。

“那是当然!”乔亚非拍手赞同。

三人闲聊片刻，罗永昌开始介绍此次生意：“这次呢，南亚及北非几个非政府武装要向我们购入大批武器，我一时没那么多货，”他拿出一份订货单，“二位先瞧瞧!”

真是一笔大生意！巴比罗和乔亚非不约而同眼都冒了绿光，经过几天磋商，确定了交易方式。这时，乔亚非接到周斌传来的信息，问程克兴是否与他联系过？他也很奇怪，程克兴非但没有来香港，而这么大的军火交易，居然也没有露面，这是为什么？他可不相信，程克兴与大良没关系！

据查，程克兴对自仪集团调换财务人员开始很紧张，可过了一个多月却毫无动静，他以为这些白手套已经被林子南收买，便放下心来，订机票去了澳门，而出入境管理处也确实留有他的出入境身份登记。虽然法网张开，但事先并没有走漏一点消息，程克兴不存在逃亡的可能！那他究竟去了哪里？周斌百思不得其解。

不过，自从程克兴离开了 S 城，兰天依就开始秘密搜索程宅，以查找间谍案与贿赂案的相关证据。这件事一定要做得神不知鬼不觉，因为经警和刑警一旦行动，在政界有着盘根错节关系的赵宇必然会先得到消息，所以只能在取得程克兴的真正罪证后，才能将赵宇抓捕归案。

夜半时分，兰天依与一身黑色劲装的九阳悄悄来到一幢郊区别墅。

通过长时间的跟踪调查，程克兴名下及非名下有多处房产，兰天依都已经查过，却没有得到什么有实际价值的线索。他们今天来的这所别墅是他为情妇买的，户主为其情妇所有。兰天依小心地把车开到别墅边的树林里，九阳下车前，塞给她一枚小柄手枪："这是麻醉枪，你注意安全！"很快，他矫健的身影消失在茫茫夜色中。兰天依打开手提电脑，把追踪器插入槽口，这时，九阳的身影出现在屏幕上。他戴着夜视仪，敏捷而迅速地接近大门，对准看守大门的狼犬发射了一枝麻醉弹，待它趴下后，跳进不算高的花墙，小心绕过保镖的房间，直奔三楼主卧。进房间前，九阳先套上防指纹的橡胶手套，戴上小型空气过滤器，然后无声地打开门锁，举起一只小巧的喷雾器，向室内喷了两下。喷雾器里装有晕倒型麻醉剂，可使人在 3—8 秒内迅速晕倒，一点知觉都没有，醒后亦不知所发生的事情，药效在两小时左右，对人体无副作用。

兰天依通过数据线和电脑显示屏，可以清楚地看到卧室内的一切情况。它分为里外套间，外面为休闲吧，书房在其左侧。九阳迅速地打开休闲吧内的电脑，插入 U 盘，将所有文件拷贝。休闲吧里陈设虽然高级，却很空旷，没找到什么有价值的东西，他又进入书房。书房大约二十平方米，很简陋，东墙一溜书架，稀稀落落地码着些一次也没翻过的崭新的书，书桌上没有电脑。九阳有点奇怪，为什么把电脑摆放在休闲吧却不放在书房呢？

这时，兰天依在他耳边催促："九阳，你发什么愣呢？还有一个小时必须出来！"

九阳回过神，迅速把书架上的书一本本翻检过，然后又失望地叹口气！已经翻遍程克兴所有住宅和办公室了，这是最后一处还能令人有所怀疑的地方，但却仍没有找到任何有价值的线索和证据。

他靠在书架上，气恼地一拳狠狠砸在书架的一道隔板上。

突然，"哗啦"一声，隔板应声而落，吓了九阳一跳。电光火石间，他头脑蓦然豁亮：程克兴如此有钱，不会买这么廉价的家具吧？这书架肯定有问题！他小心地检查了一番，发现书架有块木板连接的卡槽没有对接好。这证明：前一段时间这里肯定有人动过！可这里的书都没人看，怎么会有人动书下的托板呢？他仔细地把隔板拼上去，又从四周轻轻敲击。当敲到贴墙的木板时，他略迟疑了一下，为了验证自己的感觉，他又敲了几次，接着，他的面色变得激动起来。他一层层拆下托板，等拆到半个板面时，奇迹出现了，靠墙的插板并不与视觉感觉一样是一个整体，它嵌在第二个隔板的交接处。

乔克兴确实够狡猾，故意把电脑放在外面休闲，把书房装饰搞得简单无比，非有心人，很难发现这个秘密。九阳取下隔板，在光束照明下，他看到木板后面藏有一个高约三寸的匣状密室，匣子里有一摞塑料文件袋，还有几张光盘。他激动地拿出塑料文件袋，粗略地翻过，对话筒小声说："终于找到了！"

兰天依也已经看到，但还不太清楚具体是什么内容，于是说："都拿过来！"

九阳迟疑："这样不是打草惊蛇吗？我们可以复印一份！"

"不用！"兰天依否定："这地方程克兴必是瞒着所有人的，如非需要，他轻易不会动，所以他一时也发现不了，而等他真正想要毁灭证据时，真凭实据已经在我们手里！"

九阳一想也对，立即把书架重新组装好，一切恢复原样后，跃出别墅。

兰天依回到住处，来不及休息，迅速整理从程克兴处带来的资料。这些资料里有亚华私募合同、林子南有关汇通公司内线交易的口头协议、股票内线交易的人头资料，而光盘中，则是有关赵宇与程克兴的多次违法录像。最关键一点，兰天依发现这些文件资料中，还有大量的有关中国能源的使用和消耗数据。

她连夜把材料交给李万国。

这些能源的使用和消耗数据，经过专业分析，不仅可以推算出我国经济发展需求，还可导致军事机密的泄露。举例来说，钢铁行业是影响国计民生的战略性能源行业，钢铁企业的生产安排、炼钢配比等不仅属于企业的内部机密，更涉及国家安全的机密。在情报界，间谍机构往往可以从一国钢铁生产与消耗的数据，推算出该国的国民经济建设情况，甚至军舰、飞机等大型武器系统的生产情况。而程克兴就是从事这些"买办"活动的掮客。这些掮客与境外利益集团形成日趋紧密的"共生"态势，游走于境外利益集团与国内各级政府部门之间，获取超额收润。至于程克兴为什么保留这些资料，正所谓人心不足蛇吞象，他以为这些资料可以为自己寻求更多的保护和金钱，殊不知，这也是他无耻出卖国家利益的罪证。

结合九阳反馈的情况，程克兴走前动过这个资料匣，那么，他到澳门一定是进行情报交易！李万国惊出了一身冷汗，立即向上级禀报。很快，上级下达命令，立即对程克兴实施秘密抓捕。但李万国为保护‘黑鹰行动小组’的安全，重新提交报告，建议由自仪集团作为秘密证人进行举报。这一想法获得上级支持，为防止有人可能向程克兴通风报信，S城市委书记赵宇也被秘密监控起来。

而就在这个时候，林枫突然遭人暗杀，幸亏九阳及时解救，才没有受伤。兰天依急忙赶到他的住处询问状况。林枫依然惊魂未定，据他回忆，昨天夜半，有人悄悄潜入他防备森严的圣菲别墅，并准确地摸到他所在的卧室，在杀手举枪的一刹那，九阳救了他。

兰天依听后，想了想，问：“你是不是一直派人在跟踪程克兴？”

他点头。

她皱眉自语：“难道被程克兴发现了？”

他说：“有这可能！”

坏了，如果这样，程克兴可能不再回大陆！怎么办？她立即向李万国汇报。

紧接着，指示下达，李万国命令她立即让林家就程克兴的企业掏空案、内线交易案及其行贿罪进行举证。兰天依将相关材料准备妥当，送给林枫，林枫很意外：“你怎么有这些东西？”

“是我和九阳在程克兴的情妇那里找到的，既然现在程克兴对你已经不利，为了安全，你只能进行举证！”

他双目温润，看了她半晌，轻轻笑起来：“士别三日，当刮目相看，你才刚接触程克兴的案子，就得到这么大线索，我可是查了差点两年了！”究竟是她有此本领，还是她身份不一般？他有点糊涂了！

兰天依故作愁眉状：“我也是被逼的，难道我们坐以待毙？”

他叹口气：“是啊，虽然这次程克兴失手，但难保他不再次派人来报复！还有，乔亚非岂能善罢甘休？”

“你的住址程克兴摸得太清楚了，所以杀手才这么轻车熟路，当务之急，你需要换住宅！”兰天依嘱咐。没办法，为了把案子顺利进行下去，只能如此，反正林枫也不在乎买房子这些小钱！

林枫略有犹豫，林父曾经也涉及向赵宇行贿，难道真要亲手把父亲送上法律的审判台？

“那乔亚非怎么办？”确实，乔亚非一天不接受法律制裁，林枫心里就难受得要命。可是，以兰天依现有的智力与能力，难道真不能摆脱他？

兰天依看出他的疑虑：“乔亚非与此案无关，他又怎么会伤害我们！

你最好让林董事长亲自交上去，争取宽大处理！”

确实没有其他办法好想，如果再放任程克兴，自己迟早要被他害死。何况，任何违法行为都应当接受法律制裁，就算自己的亲人也不能例外！林枫果断地拿过举证资料。紧接着，S 城市委书记赵宇因贪污受贿被“双规”，程克兴非法内线交易同时曝光，个人资产全部没收。林家也由此受到牵连，林父因受贿罪被迫辞去董事长一职，改由林枫担任。

然而，程克兴却一直逍遥法外！

大陆警方行动如此之快，让程克兴一点思想准备都没有，他的资产，还来不及转移，这可怎么办好？他有些后悔，如果当初他先不派杀手暗杀林枫，也许林枫不会这么孤注一掷地把他举报给警方。可林枫做得太过分了，不仅偷偷追查他的海外账目，还派人跟踪他，致使他一直没有机会将情报送出去，这让他大为光火，想这颗钉子早晚要除，何不趁现在？只可惜，他派去的顶级杀手居然在林枫的小小保镖面前失手，这让他无比郁闷。如今，只有寻找补救的机会，乔亚非欠他一个大人情，本着张口三分利，不给也够本的原则，希望这个忙他愿意帮。

乔亚非与罗永昌和巴比罗商议结束，正要回国，突然接到程克兴发来的信息。真是踏破铁鞋无觅处，得来全不费工夫！他立即应邀，在牛头角一个不显眼的小咖啡店内与程克兴会面。

因为受到通缉，程克兴戴着顶宽沿帽子，穿着普通灰色开衫。一见面他就诉苦：“妈的这个林枫，为吞并我汇通公司，居然趁我外出诬陷老子！”他一反平日的温厚，眼中闪着阴毒怨恨的光芒：“三儿你小心点，林枫这小子不是啥好东西，别到最后也跟我一样，丢了公司不说，还把老婆也丢了！”

乔亚非表情严肃，为他点了支烟：“二哥别急，先慢慢说，究竟怎么回事？”

他身体前倾，猛吸了口烟：“你没看通缉令中写着：我涉嫌企业掏空，内线交易和行贿罪，妈的，不把赵宇这大爷的毛撸顺了他能让我在 S 城好好做生意？”

“那是，可林枫怎么把汇通公司的股权买过去的？难道你事先一点不知情？”

“还不是赵宇这贪婪的家伙，拿国家权力换我们的血汗钱！”他喝了口咖啡，又重重一顿：“那还是 1998 年，赵宇邀我和林枫的叔叔林子南投资私募，没想到赔了钱。为了堵财务窟窿，在赵宇的威胁下，我被迫卖出汇通公司 31% 的股份替他还财，从此林家趁机入驻我的公司。唉，只因我一时心善大意，竟然让他们钻了空子。”程克兴说起谎话来连眼都不眨。

“二哥，那内线交易可不是假的吧？”

程克兴一怔，随即苦笑：“唉，不瞒你说，我在海外确实新成立了个公司，林枫举证也是事实，可这也是他家不仁在先，怪不得我去掏汇通公司的资产！三儿，你说谁和钱有仇啊？我这也是逼的，亚华私募把我赔了个底掉，这才不得已做起了股票内线交易！”

“那小弟有什么能为二哥做的？”看得出，程克兴找他不单单只是为了诉苦。

“这次需要你帮个大忙，如果不是你这么重情重义，哥也不敢找你啊！”他先拍乔亚非马屁。

乔亚非不动声色地拍胸脯打保证：“二哥你放心，只要我乔亚非有一口气在，绝不负二哥所托！”

得到他的保证，程克兴略松口气：“这次汇通公司股票内线交易，我是没办法再操作了，”他掏出一张纸：“这是内线交易的人头名单和账户密码，你想办法在这段时间内出货，到时，哥哥我绝不亏待你！”

乔亚非不由转了个弯，如果单单是人头，他不会这么急着操作，看来，这里面还有阴谋。于是他故意问：“难道你的钱在这些人手里吗？二哥，这事你必须和我交待清楚，否则一旦出了麻烦，可不是你我能担待得起的！”

“唉！”程克兴愁眉苦脸：“我这里有几个金主的钱，一点不能出闪失！”

金主大多是有背景的国际炒家，都不是善男信女，只认钱不认人，如果内线交易中损失了他们的投资，他们很可能威胁他全家人的安全，所以程克兴才害怕。基于此，他找乔亚非帮忙，毕竟乔亚非欠他人情，如果他肯为自己出力，就适当从中给他分出一些好处，这样既可以引开国际金主的讨债，也能保证他在中国的资产不会全部损失掉！

乔亚非脑中灵光一闪：很明显，程克兴与长帮帮主罗永昌关系不一般，否则大良也不会这么轻松就把自己介绍给他，那么，这个金主里会有他吗？

“都是些什么人？实在不行老子摆平他们！”

见乔亚非在自己面前露出真底细，程克兴也不瞒他：“香港的罗永昌、台湾竹联帮堂主，L国巴比罗！”

原来都是些不法人员，乔亚非倒吸口气：“二哥，他们也都是你朋友吗？”

程克兴苦笑：“我们都是金钱交易，哪是你我之间的交情可比的！”

他把烟按灭在烟灰缸内："不说别的，就是那阿宽，居然为一个女人背叛你，二哥我就容不得这样的人！"

乔亚非恨得牙痒痒，表面却做恍悟状："原来阿宽是你干掉的？哈哈，不过，有点可惜，是个不错的人才！"

程克兴哪知他现在的心思："凡是背叛你的人就是背叛我，对这种人，绝对不能留情面！"他狠狠地说……

送走程克兴，乔亚非锐利的双目凝成一个焦点。周斌传来的消息已经证明程克兴就是国外买办的掮客，卖国求荣的间谍，可他现在一直留在香港，莫非情报还没送出去？

非常有这个可能！

紧接着，香港警方出动，撒下天罗地网，只待程克兴入瓮。

午后的阳光明媚，透过反光隔热纸，把清雅与柔和填满茶馆内的每一个角落。这时，茶楼的门打开，进来一个神态悠闲的中年男子，他发顶已秃，矮矮的个头，一副平凡敦厚的模样。茶楼服务生把他引入雅座，他四周瞧了瞧。此时正是午休时间，茶楼里人很少，显得有些幽静。

"听说，又在拍'天龙八部'啊！"这时，角落里传来一个男人的声音。

中年男子笑着端起茶："嗯，我只看'古墓一书'！"

"哦？"那人哈哈笑起来，坐到他附近："有意思，也是金庸迷吧？"

"曾经是！那个年代天天追着射雕英雄传看！"

两人越聊越起兴，最后干脆面对面下起棋来。不知过了多久，茶馆内没进来过一个人，中年男人警觉地扫了周围一眼，脸色突然凝重，提醒对面的男人："这茶楼生意不行，茶太淡！"

对面男子领会，看看时间："下午还有场赛马比赛，走喽，有时间聊！"他抓起桌子上的帽子，低头要下楼。

然而，太晚了，几名便衣已经将他们团团围住……

罗永昌听到程克兴被大陆警方通缉的消息，吓了一跳，这下，他所有向汇通公司投资的钱可就真要泡汤了！他立即给乔亚非打电话："乔老板，程克兴是不是被抓了？"

乔亚非惊问："啊？什么时候的事？我刚回S城！"

"我听说他现在正被通缉！你查查他是不是被抓了？"

"你们，难道也认识吗？"他故意问。

"是啊，不瞒乔老板，我们都认识七八年了，一直合作得很好，就是乔老板你，也是他介绍给我们的！"

他暗自兴奋，却骂道："妈的个秃驴，瞒老子瞒得好苦！"

“他掏钱让你做无本生意，对你也算有情有义，”罗永昌虚伪地劝：“他落水了我们也不能袖手旁观哪？”

“嘿嘿，那是！”乔亚非玩世不恭地笑道：“好，我这就去派人去查！”

这边，罗永昌焦急地等待。

很快，乔亚非给他打来电话：“昌哥，我打听清楚了，程克兴惹了自仪集团当家的二公子，林家财大气粗，能让他翻身嘛！没看到市委书记都给拉下马了！怪就怪他沉不住气，居然去刺杀林二公子，才惹来这么大麻烦！”

“啊？他为什么刺杀林二公子？”罗永昌气得头顶直冒烟。

“林二公子查出了他掏空汇通公司资产和内线交易的罪证！”

“妈的！”罗永昌一拳狠狠打在面前的桌子上。

“对了，”乔亚非小声说：“我听说，程克兴犯的可不止企业掏空背信案，还有间谍案呢！你说，他会不会出卖我们啊？”

罗永昌大骂：“这个王八蛋怎么又和间谍案扯上了？真他妈的活得不耐烦了！”

“是啊，我这也正担心呢，如果被他卖了，老子正好三进宫！”乔亚非无不气恼：“可老子现在啥也没干呢！你说冤不冤？”

现在程克兴是死鱼翻白——彻底没指望了，可也不能把自己搭进去啊！罗永昌是程克兴最大的金主，如果把投资内线交易的钱都赔进去，那他这些年就白忙活了！

“如果没有确凿证据，程克兴是不会交待的！”罗永昌安慰他，转而想了想，又问：“听说你和郑浩做过交易？”

“谁说的？老子都不认识这个人！”这时候绝对不能承认。

“老弟，你就别骗我啦！虽然警方没抓到你什么把柄，可程克兴和郑浩颇有渊源，这还能瞒得过我！”

乔亚非惊讶：“程克兴和郑浩？罗哥，这是怎么一回事？”

“说来话长，电话里不方便，你有兴趣来我这里一趟，我知无不尽，如何？”

罗永昌对程克兴参与贩毒和军火交易的过程最清楚。当年程克兴之父因客户欠下巨额呆账，流动资金不足，导致汇通公司濒临倒闭的边缘。程克兴借助退伍军人大良之手，一明一暗，使用非法手段，讨要回所有欠款，从此与大良结盟。郑浩其实与乔亚非一样，貌似独立个体，其实不过是替程克兴冲锋陷阵的棋子！

怪不得程克兴把内线交易名单交给自己！乔亚非总算想明白。如果他去取这笔钱，肯定会留下交易记录，那么罗永昌等人很容易查到他拿走了程克兴的人头密码。这样，程克兴不仅为其家人摆脱嫌疑和危险，还将战火烧到他身上。可惜，那时程克兴不知道他所有的罪证已经被警方搜到，更不会想到自己是个卧底！不过，现在还得把戏演足！乔亚非脸色铁青，愤怒至极："他妈的程克兴居然敢阴我！"

罗永昌拍拍他的肩："兄弟，不单你被玩了，老子现在也是有苦说不出啊！"

"昌哥，难道你也栽他手里了？"

"谁说不是呢！我在程克兴手上投资三亿港币，说好一年内可以回来八个亿，可现在连成本都收不回来了！"

"什么？三亿能回来八亿，是啥好买卖？"乔亚非两眼不由放光。

"不瞒你说，就是股票内线交易，目前这些钱在程克兴的人头账户上，不知他对你说过没有？"罗永昌小心地探问。

乔亚非愤怒了："罗哥你啥意思！股票内线交易这样的好事程克兴都对我只字不提，你不会认为他把人头交易名单给了我吧？"

罗永昌摇摇头："乔兄弟先别激动，你说程克兴栽了，也不能连累我们不是？"

"没错！"

"程克兴的内线交易名单，关系着三大帮派首领的家当，我想拿到名单的人不会和自己的生命开玩笑吧？"罗永昌和颜悦色地威胁。

乔亚非略有些犹豫。

罗永昌又适当给他颗甜枣："乔兄弟，如果你能从程克兴那里拿到内线交易的钱，我们就共同拥有，怎么样？"

"真的吗？"乔亚非脸上显出一丝惊喜："大良和程克兴关系如此，难道不是他拿走了？"

"呵呵，程克兴怎么会把这烫手的山芋送给大良呢！"罗永昌别有深意地冷笑。

难道？大良是双面派，也是罗永昌的人？乔亚非心思不由一闪。

第二十二章　鸿骞凤立

阿宽出院后，兰天依第一个前去探望。由于子弹直接从眼底的脸颊穿过，阿宽一只眼的视力接近于零，从此再也无法从事特警职业。听到门铃声，他放下鸿玉，怕自己还没经过整容的模样吓到来人，急忙戴上墨镜。

兰天依拎着礼品走进来："宽哥，好久不见啦！"

"呵呵，兰小姐，里边坐！"

这时，小简也从厨房内跑出来："依依来啦，吃饭没？"她的头发绾起，利落而不失妩媚，受爱情滋润，幸福挂满眼角。

"这不蹭饭来了嘛！"兰天依放下包，走进厨房。

"你是我见过的最不够朋友的人！"小简关上厨房的门，小声抱怨。

"我怎么不够朋友啦？"

"为什么阿宽的事瞒我这么久？"她气呼呼地瞪着兰天依。

"这不是工作需要嘛！"

"需要？为什么你知道？"

"你和我一样吗？"兰天依故意气她。

小简倒不再多问了，只翻了个大白眼，然后小心地把烧鱼从锅里铲出来。这时，客厅的门铃又响了起来，兰天依问："今天还有谁来？"

"李警官和周队！"

两人急忙迎到客厅，互相问候过，兰天依和小简摆好饭，众人边吃边聊。李跃发现小简全心全意地照顾阿宽，从没对周斌出众的相貌产生过任何惊奇，更没有表现出相识的样子。记得兰天依曾经说过，在大学时，全校女生都为慕容远疯狂，她很想知道，小简当时是什么表现？于是故意问："简简是哪个学校毕业的？"

兰天依心头一梗："我不是早说过嘛！"

见她们不应招，李跃直接问："简简，你听说过慕容远吗？"

"慕容远？"小简迷茫地抬起双目，左右看看："是谁啊？"

兰天依撇嘴："不就是一幅画嘛，有人当纸有人当宝，至于四处炫耀嘛！”

周斌一旁哈哈大笑，气得兰天依直翻白眼：“还笑？有什么好笑的！也不管管你老婆，瞧给她惯的！”

小简虽然聪明，但这种哑谜还真没想透：“慕容远是一幅画啊？”

“是啊是啊！”兰天依忍不住也乐起来。

这次，轮到李跃郁闷了。

周斌立即替李跃打圆场：“阿宽，你们什么时候办结婚宴？”

阿宽转头望向小简，笑容虽淡，情意却浓浓无边。小简露出丝羞涩：“结婚证已经领了，不想办了！”

“怎么不办？”阿宽奇怪地反问，结婚是人生大事，他不想潦草。

以阿宽的身份，小简才不想因小失大，怪嗔：“孩子都有了还办什么办！你不嫌丢人啊？”

“当时没机会嘛！”他争辩。

“那你自己去礼堂结婚，我不和你去！”小简一甩手进了厨房。

兰天依吃吃笑：“宽哥，简简说得没错哦，就你这身份，不能高调的！”

他的心陡然一沉。就连最正常的婚礼都无法给予，那他还能给她什么呢？是的，除了拖累，除了负担，他再也没什么能给她的了！他垂头沉默着。

“也就是个形式，”李跃一本正经地说：“大元不也这样嘛，把心都交给她就行了！”

小简正从厨房端汤出来，一听这话，粉嫩的小脸儿不由飞起两朵红晕。她边盛汤边对兰天依说：“依依，我下星期一上班，请了这么长时间的假，要扣多少奖金哪？”

兰天依扫了眼阿宽，阿宽也望向她。她飞快地转动大脑，阿宽从事这么长时间的第一线工作，骤然间再无法继续自己心爱的事业，那他该多么的伤心和无奈啊！如果回绝小简，让她全心全意照顾阿宽，阿宽肯定会认为自己是废人。其实小简今天这样问，真是用心良苦啊！她鼻子有些酸，却仍笑着：“两个月没上班，当然全勤奖是没啦！”紧接着，她感觉阿宽身体微微放松。

小简皱眉：“大资本家，我不是家里有事情嘛！还有，婚假难道你不请给我吗？就当是婚假不就得了！”

“那以后公司的人都和你一样还了得？别以为我是你同学走后门就行！”

周斌笑了：“阿宽半年后也要回部队工作的！”

对于他们的配合，小简很感动，她转头对阿宽说："怎么办啊？"

不待阿宽回答，李跃接过话："阿宽要休养半年才上班，让他先带鸿玉嘛！"

能为她分担一些工作，他觉得很高兴："没问题，你不用担心家里！"

小简感激地说："那孩子只能你先带啦，等你回部队工作时我们再请个保姆，好吗？"

"不用请保姆，到时保证孩子工作两不误！"以他的身体条件，他很清楚他已经不能胜任部队的任何工作，到时候他绝对不会给国家找麻烦。而兰天依所从事的事业，需要一个得力的知情管家，那么，小简就是她最好的助手！是的，他所未完成的事业，他聪明的妻子一样可以继续。他想着，是不是需要和她商量一下自己的想法？

送走周斌三人，他把鸿玉放到婴儿床里，边轻轻摇动边说："简，我想和你商量件事！"

小简擦着手油，坐到他身边："什么事啊？"

"我……我想退役？"他紧张地看着她的脸。

她并没有任何诧异之色："其实我也不愿意你回部队了！"

"为——什么？"

"部队的工作有那么多人干，我和鸿玉却只有你一个人，我们更需要你嘛！"

他很激动："真的吗？"

"是啊，兰天依之所以创立私募公司，我现在也明白了一些她的用意。其实我也和你一样，想为我们国家做些什么，我相信你会支持我的！"她笑靥如花，温情回视他。

他忍不住揽她在怀中："简，过去我辜负了你，一直让你伤心！"

"你那不是因为工作嘛！"小简幸福地偎依在他胸前："阿宽，我想通过你走个后门？"

他扑哧乐了："我有啥后门能让你走啊？"

"怎么没有，我也想加入兰天依的组织为我们的国家服务，我相信我做得不会比她差！"

他沉默了一会儿："很危险啊？"

"为了你和鸿玉我也不会让自己出危险的！"她抬头坚定地望着他。

他轻轻笑笑："我相信！"

"那你管不管啊？"

"嗯，可你得过考核的关！"

她拍了拍他胸口："你老婆做事你放心，绝对不给你丢人！"

其实，就算阿宽不提，周斌也决定要考核小简一番。只要是人才，对国家和党的事业忠诚，都可以加入这个神圣的组织。确实，小简不仅是知情人，对人物心里感知能力甚至比兰天依还要敏锐。在如今这样经济大融合的时代，国与国之间不仅仅是军事的较量，更多的是经济领域的智力大比拼，而在他们的特种警察部队里，缺少的就是这类经济人才。

此次，兰天依居然担任了小简的主考官，不过，这次所考名目更刁钻。第一项考核内容：如何把李跃从一楼弄上二楼？

大家注意，是把李跃弄上二楼，在兰天依看来，相当相当有难度。

小简想了想："我先出去一会儿！"得到应允，她迅速出了门，搞得考核人员大眼瞪小眼，不知道她在玩儿哪出！大约一小时后，她匆匆返回，可能因为跑得急，脸有些苍白，手里拎着一个小蛇皮袋。见她回来，李跃重新站到指定位置，背对着她。

突然，听到兰天依一声尖叫，李跃回头，顿时头皮一炸。"啊——"她也不觉大叫出声，为避免那可怕的菜花蛇爬到自己身上，她本能地向前跑去。

兰天依终于明白小简为啥脸色苍白了，其实她也是怕蛇的。

李跃恢复理智，却已经跑到了二楼。她气急败坏："不合格，不合格，你也太过分了，吓死我了！"小简立即变得泪汪汪的，一会儿，豆子大的泪珠吧嗒吧嗒顺着脸颊就流下来了。"对不起！"她走到李跃面前，诚恳道歉，然后就势趴在她肩上痛哭，弄得李跃气也不是不气也不是。

当然，兰天依对小简的手段也有点失望，于是看向周斌，周斌依然不动声色，静静望着李跃，于是兰天依也顺着他的目光望去。不知何时，李跃的脸变得沉重起来，用手拍拍小简的肩，一句话不说，主动走上了楼。

兰天依目瞪口呆。

周斌意料之中地笑笑，立即宣布："黄简，过关！接受训练后，等下一关。"

小简并没有表现出任何喜悦，默默坐在沙发上。李跃气不顺就向周斌发作："干嘛拿我当试验品啊？"

周斌嘿嘿笑："下回你就可以拿黄简当试验品了！"

李跃看了一眼低头坐着的小简，一脸无奈。

这世界，可真奇妙，总有一物降一物！小简趴在她肩上哭一下就能把第一关过了，这也太容易了！兰天依心里不服气啊，她把李跃拉出来："喂，你这水放得也太明显了吧？"

李跃一脸严肃："同志，她在我耳边说，她要延续阿宽的希望与事业，你让我怎么回绝她？”

兰天依怔住。

很快，得知此消息的最高领导人李万国发了两句感慨：即有对顽固不化分子必要的威吓，又有对摇摆不定的略有良知之人的真情感化，做得好！

得，自己成顽固不化分子了，可顽固不化能摇摆不定吗？天底下哪找这样的双面人物？把李跃郁闷的。

毫无悬念，小简顺利通过考核，紧接着，军火交易的日子也临近了。在兰天依的强烈要求下，李万国为了磨炼她的实战能力，特批她参加此次任务，充当副驾手。

凌晨一点，一行人趁着夜色，悄悄来到某渡口处。海浪不时拍打着黑漠漠的礁石，发出巨大的哗哗声，空气潮湿而阴冷，寒风夹杂着腥咸猛烈地灌入肺腑。为首的高大男子迎风立到一块岩石上，学着海燕鸣叫三声。大约十分钟后，黑暗的远方贴着海面发射出一枚低亮度信号弹，那男人也紧跟着用雾灯闪了三闪。半刻，有人从海水里冒出来：“老大，这边礁石多，船开不过来，你看？”兰天依认出，他就是九阳。他和成子提前把需要的假军火早早按计划装到船中，单等乔亚非的到来。

一身黑色紧身衣的乔亚非听罢，命令：“都游过去！”

早知道会从海上游到船上，兰天依因而得到特殊照顾，内里穿着防水防弹衣。为了这次行动，她把留了十几年的长发忍痛剪掉，扮成年轻男子，努力游在队伍中间。她学习游泳是从追查乔亚非“罪证”开始，时间还不太长，所以有点吃力，她一直咬牙坚持到指定地点，用尽全力爬上了大礁石后的一艘伪装渔船。

船上共有12人，乔亚非、兰天依、周斌、大元、成子、九阳及两名化了装的特警，剩下就是大良带过来的。大良虽然完全听从乔亚非的指挥，但对他可不能放松警惕，大良心机深沉，如果摆布不当，很可能半路翻船。成子从船舱里找出干爽的衣服扔给大家，众人赶紧脱光换上，这样一来，可以把大良所带武装看个一清二楚。谁知衣服轮到兰天依那儿就没有了，她只好仍旧裹着湿淋淋的外套跑到驾驶舱中。对这种照顾有点不满意，其实她为了避免别人看出自己是女人，里面已经加穿了肌肉内衣。

船拉锚起航，大良派一名心腹手下和成子巡夜警卫，其余人有掌舵的有到船舱里睡觉的。这艘渔船已经在当地取得打鱼证，现在又是出海季节，这样，他们可以安全躲避海防巡逻军的检查。行至半路，李万国传来消息，L国警方没有抓捕到巴比罗，巴比罗非常狡猾，他把军火分成数份，悄悄运出，虽然警方查获了部分军火，但巴比罗本人却不见踪影。

知道了情报还能把人跑掉，真他妈笨蛋！乔亚非忍不住直爆粗口。如今情况越来越复杂了，不知道巴比罗和罗永昌联系过没有？

李万国强调：“L国警方不可能向巴比罗透露这个消息，行动要继续，让兰天依从罗永昌的人中找找有没有巴比罗。”

“是！”乔亚非应道。

之后他又叮嘱：“千万要小心行事，切不可大意。”

“是！”所有计划被打乱，乔亚非瞒过大良，重新秘密布置了紧急方案。

渔船继续以平稳的速度破水向公海方向驶去，到达公海后已经是数十日后的黎明。此时残星隐去，朝阳冉冉升起，赫赫霞光，映透浩瀚无边的大海，只见万点金鳞跃跃跳动，绵延不绝，与红云相接，水天一色，壮丽无比。兰天依靠着船舷，深吸几口气，胸中有种莫名的激情如潮水般在涌动。这份神圣的职业，就仿佛眼前无边的大海，可以释放许多尘世间无谓的悲哀，也可以净化沉淀百川纳入的污淖与罪恶。

乔亚非发出信号，两小时后，从雾气迷漫的天边一线处，驶来一艘白色的轮船。轮船渐渐驶近，远远的，可以看到罗永昌站在船头，迎风而立，并对着乔亚非的方向高举手轻击了几次。船身平行，乔亚非大笑：“昌哥好准时！”

罗永昌掠了掠被海飞吹乱的头发：“哈哈，乔兄弟出关顺利否？”

“这点小事难不倒我！”乔亚非说完看看四周：“巴比罗先生还没有来吗？”

“他坐快艇过来！”

乔亚非不动声色：“好，那就等等他！”

罗永昌邀请：“乔老板上来坐坐？”

乔亚非微笑着：“我船上带了好酒，专门等昌哥大驾！”

罗永昌龇牙乐了：“哈哈！别耽误正事，等交易完我们再喝不迟！”

“那好，到时我们不醉不归！”乔亚非手一挥，周斌跃过两船的空隙，递上一张武器货单：“昌哥请过目，看还少什么不？”

罗永昌大叫了声好：“乔兄弟身边果然卧虎藏龙啊！”

“过奖啦，还行！”乔亚非也不谦虚，礼貌地抬抬手：“外面风大，昌哥先回舱休息，一会我派人准备好酒去！”

罗永昌看完货单，先送周斌回船，然后对利仔说：“阿利，你亲自去看货，想办法把乔三请上咱们的船来！”

利仔自然明白老板意思，但他素闻乔亚非勇猛，只怕单独一人势单力孤。于是问："大哥，我带两个人过去？"

罗永昌看出他的不安："放心，大良是我们的人！"

利仔这才忐忐地登上了对方的渔船。

大元和九阳带他下到底舱，拆开几只木箱，打开防水包装，几条乌黑的枪出现在利仔眼前。大元拿着清单念道："85－7式狙击步枪共三十条，53式重机枪弹一千五百发；KUB88狙击枪五条，子弹五十发；黄蜂58式火箭筒十只……"利仔仔细检查后，返回到船舱上："乔老板，我已经验过了，回去先给您打半款，等这些家伙运过去后，再将款付足，怎么样？"

这是行业规矩，乔亚非点头，试探："好！让大良和你们过去办吧！"无论自己现在是什么身份，罗永昌也会因程克兴的内线交易名单对付自己，如果利仔同意大良到对面船只，证明他们想离散他的群体，那么大良与罗永昌没什么关系！如果利仔不同意，证明大良已经被罗永昌收买，罗永昌要各个击破，那就实施第二套方案。

利仔犹豫了一下，小声提醒："大良是程克兴的心腹，不如你另派个得力手下？"

乔亚非想了想，对他赞赏地点点头："嗯，那我亲自去吧！"

利仔简直不敢相信自己的耳朵："您，您吗？"真是太好了！

乔亚非站起来："阿斌、成子，"他指着兰天依："还有你，跟我来！"他先一步跨出房间，丝毫没有注意到利仔脸上阴险的笑容。

人性的贪婪，往往使愚蠢的人铤而走险，本以为是别人的陷阱，殊不知，却是自掘的坟墓！

罗永昌亲自出来迎接，亲热地握住乔亚非的手："哎呀，没想到兄弟亲自来了，失迎失迎！"转而吩咐手下："妈的都愣着干什么，快去备好酒！"

"不敢当不敢当！"乔亚非跨入船舱，只有周斌陪同进入。

罗永昌对后面站着的两个保镖挥挥手，乔亚非会意，对周斌也扬扬下巴。周斌随保镖们退出去后，罗永昌这才开口："汇通公司内线交易的人头你都找到了吗？"

"我正在查！"

罗永昌略有失望："我听大良说，程克兴已经把名单给了你！"

"这么说，大良知道名单在哪里啊？"他反将。

虽然话说得剑拔弩张，但两人的语音和表情就像多年的老朋友。罗永昌呵呵笑着："程克兴把名单给你最合适，你不知道他的底细，任何人利用名单抛售了股票，我们都会查到，那么我们这些债主就不会找程克兴及其家人算账，而他如果把名单给大良，大良能不知其中厉害？”

乔亚非似是而非地笑了：“所以昌哥一直判断程克兴把名单给了我？”

罗永昌非常肯定：“我也不想为难乔兄弟，你刚从程克兴手里拿走五千万做无本生意，有道是：与人方便，自己方便！蛋糕太大了小心噎着，乔兄弟你说是不是啊？”

“哈哈！”乔亚非大笑：“没错，名单是在我手里，可现在公安机关查得紧，我也不敢动啊！”

“程克兴一出事，我这资金链就断了，不如这样吧，我们拿这批军火相抵吧？”罗永昌算计的好，先把自己那份拿走，剩下的就让竹联帮和巴比罗找乔亚非讨要吧！

乔亚非很为难：“程克兴的事与我无关，我也正缺钱，到时候我想办法为各位把钱套出来就是！”

“谁知道到时候你会不会私吞？”罗永昌脸色终于变了！

乔亚非冷笑：“你这分明是抢嘛！”

罗永昌啪地摔掉手中的酒杯，瞬间，大厅四周涌出大批持枪匪徒，对准乔亚非，但周斌却没有现身。

“怎么，想动粗？”乔亚非悠闲地掏出支雪茄：“老子要钱不要命，你想黑这批货，我让你们都同归于尽！”言毕，他凶相毕露，一扯胸襟：“来吧，大家一起完蛋！”

他身上居然捆着炸药，房间内所有的人都倒吸口气，都不觉倒退了一步。他满脸匪气：“退什么？你们他妈的谁也跑不了！昌哥，你再看看我船上的人，他们会不会饶了你？”

这时，有人慌慌张张地跑进来：“不好啦，大哥，乔三的人扛着火箭筒对着咱们哪！”

罗永昌急步走到窗前，就见渔船上船头艄尾各站两人，分别举着火箭筒对准他们的轮船。就一个火箭炮过来，他们这艘船也受不了啊！怪不得乔亚非敢这么大方的过来，真是太小瞧了他了！

大良那个王八蛋这时候死哪儿去了？罗永昌没看到他，又不想和乔亚非同归于尽，只好暂缓行动，换了副嘴脸：“兄弟！兄弟！你先别急，你有所不知，巴比罗先生一出 L 国海关就被盯上了，他怀疑是你报的警，我刚才不过是试探你！哈哈，你别当真！”

“没错，老子确实认识 L 国几个‘带毛的鸡’！”乔亚非双手叉腰，满不在乎地说。

罗永昌当然清楚乔亚非在 L 国曾经蹲过几天监狱，于是又笑道：“乔兄弟，我觉得是巴比罗先生误会了你！”他转头，对围在周围的匪徒大喝一声：“妈的，都给老子滚出去，谁让你们进来的！”

众人急忙退出去。

乔亚非冷笑：“当初老子扶他坐上了第一把交椅，现在居然恩将仇报！那鬼佬在哪儿？老子先灭了这个忘恩负义的东西！”

“他只给我打了个电话，我也不知道他躲哪儿去了！”罗永昌敷衍：“一会儿我就把钱打到你账户上，等货物运过来，我就把款打足，怎么样？”既然一时奈何不得他，只能一步步达到自己的目的！

乔亚非斜叼着烟，眯着眼：“老哥，别玩花样，惹急了老子什么都干的出来！”

罗永昌没他那么不理智，把钱看得比自己命还重，当然，别人的命就没钱重要了！他吩咐手下拿来移动刷卡机，招呼乔亚非过来认证款额。乔亚非手里仍握着炸药的导火索：“你把资金先打过去一半，一会儿我的手下会查，如果属实，咱们这笔买卖成交！”乔亚非给罗永昌留有了一定的余地，让他还可以打下一半资金的主意。

罗永昌气得牙根痒痒，却也无可奈何，吩咐手下人照办。

这时，乔亚非突然感觉手腕发麻，扫了眼貌似手表的信号器。这是兰天依发给他的信号，她已经找到了巴比罗。在参加此次行动前，她就认真研究了巴比罗、罗永昌的照片和录像，这次恰巧L国警方让巴比罗逃脱，她也有了用武之地。她和成子站到甲板上为乔亚非放哨，持枪机敏地四处侦察，并时刻与渔船上的大元保持联系。轮船甲板上有12名人员散落着监视他们，驾驶舱内常规会有两人，周斌则计算出暗藏在会客室内的杀手有8人。兰天依趁船舱口的打手与周斌聊天时，凭借自己相对瘦小灵活的体形，迅速出溜到甲板下。船舱下光线相对暗淡，两名打手正与一位黄发外国男人低声交谈，看到兰天依，厉声警告：“这位兄弟，这不是你来的地方，找死是不？”

兰天依急忙退回，不过，那外国男人在她进入船舱时，回了下头，她已然发现，他就是巴比罗！

原来，巴比罗被L国警方追缉，只能避到罗永昌这里隐蔽一段时间，以待东山再起。

兰天依迅速把这个信息发送给乔亚非。

能够全歼这群罪大恶极的匪徒，令乔亚非很兴奋，他拨通周斌手机：“你查一查，罗老板向我的账户划了多少钱？”过了十分钟，得到周斌肯定，乔亚非这才站起来：“昌哥，你派人到我船上取货，我们到甲板上去！”

这个时候罗永昌真心期盼乔亚非回他自己的破船上去！不过现在交情还不能掰，但他也决不会给乔亚非活路。想到此，他得意地向海水下望了望。然后，他的目光终于搜寻到大良的影子，此时他与一名手下正和大元坐在舱头的小房间内聊天呢，一副悠闲自在的样子。想他可能是因为乔亚非厉害的武器，不方便动手！罗永昌仗着人多势众，派10名手下来到渔船上，先把武器搬空，再与大良汇合，想里应外合寻机歼灭渔船上的人。

罗永昌的人每两位一组，向外搬沉重的武器，九阳和大良两名手下在底舱端着冲锋枪监视，大元和大良站在舱口处，另两名特警的身体隐蔽在船尾，只露出火箭筒的前半部，对准轮船。

渔船的底舱设计比较粗陋，舷梯很陡，舱底的空间狭窄，由于容纳了大量武器，一次只能允许四人下来。在第二批次交接之时，九阳偷偷按动事先在船舱下布置的机关，无色无味的迷药从木板的缝隙中渐渐迷漫，并迅速充满狭小的船舱。十几秒内，除了屏息的九阳，所有人都有些神志恍惚。九阳迅速对着前一批次人的后背，冲锋枪横扫，血花飞溅，顷刻间撂倒两个。大良听到枪声，有点发蒙，难道行动这么快开始了？只一闪念间，他已迅速举枪向大元射去。可惜，船尾射来的狙击子弹，瞬间击中了他头部，他连哼都没来得及，头部就被爆飞。

对面的乔亚非一见大元行动，扬腿刷地向罗永昌扫去，罗永昌迅速做出反应，退出数步，躲过乔亚非的连环脚，大吼："给老子宰了乔三！"

众人立即分散，寻找有利地形进行射击。

船头船尾两名特警是优秀的狙击手，在他们掩护下，大元和九阳抛出鹰爪索，抓住轮船的船舷，飞身跃上，直奔罗永昌，双方人马立即混战到一起。匪徒中有一个熊一样的穿着紧身黑色防弹背心的高壮男人，露着大块结实的肌肉，举着突击步枪，率先冲了出来，一梭子正打中成子的肩膀。成子大叫一声，身体向后跌去。

乔亚非见状，急忙冲过来，出手如电，一枚铁弹带着凌厉的风声，长了眼般射倒前面拦路的歹徒，向那壮男扑去。壮男发现被人背后偷袭，自恃武力，狼嚎一声，向乔亚非奔来。乔亚非点地飞起，连环脚同出，空中翻身，用双脚拧下壮男手中的枪，就在落地刹那，数枚铁弹直奔那男人脑门。壮男这才知道遇到高手，惊出一身冷汗，险险避过，迅速掏出手枪。

乔亚非落地瞬间，腿一屈一蹬，前倾趴下，借力滑到壮男脚下。紧接着铁臂回搂，只听得"咔嚓"一声，他臂弯中的腿已经折了！壮男扑通摔倒，手枪甩出，痛得大吼。还不待吼完，一只匕首准确地刺入他的喉管，顿时血如泉涌。

接着，又有两名歹徒倒在狙击手的枪下。因为常规枪支的子弹，根本无法达到800米以上的射程射中渔船上的特警，所以罗永昌的手下只能被动挨打。很快，长帮渐渐失了阵形，明显落于下风。

而兰天依和周斌，在乘歹徒围攻甲板时，跳下船舱，寻找巴比罗的藏身之所。底舱有一条走廊，两边是房间，周斌端着MP5SD6冲锋枪，一阵猛扫。然后，从走廊中间的房间门口，倒下两人。SD6冲锋枪属无声型，有一根钻有30个洞的枪管，可以转移枪口冒出的气体，从而压抑随之产生的爆炸声。同时，弹头以亚音速射出枪口，不会产生弹头飞行时的冲击声波。

兰天依和周斌背对背，各自控制着半径五米范围。他们一个房间一个房间地搜索，周斌凭借着敏锐的感觉和精湛的射击技术，让兰天依大开眼界。他有时踹开房门，上去就是一顿猛扫，有时却用枪头把门拨开，不发一声地静静等待，而此时他如果突然发弹，必中目标。这群匪徒，大多是杀人不眨眼的江洋大盗，每个人身上都背着累累血债，然而，只要他们放弃抵抗，周斌仍会放他们一条生路。兰天依毕竟经验不足，去卸某歹徒的武装时，那人突然惨叫一声，额头正中冒着白花花的血泡倒下，随即，他手中的匕首也应声而落。兰天依登时惊出了一身的冷汗，也由此，她越发谨慎。

这时，周斌意外将一只话筒扔到走廊中间，只听话筒里喊道："房间内的人听清楚，我们是中国武警，放下武器，争取宽大处理！"

作为外籍人士，可以享受外交豁免权，因此没必要受死！何况，中国警方肯定不会知道自己是谁，最多当成喽啰，坐几年牢就可以出狱。巴比罗想到此，带着两名手下，聪明地从房间内走出来。

不久，支援而来的直升机在头顶盘旋，大部队从天而降，罗永昌自知中了乔亚非圈套，跳海要逃。大元五爪索已出，扣住他的后背，疼得他不由放慢脚步，九阳迅速扑上来，罗永昌束手就擒。

第一次完成这么重要的任务，兰天依激动不已，她惬意地张开双臂，任海风吹拂。此时，落日如火，染透半边天色，海面上一片玫瑰红，好似那燃烧的火焰。

"兰姐，撤啦！"九阳拎着枪，一脚踏着直升机的软梯，大声招呼她。

兰天依正要转身，眼角自然扫过船下的大海。突然，海水原来的有序的波纹被打乱，紧接着水面分开，钻出一个头戴潜水帽的脑袋，仰脸大口喘息。兰天依脑袋一麻，大叫：“还有，啊——”然后也不想想自己的身手，凭着一身的胆气，嗖地跳向海里。乔亚非以为她着了暗算，不由气血攻心，顿时喉头一阵腥咸。他强把那股腥咸吞下去，一个箭步冲下船栏。

紧接着，大元和周斌也跃入海中。

兰天依掉到水面上，被拍得发晕，勉强回魂寻找目标人。水下的歹徒见被人发现，恶从胆边生，举着匕首向兰天依游过来。兰天依水中行动笨拙，只好迎着他对着他的面门举起拳头，迅速按下戒指手枪的开关。对面的人哪知是枪，也不躲闪，匕首狠狠地当胸刺下来。紧接着，他惨叫一声，血浆飞溅，匕首顿时失去了力量和方向，斜插入兰天依的胳膊，疼得她大叫了一声。

突然，她感觉有人抱住她，几乎带着哭腔问：“辰辰？辰辰？伤哪儿了？”

兰天依闭上眼，故意向后一仰。

关心则乱！乔亚非见她满脸鲜血地晕过去，真以为受了重伤，想起前尘过往，心如刀割，竟吓得呜咽起来。兰天依觉得自己这样骗他有点过分，于是睁开眼，翻着白眼斥责：“哭什么哭？老娘还没死呢！”

乔亚非愣了愣，顾不得擦眼泪，紧紧抱着她又哈哈笑起来。

水下还有一名歹徒，很快被大元和周斌擒服，大家这才一阵后怕。原来，罗永昌为了万无一失，在船下也安排了人员，等武器搬到轮船上，就炸毁渔船。谁知事情有变，船上的人全成了乔亚非的俘虏。船下的两名歹徒想等乔亚非等人走后抢过渔船，然后再炸毁带渔船前进的轮船，渡海逃跑。因为水下劳作时间太长，氧气包里的氧气用完，其中一名歹徒浮上水面透口气，正巧被兰天依意外发现。

接着，众人返回S城。

程克兴之案铁证如山，也全部审理完毕，因其涉及间谍罪、贩毒、企业掏空等多项罪名，被判处死刑。在乔亚非代表警方指证程克兴罪证时，兰天依伤势痊愈，一时无聊，到厂区对面的山坡上散心。这时，林枫打来电话：“天依，后天是我生日，我想开个Party，你……能来吗？”

他是值得爱的人，可是，她很清楚，有一个人在自己的心里已经发芽，长成了参天大树，如果拔出来，只怕会鲜血淋漓、痛不欲生。她一口回绝：“很抱歉，后天我要去接一个从L国回来的朋友，恐怕没有时间！”她坐在草丛中，扬脸望向天空。此时，夕阳西下，霞光满天，乔亚非迎着霞光微笑着向她走来，轻轻问：“辰辰，我还可以追求你吗？”

这个一根筋的笨蛋！她激动地想流泪，又看了眼流金溢彩的漫天飞红，突然站起来就跑。

乔亚非怔住。

这时，她回眸，狡黠地笑：“那要看你追得到追不到啊！”银铃般的笑声，在玫瑰紫笼罩下的青山绿水间，久久回荡……